JN188062

アメリカ文学との邂逅

Kurt Vonnegut

カート・ヴォネガット

トラウマの詩学

AMERICAN LITERATURE

三修社

Kurt Vonnegut

AMERICAN LITERATURE

カート・ヴォネガット

トラウマの詩学

三修社

アメリカ文学との邂逅

アメリカ文学との邂逅

目次

カート・ヴォネガット

トラウマの詩学

序章

二〇世紀後半のアメリカで、カート・ヴォネガットほど愛された作家もいなかっただろう。対抗馬となり得るとしたらJ・D・サリンジャーくらいだが——と書いてすぐに気づかされるのは、この二人がほとんど完全に同時代人だという事実である（ヴォネガットは一九二二年生まれ、サリンジャーは一九一九年生まれ）。実際、どちらも第二次世界大戦に出征しているし、最初の長編小説を出した時期もほぼ同じなのだ（『プレイヤー・ピアノ』は一九五二年、『ライ麦畑でつかまえて』は一九五一年）。

だが、よく知られているように、『ライ麦畑』が大ヒットしたサリンジャーは、多くの熱狂的な読者を獲得したにもかかわらず——というより、おそらくはまさにそれゆえに——一九六〇年代に隠遁生活に入り、作品を発表するのをやめてしまう。対してヴォネガットは、第四長編『猫のゆりかご』（一九六三）をキックボードに、第六長編『スローターハウス5』（一九六九）でやはり多くの熱狂的な読者を獲得したあとも——突然の名声に戸惑い、七〇年代には迷走もするが——コンスタントに作品を発表し続け、最後の長編（第一四長編）『タイムクエイク』（一九九七）に至るまで、全作品をベストセラー・リストに載せることになった。

ここでサリンジャー（の隠遁）について詳しく考察する余裕などないし、もとよりこの二人の作家を比較する作業は別の機会に譲らねばならないが、それでも思わされるのは、ヴォネガットがサリンジャーのようになる可能性もあったのではないかということである。愛されることは素晴らしい。しかし、それはたぶん恐ろしいことでもある。第八長編『スラップスティック』（一九七六）の出版前、ヴォネガットはある手紙において、いまや自分がどんなものを書こうが売れてしまうので、出版社が彼の作品に関して正直なことをいわなくなってしまったと不安を吐露しているが、[1] あるいはそうした不安が同作のプロローグで「どうか――愛をちょっぴり少なめに、ありふれた親切をちょっぴり多めに」と書かせたのかもしれない。[2]

愛されることへの不安は、愛されないことへの不安でもある。だからときに人は愛されないことを自ら選択するかのように振る舞ってしまうのだし、「著者公認」の伝記作家チャールズ・J・シールズが提示するヴォネガット像も、[3] 愛されることを強く求めながらも愛情関係をうまく維持できない人間といったように見える。もちろん、こうした「愛」をめぐる不安自体はありふれたものであるわけだが、それがヴォネガットの場合において興味深いのは、一つには彼が最後まで読者（からの愛）に背を向けなかったからであり、そしてもう一つにはそうした「不安」そのものに、特異な戦争体験――ドレスデン無差別爆撃の生存者としての――が深く影響しているように思えるためである。

本書の基本方針はヴォネガットのキャリア全体をなるべく包括的に論じることであるのだが、そうするにあたっては、いま述べた二つの点に関して特に注意を払っておきたいと思う。ヴォネガットの小説は、どれ一つとってもいかにも「ヴォネガット的」という印象を与えるものとなっているが、それでもキャリア全体を俯瞰すれば、五〇年代の初期作品はSFなどのいわゆるジャンル小説、六〇年代末から七〇年代の中期作品はメタフィクション的な実験小説、そして八〇年代以降の後期作品はリアリズム的な傾向が強くなるというように、作風の変化が見られるといっていい。

ここで目を惹くのは、こうしたヴォネガットの作風の変化が、かなりの程度、それぞれの時代におけるアメリカ小説の傾向と一致しているということである。この符合は、ヴォネガットが読者から長年にわたって愛され続けた（新しい読者を獲得し続けた）ことを少なくとも部分的には説明するものだろうし、さらにいえば、彼が読者の存在を意識し続けたことと無関係ではないように思われる——事実、というべきか、一九六五年、アイオワ大学創作科の講師となったヴォネガットが、小説家志望の学生達に向かって決して忘れてはならないといったのが「読者」の存在だったのだ。[4]

ただし、ヴォネガットの作風の変化がアメリカにおける文学風潮の推移と対応していたとしても、その事実は彼が読者の趣味を察知し、それに迎合できる器用な作家だったことを意味するわけではない。例えば『スローターハウス』の執筆が難航を極めたことはよく知られているし、それによって現代文学を代表する作家としての評価を確立したあとの作品にしても、いわゆる「ウェルメイド」なものではなく、どこかバランスを欠いたものとなっているように思える。

こうした観点からとりわけ注目に値するのは、ヴォネガットの小説、特に後期作品において、罪意識を持つ人物が過剰なまでに導入されることである。なるほど、初期作品においても、例えば第三長編の『母なる夜』（一九六一）や第五長編の『ローズウォーターさん、あなたに神のお恵みを』（一九六五）などにはそうした主人公があらわれるが、彼らの場合はそうした設定が物語のプロットに即して納得しやすい。だが、例えば第一〇長編『デッドアイ・ディック』（一九八二）の主人公は、なぜ幼い頃に偶然妊婦を撃ち殺したという設定にされたのか。

あるいは、第一一長編『ガラパゴスの箱舟』（一九八五）において一〇〇万年後の世界から振り返って語る幽霊は、なぜベトナム戦争で老女を撃ち殺した人物でなくてはならなかったのか。

罪意識に苛まれる人物が一四冊の小説のほとんどに登場することを、マンネリであるとか、構成の破綻であるなどと非難してみても不毛なだけだろう。だからむしろ、ヴォネガット作品における「罪悪感」とは、長年コンスタントに作品を発表し続けた小説家でさえ容易にコントロールできなかったという点において特権的な主題であると考えるべきだし、さらにいえば、罪悪感とはほとんど原理的に、制御しがたいものとしてあらわれる感情であるはずだ。もちろん、個々の作品では登場人物達の罪悪感の源は特定される。だが、彼らが罪意識を払拭できたとしても——たいていできないのだが——次の作品にはまた罪悪感にとらわれた人物があらわれる。この強固なパターンは、小説家自身が抱える反復強迫が具現化したものだといっていいのではないだろうか。

そうであるなら、ヴォネガットの有名な戦争体験は、やはり「トラウマ」的なものとして彼のキャリアの中心に置かれるべきだと感じられる。彼はあるインタヴューでドレスデンでの体験が重要視されすぎていると主張しているが、同時に彼がその経験を記憶していないとも語っていることは、[5]それがまさしくトラウマ的な体験であったことを裏付けるように思われる。また、彼がドレスデンでの自分を「他人の不幸の窃視者であり、出来事の外部にいた」と述べ、[6]自分をその大量虐殺から利を得た唯一の人間と自嘲的に繰り返し名指したことを想起するなら、[7]彼が生存者症候群——第一二長編『青ひげ』（一九八七）の重要なテーマ——から自由ではなかったとも推測できるはずだ。

ヴォネガット自身が憶えていないといっていたこともあり、彼とドレスデン爆撃の関係についてはいまだ十分に詳らかになっていないのだが、本書においては、小説家となった彼が「ドレスデン」から当事者として、そして証言者として、いわば二重に疎外されていると考えてみたい。「戦争を語ることには何か大きな落とし穴があるのではないか。言葉を尽くせば尽くすほど戦争という現象の核という部分が覆い隠されていく。……終わったはずの戦争さえ、われわれは戦争を語ることはできない」[8]――この触れ得ない「核」がトラウマをトラウマたらしめていることはいうまでもないが、これを逆から見れば、語り得ないという実感こそが、トラウマをトラウマとして主体に痛感させるということになるだろう。したがって、爆撃の地獄絵図が『スローターハウス』に描かれないことを、ヴォネガットが「語れない」ことを「語らない」ことによって超越したとだけは考えてはなるまい。それが「失敗作」であることは、[9]ヴォネガットという小説家にとって宿命であり、彼のキャリアはまさにその宿命との戦いの歴史だったのだから。

次章以降の本論においては、各小説を論じることでそうした「戦いの歴史」をたどっていくことになるわけだが、その前に、ヴォネガットの人生を、右に述べてきたことを意識しつつ概観しておきたい。[10]

カート・ヴォネガット・ジュニアは一九二二年一一月一一日（第一次世界大戦の終戦記念日）に、父カート・シニアと母イーディスのあいだの末子（第三子）としてインディアナ州インディアナポリスで生まれた。曾祖父クレメンズは一八四八年にドイツからアメリカに移住し、祖父バーナード（ヴォネガットの生前に他界）は優れた建築家だった。母イーディス（旧姓リーバー）はビール醸造会社社長の娘で、ヴォネガットが生まれたときには禁酒法のために実家からの経済的援助は期待できなくなっていたが、二世建築家となったカート・シニアの仕事は第一次大戦後の建築ラッシュのために順調で、ヴォネガット家は上流階級の暮らしを維持することができていた。

こうして裕福であった一家は華やかに暮らし、ヴォネガットは八歳年長の兄バーナードや五歳年長の姉アリスと同様、幼稚部から私立の進学校（オーチャード・スクール）に行くなど、まったく問題のない人生のスタートを切ったように見える。だが、両親からの愛情に関しては、十分に得られたとはいえなかった。将来科学者となる優秀な兄が一家のスターだったこともあるが、カート・シニアの息子に対する接し方は温かいものではなく、ヴォネガットはのちに「父はわたしとうまく呼吸をあわせる能力がほとんどなかった。……わたし達が何か一緒に楽しんだ記憶はあまりないし、会話も冗談めかしたよそよそしいものだった」と回想している（*PS* 五九）。また、いわゆる「お嬢さま育ち」だった母も、家事は何もせず、息子に話しかけることさえあまりなかった。彼が後年、黒人の料理人／家政婦アイダ・ヤングや、とりわけ父方の叔父アレックス・ヴォネガット（生命保険のセールスマン）について繰り返し言及することになるのは、[11]両親から得られなかった愛情を彼らが与えてくれたためだろう。

ヴォネガットの幼少期がこうしたものであるなら（少なくとも、彼自身がそうしたものとして受けとっていた以上）、彼の小説やエッセイが「拡大家族」の重要性を何度も訴えるのに対し、現実の（生物学的な）家族を肯定的に提示することがほとんどないのは不思議ではない。[12]しかも、一九二九年に始まる大恐慌が、家庭環境を悪化させることになった。父の収入が激減し、借金が増えるばかりになったのである。両親はナネット（カート・シニアの母）の遺産をネズミ講につぎこんで失い、有価証券を売り使用人や家財を手放しても生活は楽にならず、一家の社会的地位は急落した。

この変化は、ヴォネガットが一九三一年、四年生のときに公立学校に転校するという形でもあらわれたが、おそらくこの少年の心に深い傷を残したのは、その「変化」に耐えられなかった母が次第に精神のバランスを失っていき、父を責め立てるようになったことだろう――「夜遅く、常に家というプライヴァシーの中で、客のいないときに限られていたが、母はフッ化水素酸のように腐食性の強い憎悪を父に浴びせた」（*FWD* 一一八）。後年、父母の墓を訪れたときを振り返る彼は「両親がもっと幸せだったらよかったのにと思いました。二人とも、もっと幸せになるのはとても簡単だったはずなのに」と述べ、自分は彼らから「骨身にしみる悲哀を学びとりました」と語っている。[13]

幼い頃の孤独とそれにともなう読書はヴォネガットを早熟な少年にした。彼が家庭における自分の場所を（年長の兄姉に対抗して）確保するためにユーモアの技術を身につけたのも、その早熟ぶりを示すだろう。この「サバイバル・スキル」は家庭の外でも有効に機能し、一九三六年、中学校（八年生）を終えて――兄姉とは違って公立の――ショートリッジ高校に進学した彼は、卓抜なユーモア感覚のおかげで人気者になる。[14] もっとも、アメリカの高校における「真の人気者」はスポーツ選手とそのガールフレンドであり、彼は自分がそうしたグループに入れないことはわかっていたようだが、[15] 多くの友人を得た四年間の高校生活は幸せなものだった。彼は作家としての成功後も故郷には複雑な気持ちを抱き続けるが、高校時代の友人とは生涯にわたり交際を続けていくことになる。

ヴォネガットが高校で「人気」を得た最大の理由は、三年生の頃から学校新聞『エコー』に寄稿するようになったことである。学校新聞との関わりが、彼に自分がよく知っていることを、シンプルな文体で、多くの読者に伝わるように書くというスタイルを修得させたとはよく指摘されるが、[16]劣らず重要と思われるのは、当時の彼がどの程度自覚していたかはわからないにせよ、（ユーモアをきかせて）「書く」行為が彼に「居場所」を与えたことだろう。その頃、母イーディスは贅沢な暮らしをとり戻すことを夢見て女性誌に短編を売りこもうとしていた（古臭いもので、まるで売れなかった）が、そうした環境もおそらくは影響し、四年生になって『インディアナポリス・スター』紙にも関わるようになった彼は、作家になることを考え始める。

しかしながら、一九四〇年に高校を卒業したヴォネガットは、地元のバトラー大学に短期間在籍したあと、コーネル大学に化学専攻の学生として入学することになる。マサチューセッツ工科大学大学院で物理学を専攻していた兄と、失敗した建築家＝芸術家としての父が、「実学」を修得せよと強く勧めたのだ。だが、そうして大学に入ったものの、勉強にはまるで身が入らなかった。目立ちたがり屋の学生としてフラタニティでは馬鹿騒ぎをし、大学新聞『コーネル・デイリー・サン』の記者（コラムニスト）となった大学生活は、高校生活の延長線上にあったといえそうに思える。あるいはそれは、意に染まぬ進路を強制した父や兄に――そして運命に――向けられた、無意識の反抗だったのかもしれない。

いずれにしても、ヴォネガットは学業を放棄し、記者としての仕事に没頭した。彼が熱心に書いたコラムがアメリカはヨーロッパの内政に干渉すべきではないというものであったことは興味深いが、一九四一年一二月には真珠湾攻撃があり、アメリカの参戦が決定する。そしていささか皮肉なことに、一九四二年の五月、二学年目の終わりを迎えようとしていた頃には、教務主任から呼び出され、これ以上成績不良が続くなら退学だと勧告される——それはすなわち、徴兵されることを意味していた。だが、急に成績が向上するはずもなく、彼は一九四三年一月に退学し、徴兵されるのを待つくらいならと自ら入隊を志願した。母は息子を戦争で失う恐れで鬱状態になっていったという。

陸軍に入隊したヴォネガットは「陸軍専門訓練計画」への参加が認められ、機械工学を学ぶためにカーネギー工科大学（現在のカーネギーメロン大学）とテネシー大学に送られるが、一九四四年の春にプログラムは中止され、インディアナ州の陸軍基地、キャンプ・アタベリーで諜報偵察斥候兵としての訓練を受けることになる（その訓練で彼とペアを組んだのが、長年の友人となるバーナード・V・オヘアだった）。駐屯地は故郷に近く、彼は同年五月に週末の外出許可を得て一時帰省することができた。

しかし、この週末に悲劇がヴォネガット家を襲う。「母の日」の前夜、イーディスが睡眠薬の過剰摂取により死んでしまうのだ。検死官の判定は事故であり、真相は不明というしかないのだが、[17]ヴォネガットはそれを自殺と信じ、生涯にわたって母の死について何度も語ることになる。有名な発言を一つあげておけば——「母がたいへん多くの問題を死によって解決してからというもの、死はわたしにとって常に一つの誘惑である。自殺者の子供が死を……あらゆる問題を解決してくれる一つの論理的な方法と考えるのは自然だろう」（*PS*三〇四）。

同年一〇月、ヴォネガットを含む第一〇六師団を乗せた船がニューヨークを出港、しばらくイギリスに滞在したあと、一二月にはドイツ西部の前線地帯に到着する。そして一二月一六日に「バルジの戦い」が始まり、彼が所属する第四二三連隊は壊滅した。彼が経験した「戦闘」はこれだけである。三日後に敵軍の捕虜となり、一九四五年一月、ドイツ南東部の都市ドレスデンの収容所——食肉処理場（スローターハウス）を作り替えたもの——に連れていかれ、彼ら一五〇人の捕虜は第五五七作業部隊として瓦礫処理などの作業に従事することになった。ドレスデンの住人達のあいだには、ドレスデンは歴史と文化の街なので攻撃されないと考える風潮があったが、実際には、それまでこの街がほとんど攻撃対象となっていなかったのは、地理的な条件が大きかったためのようである。[18]

そして同年二月一三日の夜、ドレスデンは連合国軍による無差別爆撃を受ける。[19]この爆撃による死者数には諸説あり、ヴォネガットが帰国前に家族に書いた手紙（一九四五年五月二九日付）で二五万人と記されているのは措くとしても、[20]公的文章の形で最初にそれについて言及した『母なる夜』の序文（一九六六）では一三万五〇〇〇人とされていて、[21]現在では二万五〇〇〇人から四万人程度ともいわれている。[22]ただし、爆撃を被害者として経験した者にとって、そうした数字の違いはほとんど問題にならないだろう。むしろ、犠牲者の数がはっきりしなかったこと自体が――しかも、ドレスデンへの爆撃は戦略的にはほぼ無価値だったのだから――彼らの死から尊厳を、「意味」を奪うと感じられたはずである。まさしくこの「無意味さ」に対し、やがて作家となったヴォネガットは、被害者として、そして生存者として、対峙せざるを得なくなるのだ。

けれども、それはまだ先の話である。捕虜達は惨劇の後片づけを命じられ、四月の半ばまでその作業に従事する（そのあいだに、『スローターハウス５』のビリー・ピルグリムやエドガー・ダービーのモデルになった者など、数名の捕虜が死ぬことになる）。それからフランスを経由して軍用輸送船で本国に送還され、六月にヴァージニア州のニューポートニューズに到着した。もともと痩せ形だったヴォネガットの体重は、四〇ポンドも減っていたという。キャンプ・アタベリーで家族と再会するのは七月になるが、こうして彼の戦争はひとまず終わりを迎えることとなった。

帰国後のヴォネガットが最初にやったことは、幼馴染みのジェイン・マリー・コックスとの婚約（七月）と結婚（九月）だった。彼は大学生のときからジェインと結婚したいと思っており、出征前にはプロポーズもしているのだが、そのアプローチがようやく実を結んだわけである。ジェインは文学の教養があり、新婚旅行のあいだには、短編小説を書き始めていた彼にドストエフスキーを勧めたといわれている。ハネムーンのあと、夫婦はシカゴに移り住んだ。復員兵援護法（ＧＩビル）を活用して、一九四六年の春学期からシカゴ大学で文化人類学を学ぶことにしたのである。

コーネル大学時代は劣等生だったヴォネガットだが、文化人類学の勉強は肌にあったようだ。彼は文化相対主義的な考え方、そして「拡大家族」的な民俗社会観を学ぶ。だが、学位取得には失敗する。一九四七年八月に大学院を中退したのだ。同年の五月に長男マーク（マーク・トウェインにちなんで名付けられた）が誕生して忙しくなったこともあるだろうが（ジェインもスラブ文学専攻の大学院生だったが、前年の秋に妊娠に気づいて退学している）、成績は良好で、論文テーマに関する調査も進めていたことを思うと、これはいささか不可解な、自罰的な印象さえ与える「失敗」だった。

けれども幸運なことに、大学院を中退したヴォネガットは、優れた科学者となっていた兄バーナードの推薦で、一流企業ゼネラル・エレクトリック社（ＧＥ）で広報の仕事を得る（大学の学位が必要だったが、うまくごまかしたようだ）。勤務地はニューヨーク州スケネクタディで、一家は近郊の町アルプラウスにマイホームを構えた。かくして彼は安定した収入を得たが、小説を書きたい気持ちは衰えず、毎朝、出社前に二時間ほど執筆していたという。世界有数の研究施設が彼に与えたのは経済的安定だけではなかった。それはテクノロジーというトピック、そしてテクノロジーが人間に与える影響というテーマを提供してくれたのである。
もっとも、書く材料が揃ったところで、ただちに職業作家になれるわけではない。ヴォネガットはいくつもの雑誌に次々と短編を送りつけ、断りの返事を次々と受けとることになる。だが、再び幸運なことに、『コリアーズ』誌の編集者ノックス・バーガーは大学時代の知人――『コーネル・デイリー・サン』のライバル月刊誌『ウィドウ』の編集者――だった。二人は一九四九年の六月に再会し、バーガーは彼の原稿を添削するだけでなく、エージェント（ケネス・リタウアとマックス・ウィルキンソン）を紹介してくれる。そして一〇月末、ついに短編「バーンハウス効果に関する報告書」が『コリアーズ』（一九五〇年二月一一日号）に掲載されることが決まったのである。原稿料は七五〇ドルで、二ヵ月分の給料に相当する金額だった。

こうしてとうとう作品が売れ、一九四九年の一二月末には第二子イーディス（イーディ）が生まれるなど、この時期のヴォネガットの生活は充実したものに見えるが、内面的には孤独を抱えていたようである。逆説的だが、「集団」の中にいることが、孤独を感じさせたのだ。彼は次第に仕事を蔑ろにするようになり、「死圏」（一九五〇年九月二日号）と「エピカック」（同年一一月二五日号）が『コリアーズ』に売れたあと、専業作家になるべく辞職してしまう。数編の短編を売っただけの人間の行動としてはいささか軽率にも思えるが、「足場」を切り崩してしまうこうした振る舞いは、彼に特徴的なものだというべきかもしれない。

ともあれ、会社を辞めたヴォネガットは、一九五一年の秋、家族を連れてマサチューセッツ州のケープコッドにある町、オスターヴィルに移住する。エージェントのリタウアが長編小説の出版権をスクリブナーズ社に売ってくれ、彼は一一月の末には『プレイヤー・ピアノ』の完成原稿を編集者ハリー・ブラーグに送る。GE社での経験を活かしたディストピア小説は、一九五二年の八月に出版され、少ないながら書評も出た。翌年にはダブルデイ社のブック・クラブの推薦図書となり、一九五四年にはバンタム社で(『ユートピア14』と改題され)ペイパーバック化されることになる。フルタイムの作家としては、まずまずのスタートといっていいだろう。

だが、第二長編『タイタンの妖女』が一九五九年に出るまで、ヴォネガットは次の小説を完成させられなかった。「二作目のスランプ」に陥ったともいえるが、長編に没頭する経済的余裕がなかったこともある。五〇年代の前半(彼自身の回想によれば一九五三年あたりまで)[23]はまだ短編マーケットが活発で、妻と三人の子供を抱えた――第三子ナネットは一九五四年一〇月に誕生――駆け出し作家としては、短編執筆を優先せざるを得なかったのだろう。五〇年代後半になるとTVの影響もあってマーケットは縮小し、主な発表場所であった『コリアーズ』も休刊してしまうが、[24]彼が一九五八年までに出版した短編の数を記しておけば、五〇年が三本、五一年と五二年が五本、五三年が四本、五四年が七本、五五年が五本、五六年が三本、五七年が二本、そして五八年が一本となっている。

経済的な不安定は精神的な不安定にもつながり、ヴォネガットにとって、この期間は苦しい時期だった。一九五三年の冬にはカウンセリングも受けていたようだし、五月のブラーグ宛ての手紙ではひどいアパシー状態にあると書いている。[25]一九五四年に次女が生まれたときは、「ここに来るまでに車ごと橋から飛び降りそうになった」といって病院で泣き出してしまうほどだった。そういった彼の状態は、夫の才能を信じて楽天的に振る舞っていた妻にも影響を与えたのだろう。ジェインは産後、鬱状態になり、精神科に通院することになる。一九五五年二月には、家族が増えて手狭になったことに加えて気分を変えるためもあり、ウェストバーンスタブルに引っ越したが、築二〇〇年の新居はリフォームが必要だったし、オスターヴィルの家を売却できるまでは二軒分の住宅ローンを払うことになり、経済的にはますます逼迫することになった。

この時期のヴォネガットの不安定さは、さまざまな行動にうかがえる。酒量が増え、妻や父とは口論し、子供達には冷淡で、友人にも攻撃的になった。一九五三年に地域の劇団バーンスタブル・コメディ・クラブに参加したのは気分転換になっただろうし、演劇への関心は終生抱き続けることになるのだが、その後、小説を書かずに次々戯曲を書いて売りこもうとしたのはいささか異様に感じられる。その上、一九五六年の一一月には戦争ゲームを考案して企業に持ちこみ（彼が戦争を「ゲーム」化するというのは、ほとんどグロテスクとしかいいようがない）、一九五七年の春には突然サーブ社（スウェーデンの自動車会社）の販売代理店を開いて惨めな失敗を遂げる。そして一九五七年一〇月には、第二長編のための前金を与えてくれていたブラーグに——執筆が進まないのは自分が悪いのに——スクリブナーズは自分をサポートしてくれる気がないようなので未完の原稿（『猫のゆりかご』となるもの）を返却してくれと要求するのだ。

このようにして、長編デビューを果たして順調なスタートを切ったはずの小説家は、長い迷走期間に入ってしまう。いや、大学院を中退したときのことや、GE社を辞職したときのことなどを想起すれば、小説家として成功しそうになったヴォネガットが、自分を支えてくれる周囲の人間を遠ざけたこと、あるいは「小説家」としてのアイデンティティそのものを否定するような行動をとったことは、むしろ整合的というべきだろうか。こうした観点からは、サーブの代理店に投資して失った金が一九五六年の秋に死んだ父——「小説家」としての息子を自慢に思うようになっていた父——の遺産だったというのは、いかにも象徴的な事実だろう。

この時期のヴォネガットの不幸は、かなりの程度は自分で招いていたところがあったわけだが、純然たる悲運もあった。一九五七年、第四子を産んだ姉アリスに乳癌が発見されたのだ。当時の乳癌はほとんど不治の病で、病状は悪化の一途をたどり、一九五八年の九月一六日に死亡する――しかもその前日には、彼女の夫ジェイムズ（ジム）・C・アダムズを乗せた通勤列車が可動橋から落ち、ジムを含む四七人の乗客が死ぬ大惨事が起こっていた。この悲劇が彼に与えた影響は大きかった。一つには、姉は彼がいわば安心して愛することができた唯一の存在だったからであり、もう一つには、孤児となった四人の子供達を引きとったからである（正式に養子にしたわけではない）。ただし、二つ目の点に関しては、実際の苦労を引き受けたのは妻ジェインだった。しかも、というべきか、一年近く経ってから、彼は妻に黙って、ジムとアリスの末子ピーターを父方のいとこに引き渡すことを決めてしまうのだ。

そのような不安定な状況の中、幸運もあった。デル社に移籍していたバーガーが、ペイパーバック・オリジナルで小説を書かないかといってくれたのである。ヴォネガットは数ヵ月で書きあげ、『タイタン』は一九五九年一〇月に刊行される（翌年にはハードカバーで再刊された）。それで弾みがついたのか、一九六〇年には『さよならハッピー・バースディ』の原型となる『ペネロピ』を地元劇団で上演する一方、第二次大戦の二重スパイを扱った『母なる夜』の執筆を進め、六一年の初夏には脱稿する（ゴールドメダル社に移っていたバーガーの手で、翌年二月にペイパーバックで刊行［ただし著作権の年は六一年］）。しかも九月には、バーガーの尽力で第一短編集『猫屋敷のカナリヤ』も出版することができたのである。

もっとも、ヒューゴー賞の最終候補作になった『タイタン』も、優れた作品である『母なる夜』も、売り上げはかんばしくなく、経済的に困窮したヴォネガットは一時的に障害児のための学校で教えもする。だが、リタウアが出版権をホルト社に売った（これはバーガーを怒らせた）『猫のゆりかご』の執筆にとりくみ、一九六三年六月にハードカバーで刊行。書評は少ないながらも熱狂的だった。一九六五年三月刊行の『ローズウォーターさん、あなたに神のお恵みを』がそれまでの小説よりも注目されたのは、『猫のゆりかご』が「知る人ぞ知る」作品になっていたからかもしれない——それまでの作品はすべて絶版になってはいたのだが。

一九六五年九月、ヴォネガットはアイオワ大学からの招聘に応じ、創作科の講師となって単身アイオワシティに移り住んだ。順調とはいえない家庭生活から自由になり（やがて長女イーディが同居し、妻ジェインや次女ナネットも一時期一緒に暮らすことにはなるが）、作家の共同体に入ったことは——二年間で彼が持った同僚にはネルソン・オルグレンやロバート・クーヴァー、教え子にはジョン・ケイシーやジョン・アーヴィングなどがいる——執筆にいい影響を与えたようだ。シカゴ大学に提出した修士論文（「単純な物語における幸と不幸の推移」）は却下されてしまうが、その論旨は講義に活用され、彼は人気講師となっていく。受講生のローラ・リー（ロリー）・ウィルソン（当時三〇代半ばで、二人の子供を持つシングルマザーだった）と恋愛関係になり、彼女との交友は終生続くことになった。

ヴォネガットの作品はこの頃から徐々に評価されるようになっており、とりわけ大学生を中心とする読者にカルト的な人気を博するようになってきた。こうした流れを象徴するのは、自前の出版社を立ち上げた編集者シーモア（サム）・ロレンスが、一九六六年一一月に彼に接触してきて、これから出す三冊の本を七万五〇〇〇ドルで買うと申し出たことである。ロレンスはさらに、それまでの全作品の版権を買いとり、デラコート＝シーモア・ロレンス社から出すことになる。

ロレンスとの契約で「作家として両足で立つ」ことになったヴォネガットは、[26] 教職を二年で辞すことができた。ロリーとの情事をジェインに知られたこともあり、ウェストバーンスタブルに戻った夏は平穏ではなかったが、第二短編集『モンキー・ハウスへようこそ』に収める旧作をまとめてロレンスに送った彼は、一九六七年一〇月、グッゲンハイム財団の奨学金を得て、戦友オヘアとともにドレスデンを訪れた。二〇年以上を経た再訪で直接得られた「情報」はなかったが、それゆえに小説家として「想像力」を駆使して書くことを後押ししたのかもしれず、一九六八年の六月には『スローターハウス』の草稿をロレンスに送っている。八月に出版された短編集の評判はあまり高くなかったが、人気作家となりつつある彼にはさしたるダメージではなかった。講演の依頼が続々と入り始め、彼は聴衆の期待に応えて左翼的な道徳的知識人のペルソナを育てていく。そして翌年三月に発売された『スローターハウス』は、『ニューヨーク・タイムズ・ブック・レヴュー』紙の一面で書評され、堂々たるベストセラーになった。

かくして一躍カウンター・カルチャー時代の寵児となったヴォネガットだが、そうした地位に彼が心地よく収まっていたかどうかは判断が難しい。少なくとも、ジェインが傾倒した超越瞑想（トランセンデンタル・メディテーション）には批判的であり、[27] また一九六八年の大統領選挙において、彼女が尽力した民主党候補――ベトナムからの即時撤退を訴えたユージーン・マッカーシー――支持の運動にも協力しなかった。

この時期のヴォネガットは、公的にはついに成功を果たしたものの、私人として幸せだったようにはまったく見えない。華々しい成功は、むしろ彼の孤独を深めたようにさえ思える。『スローターハウス』出版後、故郷のインディアナポリスでテレビとラジオに出演した彼はサイン会を開くが、買いに来たのは親戚だけだったという。[28] 著作権エージェントとしての独立を夢見ていた（それにはヴォネガットを看板作家として持つことが必要だった）バーガーを強く後押ししたのもそうした孤独感ゆえのことだったのだろうが、バーガーがいざ会社を立ち上げると、彼は結局約束を覆し、将来の作品管理を法律家ドナルド・ファーバーに委ねることで、バーガーとの友人関係を大きく傷つけてしまう。結婚生活も袋小路に陥っていた。一九七〇年一月には、家庭から逃げるようにビアフラ共和国（現ナイジェリア）に取材旅行に出かけ、秋にはニューヨークに部屋を借りて別居生活に入ることになる。

ニューヨークへの移住は、ヴォネガットの演劇への関心が再燃したためでもあった――そもそもファーバーとの関係は、旧作『ペネロピ』の契約権をめぐるものとして始まったのである。彼はそれを『ハッピー・バースディ、ワンダ・ジューン』（邦題『さよならハッピー・バースディ』）と改題して改稿し、この芝居は一九七〇年一〇月から半年間、オフ・ブロードウェイとブロードウェイで上演される。だが、この時期の周囲の人間を遠ざけるような振る舞いが『プレイヤー』出版後のそれを想起させるとすれば、この演劇熱の高まりも、小説からの――あるいは「成功」からの――逃避と見なすべきかもしれない。『チャンピオンたちの朝食』の執筆は一向に進まなかった。かねてより自分の「義務」と考えていた『スローターハウス』を書きあげた彼は、[29] それにより経済的に成功してしまったこともあり、[30] 小説を書き続けるべき理由を見失ってしまったのだ。ハーヴァード大学から招聘を受けて（ついにシカゴ大学から『猫のゆりかご』によって修士号を取得できることとなって）創作科の授業を担当するが、心が満たされる経験ではなかったようだ。『ライフ』誌の取材で訪れた三〇歳のフォトジャーナリスト、ジル・クレメンツが彼を惹きつけ、恋仲となったのはこの時期のことである。

一九七一年二月、カナダのブリティッシュコロンビアでコミューン生活をしていた長男マークが、精神を病んで入院する。五月には兄バーナードの妻ロイスが死去し、その葬儀でヴォネガットは久しぶりに家族と顔をあわせることになる。六月には突然ウェストバーンスタブルに戻り、以後しばらくは結婚生活に復旧の展望もないままニューヨークとケープコッドを往復する。一九七二年春には『スローターハウス』の映画が封切られ（放映権のプロモーションで同年秋にヨーロッパを訪れ、ロシア語翻訳者のリタ・ライトと会えたのはいい経験だったようだ）、旧作の組みあわせからなるテレビドラマ『タイムとティンブクツーのあいだ』も放映されるが、生産的な仕事はほぼ皆無といっていい苦しい状態が続いていた。セラピストに会い、抗鬱剤を服用するようになったのもこの頃からである。私生活の不調に加え、期待される公的役割を演じることにも嫌気がさしたのか、一九七二年初頭からは（七七年春まで）講演やインタヴュー、大学訪問などの依頼を断るようになっている。

そうした苦しみの中で——その苦しみを露呈させるような「メタフィクション」として——ようやく書きあげた『朝食』が、一九七三年の四月に刊行される。批評家の酷評にもかかわらずベストセラー・リストの一位となり、ヴォネガットの作品なら何でも売れることが証明されたわけだが、そのような時代の寵児の宿命というべきか、一一月にはノースダコタ州の教育委員会による『スローターハウス』の焚書事件が起こってもいる（おそらくはこうした経験が積み重なった結果、彼は言論の自由を守る運動にコミットしていくことになる）。実際、一二月に（マンハッタンで）家を購入して移り住んだことにしても（一階はジルのスタジオ兼住居となった）、翌年に過去の文章を集めた『ヴォネガット、大いに語る』のような本を出版できたことにしても、作家としての成功に負うところが大きかったはずだが、一九七五年にSF作家フィリップ・ホセ・ファーマーがキルゴア・トラウト名義のパロディ小説『貝殻の上のヴィーナス』を刊行したり、南カリフォルニア大学の学生が無断で短編を映画化したりするなど、成功の対価を払わされることも多かった。

とはいえ、一九七〇年代後半は、前半と比べれば平穏な時期だったといえるかもしれない。一九七五年にはアレックス叔父の死去（七月）やマークの『エデン特急――ヒッピーと狂気の記録』の出版（一〇月）といった出来事はあったが、ヴォネガットは「拡大家族」を主題とする「自伝的」な『スラップスティック』の執筆を進め、翌年の秋に刊行する。売り上げはよかったものの書評は最悪だったが、その「埋めあわせ」をするべく一九七七年には講演活動を再開し、サガポナック（ロングアイランド）に別荘を（ジルと共同で）購入、翌年には『ジェイルバード』の執筆にとりかかる。長引く離婚調停のためもあってか深刻な鬱状態に陥ることはあったが（ジェインとの離婚は一九七九年晩春に正式に成立）、リアリズム的なスタイルを採用した『ジェイルバード』は一九七九年九月に刊行されると高評価を得た。一一月二四日にジルと結婚式をあげ、彼にとって激動の時代だった七〇年代は幕を閉じることとなる。

ヴォネガットは七〇年代に数百通の手紙をジルに送っているが、愛しているとは一度も書いたことがなかったようだ。そうした女性と、一〇年近く交際した末に結婚したことは、彼なりに責任をとったということなのだろうが、その結婚生活は平穏をもたらしてくれるものではなかった。子供を望んでいなかったはずの女性が、子供を欲しがるようになったというのはよくあることだろうが（流産を経て、一九八二年一二月に養子リリーを迎える）、以後の彼の生活は（友人や家族との交際でさえ）、妻によってかなり厳しく管理され、支配されるものとなっていく。

そうした結婚生活は、何度も離婚申請がおこなわれながらもヴォネガットが死ぬまで続くことになる。ここに彼の「自罰的」な面を見ることも可能だろうが、たとえそうした意味で彼にこの結婚生活が「必要」だったとしても、精神状態に好ましい影響を与えるはずはなかっただろう。もっとも、結婚生活の初期である一九八〇年代初頭は、一見したところ芸術的活動は精力的に進められている。一九八〇年には絵本『お日さま お月さま お星さま』（絵はアイヴァン・チャマイエフ）を、一九八一年三月には『ヴォネガット、大いに語る』以後の文章を集めた『パームサンデー』を刊行、一九八二年一〇月には『デッドアイ・ディック』を出版し、翌年には『ガラパゴスの箱舟』も書き始め、一〇月には絵の個展も開いている。[31] だが、『デッドアイ』の大きな主題が「罪悪感」であることは不吉な印象を与えるし、卵巣癌が発見されたジェインが闘病生活に入っていたことも、彼を落ちこませていた。そして一九八四年の二月一三日――ドレスデン爆撃の日――に、アルコールと精神安定剤の過剰摂取による自殺未遂を起こす。駆けつけたファーバーが救急車を呼んでセント・ヴィンセント病院に運んで事なきを得たが、ジルは人目があるからという理由で救急車を呼ぶことにも、大きな病院に運ぶことにも反対したという。彼は重度の鬱病と診断され、痩せ細っていた。

一九八四年三月に退院したあと、ヴォネガットはイーディが見つけてきたグリニッジ・ヴィレッジのアパートで、ジルから離れて静養生活に入る。四月には国際ペンクラブ東京大会に出席するために日本を訪れるが、それ以外は平穏に暮らし、『ガラパゴス』の推敲に集中する。翌年一月には脱稿し（一〇月に刊行）、二週間のヨーロッパ旅行をする。そのあとはマンハッタンの自宅に戻り、講演旅行のかたわら戯曲を書いたりしてすごす。一九八六年には画家を主人公とした『青ひげ』執筆にとりくむ（翌年一〇月に刊行）――この作品のほとんどがサガポナックの別荘で書かれたことには、「管理」を強めるジルとの関係悪化が背景にあるのかもしれない。一二月にはジェインが五年間の闘病の末に死去。先妻と最後に良好な関係を持てたことは慰めだったようだ。一九八八年に書き始めた『ホーカス・ポーカス』はG・P・パトナム社から一九九〇年秋に出版されるが、これは彼が編集者ロレンスを（かつてバーガーをそうしたように）切り捨てたことを意味していた。

一九八〇年代は、自殺未遂にもかかわらず多産だったが（一九九一年九月には八〇年代の文章を集めた『死よりも悪い運命』も刊行される）、孤独が深まった時期でもあったというべきだろう。ジェインはもとより、ネルソン・オルグレン、トルーマン・カポーティ、アーウィン・ショー、ジョン・D・マクドナルドなど友人の作家達の訃報に接することも多く、一九九〇年六月には戦友オヘアも亡くなっている。追い打ちをかけるように、一九九一年、六二歳の既婚男性（経済学者／銀行家）と不倫関係にあったジルが離婚を要求する。ヴォネガットはマンハッタンの家から文字通り締め出され、サガポナックの別荘で暮らす。孤独ながらも平穏な生活ではあり、恋人に去られたジルが離婚のとり消しを求めても応じず、翌年には離婚申請がなされるが（『プレイボーイ』誌に五月に掲載されたインタヴューでは、「フルタイムの仕事」として離婚にとりくんでいると述べている）[32]、養子リリーのことを慮ったこともあり、結局はとり下げられる。

ヴォネガットは一九九二年一月のある手紙では、離婚騒ぎに触れ、人生が滅茶苦茶になっているときにはいつも書くことで慰めを得てきたと書いているが[33]、この年から最後の小説となった『タイムクエイク』を書き始める。もっとも、年齢的なこともあってか、三月にはアメリカ芸術文学アカデミーの会員に推薦され、五月にはアメリカ・ヒューマニスト協会の名誉会長に就任するなど、文壇の大御所としての地位は確立されるものの、小説の執筆は難航し、第一稿の破棄（一九九五年）を経て、脱稿は一九九七年になった。一九九七年四月には兄バーナードが死去。九月の『タイムクエイク』刊行をもって断筆を宣言し（ただし翌年にはラジオ番組に協力し、一九九九年には小著『キヴォーキアン先生、あなたに神のお恵みを』を刊行）、多くの草稿をインディアナ大学リリー図書館に売却する。

離婚申請をとり下げ、マンハッタンに戻ったあとも、一九九八年には（特に明確な理由がないまま）二度目の離婚申請がおこなわれているなど、ジルとの関係は苦しみをともないながら続いていくことになる。二〇〇〇年一月、ヴォネガットは煙草の火の不始末でぼや騒ぎを起こしてしまい、煙を吸いこんで緊急搬送される。数週間の入院後、再び家から締め出され、ナネットの住むマサチューセッツ州ノーサンプトンに部屋を借りてしばらく静養する。近くにあるスミス・カレッジで創作クラスを担当するが、楽しい経験とはならなかったようだ。三度目の離婚申請をするも、二〇〇一年春にはマンハッタンに戻ってジルと暮らすことを決める――待っている生活は、家では禁煙、酒は一日一杯、友人との付きあいもジルの許可が必要という惨めなものだったのだが。

断筆宣言にもかかわらず、ヴォネガットは二〇〇一年には『もし神が今日生きていたら』と題された小説を書き始めていた。[34] 同時多発テロのショックで中断し、翌年秋に執筆を再開しても原稿は進まなかったが、二〇〇三年に『イン・ディーズ・タイムズ』誌におけるコラムとして活用され、二〇〇五年にはそれをまとめた『国のない男』が刊行され、最後のベストセラー作品となった。二〇〇七年三月一四日、犬の散歩に出かけようとしたときに転倒して病院に運ばれ、意識をとり戻すことのないまま四月一一日に死去。奇しくも『タイムクエイク』

においてキルゴア・トラウトが死んだとされる年齢と同じ、享年八四歳だった。

以上の短い評伝をふまえ、以下の各章においては、第1章は一九五〇年代、第2章は六〇年代、第3章は七〇年代、第4章は八〇年代、そして第5章は九〇年代に発表された作品をそれぞれ扱うというようにして、ヴォネガットの一四冊の長編小説を出版順に論じていく。各小説に関する論は独立しているが、ヴォネガットが長いキャリアを通してどのような変化を見せていったかという点は、本書の関心事の一つである。大まかな見取り図を示しておくなら、五〇年代にSFというフォーマットを利用して小説家となったヴォネガットは、六〇年代には次々と優れた作品を生み出し、ついに戦争体験を小説化した『スローターハウス5』を完成させる。七〇年代はその成功の反動ともいえるような不安定なメタフィクションを書くなどして迷走を見せるが、七〇年代末から八〇年代にはリアリズム的な作品に舵を切ることで成熟を果たし、九〇年代には作家としてのキャリアを見事に閉じることになる。こうした変遷を理解する上で、それをヴォネガットの「トラウマとの戦い」として考えることが有効なのではないかというのが、本書の作業仮説である。

註

1 Loree Rackstraw, *Love as Always, Kurt: Vonnegut as I Knew Him* (Cambridge: Da Capo, 2009) 59.

2 Kurt Vonnegut, *Novels 1976-1985*, ed. Sidney Offit (New York: Library of America, 2014) 6. 以下、『スラップスティック』（*S*）からの引用は同書による。

3 Charles J. Shields, *And So It Goes: Kurt Vonnegut: A Life* (New York: Henry Holt, 2011).

4 Rackstraw xiv を参照。

5 Kurt Vonnegut, Jr., *Wampeters, Foma and Granfalloons (Opinions)* (New York: Delacorte, 1974) 262. 以下、『ヴォネガット、大いに語る』（*WFG*）からの引用は同書による。

6 Kurt Vonnegut, *Fates Worse than Death: An Autobiographical Collage of the 1980s* (New York: G. P. Putnam's Sons, 1991) 30-31. 以下、『死よりも悪い運命』（*FWD*）からの引用は同書による。

7 Kurt Vonnegut, *Palm Sunday: An Autobiographical Collage* (New York: Delacorte, 1981) 302. 以下、『パームサンデー』（*PS*）からの引用は同書による。Kurt Vonnegut, *Conversations with Kurt Vonnegut*, ed. William Rodney Allen (Jackson: UP of Mississippi, 1988) 176-77; *FWD* 一〇〇も参照。

8 下河辺美知子『トラウマの声を聞く——共同体の記憶と歴史の未来』（みすず書房、二〇〇六年）二―三。

9 Kurt Vonnegut, *Novels and Stories 1963-1973*, ed. Sidney Offit (New York: Library of America, 2011) 359. 以下、『スローターハウス5』（*SF*）からの引用は同書による。

10 ヴォネガットの人生に関しては、特記なき限り、シールズの伝記と、ライブラリー・オヴ・アメリカ版のヴォネガット著作集に付されている年表を参照した。

11 ヤングに関しては *WFG* xxiv-xxv などを参照。アレックス叔父についての言及はあまりにも多いが、例えば、父との「よそよそしい」関係について述べたところで、叔父は「理想的な大人の友達」だったといっている（*PS* 五九）。

12 例えば、Robert T. Tally, Jr., "On Kurt Vonnegut," *Critical Insights: Kurt Vonnegut*, ed. Robert T. Tally, Jr. (Ipswich: Salem, 2013) 6.

13 Vonnegut, *Conversations with Kurt Vonnegut* 88-89.

14 Majie Alford Failey, *We Never Danced Cheek to Cheek: The Young Kurt Vonnegut in Indianapolis and Beyond* (Carmel: Hawthorne, 2010) 47.

15 Failey 55.

16 Gregory D. Sumner, *Unstuck in Time: A Journey through Kurt Vonnegut's Life and Novels* (New York: Seven Stories, 2011) 13.

17　例えば、Failey 77を参照。

18　Frank J. Idzikowski, “Introduction,” *Shadows of Slaughterhouse Five: Reflections and Recollections of the American Ex-POWs of Schlachthof Fünf, Dresden, Germany*, ed. Heidi M. Szpek (New York: iUniverse, 2008) 15.

19　この出来事に関する優れた要約として、永野文香「第二次世界大戦の傷あと――ドレスデンと広島」『現代作家ガイド6――カート・ヴォネガット』（巽孝之監修、彩流社、二〇一二年）一一二―一四を参照。

20　Kurt Vonnegut, *Letters*, ed. Dan Wakefield (New York: Dial, 2014) 8.

21　Kurt Vonnegut, *Novels and Stories 1950-1962*, ed. Sidney Offit (New York: Library of America) 536. 以下、『母なる夜』（*MN*）からの引用は同書による。

22　Ann Rigney, “All This Happened, More or Less: What a Novelist Made of the Bombing of Dresden,” *History and Theory* 47 (2009) 10-11.

23　Kurt Vonnegut, *Bagombo Snuff Box* (New York: Berkley, 2000) 2.

24　Ginger Strand, *The Vonnegut Brothers: Science and Fiction in the House of Magic* (New York: Farrar, Straus and Giroux, 2016) 235.

25　Vonnegut, *Letters* 50.

26　Vonnegut, *Letters* 129.

27　ヴォネガットによれば、妻の「超越瞑想」への関心は、結婚生活の終わり近くにおける「主な争いの種」になっていたとのことである（*PS* 一九二）。

28　Vonnegut, *Letters* 149.

29　Vonnegut, *Letters* 123.

30　Vonnegut, *Conversations with Kurt Vonnegut* 32.

31　個展の開催年に関し、ヴォネガット自身は一九八〇年とするが（*FWD* 四〇）、ここでは大方の研究者の記述に従い一九八三年とした。例えば Peter Reed, “The Remarkable Artwork of Kurt Vonnegut,” *Drawings* by Kurt Vonnegut (N.p.: Mornacelli, 2014) 14.

32　Kurt Vonnegut, *The Last Interview*, ed. Tom McCartan (Brooklyn: Melville House, 2011) 89.

33　Vonnegut, *Letters* 348.

34　書き出し部分は没後出版の Kurt Vonnegut, *We Are What We Pretend to Be* (New York: Vanguard, 2012) に収録された。

第1章　出発——『プレイヤー・ピアノ』と『タイタンの妖女』

ヴォネガットとSF

カート・ヴォネガットの作品はSFなのだろうか。彼の書くものがSFであるなら、そのSFとしての評価はいったいどのようなものになるのだろうか。こうした問いは、初期のヴォネガット研究——ヴォネガットが本格的に「研究」されるようになったのは一九七〇年代の初頭——においてはしばしば提出されていたのだが、八〇年代以降はあまり問題とされなくなっていく。

これは一つには、ヴォネガットがSFだけを書く小説家ではなかったからだろう。実際、七〇年代末の『ジェイルバード』や八〇年代の『青ひげ』といったリアリズム的な作品はもとより、六〇年代の『母なる夜』や『ローズウォーターさん、あなたに神のお恵みを』などにしても、SFと呼ぶのはかなり難しい。ブライアン・W・オールディスが「ヴォネガットはガソリン代が手に入ったとたん、フルスピードでSF界から走り去ってしまった」とSF史の古典『十億年の宴』において述べたのは、[1]早くも一九七三年のことであった。

また、より広い文脈においては、いわゆる純文学において、ポストモダン小説の興隆以降、SF的な手法・主題を活用するのが珍しくなくなっていったことをあげられるだろう。こうした現象は、SFがシリアスな文学形式として認知されていったことを示唆するが、この「認知」は、ジャンルとしてのSFがニューウェーヴ(六〇年代～七〇年代)からサイバーパンク(八〇年代以降)へと変化していったことと並行して起こっている。ヴォネガットの「SF的」な作品は、そうした変貌を遂げる同時代のSFとは明らかに異なっており、だとすれば彼の小説をSFとして評価しようとする試みが下火になっていったのは、自然なことというべきだろう。[2]

とはいうものの、修業時代のヴォネガットが五〇年代に書いた二冊の小説、つまり本章が扱う『プレイヤー・ピアノ』と『タイタンの妖女』は、やはりSFと見なされるべき——SFとして「評価」されるべきかどうかは措くとしても——作品に思える。ヴォネガットは「サイエンス・フィクション」と題された一九六五年のエッセイで、「[『プレイヤー』の]書評者達から自分がSF作家であると教えられた」として、「頭の痛いことに、わたしは「サイエンス・フィクション」というラベルを貼られたファイル・キャビネットの住人となってきたが、できればそこから出たいと思っている——とりわけ、えらく多くの真面目な批評家が、その引き出しを小便器としょっちゅう間違うので」などと述べているが(WFG 一)、『プレイヤー』を書いた時点でそう思っていたわけではないだろう。一九五〇年二月末、つまり最初の短編「バーンハウス効果に関する報告書」が活字になったばかりの頃の手紙では、「SF作家としての評判を築きたい」と書いているし、[3]「バーンハウス」に続く「死圏」や「エピカック」にしてもSFで、それらの掲載が決まったタイミングで会社を辞め、まもなく『プレイヤー』にとりかかるのだから、当時の彼がそれをSFと考えていなかったとは想像しにくい。

しかしながら、その一方で、「スリック」と呼ばれる中流階級向けの高級誌に作品を買いとってもらうべく短編を量産していた時期のヴォネガットは、SFだけを書いていたわけではなかった。[4]というより、彼の短編でS

Fに分類可能なものは、そうでないものと比べてはるかに少ないのである。彼が生前発表した短編のほとんどは『モンキー・ハウスへようこそ』と『バゴンボの嗅ぎタバコ入れ』に収められているが、その二冊に含まれる四八の作品のうち、SFと呼べるものは（もちろん見方によって多少の増減はあるだろうが）すでに触れた三編に加え、「ユーフィオ論議」「未製服」「明日も明日もその明日も」「ハリスン・バージロン」「2BRO2B」「モンキー・ハウスへようこそ」くらいしかない（しかも最後の三編は六〇年代の作品である）。生前は未出版に終わった多くの短編を含めても、SF作品の少なさは歴然としているのである。

このように見てくると、ヴォネガットがSFを書いても、自分を「SF作家」と見なしていなかったのは頷けるところなのだが、たとえそうだとしても、まさに右にあげたSF短編こそが、彼の（概して通俗的で文学的評価が低い）短編の中では代表的なものだといっていい（ライブラリー・オヴ・アメリカ版に収められたわずかな短編もSFばかりである）。つまり、量的には非SF作品が大半だったとしても、質的にはSF作品の方が勝っているのだ。SF作品もしばしば通俗的・感傷的であるのだが、それでもSFであれば、アイデアの面白さで読ませてしまうことが可能だし、また、彼の優れた風刺作家としての資質を、SFというジャンルはうまく引き出せるものでもあった。

そうであるとすれば、ヴォネガットがそのキャリアの最初期、つまり本格的に小説家となろうとしていた暗中模索の時期に、長編小説のフォーマットとしてSFを選んだことは、必然であり、賢明でもあったというべきだろう。『プレイヤー』をSFという形で書いたことについて、彼はあるインタヴューで「それは避けられないことでした——ゼネラル・エレクトリック社そのものがサイエンス・フィクションだったんですから」と述べている（WFG二六一）。駆け出しの作家が、よく知っている世界について書くのは自然だし、よく知っている世界について書いたときに、いちばんうまく書けるというのも当然だろう。

もっとも、作家の道を歩み始めた頃のヴォネガットが「よく知っている世界」は、GE社だけではなかった。第二次世界大戦でバルジの戦いとドレスデンの捕虜生活を経験していた彼は、「SF小説」ではなく、「戦争小説」を書いて文壇デビューを果たしてもよかったはずだ――そう思いながら『モンキー・ハウス』と『バゴンボ』を読み進めていくと、戦争を扱った作品の少なさに、いささか驚かされるかもしれない。戦争というトピックを多少なりともシリアスに扱ったものは「記念品」くらいで、退役軍人を主人公とする「ジョリー・ロジャー号の航海」などは、ともすれば戦争を美化しているといわれかねないセンチメンタルな作品である。あとは戦争を背景とした「孤児」などはあるものの、「王様の馬がみんな……」のような寓話めいた作品や、「あわれな通訳」といった滑稽話が目につく程度なのだ。

ただし、活字になった作品の少なさは、ヴォネガットが「戦争もの」を書こうとしなかったことを意味しない。そのことは、生前未発表に終わった「戦争もの」を集めた作品集、『追憶のハルマゲドン』（二〇〇八）を読めば確認されることになる。おそらくは一九四六年頃に書かれたと推測されるエッセイ「悲しみの叫びはすべての街路に」をはじめとして、ドレスデン体験を（捕虜生活を中心に）扱った作品を、彼はキャリアの最初期から書こうとしていたのである。

そうした「戦争もの」が世に出なかったのは、ヴォネガットが掲載を望んでいた大衆誌に相応しくなかったことが一因だろうし、その点において、彼は戦争小説を書かなかったのではなく、書けなかったということもできる。だが、長編小説であれば、そういった「検閲」を気にする必要はさしてなかったはずである。だとすれば、最初の長編を戦争小説ではなく、「もはや戦争はない」とされる世界を舞台としたSF小説にしたのは、やはりヴォネガットの「選択」ということになるだろうし、それは賢明な選択でもあったというべきだろう――『スローターハウス5』における達成は、SF的手法に習熟した作家が、戦後二〇数年を経てはじめて可能となったに違いないのだから。[5]

初期長編を書いているヴォネガットの念頭に、「戦争」がなかったわけではないだろう。『プレイヤー』の世界を統べるコンピュータは戦時中に作られたものだし、『タイタン』においては火星で訓練された軍隊が地球に戦争を仕掛けるのだから。だが、結局のところ、この時期の彼には、自身の戦争体験を芸術的に昇華させた長編小説を書けるだけの力量は、まだ備わっていなかったように思える。以下の議論で示唆するように、修業時代の彼が長編小説を書くには、SFというフォーマットが必要だったのである。

『プレイヤー・ピアノ』――「移行期」のディストピア小説

ヴォネガットが長編デビュー作に選んだ形式は、エヴゲーニイ・ザミャーチンの『われら』(一九二七)、オルダス・ハクスリーの『すばらしい新世界』(一九三二)、そしてジョージ・オーウェルの(これは同時代作品であるが)『一九八四年』(一九四九)などの流れを汲む、かなりオーソドックスなディストピア小説だった。ディストピア小説というのは、最も定型化されたSFサブジャンルの一つといっていいだろう。その典型的なストーリーは、徹底した管理社会において自我に目覚めた主人公が、抑圧的な社会に反抗するものの敗れるというものであり、そうした「定型」に沿って書きさえすれば、物語に破綻は生じにくいことになる。

実際、『プレイヤー・ピアノ』が、第一長編でありながらウェルメイドな作品となり得たのは、かなりの程度、こうしたジャンルの定石に従っているからだろう。第三次世界大戦から一〇年後、アメリカは機械化が進み、人々は物質的に不自由なく暮らせる一方、社会で重用されるのは、IQが高く、運営管理か工学技術に秀でた人間だけとなっている。主人公のポール・プロテュースは三五歳にしてニューヨーク州のイリアム製作所（GE社をモデルとしている）の所長、つまりエリートの中のエリートであるわけだが、そうした彼が機械中心の社会に、あるいは自分の人生に疑問を抱くようになり、機械に抵抗する組織「幽霊シャツ党」に参加するも、革命は成就せずに終わる。こうした粗略な「あらすじ」からだけでも、本書がオーソドックスなディストピア小説であることは確認されるだろう。

だが、「オーソドックスなディストピア小説」というのは、それ自体として、いささかアイロニカルな響きがある。というのも、定型に従順な物語をもって、個を圧殺する管理社会を批判しようというのは、矛盾をはらんだ企図といわざるを得ないからだ。ヴォネガットがこの小説を書くにあたって「『すばらしい新世界』のプロットを景気よく奪いとった」と述べたことはよく知られているが（*WFG* 二六一）、先行作品の焼き直しにすぎないディストピア小説は、そのジャンルが持っている批判的可能性を、最も深いところで裏切るものになってしまいかねないのである。

『プレイヤー』の世界では、一二の「読者タイプ」に応じたブッククラブからの推薦なくしては小説を出版できないとされている(PP二一九)。こうした自己言及的な——大衆の趣味に合致する作品を書かざるを得ず、「戦争小説」など書いても雑誌に掲載してもらえないヴォネガット自身の状況を反映した——エピソードをわざわざ挿入する作者が、先行作品の模倣にとどまらない、オリジナルな小説を書こうとしていたことは明らかだろう。重要な第一長編のフォーマットにディストピア小説を選択したのは、たとえプロットが定型的であったとしても、それ以外のところで独自性を発揮できると見積もったためであるはずだ。

そうした目算に、根拠がなかったわけではないだろう。ディストピア小説の成功にとって鍵となるのは、プロットよりもむしろ設定=世界観であると思われるし、ヴォネガットは「そのものがサイエンス・フィクションだった」というGE社に、広報係として——企業のイデオロギー=世界観を宣伝するという役割を担って——勤めていたのだから。「進歩は我が社の最も重要な製品です」というGE社のモットーは、のちに『チャンピオンたちの朝食』のエピローグで引用されるが、[6] それはほとんどそのまま『プレイヤー』の世界観の基底にあるといっていい。

したがって、ヴォネガットにしてみれば、GE社で見聞したことをそのまま——あるいはいくらかなりとも誇張して——書いてしまえば、それで作品の「世界」ができあがることになるし、また、ある種の「風俗小説」ないし「風刺文学」としての面白さも担保されるように思えただろう。例えば、作品中盤の主要舞台となるメドウズという島での催しは、いかにもディストピア小説に相応しい滑稽な印象を与えるが、これは参加者を色別チームに分けることを含め、ヴォネガットが勤務していた頃のGE社で、経営トレーニングキャンプとして実際におこなわれていたものである。[7]

このようにGE社との関わりを考えることで気づかされるのは、『プレイヤー』が、ディストピア小説ではあるものの、作品世界が不特定の遠い未来ではなく、あくまで執筆時の「現在」と地続きの時代に設定されている事実だろう。第三次大戦がいつ起こったかは不明だが、反体制側の中心人物ジェイムズ・ラッシャー牧師――文化人類学の学位を持つ、作者の代弁者的キャラクターでもある――は「われわれの抱えているこいつは、この前の戦争からじゃなくて、長いこと続いてきたんだ」といい、第二次大戦時の新聞や雑誌を見れば、「人間」ではなく「ノウハウ」が生産戦争を勝ちとるという議論が盛んだったと述べている（八六―八七）。

あるいは、ポール自身が同僚に向けたスピーチにおいて「われわれが完成に近づけつつある」として触れている「第二次産業革命」が（五二）、単純な頭脳労働の価値をなくすものであることを、「ノーバート・ウィーナー」という数学者が、一九四〇年代という昔に、そういったことをすべていっていた」と若い秘書に話していることを想起してもいい（一八）。ヴォネガットは、エージェントに渡した作品のアウトラインで、ウィーナーの『サイバネティクス』（一九四八）を引用しているが、[8] 実際、ウィーナーは同書の序章で「第二次産業革命が終了した場合、ふつう、あるいはそれ以下の能力をもった世間一般の人間は、金を出して購うに値するものを何ももたなくなるであろう」と予言しているのである。[9]

ヴォネガットがディストピアの基本的ヴィジョンを、同時代の言説からほとんどそのままの形で借用していることは、作家としての未熟さを示唆する事実のようにも思われるが、当面の文脈で強調しておきたいのは、こうして近未来を舞台にすることで、通常のディストピア小説とは異なり、出版時の「現在」が、「近過去」として物語にとりこまれている点である。作中のイリアムにおいては、システムを作る技術者やその管理者に代表されるエリートと、軍隊か道路住宅補修点検部隊――「ドジ終点部隊」と呼ばれている[10]――のどちらかに加わるしかない大多数の市民は、イロコイ川を隔てて暮らしており、二つの地域のあいだに架かる橋を「好奇心を別にすれば、渡る理由を持つ人間は、どちらの側にも多くはない」と冒頭に書かれているように（七）、二つの階層は完全に分断され、階級社会は強固に固定化しているように見える。だが、ポールと同年代以上の、三〇代から五〇代の人々はそうなる前の時代を記憶しているのである（三二）。ポールは妻アニータに、一〇〇年後であれば人々は変化にすっかり慣れているだろうと述べているが（三九）、それはとりも直さず、『プレイヤー』はあるイデオロギーに染めあげられたディストピア社会というより、そこへの「移行期」を提示している作品であることを意味するはずだ。

こうした特徴が『プレイヤー』をSF作品としては不徹底なものとしているという見方はあり得るだろう。ある研究者によれば、SF批評では本書は風刺文学としては優れていてもSFとしては優れていないと見なされていたとのことであり[11]、別の論者は（本書をそれまでに書かれたSFの最高傑作の一つと呼びながらも）SFファンは本書に対して違和感をおぼえるはずだといい、その理由として、SFにしてはキャラクターに力点を置きすぎていると感じられるだろうと述べている。[12] 本章の冒頭で記したように、ヴォネガットの「SF性」を問題とする批評は主に七〇年代のものだということもあり、ここでは「優れたSF」とはどのようなものであるべきかという厄介な議論には立ち入らないが、いま触れた二つの見解はいずれも、ヴォネガットが提示する世界が隙のないディストピア社会として設定されていないことが、SF作品としての弱さに通じていると示唆しているといっていいだろう。

しかし、こうした「批判」は、いわば無い物ねだりでしかないはずだ——本書が（ある種の読者には）ＳＦとして不徹底に感じられるとしても、それはヴォネガットがディストピア小説に創意を加えたことの直接的な結果なのだから。少なくとも、『プレイヤー』という作品をヴォネガットの第一長編として評価するという目的にとっては、この小説の「ＳＦ」としての完成度を測定するよりも、その「創意」がどのように機能しているかを考察する方が建設的であると思われる。

そうした「創意」の顕著な例が、コルフーリ教六〇〇万信徒の精神的指導者、ブラトプールのシャー（国王）による、アメリカ訪問のエピソード群だろう。シャーは三五章中の八章に登場するものの、ポールの物語にはほとんど関わらず、これを構成上の欠点と見なす論者もいるのだが、[13]シャーのエピソードはむしろポールの視野に入らないさまざまな「現実」を提示するために挿入されているはずである。だが、当面の文脈でより重要なのは、そうした「現実」を見るシャーの目線が、文化的他者の視線であることだろう。これはこの小説のディストピア社会が「現在」と地続きの「移行期」である点と関わっている——ディストピア社会が完成したら、「文化的他者」などいなくなるからだ。アメリカを統治しているコンピュータ「エピカック14号」を「バクー（偽物の神）」と呼ぶシャーの視点の導入は（一一四）、ヴォネガットの目的が、想像力や理論を駆使して考え抜かれたディストピア社会の提示自体にはないことの証左なのである。

シャーという文化的他者の視点の導入は、作品にコミック・リリーフ的な効果を与えるが、[14]同時にディストピア社会に向かう執筆時現在のアメリカへの風刺として意図されていると考えるのが妥当だろう。その端的な例は、シャーが平均的アメリカ人の家庭を視察するエピソードである。『プレイヤー』の世界では、女性は秘書以外の職業に就くことが想定されていないようだが、[15]そうした社会において、すべての家事が機械によって自動化され、やることがなくなった主婦がひたすらテレビを見てすごしているというのは（一五二）、「アメリカン・ドリーム」が実現したかのように見える第二次大戦後のアメリカ社会で、女性が置かれた空疎な状況を象徴するだろう。このエピソードが、一九五九年にモスクワで開催されたアメリカ産業博覧会でのリチャード・ニクソンとニキータ・フルシチョフの「キッチン討論」を予言するようなものになっているのは、[16]ヴォネガットの風刺作家としての実力を感じさせるところかもしれない。

シャーは「ドジ終点部隊」に入るしかない一般市民を「タカル（奴隷）」と呼び続けており、それはそのままこのディストピア社会に対する読者の印象を固めていくはずだが、ヴォネガットはそのようにしてサブストーリーで「社会全体」を提示しつつ、エリートであるポールという主人公の「個人的」な物語を進めていく。先に『プレイヤー』はSFにしてはキャラクターに力点を置きすぎていると感じられるかもしれないとする見解について触れておいたが、実際、この小説の中心はディストピア社会に対して違和感を抱く主人公の内面や行動にあるといっていい。この作品が成功しているかどうかは、ポールの心情や振る舞いが説得的に描かれているかどうかに大きくかかっているのである。

もっとも、機械に支配されている社会に対してポールが違和感を抱くこと自体は、すでに強調しておいたように、作品世界がディストピア社会への「移行期」を扱うものである以上、自然に感じられるといって差し支えないだろう。エリートであっても社会の歯車であることには変わりがない――いかに要職に就いていても、「機械に彼の代わりをさせることだって、たいして難しくない」のだ（七七）。彼の違和感がおかしなものではないことは、ディストピア社会のイデオロギーを完全に内面化しているローソン・シェパードが明らかにネガティヴに描かれていることはもとより、先に辞職する友人エド・フィナティの存在によって担保されている。ポールがエリートであるがゆえに戦争に行かずにすんだことに疚しさを感じていたり、システムの開発側にいる者として被抑圧者に対して罪意識を抱いていたりすることは、[17]ヴォネガットの後の作品で「罪悪感」が特権的主題となっていることを思うと目を惹くのだが、この小説においてはさして大きな問題にはなっていないし、読者にはいわば「普通」の人間的な感情として納得されると思われる。

このように、ポールがディストピア社会に対して抱く違和感は、読者が自然に読んでも――つまり、リアリズム小説を読むようにして読んでも――理解が難しくない。ただし、もちろん、社会に違和感を抱くことと、その社会を革命によって転覆しようとすることのあいだにはギャップがあるし、そもそもポールが「主人公」であるためには、それに相応しい「個人的」な事情がなくてはならない。『プレイヤー』がかなり長い小説となっているのは、おそらくそういった――リアリズム小説的な――問題に作者が対処しなくてはならなかったことが一因だろう。

では、その「対処」はうまくいっているだろうか。小説の冒頭近くで、ポールは久しぶりに会うことになったフィナティを、どんな社会でも一流の人物になれるだろうと羨みながら、自分は現在の自分にしかなれなかったと考えて憂鬱になる。

それはぞっとする考えだった――社会と歴史という機関にあまりにもぴったりと組みこまれていて、ただ一つの面を、そしてただ一つの線にそってしか動けないというのは。フィナティの到着に心が乱されているのは、人生とはこのようなものでいいのかという疑念が、それをきっかけに表面化してきたからだった。

（三七—三八）

この一節にあらわれているように、ヴォネガットがポールに与えた「個人的」な事情とは、一言でいってしまえば「中年の危機」にすぎない。傍から見れば何の問題もない人生を送ってきた人間が、いつしか満たされぬ思いに駆られてしまうというわけだが、これは「よくあること」だとしても、主人公に与えられる「個人的」な事情としては、あまりにも薄っぺらいものに思えないだろうか。

実際、ポールがフィナティに心の隙間を埋めてくれる「何か」を与えてくれると期待することや（四八）、川の向こう側の「ホームステッド」と呼ばれる世界を「現実」だと思い、そこにいる「一般民衆を愛し、助け、彼らに自分達が愛され理解されていることを知ってもらい、彼らに自分のことも愛してもらいたいと願う」ことなども（九六）、陳腐なロマンティシズムというしかない。農場を購入して移り住もうと計画することに至っては、紋切り型の極みである。物語の終わり近くで、彼の機械への反発心が、社会を作った「偉大」な父ジョージに対するエディプス・コンプレックスに起因していたと判明することも、「オチ」として皮肉であっても——そしてヴォネガット自身の父親との関係を想起させるにしても——少なくともリアリズム小説的な基準からすれば、やはり凡庸にすぎるといわねばならないはずだ。

このように見てくると、ディストピア社会への「移行期」を書こうというヴォネガットの「創意」は、それゆえにリアリズム小説的な要請を生じさせ、その要請にこの新人作家は十分に応えられていないという印象を受ける。彼の初期短編が概して通俗的・感傷的だったことを思えば、ポールの「内面」が「深み」を備えていないのも仕方がないと考えるべきかもしれない。しかしながら、その上で強調しておきたいのは、『プレイヤー』がやはりSF小説だということである。別のいい方をすると、右の議論は「移行期」を「まだ移行しきっていない」という形で見てきたわけだが、それを「もう移行しつつある」という形でとらえ直すことで、ポールの「凡庸さ」にリアリティが感じられるようになるということである。

そうした「リアリティ」は、第一に、ポールが「内面」の不満にもかかわらず、物語の最終盤に至るまで、会社を辞めて抵抗勢力に加わることがない点に見出される。フィナティがラッシャーにすぐ感化されるのとは対照的に、ポールは決定的な行動を遅延させ続ける。農場の購入にしても、ディストピア的な社会に「抵抗」するというより、そこから「逃避」しようという身振りにすぎないだろう。辞職の決意も、彼を引き立てようとする上司アンソニー・クローナーから、フィナティを密告せよと指示されたからであり、その決意さえ「これから一日も働かなくても、一〇〇万ドルの四分の三に近い資産がある」ことを計算した上でなされるのだ（一一五）。その後、メドウズで二重スパイの任務を命じられたときに、ついに辞職を口にするが（ただし、上司達はそれを演技として受けとる）、自分から革命組織に身を投じはしない。彼が「幽霊シャツ党」の（名目上の）リーダーとなるのは、あくまでラッシャーやフィナティに強制されてのことなのだ。

我々のいうとおりにしろ、さもないと命はないぞ——そんなふうにいわれたことには、数時間前に飲まされた薬物と同様の、解放的な効果があった。彼は自分で決断を下すことができず、それには誰にでも理解できる理由があるのだ。（二六七）

ここに至っても、ポールが主体的に「行動」していないのは明白である。彼がその役割を自らの責任において引き受けるのは、警察に逮捕され、組織のリーダーを訊ねられたときのことであるのだが、そのときでさえ彼の決断は「悪玉は密告者になる。善玉はならない――どんなときでも、何があっても」という「六歳以上の子供であれば誰もが知っている」行動原理に背中を押してもらってのことなのだ（二七八）。

そのようにして「わたしがリーダーです……そしてもっと立派なリーダーでありたかったと、心から思っています」と答えた瞬間に、ポールは「それが真実だと知る」ことになる（二七八）。これはポールが反社会運動の潜在的なシンパサイザーだったことをあらためて示すが、より重要なことは、「内面」が「行動」に遅れて――この時点までずっと「内面」に「行動」が追いついていなかったことを思えばなおさら――唐突に立ちあらわれている点である。ここに「われわれは自分が装っているものに他ならず、だから何を装うか気をつけなくてはならない」という形で『母なる夜』において深められる主題を読みとることも可能だろうが（*MN* 五三五）、『プレイヤー』のディストピア小説的文脈では、「主体的」に行動することの困難として理解しておくのが先決だろう。単純化していってしまえば、機械が支配する管理社会では、人間も機械化されてしまうということであり、その「機械化」の一例として、「行動」を自分の「意志」で決定する能力が損なわれるということである。

どんな社会においても「主体性」を発揮するのは容易ではないとはいえようし、「自由意志」の問題は、ヴォネガット文学における最大のテーマの一つといっていい。しかし『プレイヤー』に即しては、やはり「機械化」という表現が妥当だろう。事実、というべきか、この小説には「機械のような」と形容したくなるフラット・キャラクターが満ちている。システムにひたすら従順に振る舞うシェパードやアニータが典型だが、後先考えずに自分の仕事を自分よりうまくやれる機械を作ってしまい失業するバド・カルフーンや、クローナーの相方で、他人の言葉にすぐ影響されてしまう（そしてポール名義のアジ文書を目にして辞職する）ベーアにしても同様である。いったん機械を攻撃するとなれば、有用性を考えずに手当たり次第に破壊する群衆は、壊した機械を——誰も飲まないジュースの自動販売機を——ただちに修理し始めるありさまなのだ。

こういった人々は、あたかもプログラムに従っているかのように、いわば自動的に行動する。考えて行動するわけではなく、行動の意味を考えもしない。彼らは——機械のように——自意識を欠いているのだ。彼らの多くが技術者であることは、ディストピア社会への移行が不可避であることを示唆するように思える。フィナティは職工ルディ・ハーツの手の動きを機械に肩代わりさせたことを回顧し、「物事はそのままの状態にはとどまらんよ……。それを変えようとするのは、あまりにも面白いからな」といい、人間さえいなければ「世界は技術者の天国になるのに」といってしまう（*PP*二九九）。作品世界を代表するこの技術者は、こうした技術者としての自意識——自分がシステムを「進化」させ続けることをプログラムされた機械だという認識——の欠如こそが現在のディストピア社会をもたらしたことを、最後まで自覚しないのである。

自意識の欠如に関しては、ポールにも同様に観察されるだろう。彼は自分の憂鬱がありふれた「中年の危機」にすぎないことを意識できないし、自分が農夫になれるはずがないことさえわかっていない。こうした自意識を欠く人間が、自分自身はもとより、他者を理解できないのは当然だろう。彼は自分では妻を愛していると思っているが、彼女が農場に移り住むはずがないことさえわかっていないのだ。アニータはポールの世界における中心人物であり、したがって彼が彼女をまるで理解していないことは、単なる夫婦のすれ違いなどではなく、彼という人間の根幹に直結する徴候的な問題といっていい。

アニータはディストピア社会のイデオロギーを内面化した女性であり、ポールが彼女を変えようとすることの困難は、そのままディストピア社会を変革することの困難を示唆するわけだが、その点をふまえた上で気づいておきたい皮肉は、彼の妻に対する態度が、やはり「機械」を想起させることである。最も明白な例は、この夫婦間で「愛している」という言葉が会話の終わりに決まって置かれることであり、それが機械的な反応にすぎないことは、メドウズから追い出されたポールが娼婦とすごした一夜、相手の寝言に反応し、「自動的な返答」として「僕も愛しているよ、アニータ」と口にする場面で露呈することになる（二三三）。[18]

この娼婦とのエピソードは、アニータが「人生において無条件で熱中できる唯一のものをポールに与えてくれる、セックスの天才」であったことを読者に想起させるかもしれないし（二二六）、だとすれば彼女が、会社をクビになった（と彼女が思っている）ポールに向けて、「あなたに必要なのは、女の形をして、スポンジゴムをかぶせて、人間の体温にまで温められた、ステンレス・スティールの何かにすぎないのよ」と告げるのは（二二四）、正しい批判のように思えてくる。彼女はさらに、「機械みたいに扱われるのはもうううんざりなのよ！」というのだが（二二五）、これも真実を衝いた言葉だろう。結局のところ、ポールは彼女を理解することがついぞなかったのだし、農場生活に同意させるように「再教育」（一二六、一三四、一四六、一六一）――リプログラム

――すればいいと思っていたのだから。

機械に、そして機械として扱われる人間は、他者を機械として扱ってしまう――ヴォネガットが「移行中」のものとして描くディストピアとは、そうした世界である。皮肉なことに、そうした世界への抵抗勢力であるはずの「幽霊シャツ党」も、そのロジックに飲みこまれてしまっている。ラッシャーとフィナティが、「おまえは何もする必要はないんだよ」といいながらポールを組織に引き入れるのは（二六七）、彼が機械に抵抗する「人間」だからではなく、あくまで革命の「道具」として必要だからなのだ。あるいは、もう一人の中心メンバーである政治学の教授だったラドヴィグ・ヴァン・ノイマンにとって、革命運動が一種の実験だったことを想起しておいてもよいだろう（三〇六）。

この物語の結末については、ラッシャーの「前へー、進め」という最後の言葉に言及して（三〇七）、トーマス・P・ホフマンが「結末は肯定的である――それは、この反抗が、この人間が、あるいは歴史上のこの時点において失敗したとしても、人間が、自分達の作り出したこの牢獄に対して反逆し続けるであろうことを、我々に再確認させてくれるのだから」と述べているのを代表として、[19] 論者達はしばしば肯定的にとらえようとしてきたのだが、しかし右に見てきたように、反体制側の振る舞いはすでにかなりの程度「機械化」されているし、体制側と反体制側が同じロジックで動いてしまっているという事実は、ディストピア社会への「移行」が不可逆的であることを示しているように見える。そして何より、移行期の時代の波に翻弄され続け、ようやく主体的に革命の大義を胸に抱くに至った主人公が、最後の乾杯の言葉として「よりよき世界のために」といえなかったことの重さは看過し得ないはずだ（三〇六-〇七）。

ヴォネガットは結末に関してはかなり苦労し、ポールが一七年の刑期を（刑務所の図書室で古典を読みながら）務めて出所し、農場に戻ると、クローナーがそこで待っているというエピローグも書いていたようだ。[20]そのようなセンチメンタルなアイデアが浮かんでしまうこと自体、新人作家の未熟さと見なし得るのだが、そうであるとすればなおさら、そうしたハッピー・エンディングを許してくれない「ディストピア小説」というフォーマットによって、この小説は救われたというべきだろう。『プレイヤー』という作品は、プロット、世界観、人物造型、そして結末に至るまで、危うさを抱えつつも、「ディストピア小説」としての筋を通した小説だった――ディストピア小説だからこそ、筋が通った小説になったといってもいい。ヴォネガットがシリアスな長編作家として出発できたのは、ＳＦというジャンルのおかげだったのである。

『タイタンの妖女』――ＳＦエンターテインメント？

『タイタンの妖女』は『プレイヤー・ピアノ』の出版から七年後、一九五九年に刊行された。この長い「ブランク」には、序章で述べたように、この時期のヴォネガットが経済的にも精神的にもいささか不安定だったことが影響しているのだろうが、その間も彼は大衆誌に短編を継続的に発表し、作家としての練度を高めていた。デル社に移った編集者ノックス・バーガーの依頼で『タイタン』に着手するや数ヵ月で脱稿した事実は、彼の修業期間が終わりつつある証拠と見なせるかもしれない。

実際、「ペイパーバック・オリジナル」の気楽さもあってか、第二長編のヴォネガットは、ＳＦ的意匠を使いこなし、楽しんで書いているように思える。しばしば「スペース・オペラ」とも呼ばれるこの作品が、彼の小説で最も「SF的」であるのは間違いないが、火星・水星・タイタン（土星の第六衛星）という舞台、宇宙生物や宇宙人、星間戦争、そして未来社会と新宗教といったSFに典型的な題材を、ほとんど荒唐無稽なまでに奔放なアイデアを駆使して調理し、センチメンタルではあるが感動的な——わかっていても泣かされるというような——結末まで一気に読ませる手腕は、『タイタン』を優れたエンターテインメント作品にしているといっていいだろう。

もちろん、『タイタン』は単なるエンターテインメント小説ではなく、扱われている主題も極めてヴォネガット的である。それは一言でいえば「人は何のためにいるのか」という問題であり、この問いが『プレイヤー』の終盤で、シャーがエピカックに訊いてほしがるものであることは（*PP*二八八）、二作間の継続性を感じさせるだろう。そしてこの「継続性」は、「ディストピア小説」と「スペース・オペラ」という違いこそあれ、両作がともに「SF」であることにも関連していると思われる。「人間」を「問題」とする（言葉は悪いが）手っとり早い方法は、「人間」ではない存在——例えば機械であれ、宇宙人であれ——と対比することであり、そうした手法をSFというジャンルが得手とするのは明らかだからだ。

そうした「人間」ではない存在として、「未来人」を含めてもいいだろう。「第二次世界大戦から第三次大恐慌のあいだ」と設定されている『タイタン』は、[21]『プレイヤー』と同じく「現在」と地続きの近未来社会を扱うが、語り手はそのさらに一世紀ほど先の時代から振り返っている「未来の歴史家」である。[22]

> いまでは誰もが、生の意味を自分の内部に見つける方法を知っている。
> だが、人類はいつもそう幸運だったわけではない。一世紀足らず前まで、男も女も、自分の内部にあるパズル箱にたやすくアクセスできたわけではなかった。
> 五三ある魂の入口の、一つさえいうことができなかった。
> いくつものインチキ宗教が幅をきかしていた。
> 人類は、あらゆる人間の内部にある真実に気づかず、外部を探った——ひたすら外へと突き進んだ。そうした外部への突進によって知ろうとしたのは、いったい誰が森羅万象を司っているのか、そして森羅万象はいったい何のためにあるのかということだった。（*ST*三一三）

このように始める語り手は、人類がそうした外部への探究により見出したのは「果てしない無意味さという悪夢」だけだったと述べ、「そういった昔に人々がどんな風に生きたのか」を語るのである（三一三）。

物語世界は、その時代が「悪夢の時代（Nightmare Ages）」と大文字で呼ばれていることからもわかるように（三一三）、「未来人」の観点からはすでに評価が定まっている。読者はそうした「評価」を意識させられつつ「現代人」の「悪夢」を読んでいくわけだが、重要なのは、それが「未来人」からすれば「悪夢」であり、修正されるべき（あるいは修正されるべくして修正された）欠点だとしても、そして「未来人」の視点を活用する作者がそうした欠点を風刺しているとしても、まさしくそれこそが「現代人」の「人間性」であるはずだという点である。前作同様、ヴォネガットのＳＦ／初期作品は「現代人」を扱う「モダン」な作品なのであり、例えば宇宙人が地球人をコントロールするという設定が似ていても、人類の（文字通りの）進化を提示するアーサー・C・クラークの『幼年期の終わり』（一九五三）のような壮大な（そして「ポストモダン」的な）物語とは、まったく別種の作品なのだ。

事実、というべきか、設定こそ派手なものの、『タイタン』の焦点は主に二人の「個人」――アメリカを代表する名家出身のウィンストン・ナイルズ・ラムファード（フランクリン・デラノ・ローズヴェルトがモデルといわれる）[23]と、アメリカ一の大富豪である、成金の息子マラカイ・コンスタント――にあてられている。二人の主人公を擁する小説は、概して二人を対比的に描くものだが、それは概してその二人が相補的な関係に置かれるということでもあり、その意味において、作品世界は拡散するのではなく、むしろ一つの主題に収斂しやすくなる。『タイタン』はまさにそうした作品であり、「スペース・オペラ」の意匠をとり払えば、コンパクトにまとまった小説といっていい。そのことは、ラムファードの妻だったビアトリスが、コンスタントとのあいだに子供クロノを持つというように、人間関係が小さな範囲に（対比的に、そして相補的に）収まっていることからも確認されるだろう。

『タイタン』の主題は、すでに述べたように「人は何のためにいるのか」というものだが、この主題を、ヴォネガットは二人の主人公の関係を通して、「支配」「被支配」の問題として展開する。「時間等曲率漏斗（クロノ・シンクラスティック・インファンディブラム）」と呼ばれる現象に飛びこんだ結果、愛犬カザックとともに波動現象として時空をこえて存在するようになったラムファードが、「単時点」的な（一つの時間に一つの場所にしかいられない）人間であるコンスタントをスケープゴート的に利用し、新宗教「徹底的に無関心な神の教会」を創設するものの、最後にはラムファード自身（を含む人類全体）もトラルファマドール星人に利用されていたと判明するというのが主なストーリーである。

ラムファードの皮肉な運命が物語の最終盤に至るまで開示されないことに加え、彼が通常の人間とは異なる存在になっていることもあり、おそらく大方の読者は、そうした超越的な存在に一方的に支配されるコンスタントに感情移入して読み進めることになるだろう。もっとも、物語に登場してきたときのコンスタントは、読者がシンパシーを抱きやすいキャラクターではない――ラムファードに会うまで自分より優れた人間がいるとは想像もしなかった彼は（三二一）、何も努力せず大金持ちになり、「天にいる誰かさんはおれのことが気に入っているんだろうよ」と考える（三二二）、傲慢な人物であるのだから。

だが、まさしく何の努力もなく大金持ちになっているコンスタントは、麻薬による幻覚にしか驚きも楽しみも見出せない人生に（三二一）、三一歳にして飽いている。ある批評家は、彼の堕落した生活を、不幸の原因というよりその徴候と見なしているが、[24] これは正しい観察だろう。「酒、麻薬、女といった享楽に耽ったあとにいつもやってくる鬱状態の中、コンスタントはただ一つのものだけを切望する――彼が二点間をうやうやしく運ぶに値する尊さと重要性を備えた一つのメッセージを」という一節は（三二〇）、「忠実な使者」を意味する名を持つ彼の（自分には重要なメッセージを伝える価値があるという）自尊心のみならず、自分の空虚な人生に「意味」があると信じたいという、ロマンティックな、そしていかにも人間的な願望を示すのだ。

したがって、ある論者が指摘しているように、火星に行き（その途中ではビアトリスと「家畜のようにつがわされ」［三二六］）、次いで水星、そしていったん地球に戻り、最後にタイタンに行くことになるというラムファードの予言に、コンスタントが抵抗しようとする一方、どこか惹かれているように見えるのも不思議ではないのだが、[25] そうであったとしても、地球を離れたあとの彼の受難は、極めて過酷なものとなる。火星では八年で七回も記憶を消され、頭にはアンテナが入れられており、司令官の意向に沿わない行動をとると激痛に襲われる。だが、いまは「アンク」と呼ばれている彼は、痛みに耐えて知識を得て、その知識を自分宛ての手紙で維持し、妻子と親友ストーニイ（「アンク」自身が処刑を執行したが、彼はそれに気づいていない）を連れて逃げようと奮闘する。

　ラムファードはかつて、コンスタントに「きみは悪い人間じゃない……特に、自分が誰だか忘れているときはね」と述べていたが（三二三）、それは「アンク」が念頭にあったのかもしれない。「アンク」は結局、妻子救出に失敗し、火星で彼を直接コントロールしていたボアズとともに水星に行かされ、そこで三年をすごす。だが、ボアズがハーモニウムと呼ばれる生物との自己愛的な生活に閉じこもるのに対し、「アンク」は意志の力を失わず、行動範囲も広い（四四七）。ボアズが「おれは誰にも悪いことをしないで、いいことができる場所を見つけた」といって水星に残ることは（四五八）、「アンク」をコントロールしていた自分自身が、他人に支配されていたと悟ったことにおそらく遠因があり（四三七）、それはこの小説の「支配」「被支配」の主題に照らして興味深いが、その決断が「ボアズ、イカナイデ！」「ボクラハ、アナタヲ、アイシテルヨ、ボアズ」という（四五五）、ハーモニウムが作れるはずのない――「アンク」を一人で地球に行かせたいラムファードが作った――メッセージに従ってのものであることを思えばなおさら、現実逃避と見なさざるを得ないだろう。

　かくして「アンク」は、ラムファードのシナリオ通り「宇宙のさすらい人」として一人で地球に戻るが、ただちに正体を告げられ、ストーニイを殺したのは彼だと教えられた上、ビアトリスとクロノとともにタイタンに追放される。「天にいる誰かさんはおれのことが気に入っているんだろうよ」などといってしまう人間だったコンスタントを追放することで、新宗教「徹底的に無関心な神の教会」が完成するのだ。そして彼は七四歳で死ぬ直前までタイタンで暮らすことになる。太陽系の外に行ってしまったラムファードからは支配を受けなくなったが、それでも彼の人生は、ラムファードに利用され尽くしたというしかないかもしれない。

しかしながら、コンスタントは、最終的に自分の運命を受け入れる。彼はトラルファマドール星人のサロに向かって、死の一年前にようやくビアトリスと愛しあえるようになったといい、「おれ達はそれだけ長いことかかって、ようやく気づいたんだ——人生の目的は、誰がそれを操っているにしても、自分のまわりにいて、愛されるのを待っている誰かを愛することなんだと」と語る（五二八）。そうした認識に至ったのは彼だけではない。やはりラムファードに利用されたビアトリスは、「誰にとっても最悪のことがあるとしたら……それは誰にも、何のためにも、利用されないこと」だと悟り、コンスタントに「わたしを利用してくれてありがとう……たとえ、わたしが誰にも利用されたくなんてないと思っていたとしても」といって死ぬ（五二六）。そしていまや「タイタンつぐみ」と暮らしているクロノも、最後に姿を見せて「お母さん、お父さん、ありがとう……僕に生命の贈り物をくれて」というのである（五二七）。

コンスタント（達）が「それだけ長いことかかって」たどり着いた境地が、ボアズのそれと異なることは明らかだろう。他者といる限り「支配する／される」ことになるという「現実」から、ボアズが文字通り世捨て人となって離脱したのに対し、コンスタントはそれを受け入れる。ある批評家は、五〇年代から六〇年代の実存主義の流れにおいて、ヴォネガットが人間存在の無意味さを「結論」ではなく、「いま」を生きる人生を有意義なものとする「出発点」と理解していたと述べているが、[26]これは説得的な見解だろう——この小説には、コンスタントという主人公が持つに至った認識を、相対化する視点が存在しないように思えるからだ。コンスタントは結局、作者から読者へのメッセージを伝える「使者」としての役割を果たしたといえるかもしれない。

それでは、もう一人の主人公であるラムファードはどうだろうか。前段の議論をふまえてまず注目されるのは、コンスタントとは対照的に、彼がトラルファマドール星人に操られていた事実を受け入れられないことである。支配され続けたコンスタントが運命を受容して安らかに死ぬのに対し、他者を支配し続けていたラムファードは、自分が支配されていたことに気づいてショックを受けたまま、太陽系の（そして作品世界の）外へ飛ばされる。この結末は、コンスタントの悟りを——彼が「使者」として伝達する作者の「メッセージ」を——説得的なものとするように働くだろう。コンスタントがラムファードの新宗教を完成させるために地球から追放されたのと同様、ラムファードはこの物語（の思想）を完成させるために太陽系から放逐されるわけだ。

このように、二人の主人公の「対比的」な関係は、物語の主題に即しては「補完的」に機能する。そのことは『タイタン』をウェルメイドな作品としているのだが、それがこの小説を、いくぶん通俗的に感じさせてしまうのも否めないだろう。別のいい方をすれば、「支配」「被支配」が「問題」となっている物語を書いておきながら、作者自身が登場人物を「コマ」のように「支配」しすぎているのではないかということである。

ただし、こう考えてきてあらためて気づかされるのは、ヴォネガットと登場人物のあいだに「語り手」が存在する事実だろう。「未来の歴史家」の視点からは、ラムファードの敗北とコンスタントの勝利は、「生の意味」は

「自分の内部」にしかないというテーゼを例証する事例に他ならないが、ヴォネガットという「現在の小説家」がその視点を完全に共有しているとは限らない。たとえ「個人」としてのヴォネガットがかなりの程度、「未来の歴史家」に自分の思想を仮託していても、「小説」は「思想」に還元されるものではない。むしろ、思想に還元されない部分に、「小説家」としてのヴォネガットの可能性を見るべきなのだ。

ここで考えてみたいのは、ラムファードの「人間性」である。「時間等曲率漏斗」に飛びこんだ彼は、その「これまでに存在したあらゆるものはこれからも存在するし、これから存在することになるあらゆるものは、これまでも常に存在していた」という有名な言葉にあらわれているように（五〇九）、直線的な（ニュートン力学的な）時間を超越しており、「単時点」的な普通の人間には未知の未来も、彼にとっては常に既知となっている。したがって、彼が小説の終盤で、自分がトラルファマドール星人に利用されていたと知って激昂するというのは、本来あり得ないはずなのだが、そこに露出するのが彼の「人間性」である。

「うむ」とサロはいった。「きみは――つまり、きみは――自分が利用されてきたと思っているのかい……？」

「トラルファマドールは」とラムファードは苦々しげにいった。「太陽系に手を伸ばし、わたしを拾いあげ、手頃なジャガイモの皮むき器のように使ったんだ！」

「もしこのことが未来に見えていたのなら」とサロは惨めにいった。「どうしていままでその話をしなかったんだ？」

「誰だって、自分が利用されていると考えたくはないさ」とラムファードはいった。「最後の最後の瞬間まで、それを認めるのを遅らせようとするものだ」彼はゆがんだ笑みを浮かべた。「たぶんきみは驚くだろうが、わたしにも一つのプライドがある。愚かで、間違ったプライドかもしれないが、自分なりの理由で、自分なりの決断をするというプライドがね」（五〇七）

要するに、知ってはいたが、認められなかったというわけだ。実際、かつてビアトリスに「いつの日かタイタンで、きみはわかることになる――わたしが誰によって、そして胸の悪くなるほどくだらない目的のために、どれほど容赦なく利用されたかを」と告げていたのだから（三五二）、自分自身を含む人類全体が、故障した宇宙船の交換部品（「幸運のお守り」としてクロノが持っていたもの）をサロに届けるべく利用されていたことを、彼は知っていたはずなのだ。

それにもかかわらずラムファードが激怒する事実は、それまでの彼の行動が、「知っている」ことを「否認」しようとしての振る舞いだったと考えることを可能にするだろう。ある論者は、ラムファードが人間は偶然の犠牲者だという信条を作りながら、人間が地球外生物に支配されている（その支配に「偶然」はない）と考えるのを矛盾だという。[27] だが、スタンリー・シャットの「彼が「徹底的に無関心な神の教会」を創るのは、自分の運命を自分でコントロールしていないという考えに我慢できないからだ」という指摘をふまえていえば、[28] その「矛盾」は、「知っている」ことに対する「否認」、もしくは「抵抗」と見なすべきだろう。

いま「抵抗」という言葉を使ったのは、すべてを悟ったラムファードが、最後に「わたしにいえるのは……わたしがトラルファマドールの抵抗不可能な希望に奉仕しながらも、わが故郷の地球のために、善をなそうと全力を尽くしたことだけだ」といっているためである（五一六）。これはもちろん、「徹底的に無関心な神の教会」の創設を指しているわけだ。この新宗教は、神の関与をいっさい認めない点で、徹底的に「人間中心主義的」なものである。火星人に地球を襲わせて地球人の一体化を図った上で（これはときに指摘されるように、[29] H・G・ウェルズの『宇宙戦争』［一八九八］のパロディだろう[30]）、その火星人が無力な存在だったと示すことで、彼は「超越者」の存在を否定しつつ、人々の心に罪悪感を埋めこみ、究極の平等社会を作ろうとする。地球が現実にはトラルファマドール星人という「超越者」に操られていると知っているにもかかわらず、というよりむしろ知ってしまっているからこそ、彼はその「現実」を隠蔽する宗教を人類に与えようとするのだ。

　ラムファードの計画がうまく機能しないであろうことは、人より優れた点を持った人間が自発的にハンディキャップを負わねばならないというディストピア的社会が生まれたことに（これはヴォネガットの最も有名な短編「ハリスン・バージロン」［一九六一］の設定としても用いられる）、それ自体として明らかだが、小説の主題に即して強調しておくべきは、右に見たような彼の「善意」が、個人的な「否認」に基づいているため、どうしても自己欺瞞に見えてしまうことだろう。宗教を創設するには、彼はあまりに「人間的」だったといってもいい。事実、彼がコンスタント（そして数多の「火星人」）を容赦なく利用するところには、成金（そして一般大衆）に対する上流階級の蔑視が透けて見えるように思えるし、コンスタントにビアトリスを凌辱させることにしても、自分を拒絶する潔癖な妻――彼女がそのときまで処女だったことに触れ、彼は「これって、彼女の亭主にとっては、なかなか手厳しいジョークじゃないかね」と自嘲気味にいう（四二四）――に対する個人的な復讐、もしくは願望充足のように感じられるのではないだろうか。

このように見てくると、ラムファードが宗教を創設したのも、トラルファマドール星人から個人的に受けた屈辱を、「人類に善をなす」という美名のもとに、自分自身の目から隠そうとしてのことだったように思えてくる。サロは、彼が時間等曲率漏斗入りして、かなり「大局的な物の見方」を持つに至ったとしても、「心はまだ驚くほど偏狭な地球人である」ことを見抜いているが（四九九）、実際、サロを「機械」と呼んで八つ当たりする彼の姿は、コンスタント（とビアトリス）の態度に比べ、未熟といわざるを得ないだろう。

もっとも、すでに述べたように、コンスタントが運命を受け入れるのは老年になってからであり、ラムファードも年月が経てば「成熟」するのかもしれない。ただし、リニアな時間を超越している彼に、そうした基準があてはまるのかはわからない。彼が時間等曲率漏斗入りしてから太陽系の外に飛ばされるのに二〇年以上経過している（物語冒頭で彼の「実体化現象」は九年間続いており［三一四］、三一歳だったコンスタントが「宇宙のさすらい人」として地球に戻ってくるのは四三歳［四六〇］、さらにタイタンまでは一七ヵ月かかっている［五一一］）ことを思えば、「成熟」はラムファードには訪れないと考える方が妥当かもしれない。

いずれにしても、『タイタン』はコンスタントの「成熟」に対し、ラムファードの「未成熟」を印象付けるのだが、ここまでの議論を振り返ってみれば、ラムファードの「未成熟」とされる「人間的」な部分こそが、物語を駆動していることはもとより、その（作者／語り手の「思想」に還元されない）「小説」らしさを読者に堪能させるといっていいだろう。例えば、語り手が冒頭で「果てしない無意味さという悪夢」と呼んでいた事態が何なのかということにしても、ラムファードの「未熟さ」があるからこそ、読者に効果的に伝わるのではないだろうか。

「アンク」はストーニイを処刑する（その生命を支配する）が、その「アンク」を支配するのはボアズであり、そのボアズを操るのはラムファードだった。そして、そのラムファード自身がトラルファマドール星人にコントロールされていたことを認めざるを得なくなったとき、彼は「たぶん、［宇宙船の］交換部品がトラルファマドール星人の使者に渡された以上、トラルファマドールは太陽系への干渉をやめる。たぶん、地球人はようやくこれから自由な発展を遂げ、好きなことをできるようになるだろう」という（五一六–一七）。だが、ラムファードの未成熟さを見てきた読者は、この見解を視野狭窄と思うだろう。彼は「支配」「被支配」の連鎖という「現実」の中にいながら、その「現実」を「否認」してきた。だからここに至っても、「現実」が教える論理的帰結、つまりトラルファマドール星人もまた誰かに支配されているという可能性が視界に入らないのである。

ラムファードがその可能性、つまり常に（無限に）メタレヴェルがあるという可能性に気づいていれば、メタレヴェルに立てる存在などいないという（未来人にとっては常識の）認識に達することもできただろうし、ひいては自分が利用されたことを（コンスタント達のように）受け入れられもしただろう。だが、ラムファードは自分が利用されたというショックを——それを彼の「トラウマ」と呼んでもいいかもしれない——克服できず、それは彼を自己憐憫に陥らせる。彼の「トラルファマドールの抵抗不可能な希望に奉仕しながらも、わが故郷の地球のために、善をなそうと全力を尽くした」という言葉、あるいは「わたしをニューポートの、地球の、そして太陽系の紳士として憶えていてほしい」という言葉などは（五一七）、自分を「被害者」と見なしていることの証左だろう。

だが、ラムファードは一方的な「被害者」なのか、と読者は思うはずだ——コンスタントを徹底的に利用したことはもとより、大勢の人間を火星に拉致して頭にアンテナを埋めこみ、「捨て駒」として搾取した彼は、「加害者」でもあるのではないか、と。マクロな視点からすれば、そういった行動はすべて「トラルファマドールの抵抗不可能な希望に奉仕」するように支配されていたのかもしれないが、彼は「どんな風にトラルファマドール星人が我々を操ったのか、わたしは知らない」と述べているし（五一六）、トラルファマドール星人が「UWTB（そうなろうとする万有意志）」を使って、地球人の行動をどこまで細かく統御していたかはわからないというしかない。[31] 実際、サロへのメッセージを伝える目的に奉仕するはずの文明は何百回も滅んでいるのだし（四九九）、そもそも完全に支配できるのなら、単に誰かに交換部品を持たせてタイタンに運ばせればいいはずだ。

したがって、ビアトリスが生涯をかけておこなったラムファードへの反論――「わたしは決して……トラルファマドールの力が、地球の出来事と何らかの関係があったことを否定するものではない。しかし、トラルファマドールの利益に奉仕した人々は、トラルファマドールがその事件には、実際的には何も関係していないといい得るほど、極めて個性的なやり方で奉仕したのである」（五二四）――は正しいように思える。トラルファマドール星人がラムファードを利用したとしても、数多の人間を支配して宗教を立ちあげたのは、ラムファードの意志／個性によるものであり、彼はその行動に対して責任を負っているのである。

ラムファードは火星にいる「アンク」に向けて、ビアトリスをレイプしたコンスタントが「たいていの人間が決して自覚しないことを――自分がひどい運命の犠牲者であるだけではなく、そのひどい運命の最も残酷な手先の一人でもあることを悟った」と述べている（四二二）。にもかかわらず、自分が操られていたことをついに認めたとき、彼は自分が「残酷な手先＝加害者」でもあったという事実を「問題」としてはいないし、ましてや罪悪感に苛まれているようにはとても見えない。自分が「被害者」であったという「トラウマ」を「否認」し続けていた彼は、「加害者」であったことも自覚できないのだ。

こうしたラムファードの「加害者」としての「罪意識」の欠如を、彼個人の人格に帰することも一応は可能だろう。しかしながら、これはかなりの程度、物語のSF的設定によって決定されているように思える。先に確認したように、ラムファードは時間等曲率漏斗入りしており、また最後には（「被害者」であることを認めるとすぐに）太陽系の外に飛ばされるという形で、成熟を果たせない人物として設定されている。そのような彼が「加害者」としての「罪意識」に苛まれて生きていく姿を描く可能性は、この「SFエンターテインメント」の射程外にあるのだ。その可能性を物語の外部にラムファードもろとも放逐することで、支配されていたコンスタントが最後にはその運命を受け入れ、支配していたラムファードが最後には皮肉な運命にさらされるという二項対立が完成し、『タイタン』は美しく閉幕するのである。

ラムファードの「加害者」としての問題が、この「小説」が秘めていた「可能性」であることは間違いない。だからそれが展開されず、棚上げされてしまったのは、残念なことというべきなのだが、これは修業期間が終わりを迎えつつある作家が数ヵ月で書いた小説に向ける注文としては大きすぎるかもしれない。結局のところ、この時期のヴォネガットは「加害者」や「罪意識」といった問題に、十分に意識が向いていなかったのだろう（『プレイヤー』でポールの「加害者意識」が肉付けされなかったことを想起してもいい）。ただし、そうした問題意識の種が、ここで蒔かれたとはいっておけるかもしれないし、それが花を咲かすには、SFよりもリアリズム小説的な土壌が相応しいようにも思える——そして興味深いことに、SFを離れた次作では、二重スパイが主人公に起用されることになるのだ。

註

1 Brian W. Aldiss, *Billion Year Spree: The History of Science Fiction* (London: Weidenfeld and Nicolson, 1973) 316.

2 ヴォネガットとＳＦ史の関係については、例えば巽孝之「ヴォネガット連続体――超兵器と超虚構のはざまで」『現代作家ガイド６――カート・ヴォネガット』（巽孝之監修、彩流社、二〇一二年）八二–九五を参照。

3 Vonnegut, *Letters* 33.

4 ヴォネガットがＳＦ専門誌に載せた短編は、「未製服」（『ギャラクシー・サイエンス・フィクション』一九五三年四月号）、「明日も明日もその明日も」（同誌一九五四年一月号）、「ハリスン・バージロン」（『マガジン・オヴ・ファンタジー・アンド・サイエンス・フィクション』一九六一年一〇月号）、「２ＢＲＯ２Ｂ」（『ワールズ・オヴ・イフ』一九六二年一月号）の四編のみである。

5 Kurt Vonnegut, *Novels and Stories 1950-1962*, ed. Sidney Offit (New York: Library of America, 2012) 5. 以下、『プレイヤー・ピアノ』（*PP*）からの引用は同書による。

6 Kurt Vonnegut, *Novels and Stories 1963-1973*, ed. Sidney Offit (New York: Library of America, 2011) 730. 以下、『チャンピオンたちの朝食』（*BC*）からの引用は同書による。

7 詳しくは、Strand 96-99 を参照。

8 Strand 66-67.

9 ノーバート・ウィーナー『サイバネティックス――動物と機械における制御と通信』（池原止戈夫他訳、岩波文庫、二〇一一年）七五。

10 原語では「Reeks and Wrecks」なので、「悪臭と残骸」といった意味だが、本稿では邦訳に従う。

11 Stanley Schatt, *Kurt Vonnegut, Jr.* (Boston: Twayne, 1976) 17.

12 Karen Wood and Charles Wood, "Kurt Vonnegut Effect: Science Fiction and Beyond," *The Vonnegut Statement*, ed. Jerome Klinkowitz and John Somer (New York: Delta Book, 1973) 142-43.

13 Clark Mayo, *Kurt Vonnegut: The Gospel from Outer Space* (San Bernardino: Borgo, 1977) 13-14.

14 William Rodney Allen, *Understanding Kurt Vonnegut* (Columbia: U of South Carolina P, 1991) 29.

15 Thomas F. Marvin, *Kurt Vonnegut: A Critical Companion* (Westport: Greenwood, 2002) 26.

16 Peter J. Reed, *Kurt Vonnegut, Jr.* (New York: Crowell, 1972) 42.

17 Lawrence R. Broer, *Sanity Plea: Schizophrenia in the Novels of Kurt Vonnegut*, rev. ed. (Tuscaloosa: U of Alabama P, 1994) 18.

18 Peter Freese, *The Clown of Armageddon: The Novels of Kurt Vonnegut* (Heidelberg: Universitätsverlag Winter, 2008) 52.

19 Thomas P. Hoffman, "The Theme of Mechanization in *Player Piano*," *The Critical Response to Kurt Vonnegut*, ed. Leonard Mustazza (Westport: Greenwood, 1994) 9.

20 Strand 225.

21 Kurt Vonnegut, *Novels and Stories 1950-1962*, ed. Sidney Offit (New York: Library of America, 2012) 313. 以下、『タイタンの妖女』（*ST*）からの引用は同書による。

22 Joseph Sigman, "Science and Parody in Kurt Vonnegut's *The Sirens of Titan*," *The Critical Response to Kurt Vonnegut*, ed. Leonard Mustazza (Westport: Greenwood, 1994) 29.

23 例えば、Allen 39-40, Freese 118-19 を参照。

24 Broer 33.

25 Reed, *Kurt Vonnegut, Jr.* 69.

26 Robert T. Tally, Jr., *Kurt Vonnegut and the American Novel: A Postmodern Iconography* (London: Bloomsbury, 2011) 34.

27 Monica Calvo Pascual, "Kurt Vonnegut's *The Sirens of Titan*: Human Will in a Newtonian Narrative Gone Chaotic," *Kurt Vonnegut*, ed. Harold Bloom, new ed. (New York: Bloom's Literary Criticism, 2009) 56.

28 Schatt 39.

29 例えば、Schatt 35 を参照。

30 『宇宙戦争』のエピローグでは、火星人の襲来は、人類に「公益」を考える契機となったとされている。H. G. Wells, *The War of the Worlds* (New York: Signet, 2007) 196.

31 Sigman 31.

第2章　飛躍――『母なる夜』から『スローターハウス5』まで

トラウマに向かって

一九五〇年代がヴォネガットの修業時代であったとしたら、続く一〇年は彼の全盛期だというのが定説になっている。実際、一九六一年の『母なる夜』に始まり、『猫のゆりかご』、『ローズウォーターさん、あなたに神のお恵みを』、そして一九六九年の『スローターハウス5』まで、六〇年代のヴォネガットは代表作を次々と発表していく。これらが「代表作」と見なされるようになったのは、『スローターハウス』の大成功があったためともいえるのだが、『猫のゆりかご』や『ローズウォーター』が大学生を中心とした若い読者にカルト的な人気を得たのは、やはりこの時期のヴォネガット作品が、同時代の感性に訴えるものであったことの証左だろう。

五〇年代のヴォネガットが中産階級的な価値観を強く肯定する短編を量産していたことを思えば、[1]六〇年代の彼が――そうした価値観を手放したとはいえないものの――対抗文化の担い手である若者達に支持されるような作品を書くようになったというのは不思議なことにも思えるが、これはかなりの程度、媒体の違いに起因する現象であるのだろう。テレビの普及を一因に短編マーケットが縮小したため、ヴォネガットには保守的な作品を娯楽として享受するような読者に向けて書く理由がなくなったのであり、その結果、彼は自分の関心を、いわば自由に追求することができるようになったというわけである。

もっとも、「自分の関心」を「自由に追求」できることになったとしても、作家は時代的な文脈から自由であるわけではない。『母なる夜』のアイヒマン裁判との同時代性は自明であるが、世界の終末を描く『猫のゆりかご』が、キューバ危機と同時期に書かれているのも偶然ではあり得ないだろう。六〇年代のアメリカにおけるおそらく最大の関心事がベトナム戦争への介入であったことを想起すれば、『ローズウォーター』は「殺しあうのではなく愛しあおう（Make Love Not War）」という時代の空気にいかにも相応しい作品だといえようし、ドレスデン爆撃を扱う『スローターハウス』が読者に受け入れられたのは、ジェローム・クリンコウィッツが指摘するように、ベトナムにおけるアメリカの残虐な振る舞いが明らかになったという背景が大きいはずだ。[2]

こうした現象は、ヴォネガットが同時代のアメリカにおける「現実」に関心を持っていたことを示すし、短編マーケットが枯渇したあと、彼が生活のために短いノンフィクションを数多く——やがて『ヴォネガット、大いに語る』に収められるものを中心に、一九六四年から七〇年までのあいだに三四編も[3]——書かねばならなかったことを想起すれば、そうした「関心」を持つ必要に迫られ、それが彼の作品世界をＳＦの外に押し広げていったともいえるだろう。けれども、より重要に思われるのは、彼がそのようにして同時代への関心を深め、それを作品に反映させていきながら、自分の作家としての「義務」と思い定めていた「ドレスデンの本」に向かってじりじりと近づいていったことである。

興味深いことに、ヴォネガットは第二次世界大戦というトピックを『母なる夜』ではじめて扱ったとき、ドレスデン爆撃については触れなかった。主人公ハワード・Ｗ・キャンベル・ジュニアが妻の実家を訪れる日が一九四五年二月一二日（ドレスデン爆撃の前日）に設定されていることは（*MN* 六〇二）、キャンベルのプロパガンダ放送として作中で紹介されるものが、作者の所属していた第一〇六師団・第四二三連隊に関係していることとあわせ（六五二）、ヴォネガットが自分の戦争体験に近づくも、それを直接扱うことをためらっているような印象を与える。その彼が、五年後の一九六六年にハードカバーで再版された『母なる夜』に付した序文で、ドレスデン体験をはじめて公に活字にした事実からは、世界の終わりを描いた『猫のゆりかご』と、戦時中にトラウマ的な経験をした主人公を擁する『ローズウォーター』を書いたからこそ機が熟したと考えてよいのではないだろうか。

小説家にとって、「何」を書くかという問題は、それを「どのように」書くかという問題と不可分の関係にある。「ドレスデンの本」を常に意識しながらも書きあぐねていたヴォネガットは、おそらくはそれゆえに、この時期に彼独自のスタイルを確立していった。例えば『母なる夜』から『猫のゆりかご』では断章形式が顕著になり、『ローズウォーター』と『スローターハウス』には作者の分身、キルゴア・トラウトが登場する。こうしたスタイルは、「書くこと」を主題とするメタフィクション的な性格を作品に与えることになったし、それは七〇年代に入って、彼がいわゆる知識人にも「ポストモダン作家」として評価されるのに寄与することになる。

そうした「評価」は正当なものといっていい。作家は同時代の文学的潮流と無縁の場所で書いているわけではないし、重ねていえば、そうした同時代性があるからこそ、ヴォネガットは六〇年代を代表する小説家になったのである。だが、強調しておかねばならないのは、ヴォネガットが「ポストモダン作家」となったのには、彼なりの必然性があったということだ。このことは、『スローターハウス』を書きあげたあとのメタフィクション

(『チャンピオンたちの朝食』)が、文学作品として力を欠いてしまっていることからも確認されるように思えるのだが、しかし本章の課題はもちろん、『スローターハウス』に至るまでの彼が、その「必然性」と——ドレスデン体験というトラウマに向かって——どのように格闘していったかを考えることである。

『母なる夜』——語り得ない罪、罪深い「ロマンス」

第三長編『母なる夜』は、ゴールドメダル社に移籍していたノックス・バーガーの手によって刊行された。物語の「現在」は出版年の一九六一年に設定されており、それまでの近未来SF小説とは異なっているが、「スパイ小説」という——冷戦下に隆盛を極めた——フォーマットが採用されているのは、この作品が前作同様、「ペイパーバック・オリジナル」であることへの意識があったのかもしれない。[4] ただし、出版形態こそ大衆向けだが、通俗的な性格はかなり薄い。五〇年代の初期長編には「ディストピア小説」や「スペース・オペラ」というSFフォーマットに依存していると感じられるところもあったが、『母なる夜』はそうした「ジャンル小説」ではないのである。

そもそもストーリーからして、「スパイ小説」が期待させる、国境を股にかけて活動する主人公が、知略を駆使して敵国の密偵としのぎを削るといったものではまったくない。ドイツ在住のアメリカ人劇作家、ハワード・W・キャンベル・ジュニアは、第二次世界大戦中、英語圏向けのラジオ放送などでナチスのイデオロギーを宣伝していたが、それは(原稿の読み方などにより)連合国に情報を伝えるための行動だった。そうした人物はひとまず「（二重）スパイ」と呼ばれるだろうが、彼はナチスの内部情報を自ら探っているわけではないし、自分が伝達している内容を知りさえしない。彼の「スパイ」としての努力は、ナチスから信頼を得ることにのみ費やされており、そのような人物の「活躍」が手に汗握るものとならないのは自然だろう。この作品は、イスラエルの刑務所で戦争犯罪に関する裁判を待つキャンベルによる告白録という体裁をとっているが、ある論者が指摘するように、戦争中に関する部分は全体の五分の一に満たず、そこでの記述もほとんどが、キャンベル自身の行動ではなく、彼以外の人物を描くものなのだ。[5]

『母なる夜』が主に提示するのは、戦後、アメリカに戻ってからのキャンベルの人生である。作者自身をも思わせる――ヴォネガットは一九六〇年に『ペネロピ』を地元劇団で上演した「劇作家」だった――主人公をドイツに据えておきながら、戦時中の出来事をあまり描かなかったという事実は、ヴォネガットが自らの戦争体験を小説化する用意ができていなかったことを示唆するようにも思えるが、作者のキャリアとの関連で、そしてとりわけ『タイタンの妖女』の次作品ということで興味深いのは、戦争を生き延びたキャンベルが、ヴォネガット作品にしばしば登場する「罪悪感にとらわれた語り手」の嚆矢と見なされてきたことである。[6] 実際、読者の関心は、二重スパイという形ではあれナチスに荷担した「戦争犯罪人」が、戦後、その「罪」をどのように考え、それとどう折りあいをつけて（あるいは、つけられずに）生きていくかに向けられることになるだろう。告白録というスタイルは、物語の焦点を主人公の内面にあわせるといえようが、その「罪」がナチスへの関与であればなおさら、生き延びてしまった者の経験する内的葛藤はドラマティックになると予想されるかもしれない。

しかしながら、少なくとも一九五八年までは、キャンベルのグリニッジ・ヴィレッジ――芸術家の町――での生活は、極めて静かなものである。彼はほとんど誰とも接触せず、戦争中にクリミア半島で消息を絶った妻ヘルガのことだけを思いながら、「余剰軍需物資」に囲まれて暮らしている――「わたしはいつも一人きりで、彼女のために乾杯し、彼女におはようをいい、彼女におやすみをいい、彼女のために音楽をかけ、他のことはいっさいどうでもよかった」（*MN* 五七五）。つまり、彼は自分の「罪」に煩悶しているわけではないのである。彼の状態を「自己埋葬」的な、[7] 生きながらにして死んでいると見なすことは可能だろうし、それはナチスに荷担した人間の末路としていかにも相応しく思えるかもしれないが、キャンベルの場合はそう考えてすますわけにはいかない。というのは、妻のことだけを思って生きているというのは、戦前もまったく同じだったからであり、その意味において、ナチスへの関与が彼の心に何の影響も与えていないように見えるからだ。そのようなことがあり得るのか、あり得るとしたら、それはどうしてなのか、そしてそのような彼が最終的には刑務所で自殺するのはなぜなのか――この自意識の非常に強い語り手の「告白」を読むというのは、こうしたいくつもの厄介な問いにさらされることを意味するのである。

戦前と戦後のキャンベルが、ともにヘルガのことだけを考えて生きている以上、キャンベルという人間（の物語）を理解するには、まず彼にとって妻がどのような存在であるのかを考えるべきだろうが、そうしようとしてすぐに気づかされるのは、ヘルガという女性人物が、「キャラクター」としての肉付けをほどこされていないことである。キャンベルはひたすら、女優だったヘルガが彼を愛していたと語るだけであり、彼女がどういった人間であるのかは、読者にはほとんどわからないというしかない。この実在感の稀薄さは、彼にとって妻が「人間」というより「愛」を体現する「観念」にすぎなかったことの証左だろう。[8]

「ロマンス……」と題された第一〇章では、ヘルガはキャンベルがスパイであることを知らなかったことが記される。

わたしのヘルガは、人種や歴史のからくりについてわたしがいったことを、わたしが本気でいっていると信じていた――それがわたしにはありがたかった。わたしが本当は何者であろうと、本心が何であろうと、無批判の愛こそ、わたしが必要としているものだった――そしてわたしのヘルガは、それを与えてくれる天使だったのだ。(五七二)

この一節は、キャンベルのヘルガへの「愛」がナルシシズムでしかないことをわかりやすく示すが、同時に看取されるべきは、「無批判の愛」がないと保てないという、彼の脆弱な自我である。彼は「彼女に事実を話したところで、わたしは何も失わなかっただろう。話しても、わたしへの愛が損なわれることはなかっただろう」などというが(五七二)、夫が敵国のスパイだと知ったドイツ人女性が何も思わないとは信じがたい。事実、危険な戦場を慰問する行動などは、彼女がナチスの「大義」を信じる愛国者だったことを示すはずだ。[9] だとすれば、彼はナルシシスティックな「愛」を維持するために、妻に秘密を話さなかった(話せなかった)というのが実情だろうが、彼はそれを認めることができない。認めてしまえば、彼が(スパイになる前に執筆を計画していた戯曲にちなんで)「二人だけの国」と呼ぶ――実は「一人だけの国」と呼ぶのが正確だろうが――ロマンティックな世界が崩壊してしまうからだ。

キャンベルが神聖視する「二人だけの国」は、こうした自己欺瞞に基づいているのだが、そもそもどうして彼はそこまで「二人だけの国」を必要とするのだろうか。劇の梗概は「それは妻とわたしの互いへの愛についてのものとなる予定だった。狂気に陥った世界で、一組の男女が彼ら自身で構成される国――「二人だけの国」――にのみ忠誠を尽くすことによって、生き延びられることを示す話だった」というものである（五六七）。「狂気に陥った世界」は一義的にはナチスの台頭という「現実」を指すのだろうし、そこから逃避したくなる気持ちは理解できる。だが、彼は外国人であり、戦争が始まったときに彼の両親がそうしたように、ドイツを去ることが可能であった以上、話はもっと複雑であるはずだろう。

ここで想起しておきたいのは、「自伝……」と題された第七章で短く紹介されるキャンベルの過去である。ある批評家は、ドイツでの人生が、彼に不幸な少年時代を捨て去る契機を与えたと述べているが、[10] 実際、キャンベルにとっての「アメリカ」は、自分を構ってくれない父と、アルコール中毒気味の病的な母のもとで孤独に暮らしていた、トラウマ的な（同じ「ジュニア」の名を持つヴォネガット自身のものを想起させる）記憶でしかないように見える。「こうしたことはすべて、わたしが一〇歳になるまで、スケネクタディで起こったことだ」と彼は書き、以下のように続ける。

一九二三年、わたしが一一歳のとき、父はゼネラル・エレクトリック社のベルリン営業所に派遣された。以後ずっと、わたしはドイツで教育を受け、ドイツで友人を作り、ドイツ語を主な言語にしてきた。
やがてわたしはドイツ語で作品を書く劇作家になり、ドイツ人の女優ヘルガ・ノトを妻としてめとった。

（五六二）

この説明の素っ気なさは、アメリカにおける不幸な少年時代が、ドイツに来て、劇作家となり、ヘルガと結婚したことと直結していることを示唆するだろう。彼自身がどこまで自覚しているかはともかく（自覚していないのなら「否認」している可能性があるわけだが）、ドイツに来てからヘルガと結婚するまでの人生は、少年期のトラウマを克服する——というより、トラウマから逃避するためのものだったのだ。彼は「大人」になるのではなく、「子供」のままであり続けてきたといってもいい。彼の過去に関する記述は極めて短いし、両親から愛情を注がれなかった子供が、必ずそれをトラウマとして抱えこみ、不安定な自我を持つと考えるのも危険だろう。だが、成人してからもヘルガとのナルシシスティックな関係に没入しようとする姿には、そうした一般論があてはまるように思われる。

　そのようなキャンベルは、「政治性はチョコレート・エクレアと同程度」の「中世の騎士物語（ロマンス）」を書く劇作家だった（五六七）。戦争、とりわけナチズムという現実は、「大人」に何らかの立場をとることを迫るはずだが、[11] ナチスについては「自分にはコントロールできない」ので「何も考えない」という彼は（五六八）、「芸術」を隠れ蓑に、「現実」を「否認」し、「コントロール」できる「二人だけの国」に閉じこもっている「子供」なのだ。だが、皮肉にも、彼が政治のことを考える「大人」ではないからこそ、「青い妖精の代母」フランク・ワータネンが接触してくる。ワータネンの勧誘は、彼の劇にあらわれる理想主義——「純真な心と英雄を崇拝していること……善を愛し悪を憎んでいること……そしてロマンスを信じていること」（五七〇）——を刺激する形でなされていると指摘されもするが、[12] ワータネンの目を惹いたのは、「理想主義＝ロマンス」自体（だけ）ではなく、その「非政治性」だったはずである。「国籍なんてものに興味が持てない」人間こそが（五六八）、理想的な二重スパイになり得るのだ。

実際、二重スパイとしての仕事は、キャンベルに「国籍」を、そして「政治」を超越させてくれるものだった。彼によれば、自分がスパイになると期待された「最大の理由は［彼］が大根役者であったこと」である（五七〇）――「［ワータネン］が説明したようなスパイとしてなら、なかなか派手な芝居を打つ機会を得られる。内面的にも外面的にも、ナチを見事に演じてみせ、みんなを騙すことができるのだ」（五七〇-七一）。これはいささか韜晦的な説明だが、そのポイントは、ナチとして「演技」をする彼が「現実」を超越した場所に自我を据えられることにあるだろう。ワータネンの依頼は、自分が「演技」をしているという形で、「自意識」を担保させてくれるがゆえに魅力的なのである。

したがって、これは強調しておくべきだろうが、戦時中のキャンベルは「アメリカのスパイ」としての自覚や使命感に基づいて行動していたわけではない。彼にアイデンティティがあるとすれば、「演技」しているだけの自分は「ナチではない」という陰画的なものなのだ。戦争が終わったとき、ワータネンは彼に、彼がアメリカのスパイとして働いていたことを知るのは三人だけだと告げる。

「全世界でありのままのわたしを知っているのは三人だけ――」とわたしはいった。「そして残りはみんな――」わたしは肩をすくめた。

「彼らもありのままのきみを知っている」と彼はぶっきらぼうにいった。

「それはわたしじゃありませんよ」と、わたしは彼の厳しい口調に驚いていった。

「そいつが誰だろうと――」とワータネンはいった。「そいつはこの世にあらわれた最低のクソ野郎の一人だった」

……「わたしがナチだったと思っているんですか？」とわたしはいった。

「きみは間違いなくそうだった」と彼はいった。（六五九）

この場面が、ヴォネガットが序文で述べている「われわれは自分が装っているものに他ならず、だから何を装うか気をつけなくてはならない」という「教訓」を示すことは自明だが（五三五）、むしろ注目したいのは、ナチと呼ばれてショックを受けるキャンベルが、自分はアメリカのために働いたと訴えないことである。彼が主張するのは、自分が他人の思っているような人間ではないということだけなのだ。いや、正確にいえば、彼にはそれを「主張」する必要さえないのかもしれない――彼にとっては「自意識」だけが問題なのだから。そのことは、彼がワータネンに「わたしをナチに分類すればいいですよ。……分類してしまってください。それで道徳の一般的水準が向上すると思うのなら、わたしの首を吊ってください」と「うんざりしながら」告げていることからもわかるだろう（六六〇）。仮にこの時点でナチとして処刑されても、彼は「自意識」だけは手放さずに死ねるのだ。

このようにして終戦を迎えたキャンベルは、その「自意識」を手放さず、ヘルガの思い出を胸に、死んだように暮らしていく。ある意味では、ワータネンが彼を「ナチ」と呼んでくれたおかげで、彼は自我を陰画的に担保し続けられたとさえいえるかもしれないが、より重要なのは、そのような形で自我を担保し、「自意識」だけを問題とし続けることで、彼は自分の行為（ナチスへの荷担）の結果に対する「責任」に直面しないでいられることである。ある批評家は、「放送屋としてただ滑稽でありたかったのに……あまりにも多くの人が、わたしのいうことを進んで信じたのだ！」という彼の言葉を引き（六四一）、彼は聴衆が自分と同じくらい罪深いと思っていると指摘しているが、[13] 自分が他者に与えた影響を戦中から――印象的な例は、義父ヴェルナー・ノトの「ドイツが狂気に陥ったとわたしが結論づけずにすんだのは、ひとえにきみのおかげだった」という言葉だろう（六〇六）――無数に見せつけられていながら、一度も後悔の念を口にしない事実からは、彼がむしろ自分を「被害者」と見なしている印象さえ受けるかもしれない。

いずれにしても、キャンベルがずっと他者と接触しなければ、彼は反省する可能性を持つことさえなく一生を終えただろうが、戦争が終わって一三年後、彼は隣人の画家ジョージ・クラフトとの交際を始める。ただし、しばらくのあいだ、平穏な暮らしは維持される。それどころか、彼はクラフトと一年にわたって毎日少なくともチェスを三回やり、食事をともにし（五七八）、友情が育った結果、自分がスパイであったことを打ち明けさえするのだ（五八〇）。こうした行動に鑑みると、ある論者がクラフトとの（ほとんど夫婦のような）関係を通して「彼は生まれ変わったように感じている」と観察しているのは正しいように思えるし、[14] それはすなわち彼が一三年後も反省していないことを意味するだろう。

その後のキャンベルの振る舞いも、そうした観察を裏付けるものである。クラフトと親しくなり一年以上が経過した一九六〇年、所在地が世間に知られ、『ホワイト・クリスチャン・ミニットマン』発行人のライオネル・J・D・ジョーンズ率いるアメリカのファシスト達が、死んだはずのヘルガを連れて――彼女は彼の原稿を携えて――彼のもとを訪れる。その女性はヘルガの妹レシと判明するのだが、彼はレシをヘルガの代わりに受け入れてしまう。ヘルガとの「愛」を「魂の愛」と呼んでおきながら（六二六）、セックスした翌日にレシにいわれるまで彼女が妻ではないと気づかないこと、そしてレシがヘルガの代わりになれてしまうことは、ヘルガへの「愛」がナルシシズムにすぎなかった事実をあらためて露呈させるが、彼がそれを意識しているようには見えない。それどころか、イスラエルが彼の身柄引き渡しをアメリカに要求していることもあり、レシとクラフトがジョーンズの助けを借りて国外脱出の計画を立てると、再び創作に従事できると考えさえするのだ（六四七）。彼の「正体」を知るクラフトがワータネンの代役だとすればなおさら、ファシストの援助で始まろうとしている新生活は、昔の生活のグロテスクなパロディという他ないのだが、「生まれ変わったように感じている」彼に、それを意識している様子は見られないのである。

だが、反省もせずに「生まれ変わる」ことを許すほど、小説は甘くはない。そのことは、キャンベルがレシと一緒に昔と同じようなベッド――「二人だけの国」――を探そうとするも、店が閉まっているというエピソードで予告されている。一一月一一日の「休戦記念日」が「復員軍人の日」という祝日になっている事実を知らないのは、彼が「現実」から隠遁していたことを示すが、それでいて「この日は第一次大戦で死んだ人達を追悼する日だったのに、生きている連中は卑しい手を放しておけず、死者の栄光を自分達のものにすることを望んだんだ」と憤るのは（六二五）、彼が先の戦争で果たした役割を思うと「傲慢な感じがする」といわざるを得ない。[15]

この見解自体が正論であるとすればなおさら、[16]それが傲慢に聞こえてしまうのは、死者への責任を省みることなく「二人だけの国」に閉じこもろうとするキャンベルに向けられた皮肉だというべきだろう。

したがって、再び登場したワータネンにレシとクラフト（イオナ・ポタポフ）が実はソ連のスパイだと告げられ、「友達、夢、そして愛人……すべてがだめになってしまった」ということになるのは（六六四）、詩的正義という他ない。この顛末に、他人を欺いてきたキャンベル自身が欺かれることになったというアイロニーがあるのは論を俟たないが、さらに皮肉なのは、判明した事実が――新生活がヘルガとの「二人だけの国」を再現するはずのものだった点を想起すると――彼をかつての生活におけるヘルガの位置に据えることである。ここで彼が受けるショックは、夫がアメリカのスパイだと知ったヘルガが受けるであろうショックと似たものであるはずだし、だとすれば、ここで彼がショックを受けてしまうこと自体が、かつての「二人だけの国」が彼のナルシシスティックな自己欺瞞――ヘルガと自分の「愛」は「政治」などという「現実」を超越しており、彼が正体を明かしても揺るがないと考えていたこと――の産物でしかなかった事実を、彼が実感させられてしまったことを意味するのである。

かくしてキャンベルの「愛」は、「現実」の前に、完膚無きまでの敗北を喫する。彼が「政治」から離れようとして書いた善悪の区分が明瞭な劇が、戦前はナチスに熱狂的に愛され（五六九）、戦後はスターリンを夢中にさせるというのは（六六七）、[17]象徴的といっていいだろう。「政治＝現実」を「否認」する「非政治的」な「ロマンス」は、「政治＝現実」に好きなように利用されるばかりで、それに抗う力を――文学的な力を――持たないのである。ヘルガとの「二人だけの国」が、彼をナチスに関与させてしまったのと同様、その複製である新しい「ロマンス」も、冷戦構造に絡めとられてしまっている。こうして彼は、「愛」――と彼が考えているもの――によって「現実」を超越することなどできないと思い知らされてしまうのであり、そのことは「あなたはもう、愛だけが唯一の生きる目的だと信じていないの？」というレシの問いかけに「信じていない」と答え（六七八）、彼女を失意のうちに自殺させてしまう事実に明らかだろう。

キャンベルの書いた劇を読み、その「愛」に殉じたレシの死は、彼が「自意識」を守るために生み出した「ロマンス」の罪深さを示すが、これはもちろんその一例にすぎない。彼がナチの「演技」をして世に広めた「ロマンス」は、数百万のユダヤ人を死に至らせる結果を招いたのだし、戦後もジョーンズのような白人至上主義者に自己正当化の根拠を与え続けているのだから。彼が、戦後ずっとさえない人生を送っていたバーナード・B・オヘアが押しつけてくる「ロマンス」――オヘアを聖ゲオルギオス、キャンベルを地獄の竜とするもの（六九五）――に辟易するのはそれ自体としては当然だが、オヘアを酔わす「善が悪に勝つというファンタジー」が、彼自身が書いていた「ロマンス」とさして変わらないことは、惨めなオヘアをキャンベルの「ダブル」に見せてしまうことはもとより、トニー・タナーが指摘するように、「芸術家は自分の創作物の無害性に関して、呑気に確信しているわけにはいかない」というメタフィクション的な主題が前景化されていることを意味するはずだ。[18]

このように、ニューヨーク生活の結末は、キャンベルの「ロマンス」を徹底的に脱構築し、「ロマンス」の作り手としてのキャンベルを根源的に批判する。当局から解放された彼が「どちらの方向に進む理由もまったくなくなって」しまい、「固まってしまった」こと（六八五）、そしてオヘアを退けたあとにアウシュヴィッツの生き残りであるエプスタイン医師（とその母親）に頼んでイスラエルへ送還してもらったことは、拠って立つ「ロマンス」を失ってしまった以上、ほとんど必然であるように思える。だが、それが「必然」であるなら、むしろ問題は残るというべきかもしれない――はたして彼は反省したのだろうか。

批評家の大半は、イスラエルで裁判を受けようというキャンベルの行動が、とうとう自分の「罪」を認め、それを償いたいと思っている証だと考えてきた。[19] しかし、本当にそうなのだろうか。『スローターハウス5』の第一章に「おまえは悪人が出てくる話を一つも書いたことがなかったな」という父親の印象的な言葉があるためか（*SF*三四九）、ヴォネガット作品に「悪人」はいないというのは半ば定説化しているが、[20] ヴォネガットがキャンベルをインタヴューで「真正の悪者」と呼び、[21] 手紙でも「真のモンスター」と呼んでいることは、[22] キャンベルの最終的な行動を考える上でも、軽視できないように思われる。

キャンベルは、世界に対して犯した「罪」に関して改悛の言葉を漏らすことは一度もない。それはイスラエルに自分の身柄を引き渡したあとで書かれている「告白」の序盤においても明らかで、例えば冒頭の四人の看守に関するエピソードが、彼の罪の深刻さを軽減する印象を読み手に与えるように配置されているという指摘もある。[23] 他にもわかりやすい例をあげておけば、「いまのわたしはほとんどどんなことでも認めるつもりだ」という態度は、ほとんど何も認めていないに等しいというべきだし（*MN*五五七）、また、自分がアメリカのスパイだったことを証明する証拠は自分の（生きている）首以外にはないとして、「人道に反する罪に関し、わたしが有罪もしくは無罪であると決定する義務を負っている人々は、この首を好きなだけ詳しく調べていただきたい」と挑発的にいっているところなども（五七一）、彼自身が「罪」をどう思っているかを曖昧にしているといってもいいだろう。

そうした態度は、「告白」が進んでいっても変化しない。キャンベルの物語は、彼にとっては「自意識」だけが問題であることを示していたが、それは「告白録」の著者になっても変わらないように見える。ジョーンズの話をするときには、自分はジョーンズとは違って「無知でもなければ精神異常でもない」といい（五八八）、「悪の陳腐さ」を体現するアイヒマンについて語るときも、[24]「わたしの場合は違う。わたしは嘘をつくときにはそれが嘘だといつも心得ている」というように（六四五）、彼はことあるごとに自分は他の人間とは違うと（メタレヴェルにいると）アピールするのだ。彼の自己欺瞞を見てきた読者としては、「自分は嘘をついていると意識しているというキャンベルの信念は、それ自体が嘘である」と思いたくなるところだが、[25]より大きな問題は、無知でも精神異常でもないなら「罪」に対する「責任」が発生するはずだということだろう。だが彼は、その点については考えないどころか、その「考えない」ことを「精神分裂症」のせいにする。[26]

……わたしはいつも、自分がしたことをわかっていた。わたしはいつも、自分がしたことを受け入れながら生きることができてきた。どうやってか？　現代の人類に広く享受されている単純な恩恵――精神分裂症――によってである。（六五三）

自分は精神異常ではないといいながら「精神分裂症」であるといい、自分は人と違うといいながらも、それを「現代の人類」一般に共通したものとするというのは矛盾しているようにも思える。だが、彼の語り口には、自分が精神異常だと知っている人間は精神異常ではないという『キャッチ＝22』的なロジックが働いていると感じさせるし、だとすれば彼はここでも自分を（例えばクラフト＝ポタポフの）メタレヴェルに置き、「自意識」を担保していることになるのだろう。

このように見てくると、キャンベルは「二人だけの国」という「ロマンス」の破綻を突きつけられたあとも、超越的な「自意識」を手放さずにいられているように思える。ニューヨーク時代の彼は失ったものを悼み、愛でながら暮らしていたが、イスラエルの彼は、すべてを失った自分自身を悼み、愛でる物語を書いているのだ。そのことは、巻頭に据えられた「編者」ヴォネガットの注意書きに収められた、手記の献辞に関するくだりにもあらわれている。自分の本を「「わたしの内側の奥深くには、とても善良なわたし、本当のわたし、天国で作られたわたしが潜んでいる」と自分に向けて呟いている人間」（五四二）、すなわち自分自身に捧げるというキャンベルは、自らイスラエル当局に出頭しながらも、「人道に反する罪」に関する判断、「他者」に対する責任を棚上げにしたまま「一人だけの国」に住んでいるのである。

キャンベルは戦争が終わったとき、誰もが「ありのままのきみを知っている」というワータネンに、「それはわたしじゃありませんよ」といっていた。「演技」していた自分はナチではないという形で、彼は超越的な自我を陰画的に担保していたのだ。いま引用した文章に出てくる「本当のわたし」とは、それが「潜んでいる」ことを含め、こうした超越的かつ陰画的な自我であるといっていいだろう。戦時中にナチの「ふり」をしていたのと同様、現在の彼はナチ＝戦争犯罪人の「ふり」をしているのであり、そのような「演技」ができる限りにおいて、世界が彼をどう裁こうとも、彼の自意識だけは担保される仕組みになっているわけだ。数百万の死者に対する責任を棚上げし、すべてを自意識の問題に還元して死んでいこうとするこの人物は、やはり「モンスター」と呼ばれるのが相応しいというべきかもしれない。

しかしながら、そのように結論づける前に注目しておかねばならないのは、キャンベルが結局、自分宛の献辞について書いた章を「あとで削除」し（五四二）、最後には自殺している事実である。献辞をいつ削除したのかが不明である以上、自殺との関連について断言はできないが、献辞の削除は「一人だけの国」の崩壊を示唆しているように思えるし、それを引き起こした原因が、唐突な自殺を引き起こしたものと同じであると考えるのは妥当のように思える。

それでは、堅牢な「一人だけの国」で自意識をしっかりと守り続けてきたキャンベルが、いまさら――ヘルガを失ったときでも、終戦時でも、レシが自殺したときでもよかったはずなのに――自殺するのはどうしてか。直接の契機は、彼がアメリカのスパイだったと証言するというワータネン（ハロルド・J・スパロー）からの手紙にあると見なすしかないだろう。彼が手紙を読んで「もう一度自由の身になることになりそうだ」と考え、その見通しに「吐き気がする」のは（七〇八）――それが実存主義的な世界観においては、不条理な世界における「自由」に対する典型的な反応であることを思うとなおさら[27]――不思議ではないように思える。彼は「自由」を手にしたところで、それをどうすることもできないのだから。

だが、キャンベルの「自意識」を観察してきた議論の文脈で強調したいのは、ワータネンの証言が、彼を「アメリカのスパイ」と認定することである。繰り返し述べてきたように、キャンベルの自我は「ナチではない」という形で「陰画的」に担保されてきた。もちろん、「ナチではない」という主張の背後には、「アメリカのスパイである」という主張が隠れているのだが、それを「隠しておく」こと自体が、「演技」によって「政治」を超越したところに自我を据えるためには必要だったのである。しかし、ワータネンの証言で「アメリカのスパイである」という「陽画的」なアイデンティティを与えられてしまうと、彼はもう「演技」ができなくなる。そして「演技」ができなくなれば、隠されることで担保される「自我」もなくなってしまうのである。彼にもともと「アメリカのスパイ」としての自覚や使命感が稀薄であったことは問題ではない。問題なのは、彼には「アメリカのスパイ」としての「演技」をしていたとはいえないということである——それを「演技」としてしまったら、その裏にあるのは「ナチ」、もしくはただの空虚でしかないからだ。

陰画的に担保される「自我」を「言い訳」として持てないとき、キャンベルの「一人だけの国」は崩壊する。この「言い訳」が、戦争中の（戦後を含めてもいいだろうが）彼の振る舞いに対するものであることは、いまとなっては明らかだろう。彼は「ナチではない」ことを言い訳に、その責任を回避してきた。だが、本当は、「アメリカのスパイである」としても、回避できないはずなのだ。「正しいこと」をしたにもかかわらず罪悪感に苛まれるというのが、キャンベルが「人間」として生きるために引き受けねばならぬ宿命だったのである。しかし彼はその「宿命」から目を背け、「モンスター」になってしまった。彼が結局「人道に反する罪」ではなく、「自分自身に対するもろもろの犯罪」を理由として自殺するというのも（七〇八）、崩壊した「一人だけの国」に閉じこもり、他者への「罪」に関する反省を拒否する、エゴイスティックな行為と見なすこともできるだろう。

自殺しなければ、キャンベルはおそらく釈放され、自分の「罪」と向きあって生きねばならなかったはずである。そう考えると、主人公の自殺という結末は、『タイタンの妖女』においてウィンストン・ナイルズ・ラムファードが太陽系から追放されたのと同様、ヴォネガットが「罪悪感」の問題を突きつめなかったことを意味するように見えるかもしれない。だが、キャンベルの物語は、やはり徹頭徹尾――登場人物としても、語り手としても――彼の罪悪感をめぐるものだったというべきだろう。『母なる夜』は、主人公が罪意識を口にしない（できない）ことが、罪意識をいっそう「リアル」に感じさせる作品なのだ。「牢獄で寝ているとき、夜通し寝返りを打ったり、寝言をいったりと、やたらと騒がしくしている」キャンベルは（五五四）、おそらく「自意識」の届かぬ領域では罪意識に苛まれていたのだし、だからこそ彼はすべてを「自意識」の中に閉じこめようとしたのかもしれない。だとすれば、彼が「モンスター」になってしまったのは、犯した罪の大きさに対する、あまりにも「人間的」な反応だったのである。

言語化できないトラウマを、劇作家キャンベルは自分が作った「ロマンス」に逃げこむことで抑圧しようとした。そうした「ロマンス」の罪深さをメタフィクション的にさらけ出す「小説」を書いたヴォネガットは、トラウマ的な戦争体験を扱う「ドレスデンの本」を書くことの難しさを痛感したかもしれないが、おそらくはそれを痛感することが、『スローターハウス』に向かう重たい一歩だったのである。その意味においては、彼がドレスデン体験をはじめて活字にしたのが、五年後にハードカバーで再版された『母なる夜』に付した序文においてだったのは、いかにも相応しいというべきかもしれない。ただし、小説家としてのキャリアということでは、やはり『母なる夜』からただちに『スローターハウス』へと進まなかった（進めなかった）事実を重く見るべきだろう――「罪深いロマンス」を扱った彼は、次作で「無害な非真実」を俎上にのせることになる。

『猫のゆりかご』――彼はいかにしてボコノン教徒になったか

ヴォネガットは一九六〇年代に四冊の小説を出版しているが、一九六三年の『猫のゆりかご』は六〇年代的な雰囲気がとりわけ顕著な作品である。融点が華氏一一四・四度（摂氏では約四五・八度）の「アイス・ナイン」による世界滅亡という筋立ては、米ソが核開発競争を繰り広げ、一九六二年のキューバ危機に至ったという時代背景を反映したものであるはずだし、「ボコノン教」を介してユートピア社会を目指すカリブ海の架空の島サン・ロレンゾは、ヒッピーのコミューンを（時代の先駆といった形で）想起させる。したがって、『猫のゆりかご』が当時の若者にカルト的な人気を博したのはまったく意外ではないのだが、わかりやすく時代を反映した作品がしばしばすぐに風化するのに対し、この小説は「対抗文化」がムーヴメントとしては沈静化したあとも、今日に至るまでヴォネガットの代表作の一つと認められている――一見したところ、ピーター・J・リードが七〇年代初頭に指摘したように、先行作に比べプロットやキャラクターは厚みを欠き、読み手の感情／関心を刺激する力は弱く、全体として軽い感じがするにもかかわらず、である。[28]

『猫のゆりかご』がヴォネガットの代表作として読まれ続けてきた理由の一つは、作品が提示した主な問題が――例えば核兵器の問題一つとっても――未解決のままであることにあるだろうが、おそらくより大きな理由は、この小説がいかにも「ヴォネガット的」な印象を与えることだろう。ロバート・スコールズは、現存する作家の中で、短いセンテンスとパラグラフの持つ修辞的可能性をヴォネガットほど巧みに利用する者はいないと述べているが、[29]シンプルな文体、多くの章（一二七章）といったスタイルはもとより、前段で触れたような諸特徴がもたらす「軽い印象」を、世界の破滅といった「重い主題」と共存させるヴォネガット一流の手つきは、この作品をもって確立されたといっていい。

ヴォネガットがここで我々の知る「ヴォネガット」になったのなら、この第四長編がそれまでのキャリアの集大成といった性格を持つのは当然かもしれない。『プレイヤー・ピアノ』の科学、『タイタンの妖女』における宗教という主題は、ともに『猫のゆりかご』にとりこまれて二項対立を形成する。しかも、その二項対立には片方が「無害な非真実」を標榜するという形でメタフィクション的なひねりが加えられており、そこに『母なる夜』で「有害な非真実」を扱った経験が活かされているのは間違いないはずだ。『猫のゆりかご』の高いリーダビリティは、先行する三作品の主題を内包した上で達成されている――ヴォネガットの修業時代は完全に終わったのである。

『猫のゆりかご』が見かけほど単純な物語ではないことを確認するには、主人公兼語り手であるジョンの立ち位置を想起するだけでも十分だろう。彼は主人公にしてはかなり没個性的な人物だが、その語りは決して透明ではない。というのも、物語に登場したときの彼はキリスト教徒だが、物語を書いている彼はボコノン教徒だからである。「わたしのことはジョーナと呼んでいただこう」という冒頭の一文が、[30]ハーマン・メルヴィルの『白鯨』と旧約聖書の「ヨナ書」をふまえたものであることにも示唆されているように、「ヨナ書」のヨナよろしく神の振る舞いを理解できない登場人物＝キリスト教徒が、『白鯨』のイシュメイルと同様に大惨事を生き残ったあと、語り手＝ボコノン教徒となり回想しているというわけだ。

『母なる夜』のキャンベルの場合は、「登場人物」と「語り手」のあいだに大きな違いは見られなかった。だが、ジョンの場合は、第一章において「その頃のわたしはキリスト教徒だった。／いまのわたしはボコノン教徒である」と明言されており（CC五）、むしろ過去と現在の違いが強調されている。したがって、読者は登場人物のジョンが経験する物語を読むと同時に、それに語り手のジョンが与える「解釈」を読むことになるのだが、劣らず重要なのは、「過去」と「現在」の差異が冒頭から前景化されることで、読者の主な関心が、彼の改宗――彼はいかにしてボコノン教徒になったか――に向けられる点である。実際、この小説が提示するさまざまな主題や出来事は、すべてこの問題に結びついているといっていい。そこで以下の議論は、ジョンの物語が三つの段階に分けられることを意識しつつ進めたい。つまり、①ジョンがアメリカにいてボコノン教を知る前、②サン・ロレンゾ島に行きボコノン教について学ぶ時期、そして③世界の滅亡を経てボコノン教徒になってからという三段階である。

キャラクターとしてのジョンは、『世界が終末を迎えた日』と題される本を書こうとしている、フリーランスの作家として登場する。それは「最初の原爆が日本の広島に投下された日に、重要なアメリカ人達が何をしていたかを記録した本」となるはずのものだが（五）、この未完に終わったプロジェクトのためにおこなわれた調査で読者に開示される情報は、「原爆の父」とされるフィーリクス・ハニカー博士とその周辺の人々に関するものだけである。「事実に基づいたもの」とはいえ（五）、原爆の「「技術的」な面より、「人間的」な面を強調する」本を書こうとしていることを思えば（九）、ジョンの視点を介した物語は単純な科学礼賛にはならないと予想されるし、実際、登場する科学者は、『プレイヤー』の技術者同様、風刺的に提示されている。ハニカー博士が勤めていた「ジェネラル金属」の所在地が（『プレイヤー』と同じ）「イリアム」であることは、ヴォネガットがG

E社時代の経験を再び活用していることを示唆する。例えば、ハニカー博士はGE社のスター研究者だったアーヴィング・ラングミュアをモデルとしており、ヴォネガットはあるインタヴューで、ラングミュアがH・G・ウェルズに常温で凍る氷のアイデアを話したという伝説や、妻にチップを渡したエピソードなどを紹介している。[31]

妻にチップを渡すというのは、現実なら天才科学者の滑稽な逸話として受けとられるかもしれない。だが、小説に組みこまれた場合には、キャラクターの本質なり問題なりを照らすと考えるべきだし、ある批評家が、ハニカー博士の行動は表面的には滑稽だが、実は精神的な空虚さと他者への完全な無関心を示すと指摘するのは正しい。[32]ハニカー博士はノーベル賞の受賞演説で、自らを八歳の子供に喩えているが（一一）、他者に関心を持たない未熟な精神とはまさに「子供」のそれであり、そうした「イノセント」な振る舞いはしばしば人に彼を「聖人」と呼ばせる一方、[33]彼が「大人」としての責任をもって接しなくてはならないはずの人々（と世界）に深刻な影響を及ぼす。事実、彼の記憶にさえ残らない妻エミリーは（一三）、夫が道の真ん中に置き忘れた車を受けとった帰りに事故を起こし、それが遠因で第三子ニュートン（ニュート）を産む際に命を落とすのだし、そうして母を失った子供達は――彼らの「親」が母だけだったことは、母のためには大きな墓石を購入して詩を刻んでいるのに対し、父の墓石には何もしていないことからも明白である（四四）[34]――彼らのことなど気にもかけない父のもとで育った結果、満たされなさを抱えて成長することになる。

そうした父親の最も直接的な犠牲者は、彼の世話をするためにハイスクールを中退させられた第一子アンジェラだろうが、長男フランクリン（フランク）が人とほとんど会話もできない若者だったことも、彼がアルバイト先の雇い主の妻との性交に慰めを求めて没頭していたことを思えばなおさら、[35]愛のない家庭環境が影響しているように思われる。ニュートにとって父に（原爆投下の日に）「猫のゆりかご」（あやとり）で遊んでもらった記憶はトラウマでしかないが、それが「トラウマ」になってしまうのは、そのときを除けば父が一度も遊んでくれなかったためだろう。輪にした紐を操り「猫のゆりかご」を作る遊戯――無害な非真実――が「遊び」となり得るのは、それを「遊び」とする関係性があってのことなのである。「猫なんていやしないし、ゆりかごなんてありやしない」というシニカルな言葉は（一一〇）、そうした安定した関係を彼が父との――あるいは「世界」との――あいだに持てなかったことを意味するのだ。

子供らしい子供時代を持てなかったハニカー家の子供達がそれぞれ芸術（アンジェラは音楽、フランクは建築、ニュートは絵画）に代償を求めたように見えることには作者自身の経験が投影されているようにも感じられるが（二男一女という構成もヴォネガット家と同じである）、この小説のストーリーに即して注目すべきは、彼らが「子供」のようなハニカー博士から愛情を注がれなかったこと、そして「大人」としてのロールモデルを得られなかったことが、世界全体の運命に大きな影響を与える点だろう。博士の死後、アイス・ナインを分けあった彼らは、子供時代の「満たされなさ」を埋めあわせるべく、その危険なアイテムを「イノセント」に使ってしまう。フランクがサン・ロレンゾ共和国の「科学大臣兼進歩大臣」の地位を手に入れるために、アイス・ナインを島の支配者「パパ」・モンザーノに与えてしまい、その結果世界が滅んでも意に介さずに蟻の観察に没頭することが端的な例だが、彼が自分の非道徳的な行為を（「子供」のように）弁護するべく引きあいに出していうように（一六〇‐六一）、不器量なアンジェラはアイス・ナインを渡してハンサムな夫を得るのだし、「こびと」のニュートが婚約した女性はアイス・ナインの入手を狙うソ連のスパイだったのである。

もっとも、ニュートに関しては、「ニュートはあの女に渡したんじゃないの。あの女が盗んだのよ」というアンジェラの言葉は正しいかもしれない（一六一）。だが、親から得られなかった愛を「イノセント」に埋めあわせようとしたことが——『母なる夜』のキャンベルが、政治を排した「二人だけの国」に「子供」のように引きこもった結果を想起させられるが——米ソの冷戦構造という「現実／政治」によって、搾取されるべくして搾取された事実は動かないし、だとすればこの子供達の行動とその結果は、ハニカー博士の「イノセンス」に内包される問題が具現化したものというべきだろう。最初の原爆実験のあと、「これで科学は罪を知った」という同僚に「罪って何だい？」と「イノセント」に訊ねる博士は（一五）、上司のエイサ・ブリードが繰り返すように自分の関心にしか興味がない「純粋な研究に携わる人間」であるのだろうが（三二、三六）、現実の世界では「純粋な研究」などというものは（とりわけそれが人間の生活に影響を与えるものであるときには）不可能なのであり、それが可能だと思っていることは、「大人＝人間」としてのモラルの欠如を意味するはずだ。[36]

かくして原爆の「人間的な面」に関するジョンのリサーチは、むしろ「人間性」の欠如を発見するだけに終わる。彼が『世界が終末を迎えた日』の完成に熱心に見えないのは、「楽天的な人間が一緒に暮らすには悲観的にすぎる」という理由で二人目の妻に去られた人間にとって（五四）、イリアムにおける調査が執筆意欲を阻喪させてしまうものだったからかもしれない。実際、ブリードの息子が原爆投下の日に研究所を辞め、おじのマーヴィン（原爆製造に関与したハニカー博士に対しては極めて批判的な人物）が営む墓石店に身を寄せ、やがて彫刻家になったという「人間的」なエピソードなどは、この作品の世界では科学者が「人間性」を持たない存在であることを前景化するだろう。

『世界が終末を迎えた日』の中断が、「科学（者）」に対するジョンの幻滅と通底しているなら、『猫のゆりかご』の「科学（者）」が読者に否定的な印象を与えるのも当然だろうが、そういった印象を作品内で言語化するのが、ジェネラル金属で秘書として働くネオミ・フォーストである。彼女は「絶対に真なること」などあげられまいというハニカー博士に「神は愛です」といい、「神とは何だい？　愛とは何だい？」といわれてしまうが、現在も「でも神様はやっぱり愛ですよね……ハニカー博士がどうおっしゃっても」と思っている彼女は（三九）、良識的かつ安定した視座を持つ一般人として提示されている。神の愛を語る女性の名が「フォースト（Faust）＝ファウスト」であることは、語り手ジョンのコントロールを超えたアイロニーを感じさせもするが、[37] 純粋な真理だけを求める科学者達を見てきた彼女の「真理さえあれば人間には十分だっていうのがよくわからないの」という言葉には大方の読者が首肯するだろうし（三九）、これは物語前半で提示される「科学（者）」に対するジョン自身の見解でもあるはずだ。

語り手のジョンは、このミス・フォーストの言葉に続けて「ミス・フォーストはボコノン教を受け入れる準備ができている」と述べている（三九）。つまり、真理だけでは十分ではない――ブリードに代表される科学者は科学を一種のユートピア思想として信奉するが、[38] 例えば科学が「生命の究極の秘密」は「蛋白質」であると解き明かしたとしても「世界から不幸がなくなる」わけではない（二〇）――ので、「あなたを勇敢で親切で健康で幸福にする〈フォーマ〉［無害な非真実］を生きる寄る辺としなさい」と説くボコノン教が必要だというわけである（三）。こうして「科学」と「宗教」の二項対立が物語に導入される運びとなり、読者は『世界が終末を迎えた日』の執筆をなおざりにしてサン・ロレンゾに（別の取材旅行で）向かったジョンの目と耳を通し、いよいよボコノン教について知っていくことになる。

ボコノン教というユニークな宗教が『猫のゆりかご』という小説の大きな魅力であることは、ボコノン教を説得的に提示するヴォネガットの想像力や工夫を賞賛する書評があった事実からも確認されるところだが、[39] それがあくまで「小説」に出てくる宗教であることを忘れるべきではないだろう。そもそもボコノン教を体系立った宗教として考察するには情報が少なすぎるし、以下に述べる成立過程に鑑みても、いわば場当たり的に形が整えられていったと考えるのが妥当と思われる。

ジョンが訪れたときの——一九六〇年頃と推定される——サン・ロレンゾ共和国の体制は、一九二二年にアメリカ海軍脱走兵のアール・マッケーブとイギリス黒人のライオネル・ボイド・ジョンソンが島に漂着したことに始まる。当時、サン・ロレンゾは無政府状態で、キャッスル製糖会社とカトリック教会が支配していたが、まったく無価値な場所だったため、マッケーブとジョンソンは簡単に統治権を握った。こうした統治者の交代は、島の長い歴史において何度も繰り返されてきていたのだが、彼らは「サン・ロレンゾをユートピアにしようと夢見た」という点で（八六）、過去の支配者とは異なっていた。その目的のために、マッケーブは経済と法律をオーバーホールし、ジョンソンは宗教を作ったのである（「ボコノン」は「ジョンソン」の現地訛り）。

しかしながら、この二人の理想主義は、サン・ロレンゾの「人々を貧困と汚物の中から立ちあがらせることができなかった」（九〇）。実際、島に一台しかないタクシーに乗ったジョンは「すさまじい窮乏の場景」を目にするし（一〇八）、サン・ロレンゾ行きの飛行機に同乗していたのが（ハニカー家の子供達に加えて）アメリカ大使のミントン夫妻と、自転車製造工場を設置しようとしているアメリカの資本家、クロズビー夫妻であるという事実は、戦闘機や軍用車がアメリカからの軍事援助であることとあわせ、現在の島が「実質的にはアメリカに支配されて」おり、[40] 経済的・政治的な点ではユートピア計画が完全な失敗に終わったことを示しているだろう。

ただし、というべきか、こうしたユートピア計画の失敗がボコノン教を普及させることになる。ジュリアン・キャッスル（精糖会社を経営していた一族の子孫であるが、アルベルト・シュヴァイツァーに倣ってジャングルに無料病院を開設して二〇年になる）によれば、ジョンソン＝ボコノンは宗教を「皮肉と遊び心をもって発明した」とのことであり（一一四）、それはユートピア計画の端緒において、宗教は副次的な位置しか占めていなかったことを意味するはずだが、政治的・経済的な改革が功を奏さないと判明したとき、「宗教だけが希望をつなぐ手段となった。……それでボコノンは、どんどん見かけのいい嘘を人々に与えることを自分の仕事と心得るようになった」（一一四）。そしてボコノンはマッケーブに自分と宗教を追放するよう依頼し、人々は暴君と聖者の「生きた伝説」に参加することで幸福になったというわけである（一一六）。

このようにして、サン・ロレンゾの人々は物質的貧しさを精神的豊かさで埋めあわせるようになったとひとまずはいえるのだが、それがマッケーブとボコノンが本来望んでいた形ではないことはもとより、彼らを狂気に陥らせた――マッケーブは自殺してしまいさえする――という事実を看過してはならないだろう（一一六）。ボコノン教の「ユートピア」には、「理想」が「現実」に喫した敗北が深く刻印されているのである。その皮肉を意識せず、単に幸福を享受している信者にとって、ボコノン教は「阿片」でしかないといってよさそうに思える。実際、ある批評家が指摘するように、宗教が政治と結託して国民に真実／現実から目を背けさせるというのは珍しくないだろうし、[41]そうした観点からすれば、そのようにして国民を「脱政治化」し、「体制順応者」にするボコノンの「嘘」を、「無害」と呼べるかどうかも疑わしいことになる。[42]

とはいえ、サン・ロレンゾでは政治や体制の改革が生活の改善を導く可能性が皆無であることが不動の事実である以上、ボコノン教が「阿片」として果たす効能を、いわゆる先進国的な観点から無下に否定するわけにもいくまい。死が迫る「パパ」・モンザーノは、国民に科学を教えるようにとフランクとジョンに（公人として）命じたあと、ボコノン教の臨終の儀式を（私人として）希望するのだし、彼の主治医シュリヒター・フォン・ケーニヒスワルト（かつてはヒトラーの親衛隊に属し、いまはその罪の償いをするように働いている）は、「わたしはとてもひどい科学者だ。一人の人間を楽にできるなら、非科学的なことだろうと、何だってやる」といいながら（一四五）、その儀式を執りおこなう。このエピソードは、ボコノン教が「科学」では救えない人間に投与される痛み止めの「阿片」であることをわかりやすく示すだろう。

しかしながら、ボコノン教はただの「阿片」ではない。『ボコノンの書』は「わたしが語ろうとしている真実の事柄はすべて、真っ赤な嘘である」と始まる（八）。ボコノン教は、いわば阿片であることを公言している宗教なのだ。したがって、サン・ロレンゾ共和国は、自分が麻薬を摂取していることを自覚している人間の集団ということになるわけだし、これは本節の冒頭で述べたように、彼らの社会に六〇年代的なコミューンのイメージを重ねることを可能にするだろう。例えば、〈ボコマル〉と呼ばれる互いの足裏をすりあわせる愛の儀式は――「足裏（sole）」が「魂（soul）」と同じ発音であることはヒッピー的な印象をさらに強めるはずだ――フリーセックスを連想させるものである。実際、ジョンが彼の妻となるはずのモナ・アーモンズ・モンザーノに他の人間とは〈ボコマル〉をしないでくれと要求すると、他人の愛を独占しようとする〈シンワット〉として非難されてしまうのだ（一三八）。

当時のヴォネガットがヒッピー文化についてどう考えていたかはわからないし（妻ジェインが超越瞑想に傾倒するのも、長男マークがカナダでコミューンを作ろうとするのも、数年後の話である）、とりわけサン・ロレンゾの人々が批判的な描かれ方をしているわけでもない点は銘記しておくべきだが、その上で考えてみたいのは、ボコノン教が——たとえ手の内をさらしていようと——一種の「麻薬」として機能している事実には変わりがないことである。いや、正確には、その「麻薬」としての力は、まさに手の内をさらしていることに出来すると考えられるのだ。ボコノン教徒は、自分が信じていることが「嘘」であると知っている。そして、自分はそれを知っているという「自意識」こそが、ボコノン教が信者に担保してくれるものなのである。

ボコノンが「非真実」を通して教徒に与えようとするものが、『母なる夜』のキャンベルがナチの「演技」をすることで自分自身に与えたものと同じであることは、おそらく論を俟たないだろう。これは『猫のゆりかご』という小説が『母なる夜』からメタフィクション的な主題を引き継いでいることの証左と見なし得るはずだが、当面の文脈で理解しておきたいのは、超越的な「真理」を提示しないボコノン教が、物語前半の「科学」と対比されることもあって、「ヒューマニスティック」な宗教という印象を与える点である（これはもちろん、『タイタン』における「徹底的に無関心な神の教会」を思い出させるだろう）。通常の宗教が超越的な価値のために自意識を捨てるように要求するとすれば、ボコノン教が肯定するのは自意識だけなのであり、ボコノン教で神聖とされるのが「人間だけ」なのは当然といっていい（一四〇）。

ジョンがサン・ロレンゾで出会うボコノン教は、こうした意味において人間中心の宗教である。『世界が終末を迎えた日』を書こうとしていた彼がどこにも「人間性」を見出せない「科学（者）」の物語に幻滅したと思われること、そして「無意味な人生」を送っていた彼が（五九）、写真で見たモナに一目惚れし、サン・ロレンゾに「愛」のためにやってきたことを想起すれば、散文的な現実を生きていた彼が、この宗教が目指しているように見える「（人間中心の）ユートピア」の実現というアイデアに惹かれてもおかしくはない。事実、フランクからパパ・モンザーノの後任として大統領になるように依頼された彼は、モナと結婚できるという特典が強力な後押しであったとしても、即座にその地位に就くことに同意し、「しっかりした、公正な、親切な統治者となり、国民を繁栄に導く」ことを決意するのである（一四一）。

その一方、貧困にあえぐサン・ロレンゾ島民ではないジョンは、ボコノン教をただちに受け入れているわけではない。大統領になることに同意した直後、モナに〈シンワット〉と呼ばれて拒絶されたときに「そう望めば、僕はきみの宗教を自分の宗教にできるかな？」といっていることは（一三九）、その段階の彼がまだボコノン教徒ではないことをはっきりと示す。さらに、アイス・ナインの悲劇が生じたあとも、避難所から出てきたばかりの頃は、ボコノンの使嗾で数万人が集団自殺をしたことを知って「何という皮肉屋なんだ！」と憤っている（一七九）。彼がボコノン教徒になるのは、モナも自殺してしまい、世界が滅んでしまったことを思い知らされてしまってからのことなのである（その後、半年かけて彼はボコノン教徒として『猫のゆりかご』を書いている［一八一］）。この事実は、世界に対して希望を持っていられるうちは、ボコノン教が必要とされないことを示しているといっていいだろう。

このようにして、ジョンは世界が終わったあとでボコノン教徒になる。ここで重要と思われるのは、彼がユートピアへの希望と、その挫折という、ボコノン教の生成過程を追体験してボコノン教徒になったことである。この意味において、彼は一般的なボコノン教徒とは異なる。彼がボコノン教に何らかの慰めを見出していることは確かだとしても、彼はそれをただの「阿片」として受動的に受け入れているわけではないのだ。彼がボコノンから『ボコノンの書』の締めくくりとして渡された紙片には「もしわたしがもっと若ければ、人類の愚行の歴史を書くだろう」とあるが（一八八）、彼が書いた『猫のゆりかご』がまさにそうした本であることを思えば、彼の立ち位置は、一般的なボコノン教徒ではなく、ボコノン自身に近いというべきかもしれない。

もっとも、教祖の振る舞いを手本にするというのは、信仰においては珍しいことではない。ジョンが『猫のゆりかご』を書いたのは、ボコノンが『ボコノンの書』でパフォーマティヴに示していた教えに従っていると考えてもいいだろう。ボコノンの手になるカリプソ――辞書的には「西インド諸島の民謡」だが、この小説では聖書の「詩篇」にあたるものと考えておけばいい――の一つを見ておこう。

おれは何もかもが
筋が通って見えるようにしたかった
そうすりゃ、そうさ、みんな幸せになれるんだ
ピリピリするんじゃなくてね。
だからおれは嘘をこしらえた

ぜんぶぴったり収まるように
それでおれはこの悲しい世界を
パ・ラ・ダイスにしたってわけだ。（八六）

要するに、筋が通らない（神の意図がわからない）不条理な世界なら、（人間が）筋が通るように見せてしまえばいいということである。ここにはボコノン教の「人間」だけを神聖視する姿勢が明確にあらわれているし、ある批評家が、ボコノンの物語は、それ自体としては「意味」を持たない「生」に意味を与えるのが人間の責任であり、「正しい」意味を与えれば幸福になる可能性があることを示すものだと解釈しているのも、理解できるところである。[43]

だが、その「正しい」意味とはどのようなものなのか。ここでボコノンがいっているように、不条理な世界を条理立てるために彼が利用したのは「嘘」だった。しかも、それは「嘘」であることが明らかな「嘘」なのである。だとすれば、ボコノンが「現実」に与えた「意味」は、その時点ですでに抹消線が引かれているという点においてて、むしろ「無意味」と呼ぶのが妥当かもしれない。実際、〈ボコマル〉に関する「足裏」と「魂」の地口についてては触れておいたが、作品のあちこちで二〇弱紹介されるボコノン教の用語は（あるいはそうした用語を操るボコノン教とは）、「現実」に「無意味」な名称を与えて遊んでいる、一種のジョークと考えてよいように思える——ヴォネガット自身が、それらの語はどれも一〇分とかからずに考えついたといっていることや、[44]この小説の各章が一つのジョークであると述べていることを想起しておいてもいいだろう。[45]

ボコノンが与える「意味」が「無意味」でなくてはならないのは、これまでの議論をふまえて考えれば、さして理解が難しくないはずである。すべてを「無意味」なジョークにまぎらわせてしまうと、いかにも軽薄に響くし、これは「現実」とはそもそも「フィクション」にすぎないのだから、その「現実＝フィクション」と戯れておけばいいという、通俗的なポストモダニズムに堕しかねないスタンスでもあるだろう。しかし、ボコノン教の出発点は、衣食住の満ち足りた文化的都会にあるわけではなく（そうした環境にも、別の切実な問題があるはずだが）、人間として最低限の生活を営むことさえ困難な、サン・ロレンゾの不条理な環境にある。サン・ロレンゾの人々には、「意味」――「モダン」な「大きな物語」といってもいい――を与えたところで、その「意味」を満たすことなど望むべくもないどころか、それを満たせないことがさらなる不幸を呼ぶだろう。ならば救われない「現実」を「ジョーク」に変え、せめて「現実」を笑う「自意識」だけは担保しようというわけだ。

ボコノンがジョンに手渡した『ボコノンの書』の締めくくりの全文を見ておこう。

もしわたしがもっと若ければ、人類の愚行の歴史を書くだろう。そしてマッケーブ山の頂上にのぼり、書いた歴史を枕に、仰向けに横たわるだろう。そして地面から、人を彫像にする青白い毒をつまみあげ、自分を彫像にするだろう――仰向けに横たわり、すさまじい笑みを浮かべ、「誰かさん」に向かって、親指を鼻先にあて他の指を広げて見せながら。（一八八）

ボコノン教とは、要するに、笑って死ぬための宗教なのだ。笑って死ぬ以外にどうしようもない人間のための宗教だといってもいい。「成熟とは……癒す手段が存在しない苦い失望である――ただし、笑いはどんなものでも癒せるとはいえるが」とボコノンは書いている（一三二）。これはフロイトの有名な「絞首台のユーモア」を想起させる態度である。[46] だが、世界が破滅したとき、ボコノンは自殺を使嗾する。そうするしかないのだろう――笑い飛ばすべき「世界」がもはや存在しないのだから。

『猫のゆりかご』を書いたジョンが、自殺を選ぶかどうかはわからない。だが、世界が終わっている以上、彼に「救済」はあり得ない。[47] ある論者は、彼の語りには「人間関係」を構築しようという意志が感じられないことを指摘しているが、[48] これも当然というしかない。世界が「イノセント」な科学者が作った玩具のために滅んでしまったという「現実」は、笑うしかないものであり、ジョンはそれをボコノン教の助けを借りて『猫のゆりかご』を書くことによって、一度はやりおおせることができた。だが、その「笑い」を、あるいは「無害な非真実」を、共有してくれる人間はどこにもいないのだ。ボコノン教が必要となる状況に陥ってしまえば、ボコノン教があってもどうにもならない――ボコノンを狂気に追いこんだパラドックスに、ジョンも直面せざるを得ないのである。

このようにして終わるこの作品が、ヴォネガットのここまでのキャリアにおいて最もペシミスティックな小説であるのは間違いないだろう。[49] もちろん、核の問題が背景にあるのなら、楽観的なヴィジョンを軽々しく提示することなどできるはずがなかっただろうし、この作品が次代を担うはずの若者のあいだでカルト的な人気を得たこと自体が、当時のアメリカがボコノン教を必要とするほど不条理な、希望のないものに感じられる社会だったことを示唆しているようにも思える。

だが、ヴォネガットがそうした時代の不安をすくいとり、それを極めてオリジナルな形で小説化できたのは、彼が同時代的な感性に秀でていただけでなく、時代の問題に個人的な経験を通して接近したためだと考えるべきだろう。ジョン・アプダイクがいうように、「世界の終わりは、ヴォネガットにとっては観念ではなく、ドレスデンで体験した現実だった」のである。[50]だとすれば、ジョンという世界の終わりを生き延びた作家＝語り手には、かなりの程度、ヴォネガットが自己を仮託していると考えていいだろうし、この小説の草稿段階でジョンのファミリー・ネームが「ヴォネガット」とされていたことは、[51]その推測を補強してくれる事実だろう。『猫のゆりかご』は、ヴォネガットがいかにしてボコノン教徒になったかを示す物語でもあるのだ。

語り手のジョンがボコノン教徒になった時点で小説が終わっていることは、自己のトラウマ的な経験に向かっていったヴォネガット自身の苦境を示しているといえるかもしれない。世界の終わりを見ることで到達したジョンの認識を、世界の終わりを見てきたヴォネガットは、まだ終わっていない世界で活かしていかねばならないからだ。さまざまなユーモア――ある論者によれば、『猫のゆりかご』には一六種類の伝統的なユーモアが用いられているという[52]――を駆使したこの小説は、それ自体としてボコノン教的なスタンスで書かれた作品である。興味深いことに、この小説は、世界の終末を扱う作品が通例そうであるような「近未来」にではなく、「近過去」に設定されている。この事実は、ヴォネガットが未来への警鐘を鳴らすというよりもむしろ、それ自体が一つの「無害な非真実」であることを前景化する、ボコノン教的な小説を書こうとしたことの証かもしれない。

しかしながら、ボコノン教には希望がない。もちろん、文学作品に「希望」がなくても構わないとはいえるのだが、自意識を担保するだけの「無意味」な物語を繰り返し書き続けるだけでは自分にとって「意味」がない

――それでは「ドレスデンの本」を書けない――ことを、ヴォネガットは『猫のゆりかご』を書くことによって確認したはずである。ドレスデン爆撃という出来事の不条理さに対処するには、ボコノン教は有効かもしれない。だが、ドレスデン爆撃を生き延びた人間の抱える問題は、生き延びてしまったことが内包する責任や希望――そしてその裏返しの罪意識――のために、ボコノン教の扱える範囲を超えてしまうのだ。そう考えてみれば、次作の主人公が戦場から罪意識を持ち帰ってきた博愛主義者として設定されたことは、ほとんど必然だったようにも思えてくるのではないだろうか。

『ローズウォーターさん、あなたに神のお恵みを』――亀裂の入った風刺文学

ヴォネガットの一九六〇年代の小説の中で、『ローズウォーターさん、あなたに神のお恵みを』だけは、あまり評価が高くない。一九六五年に、前作に続いてホルト社からハードカバーで刊行されたこの本は、作者のキャリアにおいて、はじめてまともに書評され、増刷もされることになったし、[53] 過去の批評には、この作品を彼の最高傑作と呼ぶものや、[54]「最も豊かで最も複雑な小説」とするものもあった。[55] だが、今日では『スローターハウス5』はもちろん、『母なる夜』や『猫のゆりかご』に比肩し得る小説とは見なされておらず、[56]「最も魅力がない作品の一つ」とまでいう研究者もいる。[57] グレゴリー・D・サムナーの「最も熱心な読者のあいだではお気に入りの作品であり続けている」という言葉も、[58] むしろ『ローズウォーター』の文学的評価の低さを裏付けるといっていい。

あらかじめ断っておけば、以下の議論は、こうした定説を突き崩そうとするものではない。『ローズウォーター』の低評価は前後にヴォネガットが傑作を書いたためでもあると思われる点を斟酌しても、この小説を文学作品として留保なく賞賛するのは難しいだろう。例えば、巨万の富を貧者に分け与えようとするエリオット・ローズウォーターが、それゆえに「狂人」と見なされ、財産を悪徳弁護士ノーマン・ムシャリに狙われるという、善悪の区別がかなり明瞭なプロットは、結末の「オチ」を含め、ヴォネガットが大衆誌に発表していたリーダブルな短編に相応しい程度の強度しか持たないように思える。そうした観点からすると、物語中盤で、舞台がインディアナ州ローズウォーターからロードアイランド州ピスコンテュイットにしばらく移されるのは、貧弱なメイン・プロットだけでは「小説」にならなかったためとも考えられるのだが、そこで出てくる人物達がエリオットを中心とする物語に吸収されずに消えてしまうという印象は否定しがたいだろう。[59]

ヴォネガットの作品を発表順に読んでいく本稿の議論では、『ローズウォーター』のこうした「小説」としての欠点は、ひとまず「欠点」として受けとめておきたい。その上で、この作品を書いたときのヴォネガットがやろうとしたことを考える方が、建設的に思えるからだ。そもそも、ストーリーやキャラクターの平板さは、彼の作品には程度の差はあっても共通する特徴であり、その事実を指摘すること自体にさしたる意味はないだろう。ある論者はこの小説を「風刺文学（サタイア）」と呼び、そうした作品の登場人物は（「人間」というより）観念的な「タイプ」になるものだと述べているが、[60] 実際、「金」が「主役」の一人だと冒頭に記される『ローズウォーター』が、[61] 寓話的な意図をもって書かれたのは確かなはずである。

しかしながら、別の批評家が指摘するように、金は「この人間達に関する物語における」「主役の一人」（a

leading character)」でしかない（*GBY* 一九三、強調は引用者）。[62] 金は登場人物達の言動を規定する要因の一つではあるだろうし、金持ちとして「正しく」振る舞わないエリオットが引き起こす滑稽な騒動を描く作者が、同時代のアメリカを経済格差という問題を通して風刺しているのは間違いない。だが、この作品をそのように理解して読み進めると、やがて壁に突きあたる。というのも、金の支配する世俗社会で聖人のように振る舞うフラット・キャラクターであるはずの主人公に、一九歳のときにヨットの事故で母親を死なせ（第二章）、第二次世界大戦中には一四歳の少年を含む民間人三人を殺してしまったという（第六章）、トラウマ的な、生々しい過去があると判明するためだ。

主人公を（「現代の聖者」といった「タイプ」に収めるのではなく）「人間化」するこのシリアスな設定がなければ、『ローズウォーター』は「風刺文学」としてはるかにウェルメイドな――しかし「小説」としてははるかにつまらない――ものになっただろうが、それはすなわち、「風刺文学」の一貫性を犠牲にしても、リアリズム的な設定を主人公に付与する必要があったことを意味するだろう。そしてその「必要性」は、ドレスデン爆撃というトラウマ的経験を持つ作者にとっては、パーソナルなもので（も）あったと推測してよいように思える。事実、というべきか、例えばエリオットは『ドイツ爆撃』という実在の書物を、[63] 自分でも理解できない罪意識を抱きながら隠し持っているとされている（三二五）。小説の最終盤で唐突に開示されるこの情報は、滑稽な「風刺文学」にとって不要であるばかりか、この作品をジャンルにこだわらず読んできた読者にも、かなり異様な、それまでの物語の流れに回収されがたい「ノイズ」であるという印象を与えるだろう。

こうした例を見ると、ヴォネガットがエリオットにトラウマ的経験を与えたのは、必ずしもそれが作品に益すると判断したためではないようにも感じられるのだが、『プレイヤー・ピアノ』のポール、『タイタンの妖女』のコンスタント、『母なる夜』のキャンベル、そして『猫のゆりかご』におけるハニカー家の子供達など、先行する全作品の主要人物にトラウマ的な子供時代が与えられていた事実を想起すれば、やはり彼の創作原理（詩学）には「トラウマ」が組みこまれており、『ローズウォーター』ではそれが作品を破綻させていると見えかねない形で露出していると考えていいように思える。いずれにしても――作者のコントロールを超えた水準で起こった現象だとしても――エリオットはトラウマを抱えた主人公となり、その結果、『ローズウォーター』は、キャラクターの意味が固定化された寓話的な「風刺文学」として読もうとすると、至るところに亀裂が走っているのを意識させられる作品となった。そうした亀裂こそがこの作品をヴォネガットらしい「小説」にしているというのが、彼の「トラウマの詩学」を考える本稿の作業仮説である。

『ローズウォーター』の物語は、一九六四年、ワシントンDCの法律事務所に勤める若い弁護士ムシャリが、契約先のローズウォーター財団の基本定款に、役員が精神異常と判定された場合には除名されるという条項を見つけたことに始まる。一九四七年の財団設立以来の総裁である四六歳のエリオットは、その奇嬌な振る舞いのため、かねてより「キジルシ」や「聖人」などと呼ばれており（一九五）、ムシャリはそのような彼の代わりに遠縁の親戚フレッドを担ぎあげ、一儲けしてやろうと考えるわけだ。ストーリーがこのように動き始める以上、プロット上の焦点は、エリオットの「狂気」が証明されるのかという点にあるといっていいだろう。

このようにして、ムシャリの関心は読者の関心を誘導することになるのだが、留意しておきたいのは、ムシャリにとっては、エリオットの「狂気」が何に由来するかは問題ではなく、とにかく「狂気」だと証明できればよいという点である。つまり、彼の言動が「異常」であるとわかればよいわけだ。こうした関心は物語全体を通して維持されることになるし、だから読者としても、エリオットの振る舞いが「異常」なのかを考えなくてはならなくなる。だが、ある言動が「正常」か「異常」かを判断する基準は社会的に構築されており、したがって、ある批評家が指摘するように、「エリオット・ローズウォーターの物語は、読者に彼が正気かどうかを考えさせるが、最終的には、同時代のアメリカ社会が正気かどうかをあらためて考えさせる」のである。[64]

こうした仕組みが、この作品の「風刺文学」としての支柱となっているのは間違いない。主人公は物語の中心にいわば「鏡」として存在し、（アメリカ社会を形成する）他のキャラクターの言動はその「鏡」に照らして提示されるのだが、エリオットは「何てったって親切じゃなきゃいけないよ」という（二六〇）、それ自体としては反論のしようもなく正しい信条を貫く人物なのだから、「風刺」の対象から外れる主要登場人物がほとんど——エリオットの行為の「正しさ」や「美しさ」を認め、彼をサポートできない自分を痛々しく責める妻シルヴィアを除いて（二二八）——いないのは当然である。このことは、夫が助けようとする人々の美点は「人間」であることだというシルヴィアの説明が、誰にも理解されないことからも確認されるが（二二九）、そもそもエリオットの行動が「問題」とされるのが、彼が（税金逃れのために設立された）財団の標榜する人道主義的使命を（いわば「馬鹿正直」に真に受けて）実行するからだという皮肉を想起しておいてもいいだろう。

このように考えてくると、主人公と他の人物達を対比的に描く「風刺文学」としての枠組みは、読者にエリオットの言動を「奇矯」ではあっても「異常」とまでは感じさせないように機能しているといえそうなのだが、そこで問題となるのは、彼が実際に精神を病んでいるということである。それが決定的に証明されるのは、物語の最終盤で、彼が過去三年間の記憶を喪失したあげく、インディアナポリスの町が火災旋風に包まれるのを幻視して意識を失い、その後精神病院ですごした一年をまったく憶えていないという事態が起きることによってであるが、彼が母を死なせ、少年を含む民間人を殺してしまったというトラウマを抱いていることを知っている読者にとって、それは「確認」にすぎないといっていいと思われる。

ムシャリや、エリオットの父リスター・エイムズ・ローズウォーター上院議員は、エリオットの振る舞いが社会的観点から「異常」に見えるかどうかにしか関心がない（だから彼を「異常」と見なす彼らの言動は、彼ら自身の「異常さ」を前景化する）。だが、エリオットの過去を知った読者は、彼らが単に「異常」と片付ける彼の言動を、彼のトラウマとの関係で考えざるを得なくなるのだし、その「関係」を理解するのは難しくない。彼は財団の後継者に宛てた、一族の好ましからぬ歴史を赤裸に綴った手紙で、母ユーニスについては「賢く愉快な人物で、貧しい人々の状況を非常に真摯に心配していた」と記しており（一九八）、そうした母を死なせてしまった息子が――その経験について「ヨット事故で死亡した」としか書いていないのは（一九八）、それが語り得ぬトラウマであることを示唆するように思える――貧しい人々を助けようとしても不思議ではないだろう。また、彼が戦争中に殺してしまった三人の民間人は、消火活動に従事していた武器を持たぬ消防士だったのであり、彼がその事件の直後に自殺未遂を起こしている事実は、戦後の彼が消防士に強いオブセッションを抱くことを、この上なく明解に説明してくれるはずである。

エリオットが（シルヴィアが彼のもとを去って以来）ほとんど離れることがない、子宮的な「事務所」に備えつけた黒と赤の二つの電話――黒電話は財団の電話、赤電話は消防の電話――は、ともに彼のトラウマとつながっている。慈善活動と消防活動への過剰な、文字通りフルタイムのコミットメントは、自分が死なせた存在に対する罪意識に由来すると考えてよいだろうし、だとすれば彼の振る舞いは、まさしく「狂気」の「徴候」ないし「症状」ということになるだろう。つまり、彼の言動を「異常」と考える人々は、ある意味で「正しい」ということであるわけだが、ここにおいて、『ローズウォーター』の「風刺文学」としての一貫性に、決定的な亀裂が入ってしまうことになる。エリオットはその言動全体によって、「万人のユートピアとなるはずだった」国で作られた（一九六）、「野蛮かつ愚劣で、完全に不適切で不必要でクソ真面目なアメリカ式の階級制度」を厳しく批判するのだが（一九七）、こうした批判の基盤にあるのが社会的正義なのか、個人的な病なのか、わからなくなってしまうのだ。

もちろん、エリオットの言動を、社会的正義の体現でもあり、個人的な病の発露でもあると受けとることはできるし、さらにいえば、彼が病んでいるからこそ社会的正義を貫けると考えれば、それほどまでに同時代のアメリカ社会が病んでいることの証と見なすことも可能かもしれない。だが、エリオットの病の原因が、アメリカ社会の病とは無関係であるという事実は、やはり「風刺文学」としての統一性を大きく傷つけるといわざるを得ないはずだ。先に触れておいたように、こうした事態を作品の破綻と呼ぶのはたやすい。だが、ヴォネガット文学にとって「トラウマ」という主題が有する重要性に鑑みれば、『ローズウォーター』という「小説」のダイナミクスを、善悪の明瞭な物語――『母なる夜』のキャンベルの書くような「ロマンス」――を転覆するところに見出しておく方が建設的だろう。

そうしたダイナミクスの典型例は、小説のタイトルに関わる箇所に看取できる。使われなくなって久しいローズウォーターの屋敷でメイドとして働く孤独な老女、ダイアナ・ムーン・グランパーズは、エリオットのことを、病気を癒し、天候さえ変えられるような「聖人」として崇拝し、「あなたさまはとるに足らない連中を助けるため、人が欲しがるはずのものをぜんぶお捨てになった……。ローズウォーターさん、あなたに神のお恵みを」という（二三四）。この言葉は彼を「風刺文学」の中心にしっかりと据えつけるかのように思われるのだが、この言葉が出てくるのは第五章の終わり、そして彼の最大のトラウマ的事件が記されるのは、その直後、第六章のはじめなのである（二三五―二三七）。つまり、ヴォネガットはエリオットを「聖人」とするかにみせて、インクも乾かぬうちに彼が「病人」であることを暴露してしまうのだ。

このようなテクストのダイナミクスがもたらす影響は多岐にわたるが、まず確認しておくべきは、エリオットの「善行」を、動機にしても結果にしても、見かけ通りのものとしては受け入れにくくなる点だろう。彼の「異常」な博愛主義的行動を、先ほどは「狂気」の「徴候」「症状」と呼んでおいたが、彼が一応は精神の平衡を保っていることをふまえれば、そうした「人助け」は、彼にとって、トラウマに完全に押し潰されないようにする手段と考えていいはずだ。彼は「人助け」によって自分を狂気から救おうとしているといってもいい。ある論者は、エリオットの事務所の入口にある「ROSEWATER FOUNDATION / HOW CAN WE HELP YOU?」という言葉は（二二五）、彼自身に向けられているように感じられると述べているが、[65]これは納得できる指摘だろう。

エリオット自身が意識しているとは思えないが、彼の「人助け」が自分自身を救うためのもので（も）あることには、いささか皮肉な含意がある。彼が「正気」を保つためには、彼が救いの手を差し伸べるべき惨めな人間が、身近に存在しなくてはならないからだ。「身近に」存在しなくてはならないというのが、彼の病状の切実さを示しているといっていい。彼が一九四七年から五三年まで、さまざまな慈善活動に一四〇〇万ドルという財を投じている事実は（二〇一）、彼が当初はその社会的地位に相応しいやり方で「人助け」をしていたことを示す。だが、そうしているあいだに、酒量は増え、行動は反社会的になり、[66] ついには失踪してSF作家会議に飛び入りして「僕はクソったれのきみ達が大好きだ」と始まる有名なスピーチをするという形で（二〇一）、奇行が本格的に始まってしまう。「常識的」な慈善活動では、トラウマをなだめられないのだ。

しばらく続いたエリオットの奇行が一段落するのは、ローズウォーター郡に腰を落ち着け、「僕はここにいる見捨てられたアメリカ人達を愛してやるんだ――たとえ彼らが役立たずで、魅力がない人達でも」と決断してからのことになる（二一五）。父親によれば、彼は「眉を上げただけでインディアナの知事になれただろうし、数粒の汗を流せば合衆国大統領にさえなれたはず」であり（二一四）、それはつまり、彼には社会改革という形で多くの社会的弱者を救うことも十分に可能だったということである。だが、彼は顔の見えない無数の人々ではなく、近くにいる（ダイアナのような）「役立たず」の人間を助けることを選ぶ。作者の代弁者的な存在として登場するSF作家キルゴア・トラウトが「役立たずでいることは、強い魂も弱い魂も同じように殺しますし、しかも例外なく殺すのです」と述べていることを想起していえば（三三二）、「役立たず」の人間を助けることで、エリオットは自分が「役立たず」の人間ではないという心の平安を得ているのである。

こうした「人助け」が、エリオットと彼の「クライアント」の関係を、共依存的なものにしてしまうのは必然だろう。ローズウォーター郡の貧乏人でも、自尊心を持つ者はエリオットの無批判の愛には近づかなかったとされている（二三一）。エリオットは自尊心を持たない（持てない）「役立たず」の人々を大事に扱うことで、彼らに短いあいだだけでも価値があるように感じさせてやるのだが、[67] しばしば指摘されてきたように、それが彼らの自尊心の回復につながっているとは考えにくい。[68] 彼が町を出ると察した人々がパニックに陥るのは（三〇二）、彼が「クライアント」達に持続的な好ましい影響を与えられなかったことの証左だし、[69] 彼の慈善行為の内容を見ても、それは当然といっていい。例えば、彼は自殺しようとするシャーマン・ウェズリー・リトルに三〇〇ドルを与えるが（このエピソードが、彼がむやみに金をばらまいているわけではないことを示すことは銘記しておくべきだろうが）、[70] それは問題を解決するのではなく、一時的な慰めを与えるだけなのだ。[71] 電話ボックスでリトルが見つけたエリオットのステッカーに娼婦の電話番号が書きこまれているのは（二四五）、彼の奉仕活動が「一種の精神的な売春行為以上のものではほとんどない」ことを象徴的に示すだろう。[72]

このように見てくると、ローズウォーターの町は、『猫のゆりかご』のサン・ロレンゾと似ているといっていいように思える。それは住人達にどうしようもない「現実」から目を背ける「麻薬」を与える、「狂人」が夢見た「ユートピア」なのだ。『猫のゆりかご』では、ボコノン教という「人間的」な宗教が「非人間的」な科学と対置されていたが、エリオットの「人間的」なユートピアと対置されるのは、第八章から第一一章までの舞台となるピスコンテュイットである。そこに登場する人物達は、先に触れておいたように、ストーリー的には小説にうまく組みこまれていないように思われるが、彼らの町が「エリオットがローズウォーターで作ろうとする共同体のアンチテーゼ」として果たす役割については確認しておかねばならない。[73]

生前未発表の短編「タンゴ」において「アメリカで最も排他的なコミュニティ」と呼ばれているピスコンテュイットは、[74]「二〇〇世帯の非常に裕福な家族と、稼ぎ手が何らかの形で金持ちに仕える一〇〇〇世帯の普通の家族が住んでいる」という強固な階級社会であり、「その地の人々の暮らしは、どれもくだらないもので、鋭敏さも、知恵も、機知も、創意も欠いており――インディアナ州ローズウォーターの人々の暮らしとまったく同程度に無意味で、不幸だった」とされている（二六三）。ピスコンテュイットは「エリオット」を欠いたローズウォーターなのだ。

その共同体を代表するのは富豪のバントライン家である。家長ステュアートは「エリオットがなったかもしれない姿を体現する」人物で、[75]若くして一四〇〇万ドルの遺産を相続したときには富を貧者に分け与えようと思いもしたが、バントライン家の後見をする法律事務所のサーモンド・マッカリスター（ローズウォーター財団の事務も代行する人物）に熱を冷まされ、現在では四〇歳前にしてやりたいことなど何もなく、安楽だが死んだような人生を送っている。そのようにしてソファーで惰眠をむさぼる父が生きているのかを毎日確認する娘ライラは（二七八）、一三歳にして町のポルノ市場を独占する資本主義者である。そして妻アマニータは、機会あるごとに友人キャロライン（フレッド・ローズウォーターの妻）に貧しさと社会的地位の低さを思い知らせ、[76]メイドのセリーナ・ディールには、美しい夕陽について――海も、月も、星も、合衆国憲法についても――礼をいわせるというように（二九四）、貧しい人間を周囲に配して優越感に浸る、典型的俗物として描かれている。

こうしたバントライン家＝ピスコンテュイットが「風刺」の対象となっているのは自明だろう。そして、共同体で唯一「生」を健全に――ただし、ヘミングウェイのパロディにも思えるが――謳歌している漁師ハリー・ピーナ（有志消防団の団長でもある）とその息子達が、実は破産寸前で、自分の肉体を使って懸命に働くような人間はもう「必要とされていない」、「どこでも敗色濃厚」な存在だと宣告されているのは（二九〇）、ピスコンテユイットを通して同時代のアメリカ社会全体が「風刺」されていることを示すといっていいと思われる。

そのようなあからさまに「風刺文学」的な舞台に鑑みると、「ピスコンテュイットの水準からすれば身の毛もよだつほど貧乏」な（二六三）、さえない生命保険のセールスマンのフレッド・ローズウォーターは、「アメリカの中流階級の絶望を体現する」、[77]「タイプ化」されたキャラクターにすぎないと思えるかもしれない。けれども、興味深いことに、作者はこのもう一人の「ローズウォーター」にも父の自殺という「トラウマ」を与えて「人間化」する。その「興味深さ」は、ヴォネガットが母を自殺で失っているという伝記的事実にもあるのだが、小説の主題との関係で注目しておきたいのは、このトラウマのために、フレッドが安定した自我を持てずに生きてきたことである。「自殺者の息子」にとって「人生にはある種の活気が欠けている」という一般論の真偽はともかく（二六八）、「頭のかなりの部分が吹っ飛ばされた」父の姿を見てしまった彼は、その膝の上に置かれていた「一家の歴史を綴った原稿」を読む気になれないできた（二六八）――読みさえすれば、「[彼の一族には]金持ちもいたし、そうでないのもいたが、くそっ、みんな歴史の中で自分の役目を果たしてきたんだ！　もうぺこぺこしたりしないぞ！」と思えたはずにもかかわらず（三〇〇）、である。

いま引用した一節も示すように、フレッドが望んできたのは、金持ちになることではなく、「意味」のある存在になることだった。[78]これはローズウォーター郡にたどり着くまでのエリオットが人生に意味を見出せていなかったことを想起させる――二人のローズウォーターは、どちらも「トラウマ」のために人生の「意味」を見失った人間なのである。だとすれば、小説のタイトルに用いられるフレーズがフレッドの物語にもあらわれる事実は、エリオットとフレッドを皮肉に対比するというより、主題の強調として見なすべきだろう。フレッドによれば

「［彼］の職業で最高の満足」は、保険金を受けとった誰かの妻に「子供達もわたしも、あなたがしてくださったことに何とお礼をいったらいいかわかりません。ローズウォーターさん、あなたに神のお恵みを」といわれるときだという（二六九）。これは彼のセールストークの中に出てくる言葉であり、[79]彼が想像しているだけだとする論者もいるが、[80]たとえそうだとしても、彼がそういわれたいと願っていることは間違いないはずだ。

　このようにして、メイン・ストーリーを中断する形で差しはさまれるピスコンテュイットの物語は、「聖人」としての「エリオットが癒そうとしている精神的貧困を「普遍化」することで、彼の仕事が必要であることを示す」にとどまらず、[81]そうした営みを通して「人間」としてのエリオット自身が癒される――「ローズウォーターさん、あなたに神のお恵みを」といってもらえる――必要性を補強する。その意味で、フレッドのトラウマと／による「人間化」は、エリオットのトラウマと／による「人間化」と連動しているといっていい。作品全体のダイナミクスに照らしていえば、主人公にトラウマが与えられ、「風刺文学」の枠に収まらない「人間」になった結果、挿入される「風刺文学」的なエピソード（のキャラクター）にも、「小説」的重量が付与されることになったのである。

　批評家の中には、『ローズウォーター』の「後半は、前半に比べて明らかに弱い」と感じる者もいるが、[82]この印象は、作品の比重が「社会」を標的とする「風刺文学」的なものから、「人間」を扱う「小説」的なものへと移行したことと関連しているように思える。実際、いわば作品の「モード」が変化したと考えることにより、物語の序盤ではエリオットを攻撃する「社会」を代表する重要なキャラクターだったムシャリが、中盤以降、めっきり影が薄くなってしまうのも――それがこの作品の欠点の一つに見えてしまうにしても――おそらく避けがたいことだったと理解できるのではないだろうか。

一方、そうした観点から興味深いのは、ムシャリと並んでエリオットの「異常」な行動に強い関心を抱く父リスターの重要性が、物語の終盤において衰えないどころか、増しているようにさえ感じられる点である。作品前半の彼は、「アメリカ政治の極右派を体現し、それゆえにヴォネガットの風刺の重要な標的になる」といえそうな人物だった。[83] 事実、「リステリン（Listerine）」を想起させる寓話的な名前を持つリスター（Lister）が、[84] 傑作と考えている「ローズウォーター法」について、「ポルノグラフィと芸術の違いは体毛にある！」と力説するところなどは（二四三）、「風刺文学」にいかにも相応しい滑稽な場面である。だが、物語の後半、息子の事務所を訪れた彼が、「あらゆるアメリカ人の内側には、そいつがどんなに腐ったやつだろうと、やせこけて口やかましい、わしのようなクソじじいがおるのだ——わし以上に悪党や弱虫を憎む老人がな」というとき（三〇六）、この保守的な政治家には、否定できない人間的威厳が与えられているように思える。そのような彼の前で、息子が全裸でうろつき、陰毛をいじくりまわしていると長さ一フィートのものを見つけ、「自分がそんな素晴らしいものを所有していることが信じられないというようにして父親に目を向ける」場面は（三一一）、体毛を嫌悪する上院議員の潔癖さを「風刺」するというより、読者を（いったんは爆笑させても）彼に同情させることになるはずだ。

リスターが読者のシンパシーを喚起する「人間」的な、「ほとんど愛すべき」キャラクターになることで、[85] エリオットに対する彼の批判は「小説」的な有効性を持つことになる。彼がエリオットの「無批判の愛という福音にいくつもの有効な反論をする」ことは指摘されてきているが、[86] 特に重要なのは、「ユートピア」で不特定多数の人間に「愛」を注ぐことが、最大の理解者であるシルヴィアに多大な犠牲を強いたという「現実」を、彼に突きつけることだろう。

「愛だと！」と上院議員は苦々しげに［いった］。「おまえはよくも見事にわしを愛してくれたものじゃないか？　あんまり愛してくれたもので、わしの抱いていたありとあらゆる希望やら理想やらを滅茶苦茶にしてくれたってわけだ。それに、おまえはシルヴィアを、よくも見事に愛してやったものじゃないか？」

エリオットは耳をふさいだ。

老人は唾を飛ばしまくりながらわめきちらした。エリオットにはその言葉は聞こえなかったが、唇の動きから読みとることはできた――彼を愛したことが唯一の過ちだった女性の人生と健康を、彼がどのようにして台無しにしてしまったかという恐ろしい物語を。（三一一―一三）

もちろん、エリオットはこの正論に反駁できない。父親が部屋を出て行くと、彼が「死体のように固まってしまう」のは（三一三）、大戦中に民間人を殺してしまった直後に「エリオットは硬直してしまっていた――髪と踵をつかんで運んでいけそうなくらいに固まっていた」という場面の反復であり（一三六）、こうして彼の「ユートピア」が、トラウマを抑圧し続けることができなかったこと、「現実」においてはほとんど無力であったことが、瞬く間に確認されてしまうのである。

結局のところ、エリオットの「善行」が肯定的な意味を保てるのは、「風刺文学」の中に据えられている限りにおいてである。それが「人間」を描く「小説」の場に移されると、どうしても批判的な視座が入ってきてしまうのである。そうした「批判」は、彼がトラウマを抱える「病人」であることでいったんは棚上げにされる。だが、それを棚上げにし続けないことが、「現実」を描く「小説」というジャンルのさだめなのだ。だからヴォネガットが「ユートピア」に引きこもるエリオットの自己欺瞞――「病人」の「症状」をそう呼ぶのはあまりにも非情なのだが――を本人に突きつけるのは、「小説」的には必然であるし、「ユートピア」を失ったエリオットが第一三章で、インディアナポリスの町が火災旋風に包まれているのを幻視するのは、「小説」に相応しいエンディングと考えてもいいだろう。

しかしながら、最後の第一四章で、『ローズウォーター』は再び「風刺文学」に戻ってしまう。リアリズム小説であればおそらく不可避であったシルヴィアとの再会は回避され（エリオットから「オフィーリア」と呼ばれもした彼女は、それに相応しくも「尼寺」に入ってしまう［二三一］）[87]、上院議員はエリオットが記憶を失っているときの「正常」な振る舞いに満足するような、「風刺」の対象に戻ってしまう。そしてこの作品で初登場するトラウトも――以後の小説においてはまた別の、さまざまな役割を担うことになるものの――ここでは「エリオットがしたことを実質的にすべて弁護する」[88]、作品の「寓意」を作者に代わって超越的視点から説明するキャラクターにすぎないのだ。

最終章における作品モードの再転換は、物語を終わらせるために必要な方便だったのだろう。『ローズウォーター』は、エリオットが彼のものと主張された五七人の子供を認知し、ムシャリの企てを無効化する場面で終わる。この「オチ」は、リアリズム小説的な観点からは、荒唐無稽というしかない――五七人の子供を認知する行為自体が、彼が「狂人」であることの証拠となってしまうからだ。[89] だが、ヴォネガットはおそらく、このような強引な力業による以外に、この作品を閉じることができなかった。比喩的ないい方をすれば、トラウマ的な経験がエリオットの精神に刻んだ亀裂が最後まで修復されなかったのと同様、主人公にトラウマを与えたことが作品に刻んだ亀裂は、修復不能なほどに広がり、最後には作品全体を飲みこんでしまったのである。

主人公にトラウマを与えたあと、物語が「トラウマからの快復」を主題とする方向に向かっていれば、そうした亀裂は修復されることになったかもしれない。しかし、それは無い物ねだりというべきだろう。ヴォネガットがそうした主題を――後期の代表作となる『青ひげ』で――扱うのは、まだ先のことなのだ（もちろん、主人公にトラウマを与えて「人間化」した『ローズウォーター』を、後期のリアリズム小説への道を拓く作品と見なすことは可能である）。この時点でのヴォネガットの関心は、「トラウマからの快復」ではなく、修復できない強度を持つ「トラウマ」自体に向けられていたと思われるし、「ドレスデンの本」を課題として抱えていた作家が抱く関心として、それは自然なものでもあっただろう。だとすれば、導入されたトラウマが、作品を破綻させるほどに危険なものとなったのは、当然のことというべきかもしれない。

その危険なトラウマをヴォネガットはうまく御することができず、『ローズウォーター』は混乱した作品となった。だが、その露出した混乱こそが、「成功作」とはとても呼べないこの小説を「リアル」に感じさせるのではないだろうか。そしてヴォネガットは、この作品を書くことで得た「リアル」な経験をふまえ、いよいよ――彼自身が「失敗作」と呼ぶことになる（SF三五九）――『スローターハウス』に着手することになる。

『スローターハウス5』――「わたしはそこにいた」

『スローターハウス5』の執筆が極めて難航したことはよく知られている。「一九四五年に故郷に戻り、わたしは［ドレスデン爆撃］について書き始めて、それからそれについて書き、そしてそれについて書きに書き、そしてそれについて書きに書きに書いたんです」という有名な言葉は、[90] 残されている数百ページもの草稿とあわせ、[91] その難渋ぶりを十分に伝えている。文学史に名が刻まれるような作家には、なかなか作品を完成できなかったというエピソードの一つや二つあるのが普通だろうが、文筆の道を志した時点で書こうと思っていた主題を小説化するのに四半世紀近くを要したというのは、やはり例外的な現象といっていいはずである。

第1章のはじめでも触れておいたように、戦場から帰還したヴォネガットはすぐに自らの体験を言語化しようとしたが、うまくそれを「小説」に仕立てられなかった。

> 二三年前、第二次世界大戦から帰郷したときには、ドレスデンの破壊について書くのはたやすいだろうと思っていた。見たことを報告するだけでいいのだから。……しかし、当時のわたしの中からは、ドレスデンについて語る言葉はあまり出てこなかった――少なくとも、一冊の本になるのに十分なほどには。（*SF*三四六-四七）

これは一定程度、外的な事情にもよるだろう。一九四六年頃に書かれたとおぼしきエッセイ「悲しみの叫びはすべての街路に」が、改稿を重ねても発表できなかったのは、[92] 新人作家に筆力や知名度が不足していたというよりも、当時のアメリカがドレスデンに関する「証言」を受け入れられる社会ではなかったことを示唆するように思える。[93] ヴォネガットはあるインタヴューで、新聞で爆撃に関する記事を探したが、半インチの長さのものしか見つからなかったと述べている。[94] 実際にはもう少しまともな報道もあったようだが、[95] その惨劇がアメリカで広く知られていたとはとてもいえない。ドレスデン爆撃が「どれほどの成功を収めたかについては、戦後、何年にもわたって秘密に――アメリカ人に対しては秘密に――されてきた」のである（四七四）。

第二次世界大戦後のアメリカに、戦勝国による大量殺戮について批判的に語ることをタブーにする空気がなかったら、ヴォネガットの戦争エッセイも出版されたかもしれないし、そうなっていれば、彼は「SF作家」としてではなく、「戦争作家」として文壇デビューを果たしていたかもしれない。だが、その場合には、『スローターハウス』は存在しなかった。このことは、我々が『スローターハウス』として読む小説には、先行する五つの長編の土地や登場人物が再活用されている事実からだけでも明らかである。主人公の検眼医ビリー・ピルグリムが住む町は、『プレイヤー・ピアノ』と『猫のゆりかご』の舞台だったイリアムであるし、キャラクターに関しても、『タイタンの妖女』のトラルファマドール星人、『母なる夜』のロバート・W・キャンベル・ジュニア、そして『ローズウォーターさん、あなたに神のお恵みを』のエリオット・ローズウォーターやキルゴア・トラウトといった、主役級の面々が「再登場」するのだ。[96]

過去の作品の舞台や登場人物の再利用は、もちろんヴォネガットの専売特許というわけではない。アメリカ文学に話を限っても、マーク・トウェインの『トム・ソーヤーの冒険』（一八七六）と『ハックルベリー・フィンの冒険』(一八八四)や、アーネスト・ヘミングウェイの「ニック・アダムズもの」、あるいはウィリアム・フォークナーのヨクナパトーファ・サーガやJ・D・サリンジャーのグラース・サーガなど、いくつもの例をあげられる。だが、そのような「再利用」が概して、一つの作品では扱えないような大きな主題や世界を、同一人物を複数の作品に登場させることで提示するといった性格を持つのに対し、『スローターハウス』にはそうした意図が稀薄に思える。というのも、ヴォネガットのキャラクター達は、「再登場」するとはいっても、先行作に登場していたときとは、程度の差はあっても例外なく、異なる人物として提示されているからである。

その最もわかりやすい例は、『母なる夜』でキャンベルに執着するバーナード・B・オヘアが、『スローターハウス』では「ヴォネガット」の友人バーナード・V・オヘアとして「再登場」することだが、これはまったくの別人と考えられるかもしれない。だが、例えばキャンベルの妻が、ヘルガ・ノト(Helga Noth)ではなくレシ・ノルト(Resi North)とされていることについてはどうだろうか(四五六)。また、『タイタン』では「機械」であったトラルファマドール星人は、『スローターハウス』においては(実在するかどうかはともかく)「生物」として描かれ、外見上の特徴も大きく異なっている。それをいえば、トラルファマドール星は『ローズウォーター』ではトラウトの『宇宙の三日間通行券』なる作品に出てくるのに(*GBY*三二四)、『スローターハウス』のトラウトはそのような小説を書いていないと思われることに留意してもいい。そして『スローターハウス』のエリオットは、戦争中に一四歳の消防士を「撃ち殺し」(*SF*四一二)、一九四八年の春にビリーと同室に入院しているが、『ローズウォーター』のエリオットは少年を銃剣で刺し殺していたのであり、しかも一九四七年から五三年までは財団総裁として「正常」に活動していたのだから、その時期に入院していたとは思いがたいのだ。[97]

こうした齟齬が、「再登場」したキャラクターに関して例外なく観察される以上、それらをヴォネガットの不注意と見なすことは不可能だろう。したがって、先行作のキャラクターと、『スローターハウス』に登場したときのキャラクターは、似ているけれども別の人物ということになる。これは一見不可解な現象だが、『スローターハウス』のメタフィクショナルな構成を考慮に入れることで、理解が可能になるかもしれない。この作品においては、主に第一章と第一〇章に、ビリーを主人公とする物語を書く小説家として「ヴォネガット」が登場するわけだが、この人物は、作者ヴォネガットとほぼ同じであるものの、厳密には小説の「登場人物」である（小説の外部に存在する場合、「第一章」ではなく「前書き」などとするのが普通だろう）。つまり、ビリーの物語は、ヴォネガットによく似た「ヴォネガット」が書いているのであり、その「ヴォネガット」は、ヴォネガットによく似た小説を書いてきた作家なのである。

右に観察した「齟齬」は、『スローターハウス』だけを読む読者にとっては、もちろん問題にならない。現実のヴォネガットと虚構内存在の「ヴォネガット」の違いにしても、インターテクスチュアルな話をしなくても理解できるはずである。別のいい方をすれば、そうした齟齬がなかったとしても（例えばキャンベルの妻が「ヘルガ・ノト」と記されていたとしても）、『スローターハウス』という作品の読み方が大きく変わるとは思いにくいのだ。それにもかかわらずそうした齟齬を与えた事実は、それによってヴォネガットが何らかの芸術的効果をあげようとしたというより、この小説を書くにあたって「ヴォネガット」から意識的に距離をとろうとしたことを示唆するように思える。そうすることで「作者」としての超越性を確保しようとしたといいたいわけではない。そうではなく、そのようにしていったん距離をとることにより、自己を深く仮託した「ヴォネガット」を「登場人物」にできたと——むしろ作者としての超越性を投げ捨て、作品世界に深く没入できるようになったと——考えてみたいのだ。

超越的な「作者」ではなく「登場人物」になった「ヴォネガット」は、ビリーと同じ地平に立つ。「ヴォネガット」はビリーを主人公とした物語を書いてはいるのだが、「ここにあることは、すべて、だいたい起こったことである」と始まる「ヴォネガット」の物語には（三四五）、ビリーだけでなく「ヴォネガット」自身も登場するのだから、ヴォネガットの小説において、「ヴォネガット」がビリーのメタレヴェルにいるわけではない。ピーター・フリースは、ビリーの人生で詳しく提示される一九六四年、六七年、六八年が「ヴォネガット」にとっても重要な年だと指摘しているが（「ヴォネガット」は六四年にオヘア邸を訪れ、六七年にドレスデンを再訪し、六八年にこの物語を書く）、[98] 例えば、小説の最終章における次のような一節を見てみよう。

その間、ビリー・ピルグリムもドレスデンに向かって旅していた。ただし、現在のドレスデンにではない。彼が戻っていったのは、一九四五年、破壊されて二日後のそこである。いまビリーと、残りの者達は、警備兵によって廃墟へと行進させられていた。わたしはそこにいた。オヘアもそこにいた。わたし達は盲目の主人が経営する宿の馬小屋で、二晩をすごしたのだった。そこにいるわたし達を、軍当局が見つけた。彼らはわたし達に何をするか命令した。（四八八）

この一節でまず注目されるのは、「彼」として提示されるビリーが、まもなく「わたし達」の中に溶けこむことである。ビリーの戦争体験は、「ヴォネガット」のそれでもあるのだ。[99] さらに、冒頭の「その間」が、「「ヴォネガット」（とオヘア）が一九六七年にドレスデンに向かっているときに」という意味である点にも留意しておくべきだろう。ビリーと「ヴォネガット」が同じ世界に存在している事実は、いくら強調してもしすぎることはない。象徴的なことに、ビリーがトラルファマドール星へと誘拐される夜、「ヴォネガット」とおぼしき「芥子ガスと薔薇の臭い」がしそうな酔っ払いからの電話がかかってくる（三九三）[100]——それはドレスデンで死体が放っていた臭いでもあるのだが（四八九）。同じ一九二二年に生まれ、同じ戦争体験を持つ二人が、それぞれの戦後をどう生きていったのかというのは、この小説を貫く重要な問題といっていい。[101]

　それが重要となるのは、『スローターハウス』がドレスデン爆撃自体を描いた小説ではなく、そのトラウマ的な経験を対象化し、言語化することの困難を描いた小説だからである。物語中に爆撃シーンは一つもないし、ヴォネガット自身、インタヴューで次のように述べている。

> ……あの本は、大部分、ファウンド・オブジェクト［人手を加えない美術品］だったのです。それはわたしの頭の中にあり、わたしはそれをとり出すことができましたが、その「オブジェクト」の特徴の一つは、ドレスデン爆撃が起こったところに完全な空白があることです。わたしの記憶にないからです。それで何人かの戦友にあたってみたところ、彼らも憶えていませんでした。話したがらないのです。それがどんなものであったか、完全に忘却されていました。出来事の周辺的な事柄についてはありとあらゆる情報がありましたが、わたしの記憶装置に関する限り、ストーリーの中心部が抜きとられていたのです。回復しようと思って

も何もありませんでした――友人達の頭に関しても同じことでした。（*WFG* 二六二）

これがPTSDの典型的な症状であることは、今日では論を俟たないだろう。実際、近年の『スローターハウス』批評は、スーザン・ヴィーズ＝グラニーの影響力ある論文を一つの契機に、[102] トラウマ研究の知見を援用して豊かな成果をあげてきた。爆撃シーンの欠落や、第一章で「ヴォネガット」が語る執筆の苦労などは、かつては「表象の不可能性」というポストモダン的な文脈において論じられることが多かったが、[103] そうしたともすれば観念的にすぎる議論に、「トラウマ」への注目は血を通わせることになった。『スローターハウス』を書くことは、ヴォネガットにとっては意識から締め出していたものを発掘する営みだったのであり、[104] それに二三年が費やされたことの重みを我々は真剣に受けとめなくてはならない。

アメリカ心理学会がPTSDという言葉を採用したのは、『精神障害の診断と統計マニュアル（DSM）』の第三版が刊行された一九八〇年であり、ヴォネガットがドレスデン体験について書くための言葉／記憶を見つけようと苦しんでいた時代には、そういった状況を説明してくれる用語はまだ存在していなかった。[105] タイトルページの「これは……トラルファマドール星の電報文的*精神分裂症的*物語形式を模して綴られた小説である」という文章は（*SF* 三四一、強調は引用者）、PTSDという言葉が流通していない時代に、彼がいわば徒手空拳で自己のトラウマ的経験に向かいあい、帰還兵の精神状態を描く言葉を見つけようともがいていたことを示しているだろう。[106]

ヴォネガット＝「ヴォネガット」が執筆に二三年を費やした「重み」は、ビリーという主人公の二三年間に関しても、意識されるべきものとなる。つまり、戦後の彼がブルジョアとして暮らし、「空想」の世界に逃げこんでいるように見えたとしても、それをメタレヴェルから批判するのではなく、そうせざるを得ないだけの理由があることを斟酌し、シンパシーをもって小説を読み進めるべきだということである。ビリーが一九四八年に入院したとき、医師達は彼が「確かに頭がおかしくなりかけている」と診断しつつも、その原因が戦争にあるとは考えず、子供時代の親との関係にあると見なす（四一二）。ある批評家は、そうした医者達の見解を肯うように、彼が両親から十分に愛を注がれなかったので、生きる気力も他者を愛する能力も持てなかったと論じているし、[107] 先行するヴォネガット作品においても親の愛の欠如はしばしばトラウマ的な扱いをされていたのだが、『スローターハウス』の文脈においては、親の愛の欠如が（本当に欠如していたとしてだが）「問題」となるのは、やはり戦争体験があってのことと見なすのが妥当だろう。ビリーは、精神科医が患者の苦しみを、外的な要因よりも個人の「弱さ」に帰す傾向にあった時代の犠牲者なのであり、[108] そうした周囲の（そして彼自身の）無理解ゆえに、病が進行していったと考えていいはずだ——一九六四年に「カルテット」の歌を聞いてうちのめされた彼は（四六一）、六七年には仕事中にうたた寝が増え（三八二）、時間の感覚を喪失し（三八二）、理由なく泣くことが多くなり（三八六）、そして六八年に（飛行機事故を経て）トラルファマドール星人について語り始めるのである。

右にあげたような例は、現在ではＰＴＳＤの症状としてただちに認知されるはずであるが、この小説において最も重要な「症例」は、やはりビリーの「時間旅行」だろう。「ヴォネガット」を提示する第一章の語りが、クロノロジカルなものになっておらず——オヘア邸訪問の年についての記述や（三五二）、妻に時間を訊ねられる場面（三四九）、そしてモーテルの部屋においてなど（三五八）、「ヴォネガット」自身が「時間」に関してあやふやなシーンも散見される――ビリーの「時間旅行」によって展開する小説全体の構成を予告する点はつとに指摘されるが、[109] ビリーを戦後苦しめるトラウマの表象が、[110] ヴォネガット＝「ヴォネガット」が二三年かけて苦しみながら書いた作品の基本的構造となっていることが、『スローターハウス』という小説の基幹をなすといってもいい。

そうした「時間旅行」の重要性に鑑みると、「次にどこに行くかをコントロールする力を持たない」「痙攣的時間旅行者」としてのビリーの経験を（三六〇）、トラウマ的な記憶の回帰と理解する見方がほぼ定説になっているとしても、[111] それが具体的にどう提示されているのか、少し詳しく観察しておく必要があるだろう。実際、ヴォネガットがSF作家としてデビューしたこと、そしてとりわけトラルファマドール星人が初登場した『タイタン』では主人公の一人が時空を超越した人物であったことを知る読者であればなおさら、「ビリーがはじめて「時間の中に」解き放たれたのは、第二次世界大戦が進行中の頃だった」という一節に始まる「時間旅行」が（三六四）――第二章の冒頭近くに加え（三六〇）、[112] この一節の直前においても語り手が現在時制で「ビリーがいうには」と注記していたとしても（三六四）――現実に起こっている現象であると、SF的な了解のもとに読み始める方がむしろ自然といえるのだから、それがトラウマ的な記憶の回帰であると納得するには、丁寧な読解が必要になるはずだ。

ビリーの「時間旅行」を正確に理解するためにまず確認しておくべきは、小説の「現在」が一九六八年に設定されていることである。時系列が崩されているため、この物語に「現在」が存在することがわかりにくくなってはいるが、前段で触れたように、この小説には現在時制が使われることがあるし、物語がビリーの「時間旅行」

に沿って展開し始めるのは、第二章の最初の方で、一九六八年の飛行機事故を契機にトラルファマドール星人について語り始めるまでの人生が簡潔に（クロノロジカルに）紹介されてからなのだから、ヴォネガット＝「ヴォネガット」とビリーがそれぞれの「物語」を語る一九六八年を「現在」と見なすのは可能であるどころか、その点を意識しておくことが求められているようにさえ思える。

こうして「現在」（の存在）が意識されることによって、ビリーの「時間旅行」は、あくまで「現在」に起点がある（つまり、「過去」に向かう）ことが理解され始めることになるのだが、その点を確認するためにも、第二章の途中から第五章の終わりまで、切れ目なく続くように見える「時間旅行」を整理しておこう。

①一九四四年一二月　バルジの戦いのあと「はじめて時間の中に解き放たれる」（三七二）
②死（三七三）
③誕生以前（三七三）
④幼い頃　ＹＭＣＡで、父親にプールに投げこまれる（三七三）
⑤一九六五年　老人ホームの母を見舞う（三七四）[113]
⑥一九五八年　息子ロバートが所属するリトルリーグ・チームの夕食会（三七五）
⑦一九六一年　大晦日のパーティ（三七五）
⑧一九四四年一二月　ローランド・ウェアリーとともに残される（三七七）
⑨一九五七年秋　ライオンズ・クラブ会長就任（三七七）

⑩一九四四年一二月　ウェアリーとともに捕虜になる（三七九）
⑪一九六七年　仕事中にうたた寝が増える（三八二）
⑫一九四四年一二月　ドイツ兵に連行される（三八四）
⑬一九六七年　ライオンズ・クラブ昼食会（三八五）、娘バーバラの結婚が近い（三八六）
⑭一九四四年一二月　ルクセンブルクを行進（三八八）、ドイツに入り（三八九）、貨車に乗せられる（三九〇）
⑮一九六七年　バーバラ結婚の夜（三九三）、トラルファマドール星人による誘拐（三九五）
⑯一九四四年一二月　貨車の中（三九六）、ロシア人捕虜の「皆殺し収容所」へ（三九八）
⑰幼児期　母に入浴させてもらう（四〇一）
⑱中年時代　ゴルフのプレイ中（四〇二）
⑲一九六七年　トラルファマドール星へ向かう円盤の中（四〇二）
⑳少年時代　一二歳、グランド・キャニオン（四〇四）
㉑少年時代　⑳の一〇日後、カールズバッド洞窟（四〇四）
㉒一九四四年一二月　収容所で、イギリス人捕虜による『シンデレラ』上演中に叫び出し、病院に運ばれる（四一〇）
㉓一九四八年春　復員軍人病院に入院中、エリオットと同室（四一二）
㉔一九四四年一二月　収容所の病院（四一五）

㉕一九四八年春　復員軍人病院、婚約者ヴァレンシア・マーブルの来訪（四一七）
㉖一九六七年　トラルファマドール星の動物園（四一九）
㉗一九四八年　結婚初夜、復員軍人病院を退院して六ヵ月（四二四）
㉘一九四四年一二月　収容所の病院（四二八）
㉙一九四八年　結婚初夜（四三〇）
㉚一九四四年　父の葬儀に向かう（四三〇）
㉛一九四四年一二月　収容所の病院、ポール・ラザーロに会う（四三〇）
㉜一九六八年　バーバラとの会話（四三三）
㉝一九六七年　トラルファマドール星の動物園、映画女優モンタナ・ワイルドハックに会う（四三四）
㉞一九六八年　㉜の翌日に診療を再開、患者の少年にトラルファマドール星での話をする（四三六）[114]

このあとも列挙を続けることはできるだろうが（ある論者は、タイムトラベルによって生じる場面転換が五六回あるとしている）[115]、第六章の冒頭には「聞きたまえ――」と書かれ（四三七）、いわば仕切り直されている。一九六八年の「現在」に戻ってきたところで、物語に区切りが置かれたと考えていいだろう。

こうして整理するとむしろ複雑そうに見える「時間旅行」だが、おそらく大方の読者は、さして混乱することなく読み進めると思われる。というのも、一九四四年の戦争体験はもとより（①⑧⑩⑫⑭⑯㉒㉔㉘㉛）[116]、トラルファマドール星へと誘拐される一九六七年の経験も（⑪⑬⑮⑲㉖㉝）、時系列順に提示されているためである。

ビリー自身が「[誕生と死]のあいだに起こったあらゆる出来事をランダムに訪問している」といっていることをふまえれば（三六〇）、読者が目にする彼の「時間旅行」は、ヴォネガット＝「ヴォネガット」によって再構築されたものと考えるしかない。実際、第二章の冒頭で「一九五五年のドアを歩き抜け、一九四一年のドアから出てくる。そのドアを通って戻ると、一九六三年にいる」と書かれているにもかかわらず（三六〇）、その三つの年にビリーが何をしていたかは一度たりとも提示されていないし、物語「現在」の一九六八年から、彼が死ぬとされる一九七六年のあいだの場面も一つもないのだ。

ヴォネガット＝「ヴォネガット」がビリーの「時間旅行」を整理して提示している以上、列挙した①から㉞までの出来事も、実際には一続きのものではないと考えるのが妥当だろうが、それと同時に疑われるのが「時間旅行」自体の信憑性である。例えば、⑪の一九六七年、ビリーは「いままでの年月はどこにいってしまったのだろう」と訝しく思うのだが（三八三）、一九六七年の彼はそれまでに何度もタイムトラベルを経験しているはずなのだから、そうした感想を抱くのはおかしいだろう——事実、というべきか、同じ一九六七年の⑮では、「自分がもうすぐ空飛ぶ円盤に誘拐されることを知っている」とされているのだ（三九三）。ストーリーの水準では、⑮の段階においては、まだビリーが誘拐されている場面が描かれておらず、これをヴォネガット＝「ヴォネガット」が彼の「時間旅行」を時系列順に並び替えているゆえのことと考えるにしても、⑪と⑮における反応の違いは甚だしい。

こうした矛盾（他にも数多くあげることができるだろう）を解消するためには、やはりビリーの「時間旅行」を「フラッシュバック」的な記憶の回帰と見なす以外にないと思われる。それがいつから始まったのかは定かではない。いや、テクストにそう書かれている以上、最初は①の一九四四年であるといってもよさそうだが、そもそも一回目の「時間旅行」は、二回目以降の経験から遡行的に「最初の時間旅行」として認識されたと考えるのが自然だろう。だが、一回目の「時間旅行」が例えば③ないし④まで続いたあと（②の「死」は憔悴したビリーの想像と考えるのが自然だろうが）、二回目がいつ起こったかは判然としない。第二章の冒頭が「聞きたまえ――／ビリー・ピルグリムは時間の中に解き放たれた。／老いぼれた男やもめとして眠りに落ち、結婚式の日に目覚めた」と始まるので（三六〇）、飛行機事故とそれに続く妻の死が生じた一九六八年と見なすのが――「ヴォネガット」とビリーが「現在」の時点で同時に「物語」を紡いでいることにもなる――最もすっきりする解釈であるだろうが、一九六四年の「カルテット」のエピソードを経て、一九六七年に「いままでの年月はどこにいってしまったのだろう」と考えていることを思うと、トラウマ的な記憶の回帰／意識の混濁が本格化したのはそのあたりからと考えておくのが無難だろうか。

いずれにしても、たとえどの時点で起こっていても、ビリーが「時間旅行」として経験している事態は、あくまで「現在」に「過去」が侵入してきたことを指すと理解していいように思える。実際、⑤から⑦のように「一九六五年→五八年→六一年」といった場合でも、例えば一九六七年以降のどこかの時点で、それぞれの記憶が連続して回帰していると見なしておけばよいだろう。また、このように考えると、⑮で円盤に誘拐されると知っていたとされること、あるいは飛行機が墜落することを搭乗するときに知っていたとされることのように（四四九）、ビリーが「未来」の記憶を持っているとされる場面についても、実はすでに経験したことを「現在」（それがいつであれ）の時点から「再解釈」していると了解できるはずである。[117]

この読み方に包摂され得ないおそらく唯一のケースは、小説の「現在」である一九六八年よりも「未来」となる一九七六年二月一三日にビリーが死ぬとされていることなのだが、ある論者も指摘するように、彼の死が「現実」の出来事であるかどうかは大いに疑わしい。[118] この作品でSF的な「時間旅行」が現実に起こっていると考えると多くの矛盾に突きあたり、一九六八年という「現在」にビリーが「ヴォネガット」と同時に存在していることの意義も看過できない以上、彼が「未来」へ「時間旅行」していると考えるのは困難なのだ——事実、語り手はビリーの死を「事実」として提示するのではなく、「ビリーがいうには」と断りつつ、現在時制で紹介しているのである（四四〇）。さらにいえば、指摘しておいたように、一九六八年から七六年までのあいだのエピソードは何も紹介されないのだし、彼の（トラルファマドール星での「経験」に基づく）「教え」が一〇年も経たずに多数の信奉者を獲得するというのも信じがたい。そもそもアメリカ建国二〇〇周年の「ドレスデン・アニヴァーサリー」に暗殺されること自体が、いかにも作り話めいた印象を与えるだろう。

いま「作り話」という表現を用いたのは、ある批評家が論じるように、ビリーが自分の死を「殉教」的にイメージするのは、その死に（そして「生」に）「意味」を見出そうとしていることを示唆すると思われるためであるし、[119] その指摘はトラルファマドール星人との「経験」全般に敷衍し得るようにも思える。実際、トラルファマドール星に関する「経験」については、「時間旅行」以上に、彼の「空想」であることが明白だろう。「本当の出来事」と語り手に呼ばれもする「時間旅行」に関しては（四五一）、PTSDの症状である以上、ビリーにとっては「空想」ではない「リアル」な体験であるわけだが、[120] トラルファマドール星へと拉致されて動物園に入れられるというのは、それとはひとまず別次元の話として理解されなくてはならないはずである。

もっとも、ヴォネガット＝「ヴォネガット」が「トラルファマドール星人が存在しないというヒントを数多く与えて」おり、[121]「トラルファマドール星でのビリーの生活の意味ある細部はすべてビリーの地球上での生活にソースがある」ことは、[122]ヴォネガット批評では常識であり、ここでは数例を紹介するにとどめよう。モンタナの胸の谷間のロケットに刻まれているのが（四八六）、ビリーの診察室の壁に掲げられている言葉――一般に「ニーバーの祈り」として知られているもの――と同一であるというのが端的な例である（三八五）。トラルファマドール星人については、ほぼすべてがトラウトの本に「ソース」がある。その形状は『宇宙からの福音書』に登場する宇宙人と似ているとされているし（四一七）、性別が四次元に存在する点にも（四二一）、『第四次元の狂気』の影響が透けて見える（四一四）。そして一九六八年、飛行機事故と入院生活のあと、ニューヨークに行ったビリーは書店でトラウトの本を手にとるが、その一冊は「タイムマシン」を扱った話で（四八一）、もう一冊の『株式取引惑星』はかつて読んだ「地球外生物に誘拐された地球人男女に関するもの」である（四八〇–八一）。同じ書店に、「モンタナ・ワイルドハックに本当は何が起こったのか？」と表紙に印刷された、古い雑誌が置かれていたことに触れておいてもいいだろう（四八三）。

ビリーによれば、「トラルファマドール星人は、彼の時間内浮遊現象とは何の関係もなかった。彼らは単に、本当は何が起こっているのかに対する洞察を与えただけだった」とされている（三六四）。もちろん、ＰＴＳＤの症状に苛まれ、「本当は何が起こっているのか」わからないからこそ、辻褄をあわせるべくトラルファマドール星人が創造されたのだ。トラルファマドール星人の時間観――「あらゆる瞬間――過去、現在、未来――は常に存在してきたし、常に存在し続ける」（三六二）――は、トラウマ的な記憶の回帰を「時間旅行」として認識するための論理的支柱である。また、彼らの「自由意志」を認めない決定論（四〇二）――彼らは宇宙が自分達のせいで滅ぶと知っているが、それをどうすることもできないと知っており、できるのはそれを無視することだけである（四二三―二四）――は、ビリーがトラウマ的な戦争体験について考えないようにすることを正当化してくれる。「なぜなどというものはない」のだから（三九六）、何についても思い悩む必要はなく、さらには思い悩むことに意味などなく、すべてを「そういうものだ」と肩をすくめて受け入れればよいというわけだ（三六二）。

かくしてビリーというPTSD患者は、「トラルファマドール星の空想と、時間旅行という概念の助けを借りて、何とかやっていけるようにトラウマを抑えつける」。[123] こうした彼の「戦略」を、留保なく批判するのは難しい。彼は好きでファンタジーに逃げこんでいるわけではないのだから。なるほど、トラルファマドール星の子宮のようなドームで、[124] ポルノ女優（彼の妻や娘とは対照的な存在[125]）と裸で暮らすというヴィジョンはいかにもメイル・ファンタジー的であるし、それがアダムとイヴの関係を彷彿させることにも「現実」からの逃避願望が感じられる。[126] だが、いくら「時間旅行」を繰り返してもトラウマの核（「カルテット」が不意に思い出させる、爆撃の翌朝に見た四人のドイツ人警備兵の姿）にはたどり着かず――彼の「狂気」を、「時間旅行」ゆえにそのシーンに直面できないことにあると指摘する論者もいる[127]――そのまわりをめぐるだけの彼が、モンタナにだけはその経験を含む戦争の話ができるのは（四六五、四八五）、トラルファマドール星についての「空想」が「抑圧されたものの回帰」を許す一種の安全弁として機能し、彼の精神をかろうじて支えていることの何よりの証であるだろう。

したがって、ビリーの「時間旅行」と「宇宙人による誘拐」という「物語」を、現実逃避の幻想にすぎないと批判することは難しい。彼の戦争体験は荒唐無稽な「物語」を必要とするほどに――エリオットによれば、『カラマーゾフの兄弟』に代表される伝統的なリアリズム小説では対処できないほどに（四一二）――過酷なものだったと考える方が建設的だろうし、そうした観点からすれば、ある論者が、ビリーを（そしてヴォネガットを）そのようにして生き延びさせた「想像力」や「物語」を肯定的に評価しようとするのも、ひとまずは納得できるはずである。[128] 第一章のメアリー・オヘアによる「物語批判」――戦争をヒロイックに「物語化」することは新たな戦争を生む（三五四）――の正当性は疑えないし（実際、ビリーや「ヴォネガット」をはじめとする作中に出てくる兵士達は、身体的レヴェルにおいてさえ「物語」の「ヒーロー」となれるような要件を満たさない）[129]、そうした「物語」の典型的な犠牲者が一八歳のローランド・ウェアリーであるわけだが、[130] この少年が死の直前まで「三銃士」の「物語」に固執するのは（三九八）、現実の戦争体験が、そうした「物語」なしには対処できないほど残酷な、そして「なぜ」という問いに答えが存在しない――ドイツ兵に殴られたアメリカ人捕虜の「なぜおれを？」という言葉に、ドイツ兵は「なぜおまえを？　誰だって同じだ」と応じる（四〇六）――不条理なものだからであるはずだ。

死という概念を超越的な視点から否認するトラルファマドール星人の時間観が、『タイタン』で開陳される「時間等曲率漏斗」の思想――「これまでに存在したあらゆるものはこれからも存在するし、これから存在することになるあらゆるものは、これまでも常に存在していた」（*ST* 五〇九）――に似ていることは、大量殺戮の現場に居あわせたビリーが必要とするSF的な「物語」を、同じ経験を持ちSF作家としてデビューした著者自身が切実に必要としていたことを——少なくとも、そうした時期があったことを——示唆するのかもしれないが、「物語」をどうしようもなく必要とする人間が存在することについては、本章で扱ってきた三作品が如実に示しているといっていい。「二人だけの国」もサン・ロレンゾもローズウォーター郡も、「物語」が「自意識」を守ってくれるユートピアだったのだから。

しかしながら、こうした先行作はどれも、超越的な自我を担保してくれる「物語」を完全に肯定してはいなかった。キャンベルの「二人だけの国」は崩壊し、ボコノン教は笑って死ぬ以外の役には立たず、エリオットの博愛主義は身近な人間に犠牲を強いるものだった。「小説」の登場人物は、常に「他者」との関係性に開かれている——どれほど深刻な事情があろうとも、「ロマンス」の世界に引きこもって自我の超越性を担保しようとすることは、「小説」において提示される限り、肯定的には描かれ得ないのだ。この小説に「ヴォネガット」がキャラクターとして登場している大きな意義は、ビリーの「物語」を相対化できる点にある。つまり、同じようなトラウマ的経験をしたとしても、それに対処する「物語」はビリーのものだけではないと示唆できることにあるのだ。

したがって、初期の批評にときおり見られたように、『スローターハウス』の主なアイデアを「人生に対する適切な反応は、諦めて受け入れること」——不条理な世界でやれるのは、現実の不条理さを受け入れることだけ——と考えるのは、[131] ビリーの「物語」を「小説」全体のヴィジョンと混同する、深刻な誤読といわねばならない。「地球上の戦争を食い止めようという考えは愚かだ」というビリーのトラルファマドール星人的な諦念は（SF四二三）、「反戦小説」を書くのは「反氷河小説」を書くのと似たようなものだとわかっている「ヴォネガット」にも一定程度は共有されているだろうが（三四六）、ベトナム戦争の最中、（かつて従軍牧師助手だったにもかかわらず）北爆に反対しようとはせず（三八五）、グリーンベレーに入った息子を誇りに思うというビリーと（三八六）、どんな状況においても大量殺戮に荷担すべきではなく、それを可能にする機械が必要だと考える人間は軽蔑してよいと息子達に告げる「ヴォネガット」の違いは瞭然としている（三五七）。ある批評家が指摘するように、ビリーの生活指針とされる「ニーバーの祈り」も「変えられるもの」が存在することを前提としているのであり、[132] だとすればその祈りの言葉自体が、すべてを「変えられないもの」と見なす彼の「正しさ」を、むしろ転覆するといっていいはずだ。[133]

このように考えてきた上で検討したいのが、あまりにも有名な「そういうものだ」というフレーズである。これはトラルファマドール星人が死人について口にするとされるものであり（三六二）、ビリーにとっては死を否認する言葉であるが、ビリーが死を否認しなくてはならないのは、もちろんドレスデンで大量殺戮を目にしたからであり、そして大量殺戮が死から「意味」を奪うからだろう。「大量殺戮を語る理性的な言葉などない」というのはこの小説で最も心に残る言葉の一つだが（三五七）、実際、戦略的に意味があろうとなかろうと、一晩で一三万五〇〇〇人――二万五〇〇〇人であっても同じである――の命が奪われねばならない理由を説明するのは不可能なのである。

「そういうものだ」という呟きは、そうした不条理な現実を目にした人間が口にする言葉として理解されなくてはならないが、ビリーにとって、トラルファマドール星人に関する「空想」が常にそうであるように、この言葉（による死の否認）は、説明できない不条理な「現実」を、主体に超越させる機能を担っている。「なぜ」については思考を停止し、「そういうものだ」といってしまうことで、「現実」を超越する場所に「自意識」を据えるというわけだ。この意味で、ビリーは「現実」を「演技」によって否認するキャンベル、そしてとりわけ「現実」を「ジョーク」で書き換えるボコノンの系譜に連なるキャラクターである。『猫のゆりかご』のジョンが世界の終わりを見たあとでボコノン教徒になったことを想起してもよいが、それはとりも直さず、『スローターハウス』が『猫のゆりかご』の終着点から始まっていることを意味するだろう。

そういった先行作の場合とは異なり、戦後のビリーは「現実」に直面させられず、最後まで「物語」に守られて「そういうものだ」といい続けるわけだが、ここで考えなくてはならないのは、この「そういうものだ」という言葉を、ビリーだけではなく「ヴォネガット」もいい続けることである。この「小説」の「ヴォネガット」がビリーの「物語」を相対化する存在であるならば、このフレーズが「ヴォネガット」に超越的な自我を担保してくれるはずはないだろう。実際、ビリーのトラルファマドール星に関する「空想」を「ヴォネガット」が共有しているわけではないのだから、「そういうものだ」といったところで、死が「否認」されることにはならないはずである。

「そういうものだ」という言葉は、「ヴォネガット」には何の慰めも与えない。ビリーはその言葉を唱えることで死を「否認」し、「なぜ」という問いを避け、死に（そして生に）「意味」があるかどうかを「棚上げ」するが、「ヴォネガット」にはそうすることができない。結果、その空疎なフレーズが繰り返されるたびに、死の「無意味さ」がひたすら累積していくばかりになる。それが人間以外の「死」にも——例えばシャンパン（三九四）やシラミ・バクテリア・ノミ（四〇一）や水（四一三）や牛・羊・豚・馬（四五六）や小説（四八四）の「死」にも——等しく向けられることは、大量殺戮が起きてしまう現実において、死の「意味」が決定的に損なわれてしまったことを示唆するだろう。

このようにして、死から「意味」を奪う事態を目撃した「ヴォネガット」は、ひたすら「無意味」な死を積みあげていく。そのようにして書かれた『スローターハウス』という「物語」が、ストレートに「意味」を回復する作品にならないのは当然だろう——ビリーの「物語」が「ヴォネガット」の「物語」に相対化される点は強調しておいたが、逆もまた真だからだ。ビリーには宇宙人までも登場する「物語」を必要とさせておきながら、同じ戦争経験を持つ「ヴォネガット」自身が「意味」のある物語をぬけぬけと語れるというのはおかしいはずである（そうしてしまえば、ビリーの苦しみに対する読者のシンパシーも大幅に損なわれてしまうだろう）。遺されている草稿から、この小説（『捕虜（Captured）』と題されていた）は一人称の回想形式で書き始められたことがわかっているが、[134]ビリーの「物語」から顧みれば、そうした伝統的な——特定の人物の視点から、ある出来事の最初と中間と結末を筋の通った形で物語化するような——スタイルで書き通すことなどできるはずがなかったように思える。

なるほど、ビリーのカオティックな「時間旅行」を「ヴォネガット」は整理して提出してはいる。ある論者が指摘するように、小説中のあらゆる出来事はいつ起こったものであれドレスデン爆撃につながることになっているし、[135]そうした緊密な構成は、アメリカ小説の読者には、フォークナーの『響きと怒り』（一九二九）におけるベンジー・セクションを想起させもするかもしれない。事実、というべきか、精神に障害があるベンジー・コンプソンが、時間の概念を持たず、因果関係を理解できないこと、そのコントロール不可能な記憶の核に姉の喪失というトラウマ的出来事が存在すること、さらには作者自身が作品を「失敗作」と呼んでいることまでも含め(三五九)、[136]この二つの小説は多くの特徴を共有する。だが、その効果には決定的な違いがある。フォークナーのモダニスト・マスターピースが、ベンジーのカオティックな語りの中から「滅びゆく南部」という「意味」を美しく浮かびあがらせるのに対し、ヴォネガットのメタフィクショナルなポストモダン小説では、「ヴォネガット」がビリーの「物語」を整理したところで、浮上してくるのは「無意味」な大量殺戮に「そういうものだ」としかいえない「ヴォネガット」自身の混乱ばかりなのである。

『スローターハウス』が伝統的小説形式を採用できなかったことを示す例として、高校教師エドガー・ダービーの扱いを見ておこう。第一章において、「有名なドレスデンの本」を書こうとしていた「ヴォネガット」がまずオヘアに語るのは、「本のクライマックスはあの哀れなエドガー・ダービーの処刑になると思う。……アイロニーがすごく強烈だからね」という小説の構成である(三四七)。実際にはヴォネガットはダービーのモデルとなった人物(マイケル・パレイア)の死を重く受けとめており、その話を家族にしたときには感情を爆発させてもいるのだが、[137]小説中の「ヴォネガット」が見せる、現実の人間の死を小説の「道具」として利用しようという態度には、ある論者が指摘するように、「不人情」な感じが確かにある。[138]あるいは傲慢な印象を与えるといってもいい。オヘアの「うむ」という気乗り薄な返答は(三四七)、そのような「ヴォネガット」への批判的反応と考えることもできる。オヘアも「ヴォネガット」と同じ戦争体験を持ち、家にドレスデンに関する本がある事実が示すように(三五六)、「ドレスデン」を「問題」として戦後を生きてきたのであり、それゆえに「ヴォネガット」を相対化できるキャラクターなのだ。

このように、「ドレスデンの本」を書き始めようとする「ヴォネガット」は、物語のクライマックスでダービーの死を「アイロニー」として利用しようと考えていたわけだが、『スローターハウス』はそのような小説にはならなかった。「クライマックス」というのはリニアな物語で起こる現象だが、[139] ドレスデン体験を「説明」できずに「そういうものだ」といい続けるしかなかった「ヴォネガット」は、そうした「クライマックス」を書けなかったのだ。そしてダービーの死は、むしろ「アンチクライマックス」となった。[140] それは一〇〇回もの「そういうものだ」のあとで出てくる、無数の死のうちの一つなのだ。[141] 多くの論者が指摘してきたように、「「キャラクター」はほとんどおらず、劇的な対決もほとんどない」小説で、ダービーが最も尊敬に値する「ひとりの人間」として提示されている事実を忘れるべきではないし(四五五)、[142] そのような人間が戦争の終わるときにつまらない理由で死刑になるのは、一般論的には皮肉なことであるだろう。だが、その「アイロニー」は、大量殺戮という「現実」の前にはあまりにも弱い。そうした「現実」を一捕虜の死という「アイロニー」によって批判できてしまったとすれば、その「現実」は薄められ、そこで死んだ者達の「意味」も霧散してしまうことになったはずである。

ダービーの死に関する扱いの変化は、「そういうものだ」と繰り返し、「無意味」な死を積み重ねてきた「ヴォネガット」が、「物語」によって死に「意味」を安易に回復することはできないと思い知らされながら、それでも犠牲者の死を「無意味」にはしたくなかったことを示すだろう。「そういうものだ」とビリーにいわせ、彼を「物語」に住まわせながらも、自分はその「物語」の外にとどまり続けようという「ヴォネガット」は、「意味」をいわば陰画的に示唆しようとしているように思える。平たくいえば、テクストが無数に、そして「無意味」に繰り返す「そういうものだ」という言葉を見ていくうちに、「そういうものではないはずだ」と読者が——おそらくはそれぞれの人生で何度となく「そういうものだ」といい、さまざまな「現実」を「否認」してきた我々が——「ヴォネガット」とともに思うようになるということだ。

かくしてビリーの「そういうものだ」という言葉は、「ヴォネガット」もそのようにしかいえないことによって、「そういうものではないはずだ」という「意味」をかろうじて担保する。小説のキーフレーズをめぐるこうした仕組みを、「ヴォネガット」がビリーの言葉を換骨奪胎していると見なすのは、間違ってはいないにしても、正確ではないだろう——ビリーという主人公が「そういうものだ」としかいえない事実の重さこそが、「そういうものではないはずだ」という「意味」の重さに他ならないのだから。実際、それが可能でありさえすれば、ビリーも「そういうものではないはずだ」といっていたはずなのであり、そのことは、彼が「空想」の世界ではトラルファマドール星人に戦争について問いかけたり、モンタナに戦争体験を話したりしていることからも確認されるところだろう。

したがって、やはり最後に触れておかねばならないのは、ビリーがトラルファマドール星に関する「物語」を語り始める直前に、「現実」の世界でただ一度、自分の戦争体験を「理性的に」口にする場面である（四七四）。飛行機事故のあと、意識不明の状態が続いていたビリーは、同室に入院していた歴史学の教授バートラム・コープランド・ラムファードが若い妻に向けてドレスデンについて語っているとき、急に「わたしはそこにいた」といい（四七四）、その夜再び口を開く。

……「わたしはドレスデンが爆撃されたとき、そこにいました。捕虜だったのです」

ラムファードは苛立たしげにため息をついた。

「名誉にかけて誓います」とビリー・ピルグリムはいった。「信じてくれますか?」

「そんな話をいましないとならんのかね?」とラムファードはいった。相手の言葉は聞こえていた。信じてはいなかった。

「その話をする必要などありません」とビリーはいった。「ただ、あなたに知っていただきたいのです――わたしはそこにいたのだと」(四七五)

ビリーは戦争から二三年を経たこの場面で、歴史家に向かい、公的な歴史から秘匿されてきた事件の証言をする。「その話をする必要などありません」という言葉と、翌日の「何であろうとそれでいいのです」という言葉が示すように(四七九)、彼はその「証言」によって何をどうしようというわけでもないし、このあとの彼はドレスデンでの体験の代わりに、(「検眼医」に相応しくというべきか)「地球人の魂にとっての矯正レンズを処方」すべく(三六三―六四)、トラルファマドール星での「経験」を語り始めるのだが、それだけにここで発された「わたしはそこにいた(I was there)」という言葉は、いっそうの切実さをまといながら――そしてビリーの物語に数回差しはさまれる、「そこにいた」ことを呟く「ヴォネガット」の声と共振しつつ――『スローターハウス』という小説を貫くのである。

四半世紀弱を経て、ビリーから出てきた「理性的な言葉」は、この短いセンテンスだけだった。だとすれば、戦争直後のヴォネガット＝「ヴォネガット」の中から「ドレスデンについて語る言葉はあまり出てこなかった」のも当然だろう。そしてそれに加えるべき言葉を見つけられないまま時が流れ、数多くの短編と五冊の長編小説を書いたあとで、ようやくできあがったのが「こんなに短くて、ごたごたした、落ち着かない」とされる『スローターハウス』だった（三五七）。「人生の幸福な瞬間にだけ集中し、不幸な瞬間は無視するように」というトラルファマドール星人の教えに逆らう形で（四七六）、過去を「人間的」に振り返り、「塩の柱」になった作者によって書かれたこの小説が、「失敗作であり、そうならざるを得なかった」という「ヴォネガット」の言葉をそのまま受けとる必要はないが（三五九）、ヴォネガットの「ドレスデンの本」がこのように書かれる以外になかったという印象を、ビリーと「ヴォネガット」の戦後を見てきた読者は、確かに実感として持つはずだ。

　書かれるべき本が書かれるべき形でついに書かれたという実感は、ヴォネガット自身にもあったのかもしれない。「次に書くのは楽しい本になるだろう」と「ヴォネガット」に語らせていることはもとより（三五九）、一九七一年のインタヴューでは小説の成功について訊かれて「それはセラピー的なものでした。……いまでは別人みたいなものです。くだらないものをたくさん捨てましたから」と答え、[143] 七三年には「わたしは『スローターハウス5』を書き終えたあと、もし書きたいと思わなければ、もう書かなくていいなと思いました。一種のキャリアが終わったのです」と述べている（*WFG* 二八〇）。

　しかしながら、もちろん、ヴォネガットのキャリアはここで終わらなかったし、「次に書くのは楽しい本」にもならなかった。一九七六年に『スローターハウス』の豪華版への序文で「あれやこれやのやり方で、わたしは死者一人につき二、三ドル手にすることになりました。まったく素晴らしい商売に従事しているものです」と書いているのは（*PS*三〇二）、韜晦気味にではあるにしても、本心を吐露していたのかもしれない。精神分析の知見は、トラウマ的出来事について語ることが、ＰＴＳＤからの快復において重要な役割を果たすことを教えてくれるが、[144]同時に精神分析の治療が「悪魔祓いではなく、統合」を目指すものであることにも注意を向ける。[145]結局のところ、一冊本を書いただけで、トラウマを厄介払いできるわけではなかったのだ。

ヴォネガットが作家であり、小説を書く営みを放棄しない以上、「トラウマ」を部分的に言語化し得たとしても、言語化されなかったものは常にどこかにあり（あるいは、部分的に言語化されることで、むしろそれが発見され）、その後の作品に影響を与えていくことになった。そう考えてみたくなるのは、後期作品において「罪悪感」――とりわけサバイバーズ・ギルト――の主題が執拗に回帰してくることになるためである。

ドレスデン爆撃を生き延びたヴォネガットが、実家に宛てた手紙で「だけど、僕は死ななかった」と繰り返し書いていたことは、[146]彼の戦争体験に「生存者」としての問題が内包されていたことを示唆するし、『スローターハウス』においても、ビリーや「ヴォネガット」が爆撃で死ななかったのは彼らが捕虜だったからだというグロテスクな皮肉において、[147]その問題が潜在的に存在していたことは間違いない。だが、それでもビリーが「生存者兼加害者」という二重の罪意識を抱いていたとまで論じるのは難しいだろう。[148]戦争の犠牲者が漏らす呟き――「わたしはそこにいた」――をヴォネガットはかろうじて「証言」としてすくいあげ、それは『スローターハウス』に二〇世紀を代表する戦争小説という地位を与えた。しかし、「生存者」としての「問題」は、ほとんど手つかずのまま残ったのであり、以後のヴォネガットは、「成功者」としての心的負担を抱えこみながら、その難題にとりくんでいくことになる。

註

1 Jerome Klinkowitz, *Kurt Vonnegut* (London: Methuen, 1982) 25.

2 Jerome Klinkowitz, *Kurt Vonnegut's America* (Columbia: U of South Carolina P, 2009) 62.

3 Klinkowitz, *Kurt Vonnegut's America* 53. クリスティーナ・ジャーヴィスは、『スローターハウス』では二つの戦争が結びつけられる形で提示されていることを指摘している。Christina Jarvis, "The Vietnamization of World War II in *Slaughterhouse-Five* and *Gravity's Rainbow*," *Critical Insights:* Slaughterhouse-Five, ed. Leonard Mustazza (Pasadena: Salem, 2011) 82-92 を参照。

4 Klinkowitz, *Kurt Vonnegut* 46.

5 Marvin 60.

6 Allen 45.

7 David H. Goldsmith, *Kurt Vonnegut: Fantasist of Fire and Ice* (Bowling Green: Bowling Green U Popular P, 1972) 15-16.

8 Bo Pettersson, *The World according to Kurt Vonnegut* (Åbo: Åbo Akademi UP, 1994) 85.

9 Susan Farrell, "'A Convenient Reality': Kurt Vonnegut's *Mother Night* and the Falsification of Memory," *Critique* 55 (2014) 231; Rafe McGregor, "The Silence of the Night: Collaboration, Deceit, and Remorselessness," *Orbis Litterarum* 71.2 (2016) 173.

10 Marvin 66.

11 Richard Giannone, *Vonnegut: A Preface to His Novels* (Port Washington: Kennikat, 1977) 39.

12 Marvin 61.

13 Freese 156.

14 Leonard Mustazza, *Forever Pursuing Genesis: The Myth of Eden in the Novels of Kurt Vonnegut* (Lewisburg: Bucknell UP, 1990) 71.

15 Sumner 71.

16 ヴォネガットが「休戦記念日」に生まれたことを誇りに思っていたことはよく知られており、例えば『チャンピオンたちの朝食』の序文でも、彼は「復員軍人の日」に関する不満を記している（*BC* 五〇四‐〇五）。

17 Marvin 66.

18 Tony Tanner, *City of Words: American Fiction 1950-1970* (New York: Harper and Row, 1971) 188.

19 Freese 175-76, Mustazza 74.

20 ヴォネガットは、『死よりも悪い運命』でも、自分の作品には「個人」の悪者はいないと述べている（*FWD* 三一）。

21 Vonnegut, *Conversations with Kurt Vonnegut* 222.

22 Vonnegut, *Letters* 355.

23 Marvin 61.

24 ヴォネガットは、のちのインタヴューで『母なる夜』を書く前にハンナ・アーレントを読んでいたと思うと述べているが（*Conversations with Kurt Vonnegut* 272）、アーレントの『エルサレムのアイヒマン——悪の陳腐さについての報告』（一九六三）がエッセイの形で出たのも一九六二年である。Freese 137を参照。

25 Gilbert McInnis, *Evolutionary Mythology in the Writings of Kurt Vonnegut: Darwin, Vonnegut and the Construction of an American Culture* (Bethesda: Academica, 2011) 173.

26 「スキゾフレニア（schizophrenia）」は現在では「統合失調症」と訳されるべきだが、時代的文脈に加え、ヴォネガットがその言葉を病名というより「比喩」として用いていることに鑑み、本書では「精神分裂症」という訳語をあてる。

27 Tally 40.

28 Reed, *Kurt Vonnegut, Jr.* 119.

29 Robert Scholes, *Fabulation and Metafiction* (Urbana: U of Illinois P, 1979) 159.

30 Kurt Vonnegut, *Novels and Stories 1963-1973*, ed. Sidney Offit (New York: Library of America, 2011) 5. 以下、『猫のゆりかご』（CC）からの引用は同書による。

31 Vonnegut, *Conversations with Kurt Vonnegut* 182.

32 Marvin 85.

33 Marvin 89.

34 Kevin Alexander Boon, *Kurt Vonnegut* (New York: Cavendish Square, 2014) 87.

35 Schatt 58.

36 Mustazza 78.

37 Reed, *Kurt Vonnegut, Jr.* 141-42.

38 Paul L. Thomas, "'*No Damn Cat, and No Damn Cradle*': The Fundamental Flaws in Fundamentalism according to Vonnegut," *New Critical Essays on Kurt Vonnegut*, ed. David Simmons (New York: Palgrave Macmillan, 2009) 43.

39 Alan Brien, "Afterthought [A Review of *Cat's Cradle*]," *The Critical Response to Kurt Vonnegut*, ed. Leonard Mustazza (Westport: Greenwood, 1994) 65.

40 Fumika Nagano, "Surviving the Perpetual Winter: The Role of Little Boy in Vonnegut's *Cat's Cradle*," *Kurt Vonnegut*, ed. Harold Bloom, new ed. (New York: Bloom's Literary Criticism, 2009) 135.

41 Zoltán Abádi-Nagy, "Bokononism as a Structure of Ironies," *The Vonnegut Chronicles: Interviews and Essays*, ed. Peter J. Reed and Marc Leeds (Westport: Greenwood, 1996) 89.

42 Abádi-Nagy 89, Broer 62.

43 Mustazza 86. Freese 218 も参照。

44 Zoltán Abádi-Nagy, "'Serenity,' 'Courage,' 'Wisdom': A Talk with Kurt Vonnegut," *The Vonnegut Chronicles: Interviews and Essays*, ed. Peter J. Reed and Marc Leeds (Westport: Greenwood, 1996) 24.

45 Kurt Vonnegut, *A Man without a Country*, ed. Daniel Simon (New York: Seven Stories, 2005) 128. 以下、『国のない男』（*MC*）からの引用は同書による。

46 「絞首台のユーモア」へのヴォネガットの言及は、*WFG* 二五七にある。

47 John Tomedi, *Kurt Vonnegut* (Philadelphia: Chelsea House, 2004) 40.

48 Giannone 66.

49 Tomedi 47.

50 John Updike, *Hugging the Shore: Essays and Criticism* (Hopewell: Ecco, 1994) 270.

51 Vonnegut, *Conversations with Kurt Vonnegut* 204-05.

52 W. John Leverence, "*Cat's Cradle* and Traditional American Humor," *Journal of Popular Culture* 5.4 (1972) 955.

53 Klinkowitz, *Kurt Vonnegut's America* 50.

54 Goldsmith 20; John R. May, "Vonnegut's Humor and the Limits of Hope," *The Critical Response to Kurt Vonnegut*, ed. Leonard Mustazza (Westport: Greenwood, 1994) 123.

55 Schatt 69.

56 Allen 66; Reed, *Kurt Vonnegut, Jr.* 171.

57 Klinkowitz, *Kurt Vonnegut* 58.

58 Sumner 105.

59 Allen 72; Reed, *Kurt Vonnegut, Jr.* 171.

60 Marvin 100.

61 Kurt Vonnegut, *Novels and Stories 1963-1973*, ed. Sidney Offit (New York: Library of America, 2011) 193. 以下、『ローズウォーターさん、あなたに神のお恵みを』（*GBY*）からの引用は同書による。

62 Josh Simpson, "'This Promising of Great Secrets': Literature, Ideas, and the (Re)Invention of Reality in Kurt Vonnegut's *God Bless You, Mr. Rosewater*, *Slaughterhouse-Five*, and *Breakfast of Champions* or 'Fantasies of an Impossibly Hospitable World': Science Fiction and Madness in Vonnegut's Troutean Trilogy," *Kurt Vonnegut*, ed. Harold Bloom, new ed. (New York: Bloom's Literary Criticism, 2009) 145.

63 原書は一九六一年、英訳は一九六三年に出版。Freese 254n34 を参照。

64 Marvin 106.

65 Reed, *Kurt Vonnegut, Jr.* 175.
66 Broer 73.
67 Tally 67.
68 Freese 259.
69 Marvin 108.
70 Reed, *Kurt Vonnegut, Jr.* 159.
71 Schatt 70.
72 Freese 259. Broer 76 も参照。
73 Brian McCammack, "A Fading Old Left Vision: Gospel-Inspired Socialism in Vonnegut's *Rosewater*," *Midwest Quarterly* 49.2 (2008) 172.
74 Kurt Vonnegut, *Complete Stories*, ed. Jerome Klinkowitz and Dan Wakefield (New York: Seven Stories, 2017) 649.
75 Reed, *Kurt Vonnegut, Jr.* 162.
76 Marvin 104.
77 Marvin 102.
78 Tally 66.
79 Schatt 70.
80 Freese 249.
81 Giannone 71.
82 Allen 75.
83 Marvin 101.
84 Sumner 110 などを参照。
85 Reed, *Kurt Vonnegut, Jr.* 160.
86 Allen 71.
87 William L. Godshalk, "Vonnegut and Shakespeare: Rosewater at Elsinore," *The Critical Response to Kurt Vonnegut*, ed. Leonard Mustazza (Westport: Greenwood, 1994) 102.
88 Mustazza 99.
89 Reed, *Kurt Vonnegut, Jr.* 170.
90 Vonnegut, *Conversations with Kurt Vonnegut* 163.
91 Rackstraw 30-31 を参照。
92 Strand 49-50, 54-55, 77 を参照。
93 Jerome Klinkowitz, Slaughterhouse-Five: *Reforming the Novel and the World* (Boston: Twayne, 1990) 3.
94 Vonnegut, *Conversations with Kurt Vonnegut* 175.
95 Strand 29.
96 先行作品のキャラクター、フレーズ、モチーフなどが「再利用」されている例については、Freese 294-98 に詳しい。
97 「再登場」するキャラクターに関する、先行作との矛盾については、Charles B. Harris, "Time, Uncertainty, and Kurt Vonnegut, Jr.: A Reading of *Slaughterhouse-Five*," *Centennial Review* 20.3 (1976)

241-42を参照。

98 Freese 317-18, 335.

99 Harris 231.

100 「ヴォネガット」の「芥子ガスと薔薇が混じりあったような息」については第一章に言及がある（三四七）。『スローターハウス』の草稿に、ビリーと「ヴォネガット」が実際に電話で話している場面があったことについては、Jeremy C. Justus, "About Edgar Derby: Trauma and Grief in the Unpublished Drafts of Kurt Vonnegut's *Slaughterhouse-Five*," *Critique* 57.5 (2016) 546-47を参照。

101 本稿の議論に比べてビリーに対してはるかに批判的な論文ではあるが、モーリス・J・オサリヴァン・ジュニアは同様の指摘をしている。Maurice J. O'Sullivan, Jr., "*Slaughterhouse-Five*: Kurt Vonnegut's Anti-Memoirs," *Critical Insights*: Slaughterhouse-Five, ed. Leonard Mustazza (Pasadena: Salem, 2011) 181, 183などを参照。

102 Susanne Vees-Gulani, "Diagnosing Billy Pilgrim: A Psychiatric Approach to Kurt Vonnegut's *Slaughterhouse-Five*," *Critical Insights*: Slaughterhouse-Five, ed. Leonard Mustazza (Pasadena: Salem, 2011) 292-305. ただし、初出は二〇〇三年。

103 Klinkowitz, Slaughterhouse-Five 7.

104 Vees-Gulani 302.

105 Amanda Wicks, "'All This Happened, More or Less': The Science Fiction of Trauma in *Slaughterhouse-Five*," *Critique* 55 (2014) 330.

106 Wicks 334を参照。

107 Kevin Brown, "The Psychiatrists Were Right: Anomic Alienation in Kurt Vonnegut's *Slaughterhouse-Five*," *South Central Review* 28.2 (2011) 103.

108 Vees-Gulani 298.

109 Harris 229.

110 James Lundquist, *Kurt Vonnegut* (New York: Frederick Ungar, 1977) 75.

111 Wicks 331.

112 そこでは「He says.」だけで段落が構成され、「時間旅行」がビリーの「話」である点が強調されている。Said Mentak, *A (Mis)reading of Kurt Vonnegut* (New York: Nova Science, 2010) 144を参照。

113 この年にビリーは「四一歳」とされているが（三七四）、一九二二年生まれである事実と整合しない。小説のクロノロジカルな矛盾については、Freese 316-17, Harris 239-41などを参照。

114 ケヴィン・アレクサンダー・ブーンは、本稿とは数え方が異なるが（起点もビリーの誕生時としている）、ここまでの三一回の「リープ」を詳しく解説している。Kevin Alexander Boon, "Temporal Cohesion and Disorientation in *Slaughterhouse-Five*: A Chronicle of Form Cuts and Transitional Devices in the Novel," *Critical Insights:* Slaughterhouse-Five, ed. Leonard Mustazza (Pasadena: Salem, 2011) 41-52.

115 Harris 234.

116 Marvin 116.

117 Arnold Edelstein, "*Slaughterhouse-Five*: Time Out of Joint," *Critical Insights:* Slaughterhouse-Five, ed. Leonard Mustazza (Pasadena: Salem, 2011) 134.

118 Broer 94.

119 Edelstein 137-38.

120 Wicks 337.

121 Robert Merrill and Peter A. Scholl, "Vonnegut's *Slaughterhouse-Five*: The Requirements of Chaos," *Critical Essays on Kurt Vonnegut*, ed. Robert Merrill (Boston: G. K. Hall, 1990) 144.

122 Edelstein 137.

123 Vees-Gulani 299.

124 Edelstein 141.

125 Edelstein 142.

126 Reed, *Kurt Vonnegut, Jr.* 196を参照。

127 Alberto Cacicedo, "'You Must Remember This': Trauma and Memory in *Catch-22* and *Slaughterhouse-Five*," *Critique* 46.4 (2005) 363.

128 Wayne D. McGinnis, "The Arbitrary Cycle of *Slaughterhouse-Five*: A Relation of Form to Theme," *The Critical Response to Kurt Vonnegut*, ed. Leonard Mustazza (Westport: Greenwood, 1994) 121.

129 例外は「皆殺し収容所」にいるイギリス兵達だが、彼らは戦争という「現実」を無視して生活している。David Simmons, "'The War Parts, Anyway, Are Pretty Much True': Negotiating the Reality of World War II in *Slaughterhouse-Five* and *Catch-22*," *Critical Insights:* Slaughterhouse-Five, ed. Leonard Mustazza (Pasadena: Salem, 2011) 89を参照。

130 Marvin 124.

131 Charles B. Harris, "Illusion and Absurdity: The Novels of Kurt Vonnegut," *Critical Essays on Kurt Vonnegut*, ed. Robert Merrill (Boston: G. K. Hall, 1990) 137, 139.

132 David L. Vanderwerken, "Kurt Vonnegut's *Slaughterhouse-Five* at Forty: Billy Pilgrim—Even More a Man of Our Times," *Critique* 54 (2013) 53.

133 ダニエル・コードルは、ビリーには行動を選択する機会が与えられている点を指摘している。Daniel Cordle, "Changing of the Old Guard: Time Travel and Literary Technique in the Work of Kurt Vonnegut," *Yearbook of English Studies* 30 (2000) 175.

134 Justus 543.

135 Tomedi 62.

136 William Faulkner, *Faulkner in the University: Class Conferences at the University of Virginia 1957-1958*, ed. Frederick L. Gwynn and Joseph L. Blotner (Charlottesville: U of Virginia P, 1959) 61.

137 Shields 76.

138 T. J. Matheson, "'This Lousy Little Book': The Genesis and Development of *Slaughterhouse-Five* as Revealed in Chapter One," *Critical Insights:* Slaughterhouse-Five, ed. Leonard Mustazza (Pasadena: Salem, 2011) 221.

139 Harris, "Time, Uncertainty, and Kurt Vonnegut, Jr." 239.

140 Marvin 122.

141 Klinkowitz, Slaughterhouse-Five 40.

142 Marvin 126, Sumner 144. ダービーを「ヒーロー」として描いたことは、そのモデルに対するヴォネガットの贈り物と考える批評家もいる。Justus 550 を参照。

143 Vonnegut, *Conversations with Kurt Vonnegut* 32.

144 Judith Herman, *Trauma and Recovery: The Aftermath of Violence—From Domestic Abuse to Political Terror* (New York: Basic, 2015) 177.

145 Herman 181.

146 Vonnegut, *Letters* 8.

147 Rita Bergenholtz and John R. Clark, "Food for Thought in *Slaughterhouse-Five*," *Thalia* 18.1-2 (1998) 90.

148 Donald J. Greiner, "Vonnegut's *Slaughterhouse-Five* and the Fiction of Atrocity," *Critical Insights:* Slaughterhouse-Five, ed. Leonard Mustazza (Pasadena: Salem, 2011) 114.

第3章　迷走――『チャンピオンたちの朝食』から『ジェイルバード』まで

成功のあとで

一九六〇年代末の『スローターハウス5』の完成、そしてそれがもたらした文学的・経済的成功は、ヴォネガットが長らく待ち望んでいたはずのものだった。だが、皮肉なことに、そうして華々しく開幕したはずの七〇年代は、ヴォネガットのキャリアで最も苦しい時期となってしまう。

これはかなりの程度、身から出た錆でもあった。長男マークは回想録において、『スローターハウス』によって彼の父は「瞬く間に貧困から、名声と富へと移動した。誰もそれにすんなりとなじめなかったが、父は別だった。父はしかるべき秩序が回復されつつあると感じていたのだ」と書いている。[1] 複雑な心情が感じられる一節だが、まもなく（一九七一年二月）神経衰弱で入院する時期のことを回想している以上、無理もないというべきだろう。マークの精神衰弱に「成功者」となった父親の振る舞いがどの程度関係していたのかを正確に測定することは不可能だが、この時期のヴォネガットが以前にも増して家庭を蔑ろにするようになったことは否定できない。結婚生活が長らく袋小路に陥っている状況で、妻子が彼の公的な「成功」を素直に祝福するのは難しかっただろうし、そうであるとすればなおさら、「成功」した彼が針の筵のような場所から逃げてしまいたいと考えてもおかしくはない。妻ジェインのメモワールによれば、一九七〇年には夫婦関係の破綻を意識するようになっていたようであり、長女は「お母さんだけじゃないわ……わたし達はみんな捨てられたの」といったという。[2]

もっとも、家庭生活の崩壊に関して、「夫」であり「父」であるヴォネガット自身に責任（の大きな部分）があったとしても、「公的」な成功のあとのヴォネガットの「私的」な生活が、極めて惨めなものだったことは間違いない。ジェインによれば、つらい出来事に対する彼の防御策は、それが存在しないふりをすることだったというが、[3]家庭崩壊という現実は、そのような「ふり」をして、見ないですませられるようなものではなかったのだ。そう考えてみると、ドレスデン爆撃から利益を得たのは自分だけだったと彼が繰り返し述べたのは、「成功者」となって家庭を捨てたという罪悪感と無関係ではなかったのかもしれない。ともあれ、彼自身も深刻な鬱に苦しみ、カウンセリングと抗鬱剤の服用を開始することになる――ある批評家の言葉を借りれば、この時期の彼の状態は、「とにかく何であれ書けたこと自体が不思議」なくらいだったのである。[4]

事実、というべきか、ヴォネガットはしばらく小説を離れることになる。旧作『ペネロピ』を改稿した戯曲『さよならハッピー・バースディ』（一九七〇年一〇月から半年間、オフ・ブロードウェイとブロードウェイで上演される）の序文で、「もう小説はやめだ……これからは芝居でいく」と宣言したのはよく知られているし、[5]一九七一年一月掲載のインタヴューでは、『チャンピオンたちの朝食』の執筆を中断したままだと述べている。[6]もっとも、翌年春に放映されたTVドラマ『タイムとティンブクツーのあいだ』（脚本にヴォネガットが関与しなかったという事実にも、[7]この時期の低調ぶりがうかがえるかもしれない）が単行本化されたときの序文では、「わたしは再び活字の愛好家となった」とあり、[8]小説に戻ることが示唆されている。ここには七〇年代初頭の迷走ぶりが、わかりやすくあらわれているといえるだろう。

そうした「迷走」は、七〇年代を通して続くことになる。私生活において、写真家ジル・クレメンツとの関係が深まる一方、ジェインとの離婚が一九七九年まで成立しなかったことを想起してもよいが、作品に即して触れておくべきは、『朝食』の結末でキルゴア・トラウトをはじめとする過去の登場人物を「解放」し、「再出発」をはかったヴォネガットが、自伝色が濃い『スラップスティック』を書いたものの無残な結果となり、『ジェイルバード』でトラウトを(登場人物のペンネームという形ではあっても)「復活」させた事実である。ヴォネガットの「再出発」は、始まったと思ったら、あっという間に頓挫したというべきだろうか。『ジェイルバード』がリアリズム的な八〇年代のヴォネガット作品の先駆となる小説であることを思うと、『朝食』と『スラップスティック』で作者が演じた「どたばた騒ぎ」は、私生活の不安定さが赤裸に露出しただけで、小説家のキャリアという観点からは無駄であったようにも見えてしまうかもしれない。

しかしながら、そうしたドライな見方はヴォネガットに対しておそらく厳しすぎるばかりか、彼のキャリアを理解する上で有益でもないだろう。『スローターハウス』でドレスデン体験を小説化するにはそれまでの作品を書く経験が必要だったのと同様、『ジェイルバード』、あるいは後期の代表作となる『青ひげ』を書くには、七〇年代の迷走が必要だったと考える方が、はるかに建設的であるはずだ。

実際、この迷走は、ほとんど起こるべくして起こったように思える。前章の終わりでも引用したように、『スローターハウス』を書いたヴォネガットは、「もし書きたいと思わなければ、もう書かなくていいと思った」とされるが(*WFG* 二八〇)、四半世紀近くもの年月を要した仕事を終えた彼が「産後の鬱」に悩まされ、書きたいことがなくなったと感じたのは、[9] まったく自然なことであっただろう。そこから先に進むには、十分な充電期間が必要だと思っていたかもしれない。だが、そのタイミングで起こった「成功」は、彼を時代の寵児とし、「何か読む［若者］であれば、たいていヴォネガットを読んでいる」といった、[10]「アメリカの若者の指導者」に祭りあげてしまう（*WFG* xvi）。彼は書きたいと思わなくても、書くことがなくても、書かざるを得ない状況に陥ってしまったのである。

書きたいとも思わず、書くこともないといった状態で書かれた作品が、「楽しい本」にならないことはもとより（*SF* 三五九）、優れたものになるはずはないだろう。『朝食』や『スラップスティック』が、手描きのイラストや「ハイホー」のリフレインなどをちりばめた「ポップなポストモダン小説」といった体裁をとりつつも、「楽しい」印象をほとんど与えないことは、ヴォネガットが時代の旗手という役割を演じ損なっているどころか、ほとんど意図的にそうしている――自分自身を罰しようとしている――かのようにさえ見える。「書くこと」の正当性・必然性がないのに書いてしまうというのは、ポストモダン作家が共通して抱える「問題」だろうが、ヴォネガットの場合は、自分ばかりが「成功者」になったことで、事情がいっそう複雑になっていたと思われる。

かくしてヴォネガットは、作家としての自分を追いつめるように『朝食』を書き、「自伝的」な『スラップスティック』を書いた。書くことがないときに書いた作品で、母の自殺や姉の死といった私的経験が言及されることは、彼の文学における「トラウマ」の重要性をあらためて例証するはずだが、『スローターハウス』の場合とは異なり、そうしたトラウマが小説にうまく組みこまれているとはいいがたい。トラウマ的な主題からうまく距離がとれていないといってもいい。これは（同世代に広く共有される）戦争体験とは異なり、それがあまりにも個人的な経験であったためでもあるだろうし、そもそも自分の足場を切り崩すためにそうしたパーソナルな主題が召喚されたからだともいえるだろう。

このように考えてみると、『ジェイルバード』でトラウトを「復活」させ、リアリズム路線に舵を切ったことが、作品に安定感をもたらしたのは当然である。この作風の変化には、さまざまな理由を推測できる。七〇年代の終わりにはポストモダン小説の流行が下火になったこともあるだろうし、『スローターハウス』の「成功」から一〇年を経て、ヴォネガットの私生活がいくらか落ちついてきたこともあるだろう。自分の内側を抉るような二作品を書くことで彼は十分に苦しんだともいえるかもしれないし、それらが失敗作に終わったことで、作品の主題から距離をとるための方途として、自己の分身的な登場人物を起用することの有効性があらためて確認されたのかもしれない。いずれにしても、『ジェイルバード』をもって迷走の七〇年代が終わり、ヴォネガットは成熟へ向かうのである。

『チャンピオンたちの朝食』――「切実」なメタフィクション

作家としての義務と思い定めていた『スローターハウス5』を完成させたヴォネガットは、書きたいという気持ちもなければ書くべきこともないという、深刻なスランプに陥ることになった。もっとも、ある小説を脱稿した作家がしばらくは次作にとりかかる気にならないというのは、決して珍しくないはずであり、それが「スランプ」と感じられたのは、彼が一躍人気作家となったためだろう。多くの読者が彼（の次作）に寄せる期待を、彼は嫌でも意識せざるを得なくなったのであり、そうしたプレッシャーが「産後の鬱」を自覚させ、悪化させたというわけだ。

実際、ヴォネガットは『スローターハウス』の刊行後まもなく『チャンピオンたちの朝食』に着手するが、これはいかにも尚早だった感が否めない。一九六九年一〇月に編集者ロレンスに宛てた手紙で早くも執筆の中断を告げているのは（健康上の理由でとされてはいるが）、[11] このプロジェクトが先の見通しもなく開始された証左に思える。『スローターハウス』と『朝食』がもともと一冊の本であり、後者は前者に収まらなかったものを利用して書かれたという発言は有名だが（*WFG* 二八一）、この事実も、彼が焦って——とにかく書かねばならぬという外発的な理由で——書き始めたことを示唆するのではないだろうか。

とにかく何か書かねばならないという状況で、戦争体験は『スローターハウス』で使ってしまったヴォネガットは、作品の主題を手近なところに求めた。「それまでは自分のためだけに書けばよかったが、いまや自分が何をいおうとも数百万人に読まれてしまうことをわかっていた」彼は、[12]「その言葉があたかも宗教的真実のように待ち望まれている」という（「ライターズ・ブロック」の一因となったはずの）状況を、[13] キルゴア・トラウトとドウェイン・フーヴァーという二人の主人公を「書き手」と「読み手」に設定し、その二つの人生行路を交わらせる形で物語化したのだ。[14] この設定に——もともと「一冊の本」だったという——『スローターハウス』からの継続性を見ることは難しくない。前作においても、トラウトの小説はビリー・ピルグリムという「読み手」に深い影響を与えていたし、ドウェインが羽振りのいい自動車ディーラーであることや、妻の自殺というトラウマ的な過去を抱えていることも、裕福な検眼医だがＰＴＳＤに苦しんでいるビリーとの類似を感じさせる。

しかし、ビリーとドウェインのキャラクター設定が似ているとしても、両作品に登場し、両者に影響を与えるトラウトの存在感は大きく異なる。『スローターハウス』の彼がビリーのストーリーを展開させる「脇役」にすぎないのに対し、「二人の孤独な、痩せた、かなり年をとった白人の出会いの物語」である『朝食』では（BC五〇六）、彼は「主人公」の一人であるばかりか、その重要性の点で、もう一人の主人公ドウェインを圧倒している。『スローターハウス』では、「読み手」であるビリーが、トラウトの影響を受けてトラルファマドール星の「物語」を作りあげるが、『朝食』のドウェインは「発狂の一歩手前」で登場し（五〇六）、次第に精神のバランスを崩していき、トラウトの本を読むと正気を完全に喪失してしまうのだから、ドウェインのそれ自体としてシンプルなストーリーは、トラウトの小説との関係で展開することもないのである。

このように考えると、『朝食』という小説は「書き手」の問題に焦点化されたメタフィクションとして構想されたといっていいように思えるし、当時のヴォネガットにとって、その「問題」が単なるポストモダン小説的な意匠ではなく、シリアスなものであったことも間違いない。この作品に登場する「ヴォネガット」が、前作よりもはるかに露骨に物語に介入することも、「問題」の切実さを示すと考えていいはずだ。

だが、作品に染みわたるそうした「切実さ」が、メタフィクショナルな主題を強く前景化するとしても、『朝食』を「小説」として優れたものにしたかというと、大いに疑問だといわねばならない。実際、「楽しい本」になるはずだった『朝食』は、ヴォネガット文学の魅力の一つであるユーモアを、ほとんど欠いているように感じられるのだ。この点は、この小説の特徴として注目されてきたイラストの使用と、極めて散文的な――小説よりも事実の伝達に向くとも評される[15]――文体に即しても確認される。例えば、「前書き」において「この本につけたわたしのイラストの成熟度がどのようなものかお知りいただくべく、ここで尻の穴の絵をお目にかけよう」という文章とともに提出されるイラストを見た読者は（五〇三―〇四）、いったんは大笑いするかもしれないが、そうした効果は一〇〇をこえるイラストが提示されていくうちに弱まり、霧散してしまうのである。

もちろん、そうしたイラストは読者を笑わせるため（だけ）に提示されているわけではないということは可能だろう。それらがポップアートを連想させることは指摘されてきているし、[16] ブックカバーがシリアルの箱を思わせることや、[17] タイトルもサブタイトル（「さようならブルー・マンデー」）も広告の言葉であることを想起していえば、[18] アメリカの商業主義に対するアイロニーを看取することもできそうである。さらに、イラストを添え、平明な文体で解説するスタイルは、語られているものを読者が知らないという体裁をとっている点で、[19] 子供向けの本のようでもあり、[20] 宇宙人向けの本のようでもあるという観察も説得的だろう。[21] 要するに、「アメリカを知らない相手にアメリカを説明するとこうなる」というわけであり、それはとりも直さず、読者が当然のこととして受け入れてしまっているものを、新しい、批判的な目で見るように仕向けるという、異化効果が意図されているということだ。[22]

しかし、そうした意図を斟酌したとしても、アメリカ批判が平板な文体で執拗に積み重ねられていくばかりでは、「異化」の力（「ユーモア」はそれに含まれる）は弱まっていき、「小説」としては単調になってしまう。とりわけレイチェル・カーソンの『沈黙の春』（一九六二）を一つの契機として広く認知されるようになった環境破壊の問題など、厳しい批判を積み重ねなくてはならないほどに深刻だとヴォネガットが感じていることはよくわかるのだが（「有害化学物質」が人間も環境も破壊するというのも「積み重ね」の例といえるだろう）、『朝食』

におけるユーモアは反復強迫的になって消えてしまい、展開される社会批判には「微妙さ」がまるでないという ロバート・メリルの指摘は、[23]やはり正しいように思われる。

そうした「微妙さ」の欠如、あるいは露骨な「切実さ」は、トラウトのストーリーにおいて前景化されるメタフィクション的主題にもあらわれている。ドウェインをめぐるストーリーが単純であることについては先に触れたが、トラウトの物語もかなりシンプルである。ニューヨーク州コホーズに住む不遇のＳＦ作家は、彼を愛読する億万長者（エリオット・ローズウォーター）の希望でミッドランド・シティ（この作品においては明示されないが、オハイオ州にあるとされる架空の都市）で開かれるアート・フェスティバルに招待され、ヒッチハイクでそこまで行き、ドウェインの正気を失わせ、作者「ヴォネガット」に解放される――という程度の要約で足りてしまうのだ。ただし、完全な狂気に至るまでのドウェインの言動がすべて「有害化学物質」に帰せられ、ほとんどまともに説明されないのに対し、トラウトの物語は「書き手」としての問題に密接に関わっているため、もう少し丁寧に見ておく必要があるだろう。

トラウトというキャラクターは、多くのヴォネガット作品に登場するものの、作品ごとに違った面を見せる人物である。メリルが指摘しているように、『ローズウォーターさん、あなたに神のお恵みを』のトラウトは、「彼自身の住む社会と似ていなくもない醜悪極まる社会を描いておいて、結末近くで、どうすればそれが改善できるかを示唆する」作家だったが（*GBY*二〇三）、『朝食』の彼は「挫折した理想主義者」として提示されている。[24]もちろん、作家には社会改革のヴィジョンを持つ義務などないのだが、トラウトが「この惑星における物事をどう変えられるか、どう変えるべきかといったアイデアを、頭に宿すことがなくなって」いるとわざわざ記されていることは（BC五八一）、彼の現状が挫折の結果であることを強く示唆するし、その「現状」とは、少年期に根を持つとされるペシミズムにとりつかれ、そのせいで三回も結婚に失敗し、一人息子には家出され、話し相手としてはインコしかいない孤独な老人の姿なのである（五二五）。

挫折した理想主義者が人間嫌いになるというのは、ありふれたパターンだろう。他者に期待し、それゆえに（いわば勝手に）傷ついた人間が、それ以上傷つかずにすむように、他者との接触を避けるようになる――世界から自分が拒絶されるという現実を、自分が世界を拒絶するという形で書き換え、自我を担保するのである。したがって、「ファンレターが来るのは遅すぎた。……キルゴア・トラウトにしてみれば、それはプライヴァシーの侵害だった」ということになるのだが（五二六）、彼は結局アート・フェスティバルへの招待を受け入れる。「わしが出向くのは、誰もアート・フェスティバルで見たことがないものを、やつらに見せてやるためだ――真実と美を求めて一生を捧げたあげく、クソほどの金も見つけられなかった、何千という芸術家の代表をな！」という言葉は（五三〇）、「世間に理解されない不遇の芸術家」というアイデンティティを屈折した自我のよりどころにしていることはもとより、それでいながら社会に認知されたいという理想主義者としての欲望が、完全に消えてはいないことを意味するだろう――彼が建ててほしいと思っている自分の墓に刻まれた「SOMEBODY」という語は（五三一）、「ひとかどの人間」と解釈してもよいはずだ。

このようにして、トラウトは屈折した自意識をペシミズムで守りながらミッドランド・シティに向かう。この防御は敗北を前提とするだけに強固である。「人生の目的とは何だ?」という便所の落書きに対する「宇宙の創造主の／目と／耳と／良心に／なることだ／このバカ者め」という反応には（五五二―五五三）、「手足」になる

（行動する）ことを断念した上で超越的な自我を保持しようという彼の「現状」があらわれている。ヒッチハイクでの道中、彼は（トラルファマドール星人的に[25]）何も変えられないと――例えば、「神は決して自然保護主義者じゃないのだから、他の誰かがそうなることは不敬だし、時間の無駄だ」などと（五六七）――いいながら、あれこれと文明批判を続ける。これは彼の創作態度でもあると考えていいだろう。何かを変えられるとは思わない（ことにしている）し、自分の言葉が受け入れられるとも思わない（ことにしている）が、それをいわば言い訳に、「書き手」の「責任」を考えずに――自己批評性を捨象して――「物語」を産出するのである。

だが、そのようなトラウトの「物語」が、ドウェインに影響を与えてしまう。宇宙の創造主が「あなた」以外の全員が機械だと告げる『いまこそ話そう』という作品が、妻の自殺というトラウマを抱えたドウェインの「狂気に形と方向性を持たせ」てしまうのだ（五一一）。自分を「無害で不可視」と思っていた彼の小説は（五一二）、「無害な非真実」ではなかったのである。この結果について、ローレンス・R・ブロアーは、「トラウトは、人間は無意味な世界にいるロボットにすぎないという、彼自身のペシミスティックな信念を吹きこむことで、確かに読者を害しており、ヴォネガットは自分が似たような害をなしたのではないかと恐れているように見える」と述べている。[26]実際、突如「アメリカの若者の指導者」に祭りあげられた作者が、自分自身が直面した問題をトラウトに突きつけていることは間違いないだろう。

しかしながら、この「書き手」としての「問題」に対する、トラウトとヴォネガットの態度は大きく異なっている。『スローターハウス』がビリーと「ヴォネガット」の戦後を対比的に提示していたことを想起すれば、再び作品に登場した「ヴォネガット」は「主人公」であるトラウトの物語を相対化する機能を担うと考えていいだろうが、まずはトラウトの反応を見ておこう。

トラウトは、自分のような存在でさえ、この世に悪を——有害思想の形で——持ちこむことができたと知り、ひどく動揺した。そして、ドウェインがズック布の拘束衣を着せられて精神病院に運びこまれたあと、トラウトは思想が病気の原因や治療法としていかに重要であるかを熱狂的に説き始めた。……キルゴア・トラウトは精神衛生分野の先駆者となった。彼は自分の理論をSFの姿に変装させて世に広めたのである。

（五一二–一三）

そして彼は「偉大な芸術家にして科学者」と見なされ（五一三）、ついにはノーベル医学賞までもらってしまうことになるわけだ。

こうしたトラウトの変化とその結果を、皮肉抜きに肯定することは難しい。「自分の理論をSFの姿に変装させて世に広め」る人物は、「小説家」であることをやめてしまっているように思えるし、彼が「ノーベル医学賞」を得たことは、彼の「小説」を読者は「真実」として受けとったということでもある。[27] つまり、彼の「小説」は虚構と事実を区別できない読者に敗北し、彼はそうした読者におもねるように、「小説」に似た何かを書く作家になってしまったのだ。

ある批評家は、ヴォネガットがトラウトに自分の作品が人類に与える影響について考えさせるがゆえに、『朝食』は彼の最重要作品の一つだと主張するが、[28] ドウェイン事件以後のトラウトがむしろ「考えない」「悩まない」

方向に舵を切ったことを思うと、これはあまりにも浅薄な評価といわねばならない。そもそも、確かに自分の書くものが他者に影響を与えてしまうという認識は作家の自己批評性と呼ばれるものであり、それがメタフィクションの基盤となることも間違いないにせよ、その程度の凡庸な認識が「主題」として導入されたからといって、小説を高く評価することはできないだろう。むしろ、そうした陳腐な「主題」があからさまに前景化されていることは、『朝食』に感じられる露骨な「切実さ」の一例として見なす方が妥当に思える。

その「露骨さ」は、いま見てきたようなトラウトの反応が、同じ問題に直面したヴォネガットがあくまで「小説家」であり続けようとしたことを、引き立てるものになっていることにも露呈しているといえるかもしれない。トラウトは「小説」が「真実」として受けとられてしまうことを受け入れ、そのような社会に権威ある存在として受け入れられたのに対し、ヴォネガットは自分の作品があくまで「虚構」であることを、物語全体を通して執拗に前景化し続けるのである。

そうしたヴォネガットの姿勢は、批評家達にしばしば引用される以下の言葉に顕著にあらわれている。

わたしは［ゴシック作家の］ビアトリス・キーズラーが、他の旧弊な物語作家達と手を組んで、人生には主役と端役がおり、意味のある細部とどうでもいい細部があるのだと、また、学ぶべき教訓や通過すべき試練があり、発端と中間と結末があるのだと、人々に信じさせてきたと思っている。

五〇歳の誕生日が近づくにつれ、わたしは自分の同国人が下す数々の愚かな決定に、ますます腹を立て、不可解に思うようになった。そして突然、彼らを哀れむようになった。彼らがこれほど言語道断な振る舞いをし、これほど言語道断な結果を招いたのは、まったく無邪気で、自然なことだと理解したからである。彼らは物語の本が創り出した人々のように生きようと、全力を尽くしていたのだ。これこそ、アメリカ人達が互いをこんなにしょっちゅう撃ち殺していた理由である――それは短編や本を終わらせる、便利な文学的手法だったのだ。

なぜかくも多くのアメリカ人達が、政府によって、その命がティッシュ・ペーパーのように使い捨てられるかのように扱われていたのか？ それは作家達が、彼らの作り物のお話の中で、端役をそのように扱っていたからなのだ。

その他いろいろ。

アメリカを真の人生に何の関わりもない人々からなる、これほどまでに危険で不幸な国にしてしまった原因をひとたび理解するや、わたしはストーリーを排除しようと心に決めた。わたしは人生について書こう。あらゆる人物に、他のどの人間ともまったく同じだけの重要性を持たせよう。すべての事実に等しい重みを与えることにしよう。何ひとつとして除外しまい。混沌に秩序を持ちこむのは、他の連中にやらせておけ。わたしは逆に――ここまでそうしてきたつもりだが――秩序に混沌を持ちこもう。（六六五‐六六六）

長い引用になってしまったが、自らの創作姿勢に関してこれほどの長広舌をふるっていること自体、ヴォネガットの「切実さ」を示しているだろう。

これはヴォネガットの「ポストモダニスト宣言」と呼べる文章だが、長々と説明されているだけにというべきか、内容を理解するのは難しくない。まず、主人公がいて（そして脇役がいて）、重要な事件があり（そして些細なディテールがあり）、道徳や通過儀礼、起承転結があるといった、「モダン」な小説が旧弊なものと批判される。前作においても、「この小説には「キャラクター」はほとんどおらず、劇的な対決もほとんどない」とされていたが、それは戦争という巨大な力が人々から「キャラクター」を奪うという、具体的な理由があったためだった（*SF* 四五五）。しかし『朝食』においては、具体的な理由は与えられず、いわば原理的な問題として説明される――「書き手」が「モダン」な「物語」を産出してきた結果、「読み手」が人生を「物語」のようなものと錯覚するようになったというわけだ。『母なる夜』の罪深い「書き手」ハワード・W・キャンベル・ジュニアが「わたしが賞賛するのは初めと中間と結末があるもの――そしてできれば教訓もあるものです」と述べていたことや（*MN* 六五七）、『スローターハウス』の第一章におけるメアリー・オヘアの戦争物語批判が想起されるところだが、『朝食』に即していえば、トラウトの「物語」をドウェインが「現実」と思ってしまうことには、「書き手」に（も）責任があるということである。

こうした「モダン」な「書き手」の責任に意識的でいることが、「ポストモダン」作家の自己批評性ということになるのだが、ヴォネガットはそのような批評的意識を持つ小説家として、自分の「小説」を「モダン」な「物語」から遠く引き離そうとする。本来「現実」とは「混沌」としており、旧弊な「秩序」ある「物語」のようなものではないのだから、「物語」を批判する「小説」はむしろ「混沌」を志向すべきだというわけである。引用した一節にも出てくる「その他いろいろ（and so on）」や、「同じものが無限に続くことを意味する略語」としての「エトセトラ（ETC.）」を繰り返し使用するのも（*BC* 六八〇）、「物語」とは異なる「現実」の表象として理解しておけばいいだろう。

ある批評家は、ヴォネガットのこのような「小説観」は、結局は「現実」をどう表象するかというリアリズム小説的な問題であり、その意味では『朝食』はむしろ伝統的な作品だと述べている。[29] この見解にはポストモダン時代における「リアリズム」のあり方に関する一般論として首肯できるところもあるのだが、その上で強調しておかねばならないのは、『朝食』ではそうした「小説観」が「小説」の中で「作者」により開陳されているという、明らかに「非リアリズム小説的」な事実である。「現実」がどれほど「混沌」としていても、我々が「作者」に出会うことなどありはしないのだから、『朝食』の構成原理をリアリズム小説という基準だけで説明するのは不可能なはずだ。

したがって、『朝食』のヴォネガットは、「物語」と「現実」を峻別することはもとより、「小説」と「現実」についても「読み手」に混同させないように努めていると考えていいだろう。「自分の理論をSFの姿に変装させて世に広めた」トラウトに比較すれば、ヴォネガットは自分の理論をメタフィクションの姿に変装させて世に広めることに、はるかに慎重なのである。『母なる夜』のキャンベルは、「放送屋としてただ滑稽でありたかったのに……あまりにも多くの人が、わたしのいうことを進んで信じたのだ！」といっていた（*MN* 六四一）。これは「書き手」としての責任を「読み手」に転嫁する言葉だったといえようが、「物語」を進んで信じようとする「読み手」であふれる世界において、自分の作品が世に広まることは「物語」として受容されることを意味すると、「若者の指導者」として担ぎあげられたヴォネガットは強く実感していたに違いない。

こうした観点からすると、『朝食』のヴォネガットが——ともすれば露悪的な印象さえ与えるほどに——自己の「弱さ」をさらけ出すのは、「指導者」としての自分を脱神秘化するためであるようにも思えてくるが、重要なのは、それがポストモダン作家としての倫理とリンクしていることである。ヴォネガットは「ヴォネガット」として作品世界に降り立ち、「書き手」の超越性を投げ捨てる。事実、「作者」としての「ヴォネガット」は「宇宙の創造主と互角の地位」にいるとされながらも（BC六五八）、「全知全能の語り手としてまるで機能できていない」。[30] 彼は「［登場人物達］の行動を大雑把にしか誘導できない」し（六五九）、ドウェイン事件に立ち会ったときには足の指を折る羽目になる（七一七）。こうして「書き手」の支配力の「弱さ」を強調することで、ヴォネガットは自分の作品が一枚岩的な「物語」として受けとられる根拠を崩そうとするのだ。

「物語」の影響力を利用するようになったトラウトとは異なり、ヴォネガットは自分の言葉が他者に影響を与えてしまうことを潔癖なまでに避けようとする。そうした潔癖さの行き着く先が、結末におけるキャラクター達の「解放」だと考えていいだろう。この行為は、ヴォネガットの愛読者には彼のここまでのキャリアを振り返らせるはずだが、とりわけ「作者」である「ヴォネガット」が登場人物達の行動を大雑把にしか誘導できないことが、『タイタンの妖女』で自分の「物語」に奉仕させるために他の人物達を操っていたウィンストン・ナイルズ・ラムファードを想起させるのは――エピローグで「ヴォネガット」を襲う犬も、ラムファードの愛犬と同じ「カザック」の名を持つ――偶然ではないように思われる。

『タイタン』では、自分自身もトラルファマドール星人に操られていたことを知ったラムファードは激怒するだけで自己批判には向かわず、ラムファードを太陽系から放逐する小説も彼の「加害者」（＝「物語」の「書き手」）としての問題には踏みこまなかったが、『朝食』の作者は自分の提示する世界には「外部」が存在するという「現実」を知っており、自分をメタレヴェルから引きずりおろした末に、「わたしの作家としてのキャリアを通じてとても忠実に仕えてくれたすべての登場人物達を、わたしは自由にします」と宣言する（七三二）。この違いに、『母なる夜』から『スローターハウス』に至る作品を書くことで果たされた、ヴォネガットの「書き手」としての成長を見ることはひとまず可能だろう。そうした成長があってこそ、一九六〇年代の作品に（程度の差はあっても）一貫して存在していたメタフィクショナルな主題を、『朝食』で全面的に展開するに至ったと考えていいはずである。

しかしながら、そうした思想的な「成長」に、『朝食』という作品が応えられているかどうかは別問題といわねばならない。ある批評家は、ヴォネガットが自分自身に関して自分自身と対話しているがゆえに、『朝食』はおそらく読者にとって以上に彼自身にとって重要な本だと述べており、[31] これは皮肉な意味において正しい指摘のように思える。別の論者は、ヴォネガットのこの小説への自己投影は強く、作品後半においては読者を寄せつけないほどパーソナルな本になっていると感じざるを得ないと書いているが、[32] こうした印象も否定しがたいだろう。『スローターハウス』の成功後、小説家としても個人としても苦しんでいたヴォネガットが、自己の超越性を切り崩す「メタフィクション」を書かざるを得なかったことはよくわかるのだが、それは『朝食』という作品を、そうした作者の「切実さ」を忖度しなくては読めないような、それ自身の力で立てない弱い小説にしているように思えるのだ。

だから結局のところ、『朝食』のヴォネガットは、思想的成長を、それに見あうやり方では提示できなかったということになるのだろう。以下の一節を見ると、作者自身がそれに気づいていなかったとは考えにくいが、さりとてどうすることもできなかったのかもしれない。

「おまえの書いているこの本は、とてもひどい本だ」とわたしは「リーク」［鏡＝サングラス］の奥で自分自身にいった。

「わかっている」とわたしはいった。

「おまえは、自分が母親と同じように自殺するんじゃないかと心配なんだ」とわたしはいった。

「わかっている」とわたしはいった。

・・・

そのカクテル・ラウンジで、リークを通して、自分の創造した世界をのぞきながら、わたしはこんな言葉を呟いた――「精神分裂症」。

……わたしは自分がその病気にかかっていることについて、確信は持っていなかったし、いまも持っていない。わたしにわかっていて、いまもわかっているのはこれだけである――わたしは、差し迫って重要な人生の細部に関心を絞らないことによって、そして隣人達が信じているものを信じることを拒むことによって、自分をひどく不愉快にしていたのだ。

・・・

いまではわたしはよくなった。

名誉にかけて誓う――いまではわたしはよくなった。（六五三）

読者を戸惑わせる一節というしかない。ここで「ヴォネガット」は、自分が書いている作品を「ひどい本」と呼び、自殺の衝動（と「精神分裂症」の疑い）を口にする。どちらも本来、読者が知らなくてよい情報だろう。「ひどい本」なら出版しなければいいだけだし、作者の個人的な精神状態について、訊かれもしないのに語る必要もないはずだ。こうした作品と作者の「弱さ」に関する告白を聞かされた読者は、本を投げ出さないのなら、ほとんど必然的に、その「弱さ」を許してしまうことになる。小説家の自意識に読者がシンパシーを抱くことが、メタフィクションという「制度」を支えていると一般論的にいうことは可能だとしても、この場面での「ヴォネガット」＝ヴォネガットは、好意的な読者に甘えていると批判されても仕方がないように思える。

ただし、読者が感じる「戸惑い」は、単に作品／作者の「弱さ」に直接さらされることだけに起因するわけではないかもしれない。「ヴォネガット」は自分が鬱状態に陥った原因として、「差し迫って重要な人生の細部に関心を絞らないこと」と「隣人達が信じているものを信じることを拒むこと」をあげているが、これらはどちらも、先に引用した、旧弊な「物語」を拒絶するポストモダン作家としての創作姿勢と密接に関わっている。だとすれば、彼の「病」は小説家としてやっていくために払わねばならぬ対価ということになるだろうし、『朝食』を書くことで彼の「病」が快方に向かうこともないはずだ（事実、草稿の結末では、「ヴォネガット」はドウェインとともに精神病院に入院している）[33]。それにもかかわらず、「いまではわたしはよくなった」というのは、いったいどういうことなのか。

『朝食』の著者は、結局この矛盾を解決できなかったように思える。「いまでは」よくなったことを示すために、ヴォネガットは「ヴォネガット」の前でラボー・カラベキアンに「光の帯」に関する演説をさせる——自分の絵は「わたしは存在する」というテーマを描いた、人間意識の神聖さを訴えるものだという前衛芸術家の言葉が（六七五）、「ヴォネガット」の「人生を一新」したとされるのだ（六七六）。しかし、ある論者がいうように、このメッセージはいかにも紋切り型の、薄っぺらいものに感じられる。[34] たとえカラベキアンの説明に一定の理論的正当性があったとしても、[35] 小説を通して自分の「弱さ」をさらけ出さねばならなかったヴォネガットの「切実さ」に見あう重さを、この唐突なスピーチが備えているとは思いがたい。カラベキアンの言葉にそうした小説的重量が付与されるのは、『青ひげ』の主人公となって再登場したときのことなのであり、『朝食』の文脈においては、むしろ「ヴォネガット」がカラベキアンの自作解説にあっさりと影響されてしまう事実は、それがミッドランド・シティの住人達の反応と大差ないという皮肉をふまえればなおさら（六八六）、ヴォネガット自身の超越性を否認し、その「弱さ」を前景化する、テクストのダイナミクスに回収されてしまうように思えるのだ。

したがって、「ヴォネガット」が「よくなった」という主張は、やはり説得性を欠いているといわざるを得ないだろう。ヴォネガットが「よくなって」などいなかったことは、一九八四年の自殺未遂で決定的に確認されるが、『朝食』の結末でも、ピーター・フリースが指摘するように、作品世界から去ろうとしている「ヴォネガット」が、狂気への恐れや、決定論に惹かれる気持ちについては文学的自己セラピーによって一時的に「悪魔祓い」できたとしても、「わたしは虚空の中に母の姿を見た。母は遠い、遠いところにとどまっていた。母はわたしに、自殺という遺産を残したからである」とあるように（七三二―三三）、自殺の問題については不吉な形で残っている。[36] そもそも誰に訊かれているわけでもないのに「いまではわたしはよくなった」と二度も繰り返していること自体、事実の叙述というより、自分にいい聞かせていると考えるのが妥当だろう。

かくして『朝食』という小説は、最後までヴォネガット自身の「切実さ」ばかりが感じられる、混乱した作品となってしまった。精神的に不安定な状況で、展望もないまま書き始めた小説だったことを思えば仕方がないところもあるだろうが、出版直後のインタヴューで「『朝食』は自己治療的な作品としては最後のものになるように感じています」といいながらも（WFG二八三）、実際の『朝食』が「自己治療」をうまく果たしていないように見えることを思うと、精神的に不安定な状態のまま、展望も持たずに登場人物達を「解放」した彼が、次の作品でも苦しむと予想される——事実、『スラップスティック』は、一九七〇年代の彼の停滞を、再び印象付ける小説になってしまうのである。

『スラップスティック』——薬漬けのユートピア

第八長編『スラップスティック』は、比較的短期間で書かれた作品といっていいだろう。「プロローグ」によれば、その構想はアレックス叔父の葬式（一九七五年七月）に向かう機中での「白昼夢」として思いつかれたとのことであり（S一六）、それが翌年一〇月には小説となり刊行されているのだから、難産だった前作に比べ、はるかにスムーズに執筆が進んだように見える。

もっとも、小説の中心となる「拡大家族」のアイデアは、ヴォネガットにとってそれほど新しいものではなかった。第二次世界大戦後、シカゴ大学で「民俗社会」について学んだ彼は、そのことを一九七一年の「米国芸術協会における講演」で回顧しているのだし（翌年『ヴォーグ』に掲載され、七四年の『ヴォネガット、大いに語る』に収められる)、一九七〇年のビアフラ共和国訪問で「巨大な家族が与えることができる、感情的強さと精神的強さを持った」人々に触れたことがキックボードとなったのも確かだろう(*WFG* 一四七)。そして一九七三年のインタヴューでは、このテーマについて「キルゴア・トラウトの物語」として書いていると——同年の『チャンピオンたちの朝食』で登場人物を「解放」したことと矛盾するが——述べている(*WFG* 二四七)。こうした直接的な言及に加えて、例えば『ローズウォーターさん、あなたに神のお恵みを』における主人公のユートピア計画なども、一種の「拡大家族」と見なし得る。実際、「役立たずの人びとをいかにして愛するか」という『ローズウォーター』の問題は(*GBY* 二三二)、『スラップスティック』に引き継がれているといっていいはずだ。

このように見てくると、実際の執筆期間こそ短かったものの、ヴォネガットは十分な準備期間を経て『スラップスティック』に着手したともいえそうだし、だとすれば前作の結末でキルゴア・トラウトをはじめとする馴染みの登場人物達を「解放」し、著者名から「ジュニア」を落として発表したこの小説は、[37] 彼の「再出発」に相応しい作品になってもよかったはずなのだが、実際にはそうはならなかったし、書評も惨憺たるものだった。[38] 刊行以来、ヴォネガット研究者達は、何とかしてこの作品を肯定的に評価しようとしてきたが、作者自身が与えた「D」=落第点という低評価を覆すのは困難に思える(*PS* 三一一)。

事実、例えば一つの文学作品としての完成度という尺度から『スラップスティック』を擁護するのは不可能だろう。ジョン・アプダイクが述べるように、この作品は『タイタンの妖女』以来、SF的要素に最も富んだ小説だろうが、[39]「アルバニア風邪」による火星人の攻撃は物語に組みこまれないし、[40] 中国人の小型化や、変化する重力といった設定にしても、まともに扱われておらず、未発達のままにとどまっている。[41] 先行するいくつかの小説においては、トラウトを通して「SFネタ」を開陳し、作中に現代社会批判をちりばめていたヴォネガットだが、トラウトを「解放」してしまった彼は――『スローターハウス5』で「[トラウト]の作品でよいのはアイデアだけだった」と書いていたのを思うと皮肉だが（*SF* 四一九）――SF的素材を扱いあぐねているように見えるのだ。[42] こうした作品の未熟さについては、本書の序章でも触れておいたように、いまや彼がどんなものを書こうが売れてしまうので、出版社が彼の作品に関して正直なことをいわなくなったというヴォネガットの不安が的中してしまったとも見なせるだろうが、[43] 全責任を著者が負わねばならぬことはいうまでもない。

『スラップスティック』の失敗は、かなりの程度、『朝食』と似た理由で生じたといえるかもしれない。つまり、書きたいという気持ちも、書くべき主題も明確にならないまま書いてしまったということである。前作においては、そのようなヴォネガットは「手近な」トピックとして「書き手」の問題を扱ったわけだが、今作の「拡大家族」というアイデアも、結局のところ、長らく温めていたというより、長らく「手近に」あっただけだったのかもしれない――という推測はいささか冷淡にすぎるかもしれないが、少なくとも、そのアイデアを発展させるために、彼が「手近な」範囲を見渡したことは確かだろう。『スラップスティック』は、「わたしがこれほど自伝に近いものを書くことはないだろう」という冒頭の一文に示唆されているように（*S* 五）、かなりパーソナルな作品となっているのである。

主題が「パーソナル」であるということ自体は、もちろんよくも悪くもない。問題は、その主題がいかに作品化され、読者に開かれていくかということである。ある論者は、『スラップスティック』までを扱った初期の研究書で、ヴォネガット作品の語り手が「観察者」から「参加者」へと変わり、小説の目的も「社会批判」から

「自己探求」へと変化したと述べている。[44] これは正しい観察に思えるが、そうした傾向が「書き手」の問題を扱った『朝食』と「自伝的」な『スラップスティック』でピークに達したときに感じられるのは、「自己探求」により小説に「深み」が与えられるのではなく、むしろ平板で余裕のない、閉じた作品になってしまったことではないだろうか。

しばしば指摘されてきたように、『スラップスティック』の中心には、一九五八年に早世したヴォネガットの姉、アリスの存在がある。[45] タイトルからして、自分の死期を悟った彼女が人生を形容した言葉が使われているのだし（一二）、叔父の葬式に向かうときに見た白昼夢は「わたしとわたしの美しい姉を怪物として描く」物語だったのだから（一六）、主人公ウィルバー・ダフォディル－11・スウェインと双子の姉イライザの関係に、ヴォネガットがアリスへの想いをこめていることは間違いないだろう。アリスとイライザの類似点は、長身で猫背であることをはじめとしていくつも観察されてきたが、[46] とりわけ注目すべきは、ウィルバーがイライザと引き離されたあとに姉の存在を忘れてしまうことが、「プロローグ」における次の一節と対応していることである。

> 姉に向かっていったことはなかったが、わたしはいつも姉のために書いていた。わたしが何らかの芸術的統一性を達成していたなら、その秘訣は姉にあった。姉こそがわたしの技巧にとっての秘訣だったのである。思うに、全体性や調和といったものを有する創作物はどれでも、ある受け手（オーディエンス）を念頭に置いた芸術家や創作家によって作られたものなのだ。

そう、優しくも姉は、あるいは優しくも「自然」は、姉が死んでから何年にもわたって、わたしに姉の存在を感じさせてくれた——姉のために書き続けることを許してくれていた。だが、それから姉の存在は薄れ始めた。それはたぶん、姉にどこか別の場所で、もっと重要な仕事があったからなのだろう。
いずれにしても、アレックス叔父が亡くなったときには、わたしの読者(オーディエンス)としての姉は、すっかり消えてしまっていた。(一四)

前作で「秩序に混沌を持ちこもう」と述べていたばかりであることを思うと迷走を感じさせる一節だが、あるいはその点を含め、ヴォネガットが再出発をはかろうとしていると考えればよいのかもしれない。

実際、この文章には、いわば「詩神」として姉を召喚し、創作力の回復を目指しているといった感がある。グレゴリー・D・サムナーによる評伝は、『スラップスティック』の姉弟関係には「サバイバーズ・ギルト」が浸透しているとしているが、[47] そうした観点からすれば、自分ひとり「成功者」となったものの、作家としても個人としても絶不調期に入ったヴォネガットが、あとに残してきた存在をアリス＝イライザに代表させ、赦しを乞う必要を感じていることを示唆するようにも読めるはずだ。ただしそのように考えると、作品中盤でイライザが彼女を忘れていた弟をあっさり赦すという筋立ては、ヴォネガットのいささか安易な自己肯定にも見えてしまうし、こうした「安易さ」は——それを「余裕のなさ」と呼んでもよいだろう——『スラップスティック』という作品全体を蝕んでいるように思えるのだ。

ここで問題としておきたいのは、『スラップスティック』のストーリーが、主人公のウィルバーにとって姉がどうしても必要な存在であるという「前提」を、まったく揺るがさないで進行していくことである。物語の「現在」はアメリカが国家としての体をなさなくなった近未来に設定されており、ときおりそうした「現在」についての言及もなされるものの、物語の中心は、元大統領ウィルバーが一〇一歳の誕生日を目前に回顧している「過去」にある。そしてイライザの死が、彼の一生の折り返し地点、五〇歳のときに起こるという事実は、ウィルバーが語る「過去」の中心に姉の存在があることを象徴的に示しているだろう。

ウィルバーにとってイライザが重要であることは、当然というしかない。ニューヨークの富裕な一家に――彼は「ロックフェラー」、姉は「メロン」というミドルネームを持つ――生まれた双子は、手足の指は六本、乳首は四つの「ネアンデルタール症児」であり（二三）、知能もないと判断されてしまったため、ヴァーモント州の社会から隔絶された屋敷で育てられたが、「自分達が……悲劇のまっただ中にいるということに、一五歳になるまで気づかなかった」（四二）。彼らは憎しみという感情を知らず、両親に愛されていないことも意識しなかった。社会から隔絶されているゆえに「自意識」を持つ必要がなかったというわけだが、これは文字通りの意味においてもそうだった。彼らは二人で「一人の天才」だったのである（三七）。

だが、一五歳の誕生日に、両親が彼らを愛せず、不幸になっていることを知った双子は、自分達に知能があることを明かしてしまい、その結果、二人は引き裂かれてしまうことになる。「かくしてイライザとわたしは、わたし達のパラダイスを――二人だけの国を――破壊してしまった」とウィルバーは述懐する（五〇）。「自意識」を持つ必要がなかった楽園から、彼らは「個人」として「追放」されることになったわけだ。その運命を決定づけるのが、彼らが「一人の天才」になるために、「互いの両足を相手の首にレスリングのホールドのように巻きつけ、互いの股間を音を立てて嗅ぎあう」姿を大人達に見せてしまったことであるのは（七二）、イノセントな世界からの転落を前景化するといっていいだろう。

このようにして、ウィルバーはトラウマ的な楽園喪失を経験するのだが、それはただちに「トラウマ」として意識されるわけではない。ヴォネガットが引きとったアリスの子供達が死んだ両親のことを思い出せないのと同様(一四)、トラウマ的経験から自我を守るために、ウィルバーはイライザのことを忘れてしまい、姉はただの名前になってしまう(七六)。「二人だけの国」の喪失というつらい記憶を抑圧するためだけではなく、自分だけが両親と暮らし、ハーヴァードに進学するほどに「成功」したという罪悪感を抑圧するためにも、彼は姉を忘れなくてはならなかったのだろう。

しかしながら、抑圧されたものは回帰する。医学部に入ったウィルバーの前に、イライザが(弁護士をともなって)財産をとり戻すべくあらわれ、自分を忘れている弟を手厳しく批判するのだ。彼は財産の分与には異存がないし、批判も甘んじて受ける。理性的な要求には、「鋳鉄製の人格」によって対処できるのだ(八五)。だが、姉との身体的接触は、そうした「鋳鉄製の人格」を彼に持たせることになったトラウマ的経験に、彼を直面させることになる。

われわれの心の部分、それまでわたしがまったく意識せず、イライザが痛切に意識していた部分が、長い、長いあいだ、再び一つになるのを計画していたのだ。

もはやわたしには、どこまでがわたしでどこからがイライザなのか、また、どこまでがイライザとわたしでどこからが宇宙なのか、わからなくなっていた。それは素晴らしくもあり、恐ろしくもあった。(八八)

正確にいえば、ここで暴力的に回復されているのはトラウマ以前の状態である。それはすなわち、「個人」としての「自我」を桎梏として抱えこまされる以前の（常にすでに失われたものとしてのみ認識されるはずの）「パラダイス」であり、「ロマンティック」な主体は――「二人だけの国」を求めた『母なる夜』のキャンベルのように――その状態を回復することを夢見るのである。

だが、そういった状態――ラカン派精神分析の用語を使えば〈想像界〉――への帰還を「夢」に見ることと、それが「現実」になることのあいだには、もちろん大きな違いがある。いや、それを「夢」に見る主体は、それが「現実」にならないことを知っているにもかかわらず、というよりはむしろそれを知っているからこそ、さまざまな「ロマンス」を代替物にして、そこに逃げこもうとするのだろうし、だからこそ、その企図は「現実」の前に破綻を宿命づけられてもいる。実際、我々が見てきたヴォネガットの主人公達は、そうした「ロマンス」の破綻に直面させられていたはずである――それを回避するには、『スローターハウス』のビリーや『朝食』のドウェインのように、「現実」から離脱し、「狂気」の領域に入りこむしかなかったのだ。

『スラップスティック』の姉弟が果たした再会は、そうした領域に彼らをいったんは送りこむ。だが、五日間の「お祭り騒ぎのあと、互いに対する恐怖がわたし達を遠ざけた」という結果になるのは、当然といわねばならない（九一）。それぞれの「自我」を持つようになっていた彼らは、もう「パラダイス」には戻れないのだ。けれども、「お祭り騒ぎ」のあいだに彼らが「育児の手引き」を書いたことは（八九）、両親に愛されなかった子供時代を埋めあわせようとする切ない行為のように思えるし（そこから翻れば、子供時代の「二人だけの国」は、彼らが作ったわけではなく、そこに住むことを強制されていたことが、あらためて明らかになるだろう）、「パラダイス」に戻れないことを痛感させられても、「パラダイス」が「現実」に存在することを知って（思い出して）しまった彼らが、そこに戻りたいという気持ちを抱え続けることになるのも必然に思える。

かくしてウィルバーは姉との再会後、「ロマンス」的な世界を求め続けることになるわけだし、そうした「ロマンティック」な欲望はヴォネガットの先行作における主人公達に共通するともいえるのだが、ここで注意しておかねばならないのは、いま述べたように、『スラップスティック』の場合は、この「ロマンス」が「現実」に存在し、それゆえに破綻しないことである。キャンベルの「二人だけの国」やビリーのトラルファマドール星はもとより、『プレイヤー・ピアノ』のポールや『猫のゆりかご』のボコノン教徒、あるいは『ローズウォーター』のエリオットが求めるユートピアは「現実」には存在し得ないことは明らかにされていたし、『タイタン』のラムファードは、結局はトラルファマドール星人に操られていた。これらの小説では、「ロマンス」を求めてしまう人々は、共感の対象でありながら、批判の対象でもあったのである。

だが、ウィルバーの「ロマンス」への欲望は、そうした批判的視座にさらされることがほとんどない。その結果、作品後半には小説的な葛藤がほとんど導入されず、物語が弛緩してしまうことになる。例えば、姉と離れて暮らさざるを得ない彼が小児科医になるのは、「育児の手引き」を姉と書いたことの延長線上にあると見てよいだろうが、彼の卒業記念パーティにあらわれた姉は、この選択をシェイクスピアのソネット（の半分）と、「神よ、ドクター・ウィルバー・ロックフェラー・スウェインの手と心を導いてください」という言葉で（九五）、全面的に肯定する。しかも、それから一〇ページも進まないうちに、彼は五〇歳の誕生日を迎え（そのあいだの彼の人生には——最初の妻と子を愛せなかったことが手短に記されるが——何も葛藤がないわけである）、「ロマンス」にとって好都合なことに、姉が火星で死んだと判明するのだ。

イライザの死が「好都合」なのは、死んでしまった人間は「ロマンス」を脅かさないからである。かくしてウィルバーは、誰からも批判されずに失われた世界への郷愁に浸れるようになり、子供時代に姉と創案した「拡大家族」のヴィジョンに耽溺していくことになる。そして物語は、主人公の「ロマンス」に対する批判的な視座を提供するどころか、それをサポートしてしまう。例えば、姉の死が起こってからわずか数ページ後、彼が拡大家族計画を掲げて大統領選に出馬するのは七〇歳のときだが（そのあいだの彼の人生にはやはり葛藤というものがない）、ヴォネガットは二〇年という年月を挿入することにより、アメリカを「退化」させ、主人公の「ロマンス」にとって都合のよい場所にしているのである。

論者達はしばしば、『スラップスティック』が「拡大家族」を最後まで擁護していることを指摘し、[48]「小説の結末で、文明の他の諸制度が崩壊し、封建制の王国や奴隷制にとって代わられるようになっても、人工家族はまだ機能しており、アメリカに秩序と上品さを供給する」などと評価するのだが、[49]事態はまったく逆だといわねばならない。そもそも、いくら姉弟が揃うと一人の「天才」になるとはいえ、彼らに拡大家族計画を思いつかせる知性を与えたのは、子供時代にウィルバーが読み尽くした先祖イライヒュー・ローズヴェルト・スウェイン教授の蔵書だったはずであり、そして彼らが住むまで「三〇年間、誰も住んでいなかった」「屋敷には、一九一二年以来、ほとんど新刊書が入っていなかった」以上（二四、三八）、[50]そのアイデアが社会改革案として有効に機能するのは、せいぜい世界大戦前の世界においてと考えるのが妥当だろう。つまり、ヴォネガットは、姉弟の時代錯誤的な計画に相応しく、アメリカを退化させる必要があったわけだ。

そうした「退化」の例をあげておこう。ウィルバーが五〇歳になる頃には、馬や荷馬車などが復活し、外の世界からの通信が漠然としてきて「幻想を楽しく受け入れられる心境が増して」おり、蝋燭も使用されるようになっていたのだが（九九）、その流れを決定づけるのが彼の誕生日に起きた重力の増大である。これによって「世界は二度と元に戻らない」ことになるのは（一〇四）、重力の不安定化という現象が、姉を失ったことの隠喩としての役割を担っていることを示唆するが、ともあれこの重力による被害からアメリカは回復できず、彼が大統領に立候補した時点では、摩天楼には使い道がなくなり（一〇八）、テレビは存在しなくなっている（一一〇）。そして大統領に就任した彼は、燃料不足のため、コンピュータの電力を供給するべくニクソン時代の文書を火力発電所に運ばせるのだし（一一一）、続いて拡大家族の名簿を作成するために、グラントとハーディング時代の書類を燃やすことになる（一一九）――もちろん、ニクソン、ハーディング、グラントという選択は、最悪の大統領の系譜を過去へと遡っているわけである。

このように見てくると、ウィルバー大統領にとって喫緊の課題は、エネルギー不足をどうにかすることにあるように思えるが、彼がその問題を気にしているようにはとても見えない。衛生状態は悪化し（一一五）、暖をとるためにホワイトハウスの家具などを燃やすようになり（一一六）、あらゆるものが急速に減っていったとされているのだが（一一八）、そうした悲惨な状況に対し、彼は何もしない――実際にはどうしようもないとはいえるかもしれないが、そもそも何もしようとしないのだ。

大統領が何もしない以上、アメリカ（あるいは中国を除く世界全体）の退化がとまらないのも当然だろう。ウィルバー政権が二期目の三分の二あたりで自然消滅するときには（一一六）、「ミシガン国王」が「五大湖の湖族」や「オクラホマ公爵」と交戦中で（一四二）、「マクシンカッキー湖の戦い」がおこなわれている（一三九）。その戦いについて、彼は「ダフォディル一族」の会議で「馬、槍、ライフル、ナイフ、ピストル、一つか二つの大砲」が使われていたと報告し、「誰もが敵方にも身内を持っている」ようになったために、（二〇世紀の戦争のような）「虐殺ではない」と結論づけている（一四六–四七）。こうした戦争のあり方を、南北戦争時代と接続して論じる研究者もいるし、[51] さらにいえば、ダフォディル一族の会議運営方式は南北戦争期に発明されたものである（一四四）。[52] そしてウィルバーの手記の最終章は、大統領としての最後の公務として、アメリカが一八〇三年のルイジアナ購入で得た土地をミシガン国王に一ドルで譲ったことが記されており（一五一）、一〇一歳の誕生日に、隣人とその奴隷達が「植民地時代の鋳型」で作った蝋燭に囲まれ、「神のように」感じている場面で終わる（一五二）――アメリカは「振り出し」に戻るのである。

『スラップスティック』の後半は、こうしたアメリカの衰退を背景に、拡大家族がどう機能しているかを叙述するだけのものとなっており、ドラマ性はほとんどない（ある論者が、アリスとの関係、ウィルバーとイライザの若い頃の人生、そして人工的拡大家族の必要性に関して記したあと、ヴォネガットにはほとんど書くことがなくなってしまったと述べているのは無理もないように思える）。[53] こうしたドラマ性の欠如は、ウィルバーの後半生が――姉との関係を想像的に回復するために――拡大家族を普及させることにのみ捧げられていることに起因する。彼にとって「拡大家族」とは、現実の問題に現実的に対処する手段というより（彼は二人目の妻も愛することができず、妻からの批判には耳をまったく貸さない）、そこから目を背けるための方途であることは明らかだろう。重力が不安定化した日（姉の死を知った日）に彼が〈トライ・ベンゾ・デポータミル〉という薬を飲み始めた事実が象徴的に示すように（一〇四）、「拡大家族」というユートピアは――『猫のゆりかご』のボコノン教を想起していえば――阿片なのだ。

問題は、ボコノン教の場合とは異なり、ヴォネガットがこの「阿片」への批判的視座を導入していないことである。ウィルバーの「ロマンス」が、薬に支えられたものであることに、アイロニーを読みこむことは可能だろうが、緑死病（マンハッタン）とアルバニア風邪（その他の地域）の流行で数百万の人間が死に始め、国家はいくつかの家族になったという状況は（一二五）、むしろ彼の唯一の政策である拡大家族を正当化するように機能する。ウィルバーの「ユートピア」が、そこに住む人々には（何も考えないですむ）奴隷になるのが望ましいような世界であり、[54] 自分の「家族」ではない人間には背を向けてよい世界であるなら、[55] それはむしろ「ディストピア」であるようにも思えるが、「拡大家族」がそのディストピアの「原因」ではなく、「阿片」として機能している以上、このアイロニーも彼には届かないのである。

主人公にアイロニーが届かないとき、彼の「ロマンス」は作品全体をおおってしまうことになる。論者の中には、『スラップスティック』のヴォネガットは『朝食』に比べて世界や自分に対して自信があり、安楽に感じているように見えると述べたり、[56] この作品で彼は危機を脱したと評価したりする者もいるのだが、[57] この作品がそうした印象を与えるとすれば、それは主人公の「ロマンス」が、ヴォネガットの「ロマンス」になってしまっていることの結果にすぎないのではないだろうか。事実、というべきか、ヴォネガットは「プロローグ」で、第一次世界大戦を契機にドイツ的なものへの憎悪がむき出しになって拡大家族を失ったと述べているが（八）（そして「エピローグ」の終わりには、「ダス・エンデ（おしまい）」というドイツ語による「家族」への挨拶が置かれる

［一六二］）58、これは物語中でアメリカを「退化」させ、主人公の（第一次大戦前の世界でのみ可能な）「ユートピア」を描いたのが、作家自身の願望充足であったことを示唆しているだろう。

そうであるとすれば、ウィルバー大統領が自分の「ロマンス」に没頭し、それ以外の問題を無視したのと同様に、作家ヴォネガットも自己の「ロマンス」に専心し、それ以外の問題をなおざりにしてしまったといえそうに思える。『スラップスティック』には中途半端に投げ出されたモチーフが多すぎることをあらためて想起してもよいが、最後に指摘しておきたいのは、この作品が、ヴォネガットの他のどの長編と比較しても、社会批判的な性格が弱いことである。これは一つには、先に触れておいたように、トラウトの不在が理由なのだろうが、より直接的な原因は、「拡大家族」という主題を展開するために、アメリカを「現在」から遠ざけてしまったことにあるはずだ。

なるほど、大統領選挙で「拡大家族」の必要性を訴えるウィルバーは、「ニクソン氏やその仲間達は、特に有毒な種類の孤独によってバランスを失った」と述べはする（一一一）。また、彼のスローガンである「もう孤独じゃない！」が（一〇七）、ヴォネガットが一九七二年の大統領選挙で（ニクソンに歴史的大敗を喫した）ジョージ・マクガヴァン陣営に提案した方針であることも知られており（*WFG* 二七四）、これらの事実は作者が「拡大家族」という「ユートピア」に「現在」のアメリカに対する批判意識をこめようとしていることを示唆するのかもしれない。だが、結局のところ、一九七〇年代のアメリカは、過去に向かう『スラップスティック』の主な舞台ではないのであり、同時代のアメリカに対する「批判」は、曖昧な、あるいはせいぜい微温的なものにとどまっているのである。

この点を確認するには、『スラップスティック』を『ローズウォーター』と比較してみればいい。エリオットは、ウィルバーと同様、トラウマを抱え、（薬漬けならぬ）酒浸りになり、「拡大家族」的なユートピアを作ろうとする。エリオットの場合も、そのユートピア計画は、個人的なトラウマに対処するためのものだったが、『ローズウォーター』のユートピアは、同時代のアメリカを代表する共同体（ピスコンテュイット）と対置されることで、「現実」に対する批判力を一定程度は有していた。それに対し、『スラップスティック』のユートピアは、薬漬けのウィルバーが語り手となっていることもあり、彼以外のキャラクターにとっての必要性も、そして読者が生きる「現実」に対する批判力も、ほとんど感じられなくなってしまっているのだ。

このようにして、『スラップスティック』は、それによってヴォネガットが再出発を目指そうとしているとは感じられるものの、自己肯定に忙しい、閉じた「ロマンス」になってしまった。だが、失敗作というしかない作品を書くという犠牲を払い、彼は「自己肯定」を果たせたのだろうか。興味深いことに、その「エピローグ」において、ウィルバーのロマンスは「現実」からの一時的逃避でしかないことが示唆されている。『スラップスティック』においては、死後の世界があるとされており、その住人は「退屈さや社会的冷遇や軽い病気などについて、互いに愚痴りあっている」（S一五四）――おのれの「ユートピア」に満足して大往生を遂げたウィルバーが姉と再会する「パラダイス」は（一五六）、終わりのない「現実」なのである。

だとすれば、もちろん、「自己肯定」を試みたヴォネガットも、まもなく「現実」に戻っていかねばならないということになるだろうし、そうした観点からすれば、『スラップスティック』が作家自身の目にも「とてもひどい本」であったことは、[59]不幸中の幸いだったといえるかもしれない。『朝食』から『スラップスティック』

にかけて「自己治療」と「自己肯定」を目指すも、かえって「自己」を見失ったように迷走した作家は、『ジェイルバード』で再び「現実」へと戻っていくことになるのだから。

『ジェイルバード』――凡庸な社会主義シンパサイザーの肖像

一九七〇年代がヴォネガットにとって苦しい時期だったことは、『チャンピオンたちの朝食』や『スラップスティック』がいかにも未熟な作品になってしまったことにあらわれていたが、一九七九年の『ジェイルバード』は、本章が論じてきた二作品とは毛色の大きく異なる小説となった。いや、より正確には、この第九長編は、先行するどのヴォネガット作品とも違っているというべきだろう。プロローグの使用や、索引の付与などの工夫はあるが、[60]メタフィクション的な性格は稀薄だし、何よりSF的な意匠が皆無なのだ。こうした点に、『スローターハウス5』で達成した成功からの脱却を図ろうとする七〇年代におけるヴォネガットの苦闘を――あるいは迷走を――みたび確認することも可能かもしれない。

ただし、そうであったとしても、その苦闘＝迷走はようやく報われたことになるはずである。というのも、単にこの小説が出版時からしばしば「『スローターハウス5』以降のベスト」と評価されてきただけではなく、[61]研究者達が指摘してきたように、この作品から、ヴォネガットは（SF色の濃い『ガラパゴスの箱舟』が例外と感じられるほどに）「歴史」を題材とした、[62]「社会派リアリズム」的な小説を、[63]次々と書いていくことになるためだ。その意味においては、『ジェイルバード』によってヴォネガットは「再出発」を果たしたといえるだろう。

そうした観点からまず興味を惹くのは、『ジェイルバード』が『朝食』において「解放」したキルゴア・トラウトを「復活」させたという事実である。その理由としては、ピーター・フリースが推測するように、『スラップスティック』があまりに不評だったためかもしれないし、フィリップ・ホセ・ファーマーがトラウト名義で刊行した『貝殻の上のヴィーナス』(一九七五)が好評を博したことが、ヴォネガットに「トラウト」を失うことへの危機感を抱かせたためかもしれない。[64] とはいえ、作者自身がコメントを残していない以上、真相は不明というしかない。

しかしながら、ヴォネガットがトラウトを再登場させた「理由」を確言することはできないにしても、その「効果」を考えることは可能だろう――そもそも「再出発」のために「解放」されたはずのトラウトが、「復活」することで「再出発」が果たされたという事態を、いったいどう理解すればよいだろうか。

ここで注目に値するのは、この小説でヴォネガットがトラウトを「復活」させたとはいっても、そのトラウトがロバート・フェンダーなる人物のペンネームにすぎないばかりか、トラウト＝フェンダーが、終身刑を科された囚人であり、刑務所から出られないという設定である(巨大コングロマリット、RAMJACコーポレーションの力をもってしても釈放させられないとされている)。「トラウト」が「ペンネーム」であることは、トラウト＝フェンダーがヴォネガットの分身だという印象を強めるだろうが、そう考えてみると、フェンダーが物語冒頭で、出所する主人公ウォルター・F・スターバックを少しだけ支えて(スーツを修繕してやって)「現実」に送り出し、あとはウォルターの言動に影響を与えず傍観している(ウォルターが刑務所に戻ってくると知って電報を送るくらいである)ことは、ヴォネガットの「作者」としての立ち位置が、『朝食』のときとは大きく異なっていることを示すように思えてくる。

もちろん、作品が「リアリズム」的になれば、自ずと「作者」の介入も減ることになるとはいえる。「作者」が後景に退く(塀の向こう側にいる)ことで、「歴史」が、そして「物語」が、前景で「リアリスティック」に動くことになるわけだ。ただし、そう理解する上で留意したいのは、ヴォネガットがここで——わざわざトラウトを「復活」させておいて——たまたま「(社会派)リアリズム小説」というスタイルを選択したとは思いにくい点である。七〇年代のヴォネガットが「作者」としての足場を切り崩す、自罰的な印象さえ与える作品を書いてきた経緯を顧みれば、『ジェイルバード』でのフェンダー=トラウトの処遇を、その延長線上に据えることも可能だろう。物語の内容に即して比喩的ないい方をすれば、ここで「作者」は「囚人」として罰を与えられており、その「罰」とは物語/歴史を傍観させられることである。『朝食』においては「作者」が「現実」という「物語」の「作者」となってしまうことの「責任」が問題だったのに対し、本作における「作者」の「責任」は、無力な存在として「現実」を「傍観」することにある。

『ジェイルバード』には、ウォルターの妻となるルースが「すべての人間は、虐待者であれ犠牲者であれ、何もしない傍観者であれ、生まれつき邪悪」と信じていたという印象的な一節があるが、[65] トラウマ的な戦争体験を抱えて作家となったヴォネガットが、『スローターハウス』後の作品で見せた「作者」の位置の変化を、「犠牲者」から「加害者」、そして「傍観者」へと問題意識を深めていった証左と結論づけるのは、現段階では早計かもしれない。だが、作者がかなりの程度自己を仮託していると思われる主人公が(例えば、プロローグにおける中心的エピソードの一つは、若きヴォネガットが社会主義者パワーズ・ハップグッドと会ったことだが、そのハップグッドをモデルとしたケネス・ホイッスラーは、若きウォルターのアイドルとなる）やはり「傍観者」的な存在であることは、この小説を理解する上で極めて重要に思われるのだ。

ウォルターという人物は、マッカーシズムの折には知人リーランド・クルーズ（アルジャー・ヒスがモデルだとされる）[66]を告発してしまい、七〇年代にはウォーターゲート事件で投獄されるなど、一見派手な人生を送っているのだが、実際には「歴史のコマ」といった印象を与える。[67]主人公にしては個性が薄く感じられるキャラクターである。そのことは、彼の手記として提出される物語の冒頭で、すでに明らかだといっていい。主人公の経歴を示す箇所でもあり、少々長くなるが引用しておこう。


……この本は、わたしのこれまでの人生の物語だが、そこでは人間だけではなく年も登場人物である。千九百十三年［Nineteen-hundred and Thirteen］は、わたしに生命という贈り物を与えた。千九百二十九年は、アメリカ経済を破壊した。千九百三十一年は、わたしをハーヴァードに送りこんだ。千九百三十八年は、わたしに連邦政府での最初の仕事を与えた。千九百四十六年は、わたしに妻を与えた。千九百四十六年は、わたしに恩知らずの息子を与えた。千九百五十三年は、わたしを連邦政府からクビにした。

このように、わたしは年号を、それらが固有名であるかのように、大文字で書くことにする。千九百七十年は、わたしにニクソン・ホワイトハウスの仕事を与えた。千九百七十五年は、わたしを刑務所に送りこんだ——ひとまとめに「ウォーターゲート」として知られているアメリカの政治スキャンダルで、わたし自身が馬鹿馬鹿しい一役を買ったためである。

これを書いている時点から三年前、千九百七十七年は、わたしを再び自由の身にしようとしていた。(一九一)

年号を「登場人物」にする処置が、この物語における「歴史」の重要性を示すことは自明であるが、[68] この年号を「主語」にする一連の文を読んで気づかされるのは、ウォルター自身が「歴史」に従属する存在であることだろう。

こうした主人公の「歴史」への「従属」について、論者達はしばしば、ヴォネガットがこの小説で「個人」よりも「歴史」を書こうとしたと考えてきた。[69] 実際、彼はあるインタヴューで、ニコラ・サッコとバルトロメオ・ヴァンゼッティについて再度語るためだけにでも本を書く意味があると思ったと述べているし、[70] この作品では、サッコ=ヴァンゼッティ事件に加え、一八九四年の労働争議「カイヤホーガの虐殺」をはじめ、[71] 大恐慌、第二次世界大戦、マッカーシズム、ケント州立大学銃撃事件、ウォーターゲートといった数々の歴史的出来事が言及される。そうした歴史の荒波に——「一般的アメリカ人」としての[72]——主人公を放りこむ作者が、「二〇世紀のアメリカ的経験を保存する」意図を持っていたと判断することは妥当のように思える。[73]

ただし、その上で留意しておきたいのは、ウォルターが「歴史」に「従属」し、その波に流されているにすぎないという印象を与えるのが、他ならぬウォルター自身の語りであり、そうした彼の(回想における)自己評価をそのまま受け入れてよいのか、という点である。例えば、ドナルド・E・モースは、ウォルターが「人生を陰気に生き、ほとんどすべてを間接的に経験し、人生にも他者にも決して深く関わらない」と述べている。[74] これはウォルターが「歴史のコマ」であるという印象と宥和的な観察だろう。あるいは、物語終盤における彼自身の言葉を想起してもいい。

この自伝に関し、わたしが最も決まり悪く思わされるのは、わたしが一度も真剣に人生を生きたことがないという証拠が、切れ目なくつながっていることに他ならない。わたしは長年のあいだ、さまざまな困難を経験したが、それはすべて偶発的なものだった。わたしは人類への奉仕のために命を、あるいは安楽でさえも、危険にさらしたことは一度もない。恥ずかしいことだ。(三二八)

最後の「恥ずかしいことだ(Shame on me)」という感想は、ウォルターが「一般的アメリカ人」であるとすれば、読者全体に向けられたもの(Shame on us all)と考えられるかもしれないし、[75]だとすれば彼の姿を通して、ヴォネガットがアメリカ全体を批判していると考えてもよさそうである。

しかしながら、『ジェイルバード』の語り――人生を真剣に生きてこなかったという罪悪感を抱く人物による語り――は、おそらくは右で述べたような作者の批判意識を含みつつも、さらに複雑なのではないだろうか。というのも、「人生を真剣に生きてこなかった」という意識自体が、「人生」を「真剣」に考える人間によってのみ抱かれるものであるからだ。実際、「わたしの理想主義は、ニクソン・ホワイトハウスの中でさえ死なず、刑務所の中でさえ死なず、最近の勤め口であるRAMJACコーポレーションのダウンホーム・レコード部門の副社長になったときでさえ死ななかった」というウォルターが(二〇〇)、「歴史」の波に翻弄されてきた凡庸な人物だとしても、人生を真剣に考え続けてきたことは、疑いようもないといっていい。

このように考えてくると、ウォルターの自己評価は、いささか厳しすぎるようにも思えるし、その低い評価が彼の罪意識と、そして理想主義と連動しているのは明らかだろう。だとすれば、この作品が彼の「自伝」として提示されている以上、低い自己評価をもたらす罪意識と理想主義が、彼の一生を通していったいどのようにして内面化されていったかを理解する必要があるはずだが、そうするにあたって特に注目すべきは、四人の女性との関係である。第一章における「わたしはこれまでの人生で、四人の女性しか愛さなかった」という言及を皮切りに（一九七）、彼は「これまでに愛した四人の女性」について何度も言及するが（二一三、二五八、二六五、二六八、二九二、三〇五、三六七）、それは彼の人生の中心に、これらの女性達がいたことを示すように思えるからだ。

事実、というべきか、物語冒頭で出所するときのウォルターは、「わたしを門のところで出迎えてくれる人は誰もいないだろう」と思っている（一九一）、塀の外に友人を一人も持たない孤独な老人であるのだが（二一八）、その人生を俯瞰的に見れば、彼のそばにはほとんど常に女性がいる。子供時代からハーヴァードに入るまで、大学時代からローズヴェルト政権下で農務省に就職する頃まで、第二次大戦からウォーターゲートまで、そして出所後という四つの時期は、それぞれ母アンナ、恋人セアラ・ワイアット、妻ルース、そしてＲＡＭＪＡＣの大株主メアリー・キャスリーン・オルーニーという四人の女性がそばにいた時期と、おおむね一致するのである。もっとも、彼の語りにおいて、この四人は必ずしも詳細に描かれてはいないのだが、彼が自らの人生を総括するようにして女性達との関わりについて繰り返し触れている以上、彼の人生における問題が、彼女達の存在と関係していると考えていいだろう。

それでは、それぞれの時期を見ていこう。まずハーヴァード入学までの少年時代であるが、この時期のウォルターの人生は、両親の雇い主アレグザンダー・ハミルトン・マッコーンの支配下にある。アレグザンダーは、カイヤホーガ橋梁鉄工所の創立者の息子だが、「カイヤホーガの虐殺」を目にしたトラウマから脱することができず、[76]吃音がひどくなってしまったこともあり、事業は兄に委ね、屋敷に引きこもって暮らしている。彼が美術収集家となって美術館に寄付するのは贖罪の行為なのだろうが、それは「現実」から目を背けた人間による欺瞞的な慈善活動でもあるように思える。[77]同様の観察は、彼のウォルターに対する態度にもあてはまるだろう。彼は（会社が抑圧したような）貧しい移民の子供を話し相手（チェス相手）とし、その子供の姓をスタンキーウィッツからスターバックに変えさせ、母校ハーヴァードに進学させる。ある論者は、こうした行為を、ウォルターを自分の似姿に作り替える神のような振る舞いと見なしており、[78]その印象は大学進学後の彼に自分がかつてやった贅沢な――一九三一年という恐慌の時代に鑑みるといささか不謹慎ともいえる――デートを反復させようとするエピソードによっても強められるが、ここに感じられるナルシシズムは、その「贖罪」が（同情にせよ）欺瞞的な自己正当化である証に思われる。

そうした億万長者の「贖罪」は、子供時代のウォルターを両親から遠ざけることになる。彼の「自伝」に「愛した四人の女性」の一人である母の影が薄いのは、それが理由だろう。ローレンス・R・ブロアーが論じるように、アレグザンダーに実質的に養子とされたことは、幼い彼のアイデンティティに混乱をもたらし、[79]その「混乱」に、彼は貧しい移民の子供だという意識を抑圧することで対処したと思われる。彼はお雇いドライバーである父スタニスラウスの運転するリムジンの後部座席に、ガラス戸を隔ててアレグザンダーと並んで座ることに疑問を抱かずに育ち（二五一）、ハーヴァードでは名家の娘であるセアラに、経歴を偽って接近するのだ。

このようにして、子供時代のウォルターは、母（と父）が階級社会で貧しい移民として直面しなくてはならなかった問題から、目を背けつつ成長する。そのような母が彼の人生において重要な存在になったのは、アレグザンダーの影響を脱してからだったと思われるが、当面の文脈で先に強調しておきたいのは、そうして事後的に母の重要性が意識されたとき、生まれる前に起きた「カイヤホーガの虐殺」はもとより、子供時代には意識していなかったはずのサッコ＝ヴァンゼッティ事件の重要性を、彼が実感したはずだという点である（それを実感しなかった大衆の代表は、「あの二人の有罪に疑問があるなんて、ちっとも知らなかった」というヴォネガットの父である［一七六］[80]）。彼の両親がアメリカにやってきたのがサッコやヴァンゼッティと同じ一九〇八年であることが、年齢の類似とともに記されているのは（三二〇）、貧しい移民の子供である自分にとって「歴史」が他人事ではないという意識のあらわれだろう。

ウォルターにそのような「意識」を得る契機を与えたのは、セアラとの交際であった。アレグザンダーとの決裂で「子供時代が終わった」のは（三一五）、一九三五年、メアリー・キャスリーンとセックスした直後の大学四年の彼をアレグザンダーが訪れたときのこととされるが、当時の彼がすでにセアラに促されて共産党に入党していた以上（二七三）、実質的には彼女との関係が彼に社会主義的な意識＝理想主義を与えたと考えていいはずだ。実際、アレグザンダーの指示を受けたデートが大失敗に終わったとき、彼は「自分がポーランド人とリトアニア人の混血で、紳士らしい服装と態度を装うように命じられた、お抱え運転手の息子にすぎないことを白状」

するのだから(二七三)、彼女こそが彼に「移民の息子」というアイデンティティをはっきり自覚させたわけである。

ウォルターを援助することで目指されたアレグザンダーの「贖罪」が、彼を社会主義者にする結果になったのは因果応報的な皮肉だが、そもそも彼が交際相手の女性にセアラを選んだことが、たとえ無意識だったとしても、アレグザンダーという「父」への反抗、あるいは抑圧されていた階級意識の回帰だったのかもしれない。というのも、彼女はワイアット時計工業を経営する「名家」の娘ではあるものの、ワイアット家は恐慌をきっかけに財産を失い(祖父は自殺し、工場は災害を起こす[81])、スタンキーウィッツ一家と変わらないほど貧乏になっていたからだ(二六六)。

こうしてセアラとの交際は、ウォルターを大恐慌という「歴史」に接続する。彼女が経験した現実は、「何もかも馬鹿らしくてくだらない」という口癖を与え(二六四)、彼女は笑ってばかりいる。看護師となって働くようになる彼女が、貧しい人々の病気や死を目の当たりにして共産党員となる一方(二七三)、病院で恐ろしい光景を見たあとに馬鹿げたジョークをウォルターといつまでも交わし続けたのは(二八九)、彼女が「笑い」の力を借りて「現実」を耐え抜こうとしていたことを――彼女はその後の人生においてもずっとそうし続けるのだが――意味するだろう。

ウォルターのセアラとの関係は、農務省に就職した一九三八年には結婚の約束をするまでに発展したが、リーランドに彼女を奪われて終わる。彼らの関係が結局性的に満たされなかった事実は(二八八)、彼が政府職員として公的キャリアを順調に開始する一方、私生活では彼女のトラウマを癒やせなかったことを意味するように思える。同時期(一九三九年)に独ソ不可侵条約が締結され、彼が共産主義に幻滅した(一九九)——当時のアメリカにおける左翼知識人の典型的な反応[82]——という設定は、おそらく偶然ではないだろう。彼はここで、人生においても、理想主義においても、妥協を経験したのだ。そしてアメリカは第二次大戦に突入し、彼は「一般人」らしく「戦争、戦争、戦争に仕える熱狂的な修道僧」となり(二一〇)、アメリカから殊勲章を、フランスからレジオンドヌール勲位を、そしてイギリスとソ連から感謝状をもらうのである(二〇八)。

こうしてウォルターは私的な「妥協」と引き換えにするかのように、キャリア的には好調な滑り出しを見せるのだが、一九四五年秋におけるルースとの出会いは、彼に再び理想主義を発揮する機会を提供する。ルースはウィーン生まれのユダヤ人で、家族は強制収容所で殺され、自身も一九四二年から四五年春まで収容所に入れられていた。解放された彼女が「たったひとりで、どこというあてもなく、狂気じみた宗教的恍惚といった状態で外をさまよい歩いて」いたところを(二〇五–〇六)、ニュルンベルクで国防省の仕事をしていたウォルターが偶然見つけて入院させ、通訳に雇い、求愛したのである。その戦争体験に鑑みれば、彼女が「どうしてあなたはこんな女に愛を語れるの……もう誰も赤ん坊を持つことがなく、人類が存続しなければ、その方がいいと感じているような女に」と感じるのは無理もないだろうが(二〇八)、彼女の暗い現実認識は彼の理想主義をむしろ刺激したのかもしれない。彼は彼女を口説き落として結婚し、息子をもうけ、一九四九年の秋に意気揚々と母国に戻り——大戦後のアメリカ人の多くがそうしたように——マイホームを購入する。学生時代に抱いていた社会改革の夢はしぼんでいたかもしれないが、彼の理想主義は、政府機関で公僕として働くかたわら、私生活では戦争で心の傷を負った配偶者を幸せにするという目標を見出したのだ。

ただし、ルースとの関係は彼女が一九七四年に死ぬまで続くにもかかわらず、ウォルターが妻の心をどう癒やそうとしたのかについてはほとんど語られない。これは一つには、彼女の「問題」が戦争体験によるトラウマであることが、全体として二〇世紀アメリカの（とりわけ労働者階級に対する）社会的不正義を扱う『ジェイルバード』という作品に、[83]（他の三人の女性の「問題」とは違い）うまく適合しないからかもしれない。『ローズウォーターさん、あなたに神のお恵みを』の「風刺文学」としての統一性が、主人公の戦争体験によって損なわれていたことを想起していえば、ルースの戦争体験が小説に吸収されない「ノイズ」であり、しかも彼女が「加害者」や「犠牲者」のみならず「傍観者」までも「問題」と見なす人物であることは、ヴォネガットにとって戦争の「トラウマ」がいまだ解決していないことはもとより、それが「傍観者」の問題としてとらえ直され始めていることを示唆するようにも思える。

だが、当面の文脈で――ヴォネガットのキャリアではなく、ウォルターのキャリアに即して――留意しておくべきは、ウォルター自身がアメリカに帰った途端にマッカーシズムの波に巻きこまれ、四半世紀に及ぶ失意の年月を送ることである。自分のイノセントな告発でリーランドを（少なくともその公的キャリアを）破滅させたことは、物語冒頭の彼が「翼を永遠に折られた」経験として記憶する「最も苦痛な話題」であり（二二〇）、この事件を契機に彼の人生がおかしくなったことは――数年後には失職し、皮肉なことに、ジョン・F・ケネディとリンドン・ジョンソンのリベラルな民主党政権時代は彼に出番を与えず、言及さえされない[84]――間違いない。

もっとも、当時のウォルターは「一生後悔し続け、決して自分を正しいと思えることはないだろう」と思いつつも、「その他のことでは……人生がそれまでとたいして変わらず続いていく」と予想していたのだから（二四〇-四一）、そのイノセントな理想主義が完全に失われることはなかったのだろう。事実、大統領となったニクソンに職を提供されると、「わたしがもう一度奉仕したくてたまらないアメリカ合衆国の大統領」からの申し出を「誇りと生きがい」を感じながら受け入れるのだ（二二五）。こうした態度を体制順応的と批判することは可能であるはずだし、それはウォーターゲートで「証言」を拒んで投獄されるという形で罰されることにもなる（これはもちろん、リーランドに関して「証言」してしまったことへの、遅ればせながらの自己処罰でもあるだろう）。しかし、そうした「イノセント」な「体制順応」を、そもそもニクソンを大統領にしてしまった、アメリカ人一般の態度だったと見なすこともできるはずである。

だとすれば、ウォルターの戦後の振る舞いは、彼が「歴史」の波に翻弄される「一般的アメリカ人」であることを再び印象付けるといえるだろうが、そのような彼は、結婚当初の計画とは逆に、妻を助けるどころか、妻に助けてもらうことになってしまう。出会ったときにはがりがりに痩せていたルースが結婚後は大食いになることや（二四二）、彼女が結婚式の写真を撮れば「戦前の絶望感」が漂い、「まるで出席者全員が次々と塹壕かガス室で果てる運命にあるかのような」ものになってしまうことは（二〇三）、彼女の「問題」が結婚後も続いたことを示唆するが、失職し、妻に依存するようになった彼がその問題にどう対処したかは書かれていない。詳細は不明だが、彼を嫌う息子――「最も不愉快な人物」とも評されるが、[85] 姓を「スタンキーウィッツ」に戻し、黒人の妻を持つこの息子は、父親よりリベラルにも思える――の、ルースの葬式における「僕が見るかぎり、あんたがこの気の毒な女性を殺したようなものだ」という非難に（二一九）、根拠がまるでないわけではないはずだ。

このように見てきて気づかされるのは、母、セアラ、ルースという女性達が、二〇世紀人のウォルターが個人としても公僕としても考えるべき「問題」と格闘せざるを得なかったこと、そしてウォルターが、その「問題」を彼女達との関係を通して認知し、一定程度は共有しながらも、結局は曖昧にやりすごして――「傍観」して――しまったことである。語るべき母の思い出はほとんどなく、婚約者は別の男に奪われ、妻に関しては息子に非難されるという結果はすべて、彼が彼女達の「問題」を、少なくとも彼女達と一緒にいるときには、自分の「問題」にできなかったことを示しているといっていい。現在の彼は、そうした自分の人生を回顧して、「真剣に生きてこなかった」と恥じ入るのだ。批評家達は『ジェイルバード』に即して、ヴォネガットの後期作品に見られる女性人物の強さをしばしば指摘してきたが[86]、実際、ウォルターが理想主義を抱き続けられたのは、かなりの程度、周囲に「問題」に向かいあう彼女達がいたおかげだろう。しかし「わたしにはどうやっても無理なほど品性が高く、人生に関して勇敢で、宇宙の神秘に近づいているようだった」という彼女達は（一九七）、「理想」を満たせない彼に低い自己評価を、そして罪悪感をも与えるのである。

ウォルターにとって人生の核をなす女性達との関わりがこうしたものなら、刑務所を出るときの彼が「心の中をできるだけ空白に」しようとする人物になっていてもおかしくはない（一九六）。彼は――凡庸な一般人だったにせよ――彼なりに懸命に生きてきたはずなのだが、彼の理想主義的な観点からすれば、社会正義のために戦うことも、身近な女性達を幸せにすることもできなかった。「この世界のどこにも、わたしを抱きしめて赦してくれる人間などいなかった」という言葉は（一九一）、彼の罪悪感が、リーランドを告発してしまったことのみに出来するのではなく、自分自身に対する深い失望と結びついていることを示しているように思える。

しかしながら、そうしたウォルターは、出所後、いわば人生をやり直す機会を与えられる。もちろん、一九三五年から五五年までの記憶を失っている（三〇七）、メアリー・キャスリーンとの再会によってである。交差点で偶然出会ったリーランドが彼を恨んでいないどころか、むしろ感謝しているといってくれたことも大きかっただろうが（二九一）、そうであるとすればなおさら、このリーランドが彼を赦す場面にメアリー・キャスリーンが居あわせることが、そのまま彼女の重要性を示すといっていいはずだ。というのも、彼が赦しを乞うべき相手、あるいは、彼に赦しを与えることができる相手は、リーランドだけではないからである。リーランドを「公的」に告発した結果、彼が「私生活」においてルースをケアできなくなった（その余裕がなくなった）ことを想起していえば、彼が大学時代に（いずれ捨てるつもりで）一ヵ月交際し、その後すっかり忘れていたメアリー・キャスリーンは、彼が「歴史」の波に流され、公的なキャリアに拘泥する人生で蔑ろにしてきた——その「問題」に曖昧に対処してきた——身近な女性達の代表なのだ。

そう考えてみると、この交差点における一連の場面が、リーランドとの再会に関してはいささか尻すぼみに終わり、ウォルターがショッピングバッグ・レディに扮していたメアリー・キャスリーンを抱擁するところでクライマックスに達するのは、ほとんど当然かもしれない。

「抱いてあげなさいよ」と、一人の女性が群衆の中からいった。

わたしはそうした。

わたしが抱きしめていたのは、ボロ布に包まれた枯れ枝の束だった。そう気づいたとき、わたしは泣き出した。わたしが泣いたのは、ある朝、妻がベッドで死んでいるのを見つけて以来、はじめてのことだったた

……。（二九五–九六）

抱きしめているのはウォルターだが、この場面はむしろ、メアリー・キャスリーンが彼の求めていた「赦しの抱擁」を与えているものと解釈すべきだし、そうした観点からすれば、彼女が「アメリカで唯一のショッピングバッグ・レディではなかった。全国の大都市に、その同類は何万人もいた。このみすぼらしい連隊は、経済という巨大なエンジンによって、偶然に、そして想像可能ないかなる目的もなく生み出された」という象徴性を帯びているのも（二九四）、いかにも相応しいだろう——彼女はかつての理想に燃えた社会主義者ウォルターが抱きしめるべき存在となり、彼に抱擁させてやるのである。

ここでメアリー・キャスリーンを抱きしめたことで、ウォルターは人生の「セカンド・チャンス」を「おとぎ話」的にものにしたのであり、その凡庸な人生はすでに報われたといっていい。彼女がＲＡＭＪＡＣの大株主ジャック・グレアム夫人であり、彼（と彼に親切にした人々）を会社の副社長にするのは、「おとぎ話」的には予定調和にすぎない。かつて彼の下で働いていたときからずっと革命に身を捧げてきた彼女（二九五–九六）——合言葉の一つが「靴職人」なのはサッコへの言及だろう（二五四）——は、資本主義原理を代表するようなコングロマリットを、巨大スケールの社会主義プロジェクトとして構想していたのであり、[87] ウォルターはそこに迎え入れられることで、長らく望んでいた公共への奉仕に携わることができたかのように見える。[88] 実際、自分が担当する部門があげた華々しい業績を彼が列挙しているのは（三六一–六二）、長年の夢が叶ったためかもしれない。

しかしながら、メアリー・キャスリーンの巨大プロジェクトは、結局のところ、奇矯な億万長者——彼女の旧姓「オルーニー（O'Looney）」が「狂人（looney）」という語を含むのは偶然ではないだろう――の夢見たユートピアにすぎない。なるほど、買収して傘下に収めた企業に「ＲＡＭＪＡＣファミリーに歓迎します」という手紙が届けられるのは（二八四）、それが一種の「拡大家族」であることを示唆するし、その「女家長」の意図が純粋かつ崇高であることも確かだろう。だが、「おとぎ話」ではない「現実」の世界において、その計画の有効性は『ローズウォーター』の「狂人」エリオットが夢見たユートピアと大差ないどころか、彼女の真意がどうであれ、「獲得せよ、獲得せよ、獲得せよ」という命令に従って巨大化し続けるコングロマリットは（三六三）、打倒すべき資本主義経済の論理にどこまでも忠実であり続けるしかない。その最終目的が富を「その正当な持ち主である、アメリカ人民」に分配することだとしても（三五五）、少なくともそれまではアメリカ人民を非情に搾取し続けることになってしまうのだ。

全体として「風刺文学」の体裁を持つ、一種の「おとぎ話」であった『ローズウォーター』では、エリオットの「ユートピア」が「現実」には「狂気の沙汰＝トラウマの産物」であることは、最終的には「問題」ではなかった。だが、「(社会派）リアリズム小説」として提出される『ジェイルバード』ではそうはいかない。「まだ続きはある。続きは常にある」と（三五七）――「おとぎ話」のエンディングを転覆するように――始まるエピローグでは、メアリー・キャスリーンの死後について語られるが、そこではＲＡＭＪＡＣをアメリカ人民に遺贈するという彼女の行為が、「外国人や、犯罪者や、その他のどこまでも貪欲なコングロマリットがＲＡＭＪＡＣをむさぼり尽くす」だけの結果となり（三七〇）、無意味に終わったと記される。ウォルターの総括を引用しておこう。

メアリー・キャスリーンの無血経済革命計画は、わたしの見るところ、どこが間違っていたのか？　一つは、連邦政府の側に、ＲＡＭＪＡＣの全事業を人民のために代行する準備が、まったくできていなかったことである。もう一つには、これらの事業の大半が、利益を生むためだけに作られていて、人民の欲求に対する無関心たるや、例えば雷雨と変わらぬほどだったためである。メアリー・キャスリーンは、天候の五分の一を人民に遺贈したようなものだった。（三六四）

正しいという他ないだろう。「〔メアリー・キャスリーンの〕理想主義的な計画は、最も単純な経済的現実を考慮することさえしていなかった」ことは明らかであり、[89] それがあまりに明らかであるからこそ、ウォルターは彼女の死を――「左」の靴にしまわれていた遺言状を（三五五）――二年あまりも隠し続けたのかもしれない。

もちろん、メアリー・キャスリーンの計画が無意味だったのと同様、ウォルターがＲＡＭＪＡＣを延命させたのも、「現実」にはまったく無意味である。例えばその「無意味さ」は、リアリズム小説的な観点からは、彼がその「社会主義的プロジェクト」が実現不可能だとわかりつつ遺言状を隠し続けたことが、人民への富の分配を先送りし続けて私益をむさぼるという、共産主義国の腐敗した支配者層の振る舞いのようにさえ見えてしまうという皮肉において看取されるだろう。この「無意味さ＝皮肉」は、結局のところ、「おとぎ話」ではない世界では彼女の遺志を継ぐなど不可能だということであり、『ローズウォーター』では陰画的に担保され、『スラップスティック』では薬漬けの主人公に与えられたユートピアは、完全に断念されているといっていい。

かくして『ジェイルバード』は、左翼的イデオロギーの正しさを前提としておきながら、[90] アメリカ社会が手のつけられないことになっていて、イノセントな革命ではどうにもならないという苦い諦念とともに閉じられるのだが、こうしたユートピアの「断念」は、ヴォネガットの「風刺」というより、[91]その「再出発」を刻印するものとして考えたい。最後のスピーチで、現在の世界がこのような状態になってしまったのは人々に真剣さが足りないからだと訴えようとするも諦めてしまうウォルターの姿は（三七〇-七一）、革命が失敗に終わったあとで「よりよき世界のために」といえずに監獄に向かう『プレイヤー・ピアノ』のポール・プロテュースに重なるが、この事実は、ヴォネガットが七〇年代の迷走の末にキャリアの最初に立ち返ったことを示唆するのではないだろうか。確かにウォルターは「諦念」とともに監獄に戻る――「現実」を前にして、「一般的アメリカ人」は無力なのだ。だが、彼の凡庸な人生はメアリー・キャスリーンに与えられた「赦し」によってすでに報われているのだし、そうして「現実」を傍観するしかない「監獄」に戻った人間がどうするのかという問題は、もはやウォルターのものではなく、彼の物語を書きあげたヴォネガットのものというべきだろう。

　七〇年代のヴォネガットの「迷走」が、『スローターハウス』の「成功」に対する罪意識に起因する可能性については触れてきた。浮沈するキャリアの過程で身近な女性達を蔑ろにしたというウォルターの罪意識は、母に自殺され、姉に先立たれ、妻と離婚しようとしていた著者自身のものでもあっただろう。だとすれば、「ハートを持たずに生まれてきたのはあなたのせいじゃないわ。少なくとも、あなたはハートを持った人々が信じていることを信じようとした――だからあなたはやっぱりいい人なのよ」というメアリー・キャスリーンの最期の言葉は示唆的に思える（三五六）。これが自罰的な作品を書いた一〇年の末にヴォネガットがたどり着いた心境なのかはわからないし、ましてや彼が自分を「赦す」ことができたとも思いにくい。だが、それでもこうした言葉を書いたあとで「まだ続きはある」と記した事実は、ヴォネガットが「現実」を見据えて先に進む決意を固めているように感じさせるのである。

註

1 Mark Vonnegut, *Just like Someone without Mental Illness Only More So* (New York: Bantam, 2011) 15.

2 Jane Vonnegut Yarmolinsky, *Angels without Wings: A Courageous Family's Triumph over Tragedy* (Boston: Houghton Mifflin, 1987) 157.

3 Yarmolinsky 132.

4 Allen 103.

5 Kurt Vonnegut, *Happy Birthday, Wanda June* (New York: Delta, 1971) vii.

6 Vonnegut, *Conversations with Kurt Vonnegut* 33.

7 Peter J. Reed and Marc Leeds, eds., *The Vonnegut Chronicles: Interviews and Essays* (Westport: Greenwood, 1996) xxiii.

8 Kurt Vonnegut, *Between Time and Timbuktu* (New York: Delta, 1972) xv.

9 Rackstraw 34, Sumner 149.

10 Robert Short, *Something to Believe In: Is Kurt Vonnegut the Exorcist of Jesus Christ Superstar?* (New York: Harper and Row, 1978) 64.

11 Vonnegut, *Letters* 151.

12 Klinkowitz, *Kurt Vonnegut's America* 65.

13 Jerome Klinkowitz, *Vonnegut in Fact: The Public Spokesmanship of Personal Fiction* (Columbia: U of South Carolina P, 1998) 116.

14 Klinkowitz, *Kurt Vonnegut's America* 65.

15 Schatt 106.

16 Schatt 102.

17 Schatt 101.

18 Sumner 150.

19 Tomedi 76.

20 Donald E. Morse, *The Novels of Kurt Vonnegut: Imagining Being an American* (Westport: Praeger, 2003) 102; Robert W. Uphaus, "Expected Meaning in Vonnegut's Dead-End Fiction," *The Critical Response to Kurt Vonnegut*, ed. Leonard Mustazza (Westport: Greenwood, 1994) 172.

21 Charles Berryman, "Vonnegut's Comic Persona in *Breakfast of Champions*," *Critical Essays on Kurt Vonnegut*, ed. Robert Merrill (Boston: G. K. Hall, 1990) 165; Peter J. Reed, "The Later Vonnegut," *Vonnegut in America: An Introduction to the Life and Work of Kurt Vonnegut*, ed. Jerome Klinkowitz and Donald L. Lawler (New York: Delacorte, 1977) 167.

22 Morse 102, Sumner 150.

23 Robert Merrill, "Vonnegut's *Breakfast of Champions*: The Conversion of Heliogabalus," *Critical Essays on Kurt Vonnegut*, ed.

Robert Merrill (Boston: G. K. Hall, 1990) 156.

24 Merrill 156.

25 Lawrence R. Broer, "Images of the Shaman in the Works of Kurt Vonnegut," *Kurt Vonnegut*, ed. Harold Bloom (New York: Chelsea, 2000) 106.

26 Broer, *Sanity Plea* 102.

27 Berryman 165.

28 Simpson 150.

29 Tally 94.

30 Morse 101.

31 Uphaus 173.

32 Reed, "The Later Vonnegut" 154-55.

33 Vonnegut, *Conversations with Kurt Vonnegut* 165.

34 Peter B. Messent, "*Breakfast of Champions*: The Direction of Kurt Vonnegut's Fiction," *Journal of American Studies* 8.1 (1974) 109, 114.

35 Jerome Klinkowitz, *The Vonnegut Effect* (Columbia: U of South Carolina P, 2004) 110を参照。

36 Freese 394-95.

37 ただし、シールズの伝記では、「ジュニア」が削られたのは出版社のミスとされている。Shields 331を参照。

38 詳しくは、Freese 411-14を参照。

39 Updike 267-68.

40 Freese 434.

41 Freese 437.

42 ドナルド・E・モースは、こうした未発達のプロットは、トラウトの小説という形で作品に組みこまれていたら、はるかにうまく機能しただろうと述べている。Morse 113を参照。

43 Rackstraw 59.

44 Giannone 123.

45 例えばSchatt 111を参照。

46 例えばRussell Blackford, "The Definition of Love: Kurt Vonnegut's *Slapstick*," *The Critical Response to Kurt Vonnegut*, ed. Leonard Mustazza (Westport: Greenwood, 1994) 196を参照。

47 Sumner 172.

48 Reed, "The Later Vonnegut" 177.

49 Blackford 203.

50 スウェイン教授はサミュエル・クレメンズ（マーク・トウェイン）とトマス・エジソンを招いた晩餐の席で急死したとされており（三〇）、トウェインの没年は一九一〇年なので、若干のアナクロニズムがあるとはいえるかもしれない（死後もしばらくは屋敷の主に本が届けられたという可能性はあるだろうが）。

51 Morse 110.

52 ただし、この運営規則の書物としての刊行は一八七六年。Freese 440n45を参照。

53 Allen 118-19.

54 Tally 99.

55 Tally 103. Kevin A. Boon, *Chaos Theory and the Interpretation of Literary Texts: The Case of Kurt Vonnegut* (Lewiston: Edwin Mellen, 1997) 109-11も参照。

56 Reed, "The Later Vonnegut" 185.

57 Broer, *Sanity Plea* 118.

58 Reed, "The Later Vonnegut" 183-84.

59 Vonnegut, *Conversations with Kurt Vonnegut* 184.

60 索引については、『猫のゆりかご』で索引作成者を登場させたあとに「索引者協会」とやりとりがあったことがアイデアを思いつかせたとのことであり、遊び心からのものと見なすのが妥当だろう。Peter J. Reed, "A Conversation with Kurt Vonnegut, 1982," *The Vonnegut Chronicles: Interviews and Essays*, ed. Peter J. Reed and Marc Leeds (Westport: Greenwood, 1996) 12.

61 例えば"Loree Rackstraw, "Vonnegut the Diviner and Other Auguries [Review of *Jailbird*]," *Critical Essays on Kurt Vonnegut*, ed. Robert Merrill (Boston: G. K. Hall, 1990) 53; John Irving, "Kurt Vonnegut and His Critics: The Aesthetics of Accessibility," *The Critical Response to Kurt Vonnegut*, ed. Leonard Mustazza (Westport: Greenwood, 1994) 224など。ヴォネガット自身も、本作には『スローターハウス5』以降はじめての「A」評価を与えている（*PS* 三一二）。

62 Todd F. Davis, *Kurt Vonnegut's Crusade: Or, How a Postmodern Harlequin Preached a New Kind of Humanism* (Albany: State U of New York P, 2006) 97.

63 Allen 125.

64 Freese 460-64.

65 Kurt Vonnegut, *Novels 1976-1985*, ed. Sidney Offit (New York: Library of America, 2014) 207. 以下、『ジェイルバード』(*J*) からの引用は同書による。

66 Vonnegut, *Conversations with Kurt Vonnegut* 221を参照。

67 Susan Farrell, *Critical Companion to Kurt Vonnegut: A Literary Reference to His Life and Work* (New York: Facts on Life, 2008) 207.

68 Allen 126-27.

69 Freese 473, 503.

70 Reed, "A Conversation with Kurt Vonnegut, 1982" 10.

71 「カイヤホーガの虐殺」はヴォネガットの創作だが、一八九三年に始まったアメリカの経済不況を背景にしており、リアリティがある。Freese 475n49を参照。

72 Farrell, *Critical Companion* 209.

73 Kay Hoyle Nelson, "*Jailbird*: A Postmodern Fairy Tale," *The Vonnegut Chronicles: Interviews and Essays*, ed. Peter J. Reed and Marc Leeds (Westport: Greenwood, 1996) 108.

74 Donald E. Morse, *Kurt Vonnegut* (N.p.: Borgo, 1992) 74.

75 Davis 100.

76 Sumner 193.

77 『ローズウォーター』のエリオットは、祖父の美術館への寄贈行為を「美術館は日曜休館だった［ので労働者は行けない］」と皮肉に評している（*GBY* 一九八）。

78 Mustazza 146.

79 Broer, *Sanity Plea* 123.

80 長らく論争になってきたこの事件については、現在ではサッコについてはおそらく無実ではなかったと見なされているが（例えばFreese 495n82を参照）、この二人が正当な裁判を受けられなかったという事実は変わらない。

81 この従業員の健康被害をもたらしたラジウムの事故も実話＝歴史に基づいていることについては、Freese 488n70を参照。

82 前川玲子『アメリカ知識人とラディカル・ビジョンの崩壊』（京都大学学術出版会、二〇〇三年）七、一五九–六〇、二一八などを参照。

83 Allen 125-26; Farrell, *Critical Companion* 209などを参照。

84 David Cowart, "Culture and Anarchy: Vonnegut's Later Career," *Critical Essays on Kurt Vonnegut*, ed. Robert Merrill (Boston: G. K. Hall, 1990) 179.

85 Irving 221.

86 Freese 485n66, Sumner 203などを参照。

87 Tally 108.

88 Broer, *Sanity Plea* 131を参照。

89 Morse, *Novels* 115.

90 Tomedi 85.

91 Morse, *Kurt Vonnegut* 76.

第4章　成熟――『デッドアイ・ディック』から『青ひげ』まで

キャリアの総括

一九八〇年代、ヴォネガットは『デッドアイ・ディック』（一九八二）、『ガラパゴスの箱舟』（一九八五）、『青ひげ』（一九八七）という三冊の長編小説を出版している。六〇歳を迎えた作家としては、非常に順調な刊行ペースといっていいだろうし、作品の質に関しても、七〇年代のようなばらつきは見られず安定している。そうした印象は、これらの小説に、七〇年代の「不安定」な作品とは違って短い「前書き」しか付されていない――『ガラパゴス』にはそもそも「前書き」自体がない――事実によっても強められるだろう。七〇年代のヴォネガット作品が、過度にパーソナルな情報をさらすことでむしろ自閉的なものになってしまったのに対し、八〇年代の彼は、あくまで「小説」自体によって、自分の問題を他者に開いていったのである。六〇年代を彼の全盛期と呼ぶなら、八〇年代は成熟期と呼んで差し支えないだろう。

こうした「安定」がこの時期の作品に見られることは、チャールズ・J・シールズによるヴォネガット伝を読んだ者にとっては、いささか驚かされるところではある。七〇年代末からの再婚生活は、私生活を「安定」させるどころではなかったし、事実というべきか、ヴォネガットは一九八四年の二月一三日――ドレスデン爆撃の日

――には自殺未遂を起こしている。もっとも、自殺未遂に至った理由については、いまだにはっきりしたことはわかっていないし、それをいえばジルとの離婚を何度も申請してはとり下げた九〇年代以降の心情を推測するのも難しいのだが、むしろ自殺の試みが反復されなかったという事実こそを重く見るなら、六〇歳をこえた彼は、ある種の諦念をもって、日常生活における困難を「そういうものだ」と受け入れるようになっていったのかもしれない。「諦念」というと悪く聞こえるが、ここで強調したいのは、彼が執筆を妨げるような状況にも結局は動じなかったといえるほどに、その文学的キャリアを総括するような小説にとりくみ、発表していったということである。

実際、結婚生活を別にすれば、八〇年代はヴォネガットにとって、落ちついて執筆することを可能にするような時期だったように思える。ジェローム・クリンコウィッツが指摘するように、人気作家である彼に財政的な問題はなかったし、『スローターハウス5』から一〇年以上を経て、有名人としての立場にもだいぶ慣れることになったはずである。[1] ロナルド・レーガン政権への反応は――再軍拡への危機感は、例えば『デッドアイ』における中性子爆弾への言及という形であらわれているが[2]――次のジョージ・H・W・ブッシュ政権への「怒り」に比較するなら「苛立ち」程度のものであり、[3] この時代の政治的状況は、彼が自分自身の問題を見つめ直し、それに集中するにあたって、比較的相応しかったということになるのだろう。

だとすれば、八〇年代にヴォネガットが書いたものの多くが、小説であれ、『死よりも悪い運命』(一九九一)に収められることになるエッセイであれ、「芸術」を扱うものになったのは、[4] 自然なことというべきかもしれない。ロバート・T・タリー・ジュニアは、「『デッドアイ・ディック』と『青ひげ』において、ヴォネガットはアメリカ社会における芸術家の役割と、ポストモダンの状況における人々の生活に対する芸術――とりわけモダンアート――の曖昧な影響について、最も直接的に探究した」と述べている。[5]『ガラパゴス』のレオン・トラウトも、父と同じく物語の「書き手」となったことを意識している語り手である点を想起してもいい。『母なる夜』や『チャンピオンたちの朝食』など、「芸術家」を主人公とした作品を書いてきた作家が、キャリアを総括しようという時期に、自分が従事してきた「芸術」についてあらためて考えてみようとしたのは、決して意外ではないはずだ。

ただし、ヴォネガットがキャリアを総括するに際して向かいあうべき「問題」は、もちろん「芸術」だけではなかった。とりわけ――前章までの議論に鑑みれば――「罪意識」の問題にどう彼がとりくんだのかという点については、やはり注目していかねばならないだろう。小説の執筆に集中することによって、日々の問題については「そういうものだ」と思えたとしても、それまでの作品にほとんど反復強迫のように浮上し続けていた「罪意識」という主題には、まさしく小説を通して決着をつけざるを得なかったはずである。

振り返っておけば、ヴォネガットは六〇年代末の『スローターハウス』でドレスデン爆撃というトラウマ的な経験をようやく小説化できたにもかかわらず、というより、おそらくはむしろそれゆえに、続く七〇年代に、罪意識を抱えた登場人物――『朝食』の「ヴォネガット」、『スラップスティック』のウィルバー・スウェイン、そして『ジェイルバード』のウォルター・F・スターバック――の物語を何度も書くことになった。その点において、迷走の七〇年代は、「トラウマ」がいまだ片づいていないことを彼に思い知らせるものであったともいい得るかもしれない。実際、八〇年代が「成熟期」と呼べるものとなったのは、彼自身がキャリアを通して実感させられてきたジレンマ――「トラウマ」的経験に対峙したことが「罪意識」を生んでしまうこと、あるいは「罪意識」の背後に「トラウマ」が存在すること――を、リアリズム的なスタイルで、いわば真正面から扱ったためであるように思われるのだ。

そうした姿勢から生まれた後期ヴォネガットの代表作が、第二次世界大戦を生き延びた芸術家、ラボー・カラベキアンを主人公とした『青ひげ』である。作品中で言及される「生存者症候群」は（アルメニア大虐殺の生き残りである）ラボーの父親のものとされているが、それは戦後のラボー自身にとっても対処せねばならない問題だった。ヴォネガットがラボーにその「対処」を「芸術」を通しておこなわせたことは、彼の芸術家としてのキャリアがヴォネガットのものと似通っていることとあわせて考えるとなおさら、『青ひげ』を集大成的な小説に思わせることになる。

自殺未遂が示唆するように、キャリアの集大成と呼べるような小説を書くに至るまでの道程は苦しいものであったはずだが、八〇年代のヴォネガットは、主人公の「罪意識」をそれまでのどの作品よりも徹底して主題化した『デッドアイ』を皮切りに、厳しい道のりを少しずつ進んでいった。その過程を観察するのが本章の目的だが、そうするに際して意識しておきたいのは、リアリズム路線へと舵を切った『ジェイルバード』から導入され始めた「傍観者」の問題である。『デッドアイ』のルディ・ウォールツは少年時代に偶然犯してしまった殺人に「傍観者」として縛られ続け、ベトナム戦争で老女を殺した『ガラパゴス』のレオンは幽霊となり世界を一〇〇万年「傍観」させられる。『青ひげ』における「生存者」の問題も「傍観者」の問題を変奏したものと――あるいは、「傍観者」の問題とは「生存者」の問題の変奏だったと――考えることができるだろう。

『ジェイルバード』において、ウォルターの妻ルースは、第二次世界大戦中、ナチスの強制収容所ですごした経験から、「すべての人間は、虐待者であれ犠牲者であれ、何もしない傍観者であれ、生まれつき邪悪」だと信じるようになった（J二〇七）。「犠牲者」の物語は、世にいくらでもあるだろう（もちろん、それらが重要でないといいたいわけではない）。あるいは、「加害者」の罪であれば、何かしらの償いを果たすことが可能かもしれないし、少なくとも、その罪を償えるかどうかが物語上の「問題」となり得るはずだ。だが、「傍観者」（の罪）とは何なのか。「モダン」な「物語＝ロマンス」にありがちな「犠牲者／加害者」の二項対立を崩してしまうこの第三項は、「物語」の「作者」としてのヴォネガットが、七〇年代に自己批判的な迷走を続けている過程で浮上してきたという点において、メタフィクション的な主題と考えることもできるだろうが、八〇年代のヴォネガットは、そこから先へと進んでいった。どう責任をとればよいのかもわからず、解消しようとしてもしきれないような「罪意識」を「傍観者」に負わせることによって、彼はそれを「ポストモダン」の時代に相応しい普遍的な問題——「傍観者」でない人間などいないのだから——にすると同時に、ドレスデン爆撃を生き延びてしまった自分自身の問題としてとらえ直したのである。

『デッドアイ・ディック』——傍観者の罪意識

一九七〇年代末の『ジェイルバード』がヴォネガットの「再出発」を感じさせるとすれば、八〇年代に入って発表された第一〇長編『デッドアイ・ディック』は、その印象をさらに強める小説である。出版時の書評は賛否が分かれたし、[6] 作者自身は気に入っていたものの、[7] 論じられることが最も少ない作品の一つであるが、[8] 七〇年代の迷走を予感させた『チャンピオンたちの朝食』と同じオハイオ州ミッドランド・シティを舞台とした『デッドアイ』は、八〇年代の充実を予告する小説なのだ。

　こうした観点から興味深いのは、『デッドアイ』がさまざまな点で、七〇年代の失敗を補填する作品となっていることである。ある批評家は、主人公のルドルフ（ルディ）・ウォールツの劇『カトマンズ』が、ニューヨークで上演されてさんざんな結果に終わるエピソードを、ヴォネガットが『さよならハッピー・バースディ』での経験を「悪魔祓い」しようとしたと推測しているし、[9] 別の論者は、同様の指摘に続け、『朝食』の人物を多く再登場させた『デッドアイ』全体が、『朝食』の失敗を埋めあわせようとしたものと示唆している。[10] 主題に関しても、『デッドアイ』の「物語批判」は、「メタフィクション」として書かれた『朝食』から引き継がれたと見なし得るし、ルディの両親の人物像は、「自伝的」とされた『スラップスティック』よりもはるかに直接的に作者の人生に基づいており、それゆえにかなりの生々しさを――ヴォネガットの全作品中で最低の両親にも感じられるが――獲得しているように思われる。

　これらの特徴は、『デッドアイ』がリアリズム小説のスタイルを採用したことと関連しているといっていいだろう。拙速に書かれた感が否めない『朝食』や『スラップスティック』では生煮えであった素材が、「リアリティ」の確保が必要な『デッドアイ』では十分に時間をかけて調理されているのである。そうした文脈では、全体としては（社会派）リアリズム小説としての体裁を持つ『ジェイルバード』が、中心に「おとぎ話」を据えていたことも想起できるかもしれない。『ジェイルバード』ではそのあとに「まだ続きはある。続きは常にある」と始まるエピローグが置かれていたが（Ｊ三五七）、『デッドアイ』はその「続き＝現実」を全面的に扱った小説なのである。

それでは、『デッドアイ』が提示する「現実」とはいったいどのようなものだろうか。この小説は前作や前々作と同様、一人称の語り手による回顧録である。読者は五〇歳になったルディが経験した「現実＝人生」を原則として——ときおり、中性子爆弾によりミッドランド・シティから人間が消し去られた現在（一九八二年）が言及されるが——年代順に見ていくことになるわけだ。まず、冒頭部分を見ておこう。

いまだ生まれざる者、あらゆるイノセントな、個別化されていない無のひとひらなる者に告ぐ——人生にご用心。

わたしは人生に罹ってしまった。人生を患ってしまった。わたしは個別化されていない無のひとひらだったのだが、やがてどうにも唐突に、小さな覗き穴が開いてしまったのだ。[11]

これは語り手の誕生に関する記述であり、その「人生観」の表明でもある。「自伝」の最初に著者の人生観が据えられることは珍しくないはずだし、それは彼の「人生」を理解する助けにもなるはずだが、それだけにこのいささか謎めいた一節は、謎めいているがゆえに読者を当惑させるかもしれない。ただし、人生を病に喩え、それに罹患してしまったと述べていることには、生まれてこなければよかったという気持ちが滲み出ているように思えるし、そのような人物があえて人生を語る以上、語り口が屈折を感じさせるものになるのは当然だろう。『デッドアイ』を読む営みは、かなりの程度、ルディの屈折した人生観自体を理解することなのである。

もっとも、ルディに「生まれてこなければよかった」という気持ちがある点については、詳しく論じるまでもなく、理由が明らかに思えるかもしれない。一九四四年、一二歳の「母の日」――ヴォネガットにとっては母親が自殺した「トラウマ」的な日――に、銃器室の鍵の管理を父オットーからまかされた彼は、窓からライフルを宙に向けて撃つ。[12]その弾は八ブロック離れた家の妊婦に命中し、彼を「二重殺人者」にするのだから（DD 四一二）、彼がその後の人生を、「加害者」としての「罪意識」を背負って生きていくことになっても不思議ではないように見える。

しかしながら、ルディが直面する「現実」はそれほど単純ではない。彼と彼の殺人のあいだに、父親が割りこんでくるからだ。もちろん、一二歳の息子に銃器を自由に扱わせてしまったオットーに、事故の責任（の小さからぬ部分）があること自体は間違いない。問題は、穏便に事態を収めようとする警察署長――過去に事故で殺人を犯したことがあり、オットーは狩り仲間としてその隠蔽に荷担した――に向かって、オットーが自分に非があると宣言するばかりか、大勢の人々の前で、銃のコレクションをすべて破壊し、息子が銃を撃ったクーポラをたき切るという、「身の毛もよだつメロドラマ」を演じたことである（四三四）。

この大立ち回りは、ルディの人生にさまざまなレヴェルで深刻な影響を及ぼすことになる。まず、父の大げさな振る舞いによって、警察署長は親子を庇いきれなくなり、ルディも留置所に入れられる。水をかけられ、手錠と足枷をはめられ、指紋どころか「顔紋」までとられ、インクまみれのまま町の有力者達の前でさらし者にされるという虐待を受けたことは、少年の心にトラウマを刻んだといっていいだろう。ある論者は、作者にとってルディの殺人は、「個人」の犯罪というより銃器を愛する病んだ文化の必然的な帰結であるとして、ヴォネガットが妻を失ったジョージ・メッツガー――かつて共産党に所属し、スペイン内戦にも参加しようとしていた人物（四四三）――に「武器を捨てよ」というメッセージを発させていることを重視している（四四七）。[13] だが、確かにそうした側面もあるとしても（ルディが自分の受けた仕打ちについて「権利章典への明らかな違反」と評しているのは［四三八］、権利章典がしばしば銃所持を正当化する根拠として用いられることへの皮肉だろう）、[14] この一連のエピソードの重要性は、何よりもそれが主人公にとって「個人的」な「トラウマ」である点に存在するはずだ。実際、メッツガーはすぐに作品前景から姿を消すのだし、ルディはこの事件を機に警官の一人に「デッドアイ・ディック」という綽名をつけられてしまうのである（四五〇）。

このようにして、ルディは警察での虐待と、不名誉な綽名という歪んだ形で――ナサニエル・ホーソーンの『緋文字』（一八五〇）におけるヘスター・プリンを思い出す読者も多いかもしれない――共同体から「罰」を与えられる。一二歳の少年に科されるにしては重すぎる罰だが、それでもこうして罰された以上、彼の「罪」は社会的には償われたと考えることも可能だろう。しかし、彼は以後も「罪意識」を抱き続ける。これは一つには彼がずっと「デッドアイ・ディック」という名を意識させられ続けるためだろうが、より重要な理由は、彼の罪意識自体が、その発端において父が介入した結果、「対象」を失ってしまったことにあると思われる。

事実、ルディの屈折した語りを読んで最も居心地悪く感じられるのは、彼が被害者一家に罪意識を抱いているように見えないことだろう。例えば、彼は「それにしても、二人の子供を持つ身重の母親が、母の日に電気掃除機をかけるだなんて、何をしていたのだろう。これではまるで、眉間に銃弾を撃ちこんでくれと頼んでいるようなものではないか」と述べている（四三三）。韜晦的な口調ではあるが、自分が殺した女性への謝罪の気持ちは汲みとりがたい。その点については、父の「告白」がなければ「父の人生も母の人生もわたしの人生もうまくいったと確信している」という言葉や（四三三）、「わたしは彼女の墓参りをしたことがない」という事実などによっても確認される（五五六）。彼はいちばん罪意識を感じるべき相手に罪意識を感じていないのである。示唆したように、これはルディとその殺人のあいだに、父が割りこんできてしまったことに起因する。

こういってよければ、父がわたしにほんのひとかけらほどの罪さえも負わせたことは、一瞬たりともなかった。罪はすべて父のものであり、父の残りの人生を通してずっと、完全に、ひとえに父のものであり続けた。だからわたしは、単なるわびしく無実な傍観者の一人でしかなかったのである……。（四三四）

父はルディから、罪意識を「正しく」抱く機会を奪ってしまう（そしてメッツガー家についての話は、ウォールツ家では最大のタブーになる［四五七］）。ルディが「加害者」として罪を感じられれば、その気持ちに何らかの形で（たとえ警察に虐待されるという形であっても）対処できたかもしれないが、その機会が奪われてしまった彼は、さりとて消え去ることもない罪意識に、「傍観者」として苛まれることになってしまうのだ。

かくしてこの一件はルディにほとんど「不条理」な罪意識を刷りこむのだが、同時に強調しておくべきは、事件が起こったタイミングゆえに、彼の「生き方」が決定づけられてしまったことである。そもそも彼が銃を撃ったのは、一種のイニシエーションの儀式だった。

この日はたいていの人にとっては母の日だったが、わたしにとっては、準備ができていようといまいと、大人の男の仲間入りをさせられた日だった。わたしはすでにニワトリを殺していた。そしていまや、これほど多くの銃と、これほど多くの銃弾の主人にさせられた。それはしみじみと味わうべきことだった。それはよくよく考えるべき事柄であり、わたしは両腕にスプリングフィールド銃を抱えていた。それは抱えてもらいたがっていた。抱えてもらうべく生まれついていた。(四二八)

そしてルディは銃を撃つ。その行為の象徴性については、彼自身が「それはわたしの少年期への別れであり、大人の男になったことの確認だった」と述べており(四二九)、この説明は極めて皮肉な意味で正しい。彼を「大人の男」にする銃弾は、彼に空疎な罪意識を与えた上で人生に送り出す。そしてその「人生」とは、「生きているときは、完璧なまでにひどい間違いを犯すのが、あまりにも簡単」といったものなのだ(三八八)。こうしてイニシエーションの儀式は、彼に厳しい教訓——「わたしとわたしのまわりの人々にとって最善なのは、わたしが何も欲しがらず、何にも熱中せず、やる気などというものはできるだけ持たないようにすること」——を与えたのである(四六五)。

このように見てくると、ルディは二重の意味で「傍観者」にならざるを得なかったといえるだろう。それは「加害者」としての立場を——罪意識の対象を——奪われた結果であると同時に、二度と「加害者」にならないようにする——対象を持たぬ罪意識に命じられた——姿勢なのだ。かくして彼にとって、人生とは「傍観」するしかないものになる。だとすれば、彼が人生を「覗き穴」の開閉という比喩で語るのは、ほとんど自然に思えるし、ヴォネガットが「前書き」で彼を「主人公」ではなく「視点人物（viewpoint character）」と呼んでいることにも合点がいくだろう（三八四）。タイトルの『デッドアイ・ディック』にしても、単に「射撃の名人」を意味するだけではなく（三八一）、ある論者が指摘するように、「人間の愚かさと強欲で複雑化された、でたらめな偶然のなすがままになる世界を記録する」ルディの――「死者」のように世界を「傍観」する――「目」を示唆するものかもしれない。[15]

ルディにとって人生が「傍観」するしかないものであるなら、彼が「覗き穴」が開く前の世界に――「個別化されていない無のひとひら」の状態に――戻りたいと願ってもおかしくはない。彼の「自我」には不条理な罪意識が「個別化」の証として刻印されてしまっているのだから、重たい自我を負わされる前の世界、ヴォネガットの主人公達がしばしば求める「ロマンティック」な「ユートピア」に憧れてしまっても、無理もないといわねばならないはずだ。事実、事件後の彼が関心を持つのは「料理」と「芝居」くらいしかないが――「レシピ」（一一回）と「小劇」（四回）が彼の語りにおいて目を惹く二大特徴であることを思えば、その重要性自体は明らかだろう――それらはいずれも「ユートピア」への希求として理解できるのである。

ルディは極めて厳しい形で「現実」へと導き入れられたものの、一二歳の少年にできることは限られており、まず「二度と誰のことも傷つけないように、子供時代に安楽を感じた唯一の場所――家庭的な領域――に退却する」のは自然だろう。[16] 古板で仕切られた狭いキッチンは、子供時代の彼には「安全で居心地のいい」（三九二）、子宮のような空間だったのであり、そこにいるときの彼の記憶は、「料理とパン焼きについて知っていることをすべて教えてくれる」（四〇四）、料理人メアリー・フーブラーという「代理母」をはじめとする黒人の使用人達に囲まれ、[17]「会話の仲間入りをして……みんなに好かれていた」というものだったのだから（四〇六）。
したがって、メッツガーが起こした訴訟で破産したウォールツ家が召使い達に暇を出したあと、ルディが料理（を含む家事全般）を一人で担うことになったのは、「自分がひどい痛手を与えた人々に栄養を与えて、健康をとり戻させようとする」贖罪行為であると同時に（四七六）、すべてがあるべきところにあった頃の人生――「子供時代に死んでいたら、人生とはあの小さなキッチンのようなものだと思っただろう」と彼は考える（四〇六）――を、想像的に回復しようとする振る舞いだったと考えられる。物語に繰り返し挿入されるレシピについて、ヴォネガットはルディに「トラブルを忘れさせてやりたかった」と述べており、[18]その意味ではルディにとって料理とは（やはり黒人から学んだ）「ふさぎの虫を追い払う」ための「スキャット」と似た機能を持っているはずだが（四六四）、[19]ある批評家による「レシピとは一貫した結果をもたらすものであり、人生の混乱を小さなスケールで飼い慣らすもの」という指摘に鑑みると[20]――ただし、「前書き」で、レシピが「フィクション」であることが注記されている点には留意しておきたいが（三八一）――料理は単なる「気晴らし」以上の意味を持つと考えるべきだろう。偶然犯した殺人によるトラウマを抱えた人物が、贖罪的に他者に奉仕するという点では、エリオット・ローズウォーターの慈善行為が想起されるかもしれない。「ユートピア」を築こうとするエリオットも、財団の活動を自分なりのシステムに従って「台帳」に記録していた。ある論者が『プレイヤー・ピアノ』に即して用いた表現を借用すれば、「秩序はユートピアへの道」なのである。[21]
ルディが「芝居」に向ける関心も、「料理」へのそれに劣らず、カオス的な「現実」から逃げこめる「ユートピア」への願望を反映している。そもそも、『カトマンズ』という劇の題材は、ジェイムズ・ヒルトンの『失われた地平線』（一九三三）において描かれたシャングリラ＝「ユートピア」なのである（カトマンズはネパールの首都だが、文学作品ではしばしば「シャングリラ」への入口とされる）[22]。ヒルトンの小説の主人公が、「世界は間違いなく崩壊に向かっている」と信じ[23]、「情熱というものを持たない」ように見え、「世間に主に求めるのはわたしを放っておいてくれということ」という[24]、ルディを想起させるような人物であるのは偶然ではないだろう。

ルディの劇は、高校時代の「最も尊敬するミッドランド・シティの人物」という課題作文に端を発するが、彼が――極めて例外的なことに、「胸をわくわくさせる」と形容される（四六六）――主題に選んだのは、シャングリラを探してヒマラヤに旅立ったジョン・フォーチューンという元酪農家である。この人物は、妻を亡くし、農場を失うという「トラウマ」的な経験を持つ点においてルディとの類似を指摘する論者もいるが[25]、おそらくより重要なのは、彼がオットーとは対照的・敵対的な存在（結婚式の付添人を務めるほど親しかったが、ヒトラーと友人だったオットーがナチズムにかぶれたときに訣別する）であることだろう。オットーが銃器を収集したのも、フォーチューンを英雄とした第一次世界大戦に（アトリエ建設を手伝ったフォーチューンが彼の足に角材を落としたために）行けなかった劣等感を遠因とするはずであり[26]、だとすればなおさら、ルディが「ファミリー・ロマンス」的に、子を持たぬフォーチューンを「父」＝ロールモデルとし、その人生に自らの逃避願望を重ねてもおかしくはない――もちろん、同じ理由から（そして芸術家になれなかったコンプレックスもあって）、オットーはその作文を書いた息子が作家になりたいというと、強い拒絶反応を示すのだが。

ルディは高校二年のときに書いた作文を、父に強制され薬学の道に進んだあとも、大学では創作の授業を受講し、薬剤師になってからも手を入れ続け、二七歳にして戯曲を完成させる。この事実は、彼を「大人の男」にするはずの儀式の結果、「どこからも愛を求めず」(四七九)、「誰のことも愛さない」(四八八)、「中性(neuter)」——性生活に限定されず、人生全般に対する中立的な態度を示す語で、[27] 彼は「傍観者(uninvolved person)」と同義として用いている(五一〇)——として自己を定義することになった彼にとって、『カトマンズ』のユートピア的な内容、つまり世界から隔絶された平穏な場所としての「シャングリラ」が、いかに必要だったかを示す何よりの証拠だろう。ある論者が指摘するように、彼にとってカトマンズとは、ビリー・ピルグリムにとってのトラルファマドール星に相当するのだ。[28]『カトマンズ』で「シャングリラでは誰も死なない」という台詞が一七回も繰り返されることは(四七八)——ヒルトンの小説では、シャングリラの住人は不老長寿であっても不死ではないことを思えばなおさら——彼の芝居がトラウマの起源を「否認」する性格を持つことを示唆するかもしれない。

『カトマンズ』が、このようにルディの個人的な逃避願望によって書かれたものである以上、それが一日で上演を打ち切られるほどの「馬鹿げた芝居」であっても仕方がないだろう(四六九)。その芝居は、彼にとって書くこと自体に意味が(慰めが)あったのであり、上演のために(人に見せるために)書いたわけではない。だから役者に台本に関して説明を求められても答えられないのは当然だし(それに、自分が役者=他者をコントロールするというのは、「中性」の「傍観者」には避けるしかない役割だっただろう)、[29] 初日を迎えたときには、すでに自分の芝居に興味を失っているのである(四七六)。

したがって、しばしば誤解されてきたことだが、芝居の失敗が「ルディを感情的な殻の中にさらに深く引きこもらせる」と考えるのは難しい。[30] 事実、彼は「芝居は大失敗に終わるだろう」と予想した上で、故郷には帰らずにニューヨークで仕事を見つけ、自分の生活を始めようと思っている（四七八）。これはもちろん、芝居を書きあげることで自分のユートピア願望を形にし、さらには故郷を離れた自分が「デッドアイ・ディックではなくなって驚いた」からこその楽観的ヴィジョンであるだろう（四七六）。つまり、ニューヨークに来た彼は、自分が「カトマンズ」に到着したように感じていたのだ。

しかしながら、ルディは結局ミッドランド・シティに戻ることになる。兄フィーリクスが二人目の妻ジュネヴィーヴと、自分のことで口論をしているのを目撃（傍観）した彼は、父が殺人を犯したという兄の嘘を聞いたあと、義姉の前に出て行き、自分が殺人者だと告げてしまう（四八八-八九）。小劇形式で提示されている場面ということもあり、彼がどのような気持ちでこの告白をしたのか正確にはわからないが、「デッドアイ・ディック」としてのアイデンティティが再確認されたことは間違いない。「ユートピア」に没入し、「無のひとひら」になるロマンティックな夢に浸り切るには、彼の自意識の核をなす「罪意識」はあまりにも強かったのだろう——結局のところ、運命の銃弾を放ったときに「宇宙と一体になった」ように感じていた彼は（四二九）、それ以後、セックスをしたこともなければ、アルコールはおろかコーヒーや紅茶も飲んだことがなく、どんな薬も服用したことがないという（四五六）、「自意識」を失う契機となり得るいっさいの刺激を拒絶してきた人物なのである。

かくして「カトマンズ」を目指すルディの長い旅路は、「ユートピア」など存在しないことを悟る結果に終わるが、彼が『カトマンズ』に費やした時間と労力が無意味であったわけではない。というのも、一つには、「作家になることを決して諦めなかった」彼にとって（四六八）、『カトマンズ』にとりくんでいるあいだに「芝居」自体が重要になっていったと思われるためである。芸術家としては才能がなかったが、「最悪の記憶」を扱うときに「それを芝居だと思いこむ」ことにより（四四三-四四）、彼はトラウマ的経験から「傍観者」的に距離をとる。まさしくそうせざるを得ないことが痛々しく露出してしまう点で、それを「トラウマを、自分を癒やしてくれる個人的な真実に吸収し、変えることができる」営みとまで積極的に評価するのは難しいように思えるが、[31]単に「現実を回避する方法」と片付けるのも、[32]いささか冷淡にすぎるだろう——「現実」に対して「傍観者」であらざるを得ないのは、彼が「選択」したことではないのだから。少年時代に自分の持つ「料理」のスキルを活用したのと同様に、成人した彼は『カトマンズ』を書くことで得た「劇作」のスキルを活用し、彼を傍観者にした「現実」を生き抜こうとしているのだ。

『カトマンズ』の執筆がもたらしたもう一つの効果は、それがニューヨークだけではなく、その三年後（一九六三年）にミッドランド・シティで上演されたことである。ルディは「完璧な傍観者、完璧な中性であろうとするなら、わたしは劇を書くべきではなかった」と思うことになるのだが（五一〇）、この述懐が示すように、自分のために書いたものであっても、公開された「作品」は「他者」に影響を与える。『朝食』においてキルゴア・トラウトの小説がドウェイン・フーヴァーに影響を与えたように、『デッドアイ』では、ドウェインの妻シリアにとって、ルディの劇は大きな意味を持つことになる。「わたしの劇に出演し……自分の役をとてもシリアスに受けとめてくれた」という彼女を、彼は「少なくともほんの少しは愛していた」というのであり（五一〇）、芝居を通して彼は他者との感情的つながりをはじめて持つことになるのである。

もっとも、自分の芝居が「他者」に与えた影響、そしてその重要性に、ルディはしばらく気づかない。それに気づくのは、さらに七年後、一九七〇年のことである。シリアは深夜、彼が働くドラッグストアにあらわれ、

「あなたのお芝居——あれがわたしの人生を変えたの」とか、「この町で、わたしに生きる喜びを与えてくれたのはあなただけ」などといい（五一三）、新しい芝居を書いてくれと依頼する。彼はそのリクエストにとりあわず、彼女が求めているのは覚醒剤だと判断して警察を呼ぶのだが、彼女は姿を消し、自殺してしまう。

このエピソードは、小劇スタイルで書かれていることからもわかるように、それ自体としては、ルディにとってつらい記憶である。実際、この場面だけ読めば、シリアは彼が書いた「ファンタジー」を真剣に受けとってしまい、[33]そこに「覚醒剤」のような現実逃避の道を見出したことが示唆されているだろう。「中性」の彼がそうした事態を招いたことを後悔するのは当然であるし、『朝食』を想起するなら、これは「物語」が「読み手」に与える危険性を示す結果といってよさそうに思える。しかしながら、彼女の葬式で牧師が『カトマンズ』に言及したことによって、この出来事はそれ以上の意味を持つものとなる。その「意味」が反転したといってもいい。ルディは以下のように回顧する。

> わたしが自分の人生の物語という暴れ馬から降りたのは、シリア・フーヴァーの葬式においてだと思う。わたしがエロイーズ・メッツガーを遠い昔に撃ち殺したことについて、ハレル師が公の場で赦しを与えてくれたときである。（五三五）

実際には、牧師は彼の過去の罪に言及してはいない。牧師は〈自身がフォーチューン役を、シリアがその妻の亡霊を演じた〉『カトマンズ』についての話をして、彼を「〈ルディ・ウォールツ〉という名の芸術センター」と呼んだだけなのだが（五二七）、それを聞いた彼は、自分の罪を赦すものとして受けとったのだ。ここに働いているロジックは、少し丁寧に考えなくてはならない。

まず、牧師の言葉が、ルディを「デッドアイ・ディック」としてではない形で「社会化」してくれた（アイデンティティを持たせてくれた）ということがあるだろう。その立場から見やれば、シリアの演技を中心とした劇の上演自体は、ミッドランド・シティという共同体にとって決して悪いものではなかったと、彼も気づくことになる――「思うに、人々はあの芝居から、バスケットボールの好試合と変わらないほどの感動を受けていたようだ。あの夜の講堂は、なかなか居心地のいい場所だった」（五二七）。彼はこの時点まで意識していなかったが、彼の「個人的」なユートピアを描いた戯曲は、上演されることによって、共同体の人々とのあいだにもつながりをもたらしていたのである。

ルディが「デッドアイ・ディック」ではない立場から、『カトマンズ』を楽しい記憶として回顧したとき、それがシリアに与えた影響も、決して悪いものではなかったと解釈することが可能になっただろう。ヴォネガットは「こんどはだれに?」（一九六一年の発表時のタイトルは「わたしの名前はエヴリワン」）というコミカルな短編において、役になりきることで幸せになるカップルの話を書いているが、若い頃からずっと美しい顔のために不自由な人生を強いられていたシリアは（貧しい彼女は「シンデレラ」的な人生を強要され、それに抵抗するようにして靴を履かない姿が何度も提示される）、彼の芝居に出演することで、そこから短いあいだながらも自由になることができたのだ。

「物語」が現実逃避の手段となること、あるいは「現実」に影響を与えてしまうことについて、ヴォネガットは常に（自）意識的な作家であり、そうした（自）意識はルディにも与えられているのだが、『デッドアイ』においては、「物語」批判という視座は手放さないまま、人が「物語」をどうしようもなく必要とするという認識が前景化されているように思える。ここにヴォネガットの「作家」としての成熟を見ることも可能だろうが、その点とも関連することとして確認しておきたいのは、ルディの「罪意識」との和解をストーリーの中心的関心とする『デッドアイ』において、その「和解」が果たされるためには、彼が「我々はみな、自分の人生を物語として見ている」と理解できるようになること（五三四）――すなわち、「物語」を受け入れる「成熟」した視点を持つこと――が必要とされていることである。

というのも、ルディを「傍観者」とすることになった事件そのものが、「物語」によって引き起こされたと見なせるからだ。ある批評家が指摘するように、彼が銃を撃ったのは、「大人の男」になるための儀式を果たすという「物語」――「その弾は象徴であり、象徴によって誰かが傷ついたためしなどなかった」というように（四二九）、「象徴」さえある「物語」――を書く行為だったのだし、[34] 彼と彼の殺人のあいだに父が割りこんできたことも、フィーリクスが「あれはおやじが人生に与えられた、はじめての本当に重大な冒険だった」と見抜いているように（四三三）、「物語」の主人公になるためだった。そもそもオットーの銃器コレクションが「男らしさ」を証明する「物語」に即したものだったと考えれば、ルディの人生は、まさしく「物語」のせいで大きく狂わされてしまったといっていい。しかも、父の「物語」には「完」という文字があらわれてくれなかったため（五三四）、ルディは「ゾンビ」のようになった両親の世話をするべく家に縛りつけられ（四六二）、不条理な「罪意識」という牢獄に長く閉じこめられてしまったのだ。彼が「自分の人生の物語という暴れ馬」から降りた契機として、牧師による赦しとともに母エマの死をあげているのは当然だろう（五三五）。

したがって、ルディの「罪意識」との和解は、『カトマンズ』の上演を通してミッドランド・シティとのあいだに「デッドアイ・ディック」ではない形でつながりが持てたことを、両親の死後になってようやく実感することになった、と整理できるだろう。その意味においては、この「和解」は彼の努力によって果たされたものではないといい得るかもしれないが、それはむしろ、「傍観者」としての「罪意識」の御しがたさを、リアルに感じさせるといっていいはずだ。

もっとも、皮肉なことに、母の死後まもなくして、ミッドランド・シティを中性子爆弾の「事故」が襲い（ここには完璧な「中性」などあり得ないことが示唆されているのかもしれない）、ルディが『カトマンズ』によってつながりを得た共同体の人々は一瞬にして消えてしまう。ジェローム・クリンコウィッツは、ルディの推測に倣い（五五四）、共同体の芸術に関するパトロンだったフレッド・バリーが軍事産業の大物だった点に注目し、エマがバリーを町から追い出したことが、「事故」（という名目での政府の「実験」）を招いた可能性を指摘しているが、[35]仮にそうであるとしたら、ルディの第二の人生は（親のせいで）端緒から躓いてしまったともいえそうである（彼は牧師に「芸術センター」と呼ばれるが、ミッドランド・シティの芸術センターは、まさしくエマの反対で使われないままになってしまう［四〇九］）。また、別の批評家は、彼がハイチに移り住んだ理由として、黒人に親近感を持っていることと、ハイチのクレオール語には「現在形」しかないとされていることを指摘しているが（四〇九）、[36]これは彼がトラウマ的な「過去」を抑圧しつつ、子供時代の幸せな日々を再現しようとしていると解釈することも可能であり、だとすれば彼は「トラウマ」を完全に克服したわけではないのかもしれない。

しかしながら、たとえそうだとしても、ハイチで「人工家族」を形成し、[37] その一員である弁護士にメッツガー一家の消息をはじめて訊ねるルディは（四五六、四五七）、少なくともトラウマからの「快復期」にあるように思えるし、だとすればこの暗い物語の結末には、希望が感じられるといってよいのではないだろうか。なるほど、小説最後の言葉――「知っていますか。我々はまだ暗黒時代に生きている。暗黒時代――それはまだ終わっていないのだ」（五五八）――は、一見、この上なく暗いヴィジョンに思えるかもしれない。実際、「暗黒時代」という言葉は、ウォールツ家とメッツガー家の子供達が「死神と握手をした」かどで除け者にされたという文脈で使われていたし（四五五–五六）、それが連想させる「中世」という言葉も、ルディがトラウマ的な虐待を受けたことについて用いられていた（四三九）。

だが、小説結末の一節は、そういった先行例とは文脈が異なる。「拡大家族」のメンバーであるイポリット・ポール・ド・ミル（ルディが買いとったホテルの給仕長）がミッドランド・シティの曲芸飛行士の「幽霊」を（中世的に）呼び出し、ルディはその超常現象を説明する（中世的な）「物語」を作ったのである。

そしてこのわたし、ミッドランド・シティのウィリアム・シェイクスピア、これまで同地に生きて働いた唯一の真剣な劇作家であるルディ・ウォールツは、いま、未来に対して、わたしなりの贈り物をしようとしている。それは一つの伝説だ。わたしは、ウィル・フェアチャイルドの幽霊が、町のほとんど至るところでさまよっているのが見られることになる理由の説明を作りあげたのだ……。（五五七–五八）

したがって、ルディの「暗黒時代」への言及は、ペシミズムではない。それは人々がいまだに「物語」を必要としていることの確認であり、彼自身がその「必要性」に「劇作家」として積極的に応えたと理解すべきだろう。そうした彼が自分をシェイクスピアになぞらえているのは、彼自身の人生が、「罪意識」に縛られた長い「暗黒時代」を抜け出して「ルネサンス」に入ったことさえ示唆しているのかもしれない。

従来の批評においてはそれほど高い評価を得ていない『デッドアイ』だが、主人公の「罪意識」を真正面から扱い、「物語」の必要性を受け入れ、「芸術」の力を肯定したこの小説は、後期ヴォネガットの劈頭を飾るに相応しい作品である。もっとも、両親との複雑な関係を物語化しつつ、「罪意識」を見つめ続けるリアリズム小説を書いたことは、ハードな体験だったかもしれないし、因果関係ははっきりしないものの、ヴォネガットはまもなく自殺未遂を起こす。そしていったん「人間」から距離をとろうとするかのように、一〇〇万年後の世界を想像するのである——ただし、その語り手は、やはりトラウマを抱く傍観者として設定されることになるのだが。

『ガラパゴスの箱舟』——「人間」から遠く離れて

第一一長編『ガラパゴスの箱舟』は一九八五年に刊行された。その完成度は——前年に自殺未遂を起こしたとは信じがたいほど——高く、『スローターハウス5』以降のベストと評価されることも多い。[38] ヴォネガット自身、『死よりも悪い運命』において本書を「わたしがいままでに書いた最高の本」と呼んでおり（*FWD* 一三一）、一九八七年のインタヴューでも「技術面ではAプラス」といっていたことからも、[39] かなりの自信作であったことがうかがえる。

この「技術面」という言葉は、直接的には「視点」の問題を指すのだが、[40]これはもちろん「内容面」にも関わっている。というのは、この小説の「視点人物」とは、一九八六年から遠く一〇〇万年後までの世界を見渡せる人物を意味するが、そうした視点が必要とされるのは、そもそも一〇〇万年後の世界と「人類」――ここではその姿にだけ触れておけば、「彼らの両腕はひれ足になっていて、手の骨はその内部にほとんど完全に隠れ、動かなくなっている。それぞれのひれ足には純粋に飾りでしかない五つの突起がついており、交尾期になると異性を惹きつける。それらは実は縮こまった四本の指、そして親指である。しかも、脳のかつては手をコントロールしていた部分はもはや完全に存在せず、そのために人間の頭蓋はずっと流線型に近くなった」[41]――を提示しようという、荒唐無稽にも思えるような計画があってのことだからだ。

そうした『ガラパゴス』をSF的想像力の所産と呼ぶことは可能だろうが、作者にとってこの作品が「自信作」となったのは、ウィリアム・ロドニー・アレンのよく参照される指摘をふまえていえば、[42]一〇〇万年後の世界が「ファンタジー」ではなく、「サイエンス」に基づいて提示されているためだろう。ヴォネガットは一九八二年にガラパゴス諸島を訪れ、同年のインタヴューでは、すでにチャールズ・ダーウィンの書いたものはほぼすべて読んだと語っているが、[43]そうした入念な「リサーチ」の結果、スティーヴン・ジェイ・グールドからは「進化論に関する素晴らしい実話小説」という賛辞をもらうことにもなっており、[44]彼がそれを誇らしく思っていたことは間違いない。

しかしながら、『ガラパゴス』の達成は、その「理論的」な妥当性自体ではなく、それが「小説」との関わりでどのような意味を持つかという点において測定されなくてはならないし、そうした観点から興味深いのは、ヴォネガットのダーウィニズムへの関心が、活字になったものだけでも、かなり古くまで遡れることである。『スローターハウス』における、「トラルファマドール星人にとって最も魅力的な地球人は……チャールズ・ダーウィンである」という一節がおそらく最初の例であるが（SF四八七）、一九七二年のエッセイでは「勝利者の唯一の宗教は冷酷に解釈されたダーウィニズムで、それは最適者だけが生き残るというのが宇宙の意志であると主張する」と述べているし（WFG一八六）、翌年の有名な『プレイボーイ』インタヴューの冒頭でも（質問を受けてではあるが）、「ダーウィンにはあまり感謝していません。もっとも、彼は正しかったのだろうとは思いますが」といい（WFG二三八）、とりわけソーシャル・ダーウィニズムへの批判的関心を複雑な感情とともに示している。

厳密にいえば、ダーウィニズムと、そこから派生したソーシャル・ダーウィニズムは区別して考えなくてはならないはずだし、『プレイヤー・ピアノ』、『ローズウォーターさん、あなたに神のお恵みを』、そして『ジェイルバード』などの作品に見られる階級問題への意識に鑑みると、ヴォネガットの主な関心は――社会風刺の才に秀でた「小説家」としては当然ともいえるが――後者に向いてきたようにも見える。だが、デビュー長編以来の「人は何のためにいるのか」という主題は、ダーウィニズムの問題と親和性が高かったようにも思えるし、だとすれば、彼が『ガラパゴス』で「ダーウィニズム」本体に立ち返って作品世界を構築したのは、自分の文学世界全体を包括しようとする試みのようにも見える。実際、主要人物の教師メアリー・ヘップバーンはイリアム、彼女と死ぬ前に結婚する詐欺師ジェイムズ・ウェイトはミッドランド・シティという、ヴォネガット文学における二つの中心と呼ぶべき場所を出身地とするのだし、彼らの物語を一〇〇万年後に提示する語り手がキルゴア・トラウトの息子レオン――しかも、戦争体験による「トラウマ」を与えられている――であることも、ヴォネガットがそれまでのキャリアを俯瞰していることを示唆するのではないだろうか。

ダーウィニズムをいわば「外枠」とする『ガラパゴス』がヴォネガットのそれまでの作品に対して「包括的／俯瞰的」な性格を持つ――少なくとも、そのように見える――ことは、この小説自体が持つ「完成度」の高さにも関わっている。例えばチャールズ・ベリマンは、『ガラパゴス』における暴力や死は、ダーウィニズムの「自然淘汰の法則」の光に照らされるため、先行作とは異なり「意味」と「秩序」を与えられ、個々の出来事にしても、（それらを含む「歴史」が）科学的変化の一部であるように提示されると述べている。[45] 要するに、物語の「外枠」がしっかりしているため、読者は安心して「中身」を味わえるというわけだ。ヴォネガット作品の神話性を考察するレナード・マスタッツアが、この小説をSFと神話の見事な融合と評し、作者の「最高傑作」と呼ぶのも同様の文脈で理解できるだろう。[46]

小説の「外枠」の強固さを理解するためにも、ストーリーを簡単に確認しておこう。一九八六年一一月、バイア・デ・ダーウィン号（「ダーウィン湾」の意）によるガラパゴス諸島での「世紀の大自然クルーズ」に参加予定の六人――夫を亡くした教師メアリーと詐欺師ウェイトに加え、コンピュータの天才ゼンジ・ヒログチと妊娠中の妻ヒサコ、ゼンジを利用して一儲けしようとするアンドルー・マッキントッシュと盲目の娘セリーナ（と盲導犬カザック）――はグアヤキル（エクアドルの貿易港）のホテル・エルドラドに滞在していた。だが、世界的な経済危機のために（ジャクリーン・オナシスなどの有名人が参加するはずだった）ツアーは中止になり、ペルーがエクアドルに宣戦を布告する。ホテルの支配人に助けられ、一同は（エクアドルの兵士に撃たれて死んだゼンジとマッキントッシュを除き）バイア・デ・ダーウィン号にカンカ・ボノ族の少女六人とともに乗りこみ、名目上の船長アドルフ・フォン・クライスト（ホテル支配人の兄）の操舵で出港する。ウェイトはまもなく心臓発作で死に、残る一〇人はサンタ・ロサリア（架空の無人島）にたどり着くが、船は動かなくなる。かくして彼らは孤島に閉じこめられるのだが、世界は不妊をもたらすウイルスのために滅んでしまい、人類はアドルフを「アダム」として「進化」の道を進んでいく。

こうしたストーリーの展開に即して強調されるのは、ひとえに「偶然」によって人類が生き延び、一〇〇万年後の姿に「進化」したことである。物語終盤、死の迫ったウェイトは「自分が生き残ったことについて、まるでそれがうんと特別なことであるかのように自慢する人間がたくさんいる。だけど、それがいえない人間は、実は死体だけなんだ」という（G七三六）。この言葉が示唆するように（ここに「サバイバーズ・ギルト」の問題が潜むように思えるのは興味深いが）、『ガラパゴス』の世界で生き残るのは、「適者生存」のイメージからかけ離れた、一般的な（二〇世紀的な）観点からは「負け犬」の面々であり（カンカ・ボノ族などは絶滅寸前だった）[47]、その船に乗るはずだった著名人や権力者ではなく、天才とされるゼンジでも、精力的なマッキントッシュでも、そして無能な兄よりも明らかに頼りになるホテル支配人ジークフリートでもない。彼らは「生き残るべくして生き残った」とはとてもいえない人々であり、絶海の孤島にたどりつき、外の世界が滅んでしまったために、「たまたま」以後の人類の祖先になったのである。

『ガラパゴス』が一般的なリアリズム小説なら、こういった「偶然」に基づくストーリーを批判することも可能だろうが、この作品は、ダーウィニズムという「外枠」によって、そのような批判をあらかじめ無効化している。事実、というべきか、その著書で『ガラパゴス』に言及するグールドは、進化論における「偶然」の重要性を理解させるために学生に読ませているとさえ述べているのだ。[48] こうして「外枠」を理論的に固めた上で、ヴォネガットは通常の意味での「強者」が滅び、「弱者」が生き残る物語を提示するのであり、ここに通俗的な「ソーシャル・ダーウィニズム」への批判を読みこむのは容易だろう。サンタ・ロサリアにおける人類の存続を可能にする──「創世記」の神にあたるような(実際、彼女は「神」の役割を担うと記されている[五九九])──存在が女性のメアリーであることや、[49] 被爆者の娘ヒサコが生んだアキコが「にこ毛」におおわれて生まれてきたがゆえに環境にいち早く適応することなども(七〇四)、[50] 物語に理論的な「外枠」があるからこそ機能する、価値転覆的なアイロニーといっていい。

このように、『ガラパゴス』にとってダーウィニズムは、小説全体の理解に直結する理論的な枠組みとしてあり、それが(死が間近に迫るキャラクターの名前にアステリスクを付すという小技の使用などと相まって)この小説の「完成度」を支えていることは、いくら強調してもしすぎることはないだろう。だが、そうであるとしても、こうした「外枠」の強固さを過大評価することの危険性は意識しておかねばならない。一つには、『チャンピオンたちの朝食』において、ヴォネガットが「秩序に混沌を持ちこむ」ことを宣言していたからであるし(*BC* 六六六)、また、一般論的にいっても、「外枠」となる「理論」の「正しさ」は、「小説」自体の面白さを担保しないからだ。実際、アレンは、この作品の登場人物達が、作者が人類の「進化」を描く手段以上のものではないと不満を漏らしている。[51] ベリマンのような論者が評価する点は、批判の理由にもなり得るのである。

こうしてアレンとベリマンを──彼らの議論を単純化していることは断っておくのが公平だろうが──並置す

ると、『ガラパゴス』という小説の「外枠」の強固さを（肯定的にであれ否定的にであれ）受け入れるだけでは、さして建設的な議論にならないことに気づかされる。したがって、ここでは「外枠」はあくまで「外枠」でしかないと強調しておきたい。ヴォネガットが援用するダーウィニズムという「理論」は、「適者生存」という通俗的な「ソーシャル・ダーウィニズム」への批判を前景化するには、そして一〇〇万年後の「人類」の姿をそれなりの説得性をもって提示するには有効であるとしても、『ガラパゴス』という「小説」の主な舞台は一九八六年であるのだし、登場人物達を観察——あるいは傍観——する語り手のレオンにしても、「進化」した人類というわけではないのだ。

このように見てくると、アレンがレオンに関して小説の主題にうまく組みこまれていないと（他の人物達に関してとは逆方向での不満を）述べているのは、[52]いささか皮肉な意味で示唆的に思えてくる——まさに「組みこまれていない」ところが、この語り手の「人間性」を示すように思われるためだし、『ガラパゴス』という小説には、全編を通して、レオンという「人間」の声が染みわたっているためである。もちろん、彼は一〇〇万年ものあいだ「幽霊」として世界を見つめ、人類の「進化」を見届け、それによってダーウィニズム的な世界観を獲得し、そこから翻って一九八六年の「人間」達について回想しているわけであるが、結論めいたことを先にいってしまえば、そうした「超越的」であるはずの視点から語られる物語に感じられる「人間的」な部分にこそ、『ガラパゴス』の小説的な面白さがあるのである。

それでは、そうした「面白さ」を味わうべく、レオンの語りについて考えていくことにしたいが、そうするにあたって最初に強調しておくべきは、世界を一〇〇万年にわたって観察してきた彼が、人類の歴史に関して、いわば「結論」を手にしている点である。「未来の歴史家」によって語られていた『タイタンの妖女』を想起しておいてもいい。『タイタン』の場合は、作品の「現在」からせいぜい一世紀ほど先の視点から語られていたわけだが、「未来」から「現代社会」を見ているという構図に変わりはない。

『タイタン』が物語の「現在」を「悪夢の時代」と呼んでいたのと同様、レオンの視点は一九八六年の世界を批判的に見る視座を導入しているし、それは実際、批判されてしかるべき世界として提示されている。再びアレンを参照すれば、『ガラパゴス』の「そのむかし」と題された第一部の世界は、一九八二年の世界的な経済危機や同年のフォークランド紛争（そしてエイズの発見）といったものが背景にあるとされているが、[53]同時代の経済問題と戦争に関してヴォネガットが批判的なスタンスをとるのは、これまでの作品に照らしても当然という他ないはずである。

そうした姿勢は、「一連の殺人的な二〇世紀の大惨事……は、ひとえに人間の脳から発生した」とし（G五八〇）、当時の人間が持っていた「巨大脳」を「わたしの物語における唯一の真の悪役」と断罪する（七六二）、語り手レオンを通して前景化される。例えば、彼は経済危機を「紙幣や株券や債券や抵当など、つまり紙切れの価値に対する人間の意見に突然の変更があった」と表現するが（五七五–七六）、世界にそうした混乱をもたらす「意見」は「巨大脳」の産物――「減退した知力のおかげで、いまの人間は、もはや意見というお化けによって人生の本筋から目をそらされはしない」（五七四）――であるとされている。戦争に関してはいくらでも例を引けるが、「今日では誰も、一〇〇万年前には最も貧乏だった国でさえ持っていたような武器を作る程度の頭さえ持っていない」とされていることをあげておけばよいだろう（六六九）。

このように、レオンの一〇〇万年後の視点は、まずは作者ヴォネガットの代わりに二〇世紀末の世界を風刺し、批判する機能を担うことになる。もちろん、「作者」と「語り手」の視点を完全に同一と見なすわけにはいかないが（ジェローム・クリンコウィッツが指摘するように、『ガラパゴス』に自伝的な序文がついていないことは、ヴォネガットが語り手と自分をはっきり区別したがっていることを示唆するかもしれない[54]）、その上で気になってくるのは、一九八〇年代の世界に「問題」があることは十分に納得されるとしても、一〇〇万年後の世界と人類に関してはどう考えればよいのかという点である。

ヴォネガットは一九八七年のインタヴューで、人類の「進化」について「これまで進んできた方向を見るかぎり、そちらには向かいたくない」と述べており[55]、この発言からは、『ガラパゴス』の結末が一種の「ユートピア」に思えるかもしれない。実際、ある批評家は、『朝食』以後の作品でユートピアを求め続けたヴォネガットが——付言しておけば、彼は『朝食』を発表した一九七三年の時点で「人間の脳は、この特定の宇宙でいろいろと実用的な効能を発揮するには、あまりにも高性能すぎます」と（*WFG* 二四四）、レオンのようなことをいっている（*G* 六二二、七〇二）——ついに「ポスト・ヒューマンの人間性」に基づくユートピアを発見したと論じている。[56]

しかしながら、一〇〇万年後のサンタ・ロサリアは、本当に「ユートピア」なのだろうか。なるほど、その世界は『スラップスティック』のウィルバー・スウェインの「ユートピア」をさらに「進化」させたようなものに見えなくもない。そこには拷問はないし（六六八）、ウィルバーの「ユートピア」にはあった奴隷制もない（六九二）。道具といえば歯だけで（六二一）、手がないのでのんびりできるとされ（六九九）、もちろん武器も使えない(六七二-七三)。しかも、人間を苦しめる外的要因ばかりでなく、内的な——実存的なといってもいい——苦しみもない。名前を持たず(六三五)、生まれてから九ヵ月後には母親のことも忘れてしまい(六七七)、「死」の概念(恐怖)についても知らない(七七八)。外見もみな似通っているが(六六八)、それでいて「誰もが見かけ通りの人間」である(六三五)。つまり、そこには「個」も「自我」も存在しないのだ。

こうした世界を「ユートピア」と呼ぶのだといわれたら、それは確かにその通りなのだろう。だが、その世界の住人になるには、「個」としての「人間」であることをやめねばならない(『デッドアイ・ディック』の主人公が、「個別化されていない無のひとひら」に戻りたがっていたことが想起されるだろう)。「人間」であることをやめたい「人間」がいることは否定すべくもないし(それは極めて「人間的」な、「ロマンティック」な欲望なのだから)、「わたしはワニとともに暮らし、ワニのように考えたい」と語る一九七三年のヴォネガットは(WFG二四四)、まさにそのような「人間」だったかもしれない。したがって、『デッドアイ』のルディにとって「カトマンズ」がそうであるような意味において、ヴォネガットにとって一〇〇万年後の「サンタ・ロサリア」が願望充足的な「ユートピア」であると考えることは、ひとまず可能であるように思える。

それでは、レオンにとってはどうか。留意しておきたいのは、彼が「巨大脳」を諸悪の根源のように見なしているからといって、ただちに一〇〇万年後の世界を「ユートピア」として見ていることにはならないという点である。というのも、一〇〇万年後のサンタ・ロサリアは、彼にとっては動かぬ「現実」に他ならないからだ。つまり、彼は一〇〇万年後の確固たる「現実」に照らして、二〇世紀人の「巨大脳」を過去の世界に存在した問題として指摘しているだけなのであり、そうした「指摘」が、ヴォネガットの小説においては同時代の社会に対する「批判」の役割を果たすとしても、レオンの視点からすれば、過去の世界に関する客観的な——あるいは、「科学的」な——叙述にすぎないと、ひとまずはいえるはずなのである。

だが、レオンにとって一〇〇万年後の世界がどのような「意味」を持つのかについては、やはり考える必要があるだろう。というのも、動かぬ「現実」に対しても、「巨大脳」を持った「人間」は——たとえ「頭部」を失って「幽霊」になった、「現実」に手を触れられない「傍観者」であっても——何らかの判断を下すものだからである。誰に強制されたわけでもないのに（一〇〇万年後の世界には「読者」さえいないのに）わざわざ物語を語るからには、そこには何らかの「人間的」な「判断」が、そしてその奥にはさらに「人間的」な「動機」が存在すると想定してよいように思える。

このように考えてきたときに目を惹くのは、レオンという語り手に、個人的な事情＝トラウマが与えられている事実である。彼は「巨大脳」に命じられてアメリカ海兵隊に入隊してベトナム戦争に参加し（G五八三）、老女を撃ち殺すという（エリオット・ローズウォーター的な）経験をする。それがトラウマ的な経験であることは、彼が「この出来事は、わたしに生きていることを後悔させ、石を羨ませた。自分がいっそ自然の秩序に奉仕している一つの石であればよかったとわたしは思った」と述べていることに明らかだろう（六五四）——彼は「人間」であることをやめたいと思ったのだ。あるいは、従軍中の経験を回想して、「そんな人生の代わりに、そうしろといわれれば、喜んで武器をすべて捨てて漁師になっただろう」といっていることを想起してもいい（七〇七）。ここで彼が別人生の例として「漁師」をあげているのは、単なる比喩ではあり得ない。彼は物語を通して「人間」のことを「漁師」として語っているし（六〇〇）、それは一〇〇万年後の人類が、まさに「漁師」となっためだと思われるからだ。

レオンがトラウマ的経験によって、「人間」をやめたいと思い、「漁師」になりたいと願ったことは、彼をこの物語の語り手に相応しい存在にするように思える。ある批評家は、レオンの物語全体を、つらい過去や耐えがたい現在と折りあいをつけるための妄想であると――ビリー・ピルグリムの「トラルファマドール星」に関する妄想と同じなのだと――論じている。[57] これは作者が一〇〇万年後の世界を説得的に提示するために苦労したと語っている事実と矛盾する、無理な解釈ではあるのだが、[58] レオンのトラウマと一〇〇万年後の世界の関係性を示唆する点では有益な観察だろう。つまり、レオンに与えられた戦争体験は、一〇〇万年後の「現実」を、願望充足的な「ユートピア」のように感じさせるのではないか、ということである。

しかしながら、レオンが生前に経験した「現実」にうんざりして、そこから「ユートピア」に逃避することを願っているだけだったなら、そもそも彼は「幽霊」となって世界にとどまる必要はなかっただろう。来世へと続く「青いトンネル」をさっさと通ってしまえばよかったはずだ。彼はそれを「あと一日」「あと一ヵ月」「あと六ヵ月」と引き延ばし（七四九）、一九八六年の時点で与えられた四回目の機会を逃せば、次は一〇〇万年先になると父トラウトに宣告されるが（七四八）、それでもなかなか決心がつかない。

……わたしが父のいる方に次の一歩を踏み出せなかったのは、間違いなく、わたしが父を好きではなかったからだった。

わたしが一六歳のときに家出したのは、父のことが恥ずかしくてたまらなかったからだ。

もし青いトンネルの入口にいるのが、父ではなく天使だったなら、わたしはただちにスキップして中に入っていったかもしれない。(七五〇)

レオンが父を好きではない最大の理由は、失敗した作家である父が、そのペシミズムによって、オプティミストの母を家から追い出したことだといっていい(彼は父が自分もそれに荷担させたといっている[七五〇])。したがって、ここで彼が迫られている選択は、「人間」や「世界」に対してどのような態度をとるのか——「希望」を持つか、「逃避」すべきか——ということであるわけだ。

レオンは生前、ベトナムでの経験のあと、バンコクで父の愛読者に出会い(その医者の助力で彼はスウェーデンに亡命する)、父の人生は無駄ではなかったと知って涙を——母が家を出ていったときも、戦地でも抑圧していた涙を——流しており(七八〇)、彼が父のペシミズムを完全に受け入れなくてはならない理由はなかったとはいえようが、重いトラウマを抱える彼に「青いトンネル」が魅惑的に思えたことは間違いない。事実、彼はバイア・デ・ダーウィン号に背を向け、トンネルの方に進もうとするのだ。だが、そこで彼は(陸地を発見した)メアリーの叫び声を聞き、「彼女が何をいっているのかどうしても知りたくなり、わたしは二歩あとずさり、それから振り返って彼女を見あげた」(七五三)。この動作が、『スローターハウス』で言及されるロトの妻を思い起こさせるのは偶然ではないだろう。彼女は「塩の柱」に変えられてしまうが、「わたしはそのような彼女を愛する。なぜなら、それはとても人間的な行為だからだ」とヴォネガット=「ヴォネガット」はいっていた(*SF*三五九)。

振り返ってしまったことは、レオンの「選択」ではなかったかもしれない（彼はその決断を、自分に代わってメアリーがしたと述べている［G七五四］）。だが、それが「人間的」な行為であることには変わりがないし、その代償として、彼は「一〇〇万年間、仮釈放の見こみもなく、この地上に幽霊としてとり憑く」という「判決」を下されることになる（七五四）。かくして『デッドアイ』のルディと同様（『ジェイルバード』のウォルター・F・スターバックや、ロバート・フェンダー＝キルゴア・トラウトを想起してもいい）、彼は「罪意識」を抱えた「傍観者」として世界を見ることを義務づけられる——それが「人間」であることの宿命であるかのように。

だとすれば、レオンの語る物語が、ダーウィニズムという「理論」の「実証例」といったものにとどまらないのは当然だろう。ストーリー全体を俯瞰すれば、それは「進化論」の「正しさ」を示すものとなり、登場人物達は「コマ」に見えるかもしれない。だが、レオンはしばしば語りの速度をゆるめ、ときには単なる脱線に思えかねないような形で、彼らを「人間」として描写する。例えばウェイトが近親相姦によって生まれ、何度も替わった里親から折檻されて育ち、家出して男娼になり、殺人も経験し、ドウェイン・フーヴァーの妻シリアを妊娠させている（これは『朝食』と『デッドアイ』の読者を驚かせるだろう）といったエピソードは、人類の「進化」を提示する物語にとってはノイズでしかないが、そのような経緯を経て結婚詐欺師となった彼が、カンカ・ボノ族の少女達に食べ物を与え、最後にはメアリーとの結婚を本気で喜びながら死んでいくことは、「人間」の物語にはいかにも相応しく思えるはずだ。

そういった「人間」の代表は、『ガラパゴス』の「ヒロイン」といっていい、メアリーということになるだろう。ここで彼女の人生を詳しくたどる余裕はないが、ヒログチ夫妻に即して「当時の結婚をそれほど厄介なものにしたのは、またしても、その他のさまざまな心痛を誘発した例のもの、すなわち巨大脳である」と解説するレオンが（六一一）、地球最後の結婚が二三〇一一年であることに触れる（つまり「現人類」にはそうした厄介な制度が存在しないと示唆する）一方（六一〇）、メアリーが夫となるロイと出会って恋に落ちる場面を詳述し、「そういった思い出は、もはや存在しなくなってしまった」とまとめていることには注目しておきたい（七一七）。「今日の人間のラブストーリーは、どんなものでも、その山場は単純な質問となる――当事者達に、さかりがついているかどうかである」という叙述と対比すればいっそうはっきりするが（七一八）、メアリーとロイの「人間的」な恋愛／結婚についてのレオンの語り口は、明らかにノスタルジーに彩られているのである。

このように、レオンのダーウィニズムに基づく語りは、登場人物達の「人間性」をしばしば好ましいものとして前景化する。アキコを愛して育てたヒサコとセリーナについては「どれほどわたしはこの二人を尊敬したことだろう！」と評しているし（六九三）、成長したアキコ――おそらくはサンタ・ロサリアの第一世代と最も密接に関係していたため、ラブストーリーを聞くことを好む（七三八）――とカミカゼ（カンカ・ボノ族の娘から最初に生まれた子供）が結婚し、みなの尊敬を受ける族長夫婦となり、完全にまとまった家族を作りあげていく姿を観察する彼は、「人間」というものをほとんど（と留保をつけるものの）愛しそうになったと述べている（七六四）。

トラウマを抱えるレオンの中から、父のペシミズムが完全になくなったわけではないだろう。「巨大脳」によってすべての非を「説明」しているところなど、『朝食』のドウェインが、自分以外の人間全員が機械であるという「説明」によって楽になろうとしたことを思い出させるといっていい。しかし、「巨大脳」の有無でかつての「人間」と現在の人類を対比しようとしても、それほどすっきりとはいかない。そもそもかつての「人間」が滅んだのは「巨大脳」のせいではないのだし（人を不妊にするウイルスは人間が発明したわけではない）、[59] 人類が死に絶えなかったのは、メアリーの「巨大脳」がアドルフの精子を利用することを思いついたためである。マンダラックスという「機械」がサンタ・ロサリアではまるで役に立たない（カンカ・ボノ語を解さず、無意味な引用句を呟くばかりである）事実が対比的に示すように、[60] レオンの物語が「人間」の適応能力を讃えるものであることは明らかだが（小説最後の言葉も、スウェーデンに亡命しても言葉を話せないというレオンに向かって、医師が「すぐに身につく、すぐに身につく」と「適応」を保証するものである［七八二］）、「偶然」に支配される「進化」の一時点においては、「巨大脳」は必要でさえあったのだ。

しかも、というべきか、おそらくそれ以上に重要なことに、長いあいだ「人間」を見つめ、彼らについて語るレオンは、「人間」には「巨大脳」に回収されない「魂」があることに気づいてもいる。[61] ロイの臨終間際の言葉を見ておこう。

人間の魂がどういうものなのか教えておくよ、メアリー。……動物には存在しない。それは、おまえの中にあって、脳が正しく働いていないときに、それとわかる部分なんだ。おれにはいつだってわかってたんだ、メアリー。それについてどうこうできるわけじゃなかったが、おれにはいつだってわかってた。（五九五）

ある論者が指摘するように、このロイの言葉は、人間の「自意識」——自分の欠点に気づいて自分を批判できる性質——こそが、人間に動物とは違って「魂」を与えるという意味だろう。[62] だとすれば、「欠点」である「巨大脳」がなければ「魂」もないということに——そして「動物」と変わらなくなってしまうことに——なるはずだし、『ガラパゴス』の結末でレオンが見る人類とは、まさしくそうした存在なのである。

そうして「進化」した人類は、レオンの興味を惹かない。彼は見るべきものはすべて見たといい、次に青いトンネルがあらわれたら、ためらわずに入ると述べている。

わたしはもう、その一〇〇万年の刑期を務め終えている。社会だか何だかに対する負債を完全に返済したのだ。青いトンネルをいつ再び見ることになってもおかしくはない。もちろん、わたしはこの上なく喜んで、その入口にスキップして入るだろう。ここではもう、わたしが前に何度となく見たり聞いたりしていないようなことは、何ひとつ起こらない。間違いなく、誰もベートーベンの第九交響曲を書きはしない。嘘をついたり、第三次世界大戦を起こしたりすることもない。

母は正しかった——最も暗い時代にも、人類にはまだ希望があったのだ。（七五四）

最後の一行がいささかわかりにくいが、「最も暗い時代」とは、彼の語りの中心をなす一九八六年を指すのだろうし、その時代に存在した——一〇〇万年後の「現在」にはない——「希望」とは、「巨大脳」に苦しめられながらも「人間」が持っていた「魂」と考えていいように思える。

こうしてレオンは一〇〇万年を経て母の正しさを——そしてエピグラフにも用いられているアンネ・フランク

の言葉の正しさを――確認するのだが、最後に強調しておくべきは、それが――父と同じように――「物語」を書くことで果たされた点だろう。これは不幸な子供時代という「トラウマ」を克服するという（ヴォネガットの作品では稀有な）結果を意味するがゆえに、『ガラパゴス』を「ヴォネガットの作品群において最もポジティヴなものの一つ」にするが、[63]八〇年代の作品に見られる「芸術家」への意識に鑑みても興味深い。実際、レオンが「幽霊」になった理由としてあげる、「人の心を読んだり、人の過去に関する事実を知ったり、壁の向こうを見たり、たくさんの場所に同時にいたり、あれやこれやの状況がどうしてそうなっているのかを深く学んだり、あらゆる人間の知識にアクセスできる」ことは（七四九）、ある論者が示唆するように、「小説家」の仕事そのものであるように見える。[64]

そうして「リサーチ」をしたレオンは、父のように、シェイクスピアのように、ベートーベンのように、そしてダーウィンのように「空気の上に空気で」物語を書いたと宣言する（七七七）。もちろんそのリストには、「ヴォネガットのように」と加えることができるはずだが、あるいはむしろ、ヴォネガットがここで、自分をレオンに重ねているというべきかもしれない。『ガラパゴス』が提示する一〇〇万年後の世界が、ヴォネガットにとって「ユートピア」的なものだったとしても、レオンという戦争のトラウマを抱えた「傍観者」を語り手とした物語は、結局は「小説」になっているのだから。あるいはこういってもいい――レオンの物語が示すのは、「人間」がいない「ユートピア」には「小説」が存在しないことだったのだと。

だとすれば、一度は自殺未遂を経験したものの、「青いトンネル」の向こうに行かなかった――二度と自殺しようとはしなかった――ヴォネガットは、「人間」として、そして「小説家」として、「世界」を見届ける決意をしたのだといえるかもしれない。次作で「サバイバーズ・ギルト」の問題に切りこんでいったのは、そうした「決意」があってのことのようにも思えるのである。

『青ひげ』——トラウマと芸術

一九八七年に刊行された第一二長編『青ひげ』は、一言でいえば「芸術家小説」である。六五歳を迎える著者の手になることを思うと、キャリアの総括に相応しいといえようし、その意味で野心的な作品ともいえるだろう。『母なる夜』、『チャンピオンたちの朝食』、『デッドアイ・ディック』など、ヴォネガットは「物語」の「書き手」を主人公にした小説を何度も書いてきたし、他の作品にもメタフィクション的な（自）意識は強くあらわれていた。だが、主要人物のほぼ全員が芸術家であり、語り手が芸術観をしばしば披瀝する『青ひげ』は、「芸術」そのものを作品の中心に据えており、先行作を真正面から乗りこえようとしているように見える。

そうした小説の主人公に抜擢されたのは、『朝食』に登場した「抽象表現主義」の画家、ラボー・カラベキアンである。もっとも、『朝食』の「カラベキアン」がアート・フェスティバルに招待される一九七二年には、『青ひげ』の「ラボー」の画家としての名声は地に墜ちて久しく、厳密には「同一人物」とは呼べないかもしれないが、こうした作品間の齟齬は（キルゴア・トラウトの扱われ方と同じでもあり）問題にしなくてよいだろう。インターテクスチュアルな点において重要なのは、『朝食』のカラベキアンが、その「芸術観」を表明するスピーチで、「ヴォネガット」の「人生を一新」したとされていたことである（*BC* 六七六）。

『朝食』に関する議論では、カラベキアンの「光の帯」に関するスピーチがそうした力を本当に持つのかは疑わしいとしておいたし、実際、それはむしろ七〇年代における作家の「迷走」を象徴するものだったように思われるのだが、まさにそれゆえに、一〇年以上を経てヴォネガットがラボー・カラベキアンを再登場させ、その「芸術観」を俎上にあげたのは、いっそう興味深く感じられる。一九七六年の講演で「抽象表現主義」に触れ、一九八三年にはジャクソン・ポロックについてエッセイを書き（それぞれ『パームサンデー』と『死よりも悪い運命』に収められる）、付言するなら『青ひげ』の執筆と並行して多数の絵を自分でも描いていた作家の心中に、[65]『朝食』のカラベキアンに語らせた「芸術観」が存在し続けてきたことは間違いないはずだ。

しかしながら、どれほどヴォネガットが絵画、あるいは「抽象表現主義」に造詣が深かったとしても、[66]『青ひげ』が主題とする「芸術」は、絵画に限らず、「小説」を含むものとして理解すべきだろう。実際、一九八七年現在、七一歳となったラボーの唯一の友人は画家ではなく、小説家のポール・スラジンジャーである（「一一冊の小説を出版している」この作家は、[67]作者自身を思わせる——彼がそうなってしまうことを恐れるような[68]——存在であり、過去の作品でトラウトが担ったような役割を譲渡されているが、これはヴォネガット作品の中で最も「リアリズム」度が高い『青ひげ』にトラウトを登場させるのが難しかったためでもあるだろう）。そして何より、ラボーに「自伝」を書かせるばかりか、彼の「芸術観」に絶えず論争をふっかけるのが、人気小説家のサーシ・バーマンなのだから、「［この小説の］視覚芸術における写実主義と表現主義が相対的に持つ長所に関しての広範囲にわたる議論は、小説家の技巧に対しても同様に光をあてるものとなる」のは必然であるといってもいい。[69]

こうした文脈で注目すべきは、ウィリアム・ロドニー・アレンが指摘するように、[70]ラボーのキャリア——まずダン・グレゴリーの徒弟としてリアリズムを学び、戦後は抽象表現主義の実験的作品で有名になるが、やがて作品の（文字通りの）崩壊によって批判され、最後にリアリズムに回帰したような作品を描く——が、学生時代から八〇年代に至るまでの作者自身のそれを想起させることである。この類似は、ヴォネガットが主人公にかなりの程度、自己を仮託していることを示唆するし、そうした印象は、ラボーが両親（とりわけ父）との関係に問題を抱えて育ち、第二次世界大戦ではバルジの戦い——「第二次世界大戦最後のドイツ軍の大攻勢」（*B*三七）——に参加してドレスデン近郊で終戦を迎えるという事実によって、さらに固められるはずである。

ヴォネガットが自分の経験を主人公に与えるのは珍しくない。それどころか、与えていない作品など、長編に限れば皆無といっていいだろう。だが、両親から愛情を得られなかった主人公が、第二次大戦でトラウマ的な経験をして、作者と同じような芸術的キャリアをたどる『青ひげ』は、ヴォネガット（の詩学）の集大成的な小説となる外的条件を備えているように見える。八〇年代のヴォネガットは、『デッドアイ』で不条理な罪意識を負わされた主人公が快復期に至るまでの人生を描き、『ガラパゴスの箱舟』では戦争トラウマを抱えながら世界を傍観し、一〇〇万年後に「人間」への希望を口にする語り手を提示していた。そうした流れを考えれば、『青ひげ』で自分自身と似た経歴を持つ「芸術家」を主人公兼語り手としたことは、「芸術」によって「トラウマ」をどう昇華するかを探究する——ヴォネガットの作家としての人生そのものを総括する——試みだったと考えてよいのではないだろうか。

このプロジェクトは、『スローターハウス5』を包みこむ性格を持っている。ヴォネガットと『スローターハウス』の関係が、ラボーと『さあ、今度は女性の番だ』の関係と相似的といい得るとすれば、『青ひげ』の作者はその外側にいる。つまり、「トラウマ」が（『スローターハウス』のような）傑作を生み出したこと自体が、『青ひげ』では小説化されているのだ。しかも、話はさらに複雑である――『青ひげ』は、トラウマとの対峙によって傑作が生まれるまでの過程だけではなく、それをラボー自身が（いわばヴォネガットとともに）総括する過程をも提示しているのだから。『スローターハウス』の「問題」がトラウマ的な経験をいかにして表現できるかということだったとすれば、『青ひげ』では、トラウマ的な経験を「表現」したとしても、それを人生の一部として受容するまでは「快復」に至らないことが、さらなる「問題」とされている。

『青ひげ』の文学的達成に関する要因として強調しておきたいのは、この二つの過程――トラウマとの対峙とその受容――が、「自伝であると同時に日記」とされるラボーの語りにより（一四五）、同時に提示されている点である。こうした形式、すなわち語り手の現在の人生が、彼が回顧するそれまでの人生と並行的に語られていくスタイルは、とりわけ『スラップスティック』以降のヴォネガット作品に多く見られるが、『青ひげ』の洗練度は際立っている。そのことは、過去（自伝）と現在（日記）の物語が、ともに「一九四五年五月八日」（第二次大戦のヨーロッパ戦勝記念日）を描いた絵をクライマックスとするという構成美から、[71] ただちに確認されるだろう。ラボーが「青ひげ」としてジャガイモ納屋に隠していたものが最後に開示されるストーリーには、読者をじらす「謎」の活用という、伝統的なストーリーテリングの方法が採用されているといえようが、[72] それが単なるテクニックではなく、抑圧されていたトラウマが回帰し、それと和解するという物語の主題と結びついているところが秀逸なのである。

トラウマの回帰と、それとの和解という「問題」が設定されていることを思えば当然だが、『青ひげ』の語りは、『スラップスティック』以降の一人称の語り手による回想録という形式をとった作品のどれと比べても、「現在」の比重がはるかに重くなっている。作品の序盤で、「プライヴァシーの最も手に負えない敵」と呼ばれるサーシが(三〇)、ラボーの自伝＝日記を読んでいることがナラティヴを中断するようにして記されるのは(二八、三三、六三)、ヴォネガットがその点――ラボーの回想は、「過去」の問題にすぎないわけではなく、「現在」の問題でもあること――に関して注意を促していると考えていいだろう。それはつまり、ラボーの文章を読む読者は、それが「過去」における彼の姿を提示するにとどまらず、それを思い出して書く行為が「現在」の彼に影響を与えるものでもあることを意識させられるということである。そしてそうであるとすれば、そのように「影響」を受けた「現在」の彼が語る「過去」も、絶えず影響を受け続けることになるはずだ。

かくしてラボーの「芸術」と「人生」の関係を綴るナラティヴは、相互影響的な「過去」と「現在」のあいだで揺れ動くのだが、その中心にあるのが彼の「トラウマ」との関係であるというのが、以上の議論に――『ガラパゴス』までの議論も含めた上で――基づく本稿の作業仮説である。この「芸術家小説」に関する従来の批評には、ラボーのトラウマに注目したものはほとんどない。だが、作者自身を思わせる親との不幸な関係や、第二次大戦における経験(しかもそこで彼は片目を失う)が、「トラウマ」になっていないとは考えにくい。そしてさらに、両親がアルメニア大虐殺の生存者であった事実が強調される物語において、ラボーが第二次大戦を生き延び、戦後は芸術家仲間の死を生き延び、「最愛のイーディス」の死も生き延びてしまった人物として設定されていることは、それでいて「サバイバーズ・ギルト」の問題が導入されていないと考えることを、ほとんど不可能にするのではないだろうか。

それでは、右に述べてきたことを意識しながら、ラボーの人生をたどっていく形で彼の自伝を読んでいこう。押しの強いサーシに促されて始めた自伝執筆は、彼を思い出したくない記憶にしばしば直面させることになるが、[73]その最初に来るのはもちろん両親に関する記憶である。とりわけ父についてはサーシに「思い出させてくれなければよかった」といっており（二一）、それはとりも直さず、その記憶を抑圧せねばならないほどに、父の存在が彼に深い影響を与えてきたことを意味するだろう。

ラボーの両親はアルメニア大虐殺の生存者である。母は死体の中に混じって死んだふりをして生き延び（そして宝石を手に入れ）、父は教師をしていた小学校の便所で、糞尿の中に身を潜めてやりすごした。ラボーによれば、殺戮の場に居あわせた母は、父よりも陰惨な体験をしたにもかかわらず、「母はその虐殺の記憶をどうにかして振り払い、合衆国で好きなものをたくさん見つけられたし、そこで家族の将来を夢見ることができた」とされている（九）。実際、彼女は一九二八年、息子が一二歳の年に死んでしまうため、紹介されるエピソードは少ないが、アメリカ社会をよく観察し、そこに適応できる人物だったことは、[74]「アメリカに最も浸透している病気が孤独である」という（作者譲りの）認識に基づき（四二）、画才のある息子を促して有名イラストレーター、ダン・グレゴリーに手紙を書かせたことからもうかがえる。

それに対し、ラボーの父は、「適応」をまったく果たさない。ラボーの見方はともかく、虐殺を糞尿の中に隠れて逃れたという体験は忘れがたいものだろうし、それはドレスデン爆撃を屠殺場に隠れて生き延びたヴォネガット自身のものを想起させることからも明らかである。したがって、サーシが推測するように、彼は生存者症候群に苛まれることになったのだろうし（二〇、二八）、その罪悪感は、彼よりも妻の方が苦しんだと思えば（ラボーがその見方を父から受け継いだ可能性もある）むしろ悪化するはずだ。さらに、アメリカへの移住の際、同国人の生存者ヴァルタン・マミゴニアンに騙されて財産を失ったことは、「生存者」と「罪」の結びつきをいっそう強めたに違いない。アメリカにわたってからの父を、ラボーは「自分自身のトルコ人となり、自分自身を殴り倒して唾を吐きかけた」と評しているが（一七）、実際、周囲にアルメニア人が一人もいないサン・イグナシオにとどまり（一七）、自分のものになるはずだった家の写真を手元に置き（二七–二八）、マミゴニアンと同じ「靴職人」になるというのは（一七、一八）、自罰的というしかないはずである。

そうした父のそばで育つことが、息子に好ましい影響を与えるはずはない。「お父さんは友人や親族みんなのように死ななかったことを恥じていたのよ」というサーシに対し、ラボーは「おやじはわたしが死ななかったことも恥じていた」というが（二〇）、この言葉は彼の心の傷を（彼自身がサバイバーズ・シンドロームを抱えていることを示唆しつつ）はっきりと示す。ある論者は、ラボーが他者に自分の「魂」を見せられないのは、親が愛情を示さなかったことに起因すると述べているが、[75]愛を十分に受けずに育った――一七歳でニューヨークに出るためにスーツを仕立てるまで、父と体を触れあった記憶さえない（五九）――ことは、彼が最初の妻ドロシーと二人の息子をうまく愛せなかったことを部分的に説明するかもしれない。

このような少年期をすごしたラボーが、グレゴリーからの徒弟にするという連絡を受け、大恐慌時代の一九三三年に、「再び生まれるために」勇んでニューヨークに向かうのは当然だろう（五五）。貧乏な移民の息子が、有名イラストレーターを新たな「父」とし、衣食住の心配もなく暮らせるのだ。この新生活について、「父」が専制的な「怒りの神」であったとしても、その家は「エデン」のような場所で、ラボーは「アダム」として、グレゴリーの愛人マリリー・ケンプという「イヴ」と暮らしたと見なす批評家もいるのだが、[76]一〇歳年長のマリリーは、やはり「イヴ」というより「母」に近い存在だろう。かくしてラボーは一種の「家族」を得るのだが、それがエディパルな三角形の一角を占めることである以上、彼が新たな「父」をロールモデルとする一方、それに反抗することになっていくのも自然だといっていい。

そうしたラボーの「反抗」は、グレゴリーが出入りを禁じた近代美術館（ＭＯＭＡ）にマリリーと足繁く通うという形でおこなわれるわけだが、その点について理解するためには、グレゴリーの「芸術観」を考えねばならない。彼の作風は、何度となく「～をダン・グレゴリーのように描ける者はいなかった」という形で記述されるような「リアリズム」だが、これは「現実」を「ありのまま」に描くだけのものではない。事実、最初にラボーの絵を見た彼は、正確だが「魂がない」と一蹴する（一一四）。『青ひげ』に頻出するこの「魂」という語は、曖昧な（それゆえに便利な）言葉であるのだが、ひとまず「情熱」や「個性」と考えておけばいいだろう。

グレゴリーは「全米一有名なイラストレーター」ということで、論者達はノーマン・ロックウェルを想起させるとしてきたし、[77]ヴォネガットもそれをインタヴューで追認している。[78]ロックウェルは『サタデイ・イヴニング・ポスト』誌の表紙を長く描いて有名となったが、『ポスト』はグレゴリーが挿絵を描いたとされる『コリヤーズ』誌ともども（六九）、ヴォネガットが修業時代に短編を発表した中産階級向けの保守的な雑誌であり、アレンがグレゴリーの絵を「現実を誤って伝え、センチメンタライズする」「二流の作品」と見なしているのは、おそらく間違ってはいないと思われる。[79]

しかしながら、グレゴリーの芸術観が「問題」となるのは、それが「二流」の画家のものだからではなく――ロリー・ラックストローがいうように、この小説は「あらゆる芸術的努力に共感的」である[80]――そこにこめられている「魂」が、偏向していることが明らかになるときなのだ。彼は黒人を家に入れない（モデルが必要なときには写真を使う）レイシストであり（一〇二）、マリリーの話をするときも「女ども」と一般化するセクシストであり（一〇六）、ムッソリーニを礼賛するファシストでもある。[81]ある論者は、彼の美学はムッソリーニの政治と同様に「秩序」を目指すと論じているが、[82]実際、彼の差別的イデオロギーは、「個」を圧殺し、「現実」を一面的に「秩序立てる」ものといっていいし、彼はそうした「秩序」を「現実」に押しつける権利を、「芸術家」が有すると信じている。彼はラボーに小銃を見せ、その善悪を決定するのは「絵描きだ――それと物語作者だ、詩人や劇作家や歴史家も含めてな……。そういった人々が善悪最高裁判所の判事であり、いまのおれはその一員となっている」というのである（一〇五）。

禁じられたＭＯＭＡに通うという形で「父」に反抗する若きラボーが、グレゴリーのイデオロギー＝芸術観に、どこまで批判的だったのかはわからない。だが、ムッソリーニがアメリカを占領したら「現代美術館を焼き払い、〈民主主義〉という言葉を違法にするだろう」と述べるグレゴリーが（一〇四）、皮肉にも、弟子の中にモダンアートへの関心の種を撒き、将来の彼を抽象表現派のスポークスパーソン的存在にしたと考えることは可能だろう。抽象表現派の絵画は「それ自体以外の何物も表現しない」というラボーの主張は（一一、一七三）、現代美術を〈グレゴリー的な〉「安定した、秩序立った表象システムに抵抗」し、「ファシズムによる固定化された真実の押しつけに反対」するものとして評価する[83]――「歪んだ歴史教育によってかくも多くの無意味な流血が引き起こされたことを思うと、抽象表現派の画家達の最も立派な点は、彼らがそんな裁判所に勤めるのを拒絶したことにあるのかもしれない」（二〇五）。

だが、ラボーがそうした芸術観を持つのは先の話である。一九三六年の聖パトリックの祝日にMOMAから出てくるところを見つかった彼は破門され、マリリーと一度限りのセックスをしたあとは、しばらくあてどない暮らしを続ける。美術学校へ入ろうとする――その動機が、「家族」が必要だったとされていることは（一三七）、少年時代の心の傷が癒えていないことを示唆する――ものの、「情熱がない」という理由で断られる（一三九）。つまりグレゴリーに批判された点が再び看破されたわけだが、それだけに教師ネルソン・バウアベックの「芸術家にとって、自分にできないことのありったけをカンバスにぶつけ、何とか心の平安を作り出さなくてはならないことが、どういうわけかとても有益で、もしかしたら必要不可欠かもしれない」という言葉は（一三八）、のちに彼が持つようになる芸術観に影響を与えたかもしれない。

そうしているうちに（一九三八年に）父が死に、ラボーは失職して軍隊に入る。入隊は主に生活のためだったが、軍が自分を「養子にした」という彼は（一四九）、やはり「家族」を求めていたといえるし、事実、アメリカが第二次大戦に参戦すると、彼は芸術家によって構成される偽装工作の専門家集団としての小隊を率いて（これは彼自身のアイデアだった）[84]、「三六名の幸福な家族と一緒にいるために、大尉をこえる昇進をすべて断った」（八）。結果、彼はバルジの戦いに歩兵として参加し、片目を失ってしまうのだが、それについては「わたしが戦争で耐え忍ばねばならなかった苦痛は、民間人が歯医者の椅子で経験する程度のものでしかなかった」と片付けられている（二九）。

このように、ラボーは戦争体験について多く語らず、概してそれがたいしたものではなかったかのように述べるのだが、これはそのまま受け入れるのが難しい。おそらくは誰も殺さなかった彼の戦争体験は（四一）、エリオット・ローズウォーターやレオン・トラウトのものとは性質を異にするかもしれない。だが、彼が目の傷跡を「最愛の」妻イーディスにさえ隠し続け（九〇）、終戦時の光景を描いた絵を納屋に隠し続けているという事実に鑑みると、戦争に関する記述の少なさは、むしろ彼の語りが――少なくともその前半は――戦争の記憶を抑圧している証左なのではないだろうか。[85]

そのように考えてみると、ラボーが自伝の冒頭で軍隊のことを楽しげに回想していたとしても（そのこと自体がいささか異様な印象を与えるが）、その「楽しい」記憶には影が差していたことが想起される――「軍隊における人工縁者達について――一部はわたしが捕虜になり片目を失ったあの小戦闘で殺された。生き残った連中には、それから会ったことも、手紙をもらったこともない」（一一）。バルジの戦いを「小戦闘」と呼んでいること自体に「抑圧」が感じられるが、ともあれ彼はこうして「縁者」が死んだ戦争の「生存者」となる。彼が他の生存者とも音信不通になってしまうのは、彼が（そして戦友達も）戦争体験を「トラウマ」として抱えこんでいる可能性を示唆するだろう。実際、彼はスラジンジャーとの「絆」を「第二次大戦から持ち帰ったかなり重傷の孤独と傷」と述べており（一二四）、これは二人が互いを鏡として傷を曖昧に舐めあってきたことを意味するように思えるが、そのスラジンジャーが精神病院への入退院を繰り返している事実は（一四三）、ラボー自身の「傷」の深さを推測させるかもしれない。

サーシによれば、ラボーは「生存者症候群になる資格はあるかもしれないけど、そうはならなかった」とされているが(二九)、この「診断」を受け入れる必要はないだろう。たとえ彼女が「生存者症候群」を扱う小説を書いていても(三〇)、この段階では、彼女はラボーと知りあって約一ヵ月しか経っていないのだし(そのすぐあとに「五週間」とある[三二])、彼女自身が夫の死を乗りこえようとしているという事情が影響を与えている可能性もある。また、より重要なことに、「生存者症候群になる資格はあるが、そうならなかった」というのは、ラボーが抱くセルフ・イメージに相応しい(そのように見てもらいたい)状態なのだ。彼が父のサバイバーズ・ギルトに関して「母に比べればそうなる資格がなかったのにそうなってしまい、自分と家族を不幸にした」と思っている以上、自分自身がサバイバーズ・ギルトに陥っているとは考えたくないはずだろう。

このように、父のサバイバーズ・ギルトは、息子のサバイバーズ・ギルトに歪みを生じさせた可能性があるのだが、ラボーの自己認識がどうであれ、彼は戦争で傷ついた自己を抱えながら戦後の社会を生きねばならず、それは楽なことではなかった。看護師ドロシーと結婚して二人の息子をもうけ、大学で実学を学び保険の勧誘員になるといったように、いわば正しく――「戦後の映画がそうであるようにして」(一五三)――「社会復帰」を目指すものの、彼は抽象表現主義の画家達と付きあい始め、やがて自分も創作活動を再開し、家族を蔑ろにするようになっていく。

……戦後のわたしもそうだった。[創作]は、わたしの最初の結婚と、よき父親になろうという決心をぶち壊すことになった。戦後のわたしは、民間人としての生活のコツをつかむのにとても苦労していたが、そのとき、ヘロインの注射と同じくらい強力で無責任なものを発見した――巨大なカンバスにたった一色の絵の

具を塗り始めると、全世界をどこかにやってしまうことができるのだ。（一〇八）

これは芸術家の「業」を釈明する一節に見えるが、同時に気づいておきたいのは、戦後のラボーが芸術に向かったのが、民間人としての「現実」に適応できなかったことに起因する点である。戦争体験は彼に――ほとんど「ヘロインの注射」を必要とするほどの――PTSDをもたらしていたのであり、彼の芸術への再接近は、そうした文脈を意識しつつ考察しなくてはならない。

順を追って考えるべく、ラボーがまずは「芸術」自体というより「芸術家」との交友を求めた点を確認しておこう。彼は子供時代に親から愛情を与えられなかったことを埋めあわせるように、芸術の道に進んだ徒弟時代に擬似的両親を得て、美術学校にも「家族」を求めて出願し、戦争中も芸術家達によって構成される「家族」から離れられずにいたのだから、戦後の彼の「芸術」への関心は、低からぬ程度、自分を愛してくれる「家族」への渇望に動機づけられていると推測していいはずだ――「わたしは［画家達］との交際を本当に楽しんだ。これはとりわけ、彼らがわたしのことを、わたしも画家であるかのように扱ってくれたからである。わたしは彼らの一員だった。ここには、わたしが失った小隊の代わりとなる、新たな大家族があった」（三八、強調は引用者）。

ラボーが「家族」を求めながら、妻子を蔑ろにして「拡大家族」に向かうというのは矛盾しているようにも思えるが、これは理解が難しくないだろう。ある論者は、これを大人が人生で必要とするものを「核家族」は満たしてくれないためとするが、[86] ヴォネガット作品の「拡大家族」がいつも「ユートピア」的なものであることを想起していえば、ラボーが適応できないのは、まさに妻子が代表する「現実」なのであり、彼は「拡大家族」との交友（そして芸術へのコミットメント）を、実の家族＝「現実」を忘れるために使っていると考える方が妥当に思われる。[87]

そうしたラボーが「抽象表現派」の画家達を交友相手としたのは、かなりの程度、歴史的な偶然――「第二次大戦直後に円熟期を迎える」抽象表現主義は、[88]彼の暮らすニューヨークを本拠としていた――によるのだろうが、モダンアートを嫌っていたかつての「父」グレゴリーへの反抗心も影響していたかもしれない。彼が新しく見つけた「拡大家族」の「父」は、「あらゆる抽象表現派の画家達の中で最も偉大」とされる（架空の画家）テリー・キッチンであるが（五二）、彼はこのキッチンを「ロールモデル」とするような形で、[89]抽象表現主義の作品を創作していく。スラジンジャーによれば、何でもうまくやれてしまうキッチンは、わざと「自分がどうしようもなく不器用な人間にならざるを得ない、数少ない分野の一つを選んだ」とのことであるが（一八二）、ラボーが妻に向かって、リアリズム的なスタイルを「こんなのはあまりにもクソ易しいからだ」という激しい言葉を使って拒絶するのは（一九二）、かつてバウアベックに「自分にできないことのありったけをカンバスにぶつけ」る必要性を説かれた彼が、キッチンに――その「自罰的」にも見える姿勢に――理想の芸術家＝「父」を見ているからかもしれない。

だが、ラボーが抽象表現主義（の画家達）に接近した動機が、こうした心理的な（多分に無意識の）ものであったにせよ、「絵を描くことはともかく、絵について語ることにかけては、誰にも劣らなかった」彼は（三八）、その「芸術観」を洗練させていく。一九五〇年――ラボーが妻子との距離をますます感じ、ジャガイモ納屋を借りた年――にイタリアで起こるマリリーとの再会は、こうした観点からも重要である。

『青ひげ』がときに「プロフェミニスト小説」とも呼ばれることもあってか、[90] ポルトマッジョーレ伯爵夫人となったマリリーとのやりとりは、男性批判という文脈で参照されることが多い。実際、子供の頃から性的な虐待と搾取を受け続け（一六一）、グレゴリーに強制された堕胎で不妊となり（一三三）、階段から突き落とされた後遺症を抱える彼女が（一二五）、戦時中の女性経験をひけらかすラボーを批判し、戦争を「いつだって女に対する男の戦いだった」と総括することで（一六四）、ヴォネガットの戦争批判を――そして戦争をめぐる「物語」に対する批判を――新しい次元に引きあげたのは確かだろう。[91]

ただし、この小説においてマリリーの男性批判が重要なのは、それが単に正論であるだけではなく（彼女の批判が「はるかに時代に先んじていた」にせよ［一六六］、結局のところ、『青ひげ』の出版は八〇年代後半なのである）、ラボーの芸術（観）の展開に、密接な関係があるためである。例えば、戦争に関する（男達の）「物語」に向けられた彼女の批判の正しさは、それ自体としてはラボーのPTSDを楽にするようなものではまったくないが（片目を失った彼に、自分の家にいる女性は片目だけではなく片足も失ったというとき［一六四］、彼が自分の戦争体験を美化してくれるような「物語」を必要としている可能性は彼女の視野には入っていない）、そうした彼女が要求するからこそ、彼はやがて絵の題材とすることになる捕虜体験を、（おそらくはじめて）客観的に言語化するのだ（一七二―七三）。

さらに注目すべきは、マリリーがリアリズム絵画の危険性に気づいており、[92] ラボーが説明する抽象表現主義に、いわばお墨付きを与えることである。

女達や子供達を雇って、死の収容所や、広島の爆撃や、地雷の敷設、そして何なら昔の魔女の焚刑や、キリスト教徒を猛獣に食べさせるところを、壁画として描かせようとも思ったわ……。でも、そういったものは、あるレヴェルでは、単に男達をそそのかして、いっそう破壊的で残酷にするだけかもしれないと思うの。こんな風に思わせるだけかもしれない――「ああ！　おれ達は神々のように強いんだ！　いかなるものも、おれ達が世にも恐ろしいことをするのをとめられなかった――おれ達が、世にも恐ろしいことをしてやるぞと思いさえすれば」ってね。（一七三―七四）

このように、マリリーは「リアリズム」がいつでも「物語」化されてしまうことを――彼女もグレゴリーの絵を見てきたのだから――認識し、「それ自体以外の何物も表現しない」抽象表現主義に「主題がまだ創造されていない始原に戻ろうとしている」という理由でシンパシーを示す（一七四）。戦争を（男達の）「物語」に回収させたくないマリリーと、戦争体験を「物語」に回収できずに苦しんでいるラボーは、かくして抽象表現主義に、戦後芸術としての可能性を一致して見出すのである。

ラボーの「抽象表現主義」についての理解に対しては、専門家の立場からは疑義も呈されているが[93]、「抽象表現主義とは何か」という問題を扱うことは本稿の射程をこえているし、その必要もないだろう。むしろ考えておきたいのは、こうして抽象表現主義を理論的に理解するラボーが、実践者としてはどうなのか、という点である。彼自身の評価は「シリアスな画家として――落第」というものだが（一七六）、この低評価は彼の作品から、使用した絵具「サティーン・デューラ・ラックス」が剥がれてしまったという不運なアクシデントに起因するところもあるだろう。
ただ、それでも、ラボーは抽象表現派の一流画家、キッチンやポロックとは（あるいはアーシル・ゴーキーやマーク・ロスコなど、作中で言及されるどの画家とも）、ともに「三銃士」と呼ばれはしても、本質的に違うという印象を与える。ある批評家が詳しく論じるように、キッチン達は実験的手法以外の方法を選択肢として持たないが（ヴォネガットはポロックが通常の意味では絵が「描けなかった」と述べている）[94]、ラボーはそのスタイルを「選択」する。[95] キッチン達の創作活動が「衝動的」なのに対し、ラボーは「自意識的」で、「芸術家」というより「論客」といった感じでよく話す——「[ポロック]は本物の画家だったのでほとんど話さなかった。テリー・キッチンも、本物の画家になったあとは、ほとんど話さなくなった」（一二七）。[96] こうした観点からは、ラボーがこだわる「魂」と「肉体」の二項対立をキッチンが理解しないことなども（一八六）、いかにも示唆的な対比であるように思える。[97]
このように見てくると、サティーン・デューラ・ラックスが剥がれた「不運」は、いわばメッキが剥がれたことを象徴するように見えるかもしれない——結局のところ、ラボーの抽象表現主義への接近は「家族」がほしかったためであり、彼の「芸術」は「頭でっかち」の作品で、キッチン達の亜流にすぎなかったのだ、というように。絵具の剥離が起こったのが六〇年代の初頭であり（二一〇）、そのときの彼はポロックやキッチンが（一九五六年に）死んだあとの隠遁生活に入って久しかったことを思えばなおさら、[98] 絵の崩壊は、彼の「抽象表現派」としての不徹底さを（彼自身の目にも）確認させる出来事と考えていいように見える。
しかしながら、こうした「抽象表現派」としての不徹底さを、単にラボーが「芸術家」として二流であり、

「芸術」に対して不誠実だったことの証として片付けるわけにはいかない。マリリーとのやりとりや、「できないこと」への（自罰的な）挑戦は、戦後の彼にとって、抽象表現主義へのコミットメントが真摯な、そして必要なものであったことを示していた。「魂と肉体」という二項対立への拘泥にしても、ローレンス・R・ブロアーが指摘するように、彼の「最も目立つ精神的な傷」が「精神と身体との分裂症的な乖離」であるなら、[99] 彼の絵画に対する姿勢は、「頭でっかち」などころか、自らの「症状」と全身で格闘するものというべきではないだろうか。

こうした観点からは、ラボーが当時抱えていた「秘密」――「いったんイラストレーターになったら、死ぬまでイラストレーター！」（一五四）――として述べている次の一節は、とりわけ興味深いものとなる。

わたしは、巨大で変哲のないサティーン・デューラ・ラックスの地に細長いカラーテープを貼りつけた自分の作品の中に、物語を見ずにはいられないのだ。CMソングの馬鹿げた節のように、あるアイデアが頭に浮かび、それっきり出ていかなくなってしまった。テープの一本一本が、人間だとか何かしらの動物の核にある魂だというアイデアである。……しかも、この秘密の幻想は、実人生における場面に関するわたしの見方に影響を与え、その後も与え続けている。二人の人間が街角で話しているのを見れば、わたしには彼らの肉体や衣服だけではなく、その内側に、垂直に細長く伸びる色の帯が見えてしまうのだ――実際には、テープというよりも、低輝度のネオン管に似たものではあるが。（一五四）

これが「秘密」であるのは、「それ自体以外の何物も表現しない」という（彼が主張する）抽象表現主義のテーゼに反するためだろうが、まさしくそれゆえに、この一節は彼の「芸術」を理解する上で重要である。ラボーの「抽象画」が「物語」を背後に持って（しまって）いることは、彼を「抽象表現派」としては二流の模倣者にとどめるかもしれない。けれども、「抽象表現派」としての失敗は、「芸術家」としての失格を意味しない――彼が「抽象画」にも「物語」を組み入れてしまうような画家であるからこそ、のちに『さあ、今度は女性の番だ』が生み出されることになるのだから。

それとともに注意しておきたいのは、ラボーには「現実」が「抽象画」のように見えている点である。彼の説明では、「抽象画」を描くようになった結果、「現実」がそのように見えることになったとしているが、これは「現実」から「リアリティ」を奪うような見方を――あるいは、「現実」に「リアリティ」が感じられないことを正当化するような見方を――戦後の彼が必要としており、それに「抽象表現主義」が応えたことを意味するように思える。戦争体験を経て、戦後の「現実」にうまく適応できずにいた彼にとっては、「抽象画」の世界こそが「リアル」だったのである（これは『朝食』におけるカラベキアンの「光の帯」に関するスピーチに、遅ればせながら小説的重量を吹きこむものとしても見なし得るだろう）。

このように見てくると、戦後におけるラボーの「抽象表現主義」へのコミットメントは、それ自体が「トラウマ」の症状であると同時にそれへの対処法でもあるといったような、非常に不安定なものであり、彼自身が「秘密」にしていた芸術的資質にも適していなかったのだから、永続し得るはずがなかったといわざるを得ない。実際、彼の「抽象表現派」としての活動は、ポロックとキッチンの死（ポロックは事故死だが、ラボーはキッチン

――そしてゴーキーやロスコ――と同じく自殺と見なしている［一九三二］による「三銃士＝拡大家族」の消滅によって――サティーン・デューラ・ラックスがもたらしたスキャンダルとは無関係に――あっけなく終わってしまうのだ。

友人が続けて自死する事態は、誰にとってもショッキングに違いないが、それが八年もの隠遁をラボーにもたらすのは、やはり「サバイバーズ・ギルト」があってこそだろう。[100] 実際、「三銃士」にはじめて言及した次の文で「トリビア的質問――その三銃士のうちの何人がいまも生きているか？　答――わたしだけ」と（数行前で二人の死に触れているのに）わざわざ記しているのは（一一二）、自分だけが生き残ったことへの疚しさを感じさせる。また、彼らの死に続いてドロシーが子供を連れて出ていったときの心境について、サーシに促されて「あのとき、わたしは父親の気持ちにいちばん近づいたんじゃないかと思う……虐殺のあと、村に自分ひとりしかいないと気づいたときの気持ちに」と（一九三）、父の生存者症候群と結びつけて告白している事実も、小説全体に「サバイバーズ・ギルト」の問題が浸透していることを確認しつつ想起しておきたい。

ラボーが小説の終盤、サーシとすごす最後の夜に、一九五六年の自分の心境を父と重ねて述べていることは、小説の序盤で「一〇〇回も［赦してきた］」といっていた父を（一一）、はじめて本当の意味で赦したことを示唆するがゆえに感動的なのだが、これは四ヵ月にわたる自伝＝日記の執筆と、サーシとの深い交友があってもたらされた変化と見なすべきだろう。一九五六年の彼は、そのように自分を外側から見る視点を持たないままジャガイモ納屋での隠遁生活に――父親の姿勢を模倣するように――入るのであり、それが八年間続いたあと、イーディスによって拾いあげられることになる。

「最愛のイーディス」との二〇年の結婚生活は、ラボーにようやく平穏を与えたように見える。実際、そのあいだの出来事がほとんど記されていないのは、あまりに平穏だったためだろう。「地母神タイプ」とされる彼女は（一一）、「一度たりとも［彼］に何かをさせようと思ったことがな」く（一四）、夫婦間に葛藤など起こりようがない。そうした彼女を、批評家の中には「無償の愛」を与える存在として、彼が幼い頃に亡くした母の完璧な代理であるとか、[101] ヴォネガットが世界で必要と考えている存在だと評価する者もいるし、[102] 彼女がそのような女性だからこそ、ラボーが子供時代の愛情の欠如、戦争経験、そして芸術家仲間の喪失といった数々のトラウマを、二〇年にわたって抑圧できたことは確かだろう。

このように、イーディスとの結婚は、ラボーにトラウマからの避難所を、一種の「ユートピア」として提供するが、『スラップスティック』や『ガラパゴス』においてもそうだったように、それは「人間性」を奪う場所でもある。イーディスが結婚式で彼を「よく馴れたアライグマ」と紹介することに象徴されるように（一八七）、「トラウマ」のない世界には「人間」がいないのだ。彼は妻の前夫を「ロールモデル」とするのだが（一八七）、その人物を、彼はもともと「人好きのする怠け者で、人畜無害の、人生の浪費家」と見なしていたのであり（一八七）、そうした「父」を模倣する彼が、平穏な生活と引き換えに、人生を放棄しているのは明白である。戻ってきた『ウィンザー・ブルー一七番』の画板を「不幸な過去の悪魔祓い」として白く塗り潰し、『わたしは努力し、失敗し、そのあと片づけをしたのであり、だから今度はあなたの番だ』という題をつけるのは（一九九）、二〇年の「幸福」な生活が、現実逃避であったことを示している。

しかしながら、長期にわたって平穏に暮らしたとしても、それが「逃避」である以上、トラウマからの快復はもたらされ得ない。ラボーが「飼い主」より先に「アライグマ」のまま死ねば、トラウマを抑圧したまま人生からリタイアできただろうが、妻の予期せぬ死は、「ユートピア」から彼を追放し、抑圧されていたトラウマが回帰する。ある批評家は、過去の出来事を思い出すには感情的な「引き金」が必要であり、記憶が強烈なものであればあるほど引き金も強力でなくてはならないとして、イーディスの死をそうした強力な引き金と見なしているが、[103]彼を二〇年間守っていた防波堤が崩れ、ラボーはトラウマの波に飲みこまれてしまうのである。

かくしてラボーは納屋にこもり、半年ものあいだ絵を描き続ける。「ヘロインの注射と同じくらい強力」なものが、半年にわたって必要だったのだ。その題材が終戦の日に彼が「生存者」として見た光景であることは、戦争体験が彼の人生の核にあったことをはっきりと示すだろう。三度にわたって言及される場面だが、最初のものだけ引用しておこう。

ヨーロッパの戦争は一九四五年五月八日に終わった。わたしがいた捕虜収容所はまだロシア人に占領されていなかった。わたしは……あらゆるところから来た、捕虜になった他の何百人もの将校と一緒に、収容所を出て、まだ征服されていない田舎へと、道足で行進させられた。ある晩、衛兵達が姿を消し、翌朝目を覚ましてみると、現在では東ドイツとチェコスロバキアの国境にあたる、大きな緑の谷のへりにいた。我々の眼下には、あるいは一万人にも及ぶ人々がいた――強制収容所の生存者、強制労働者、精神病院から解放された狂人に、監獄や刑務所から解放された通常の犯罪者、捕虜になっていた将校、そしてドイツ人と戦った、あらゆる軍隊の兵が。

何という光景！　そして、もしこれを見せられても生涯にわたって驚嘆するには十分ではないというなら、聞いてもらいたい――ヒトラーの軍のまさに最後の生き残りも、軍服はぼろぼろだったが、殺人兵器はまだ稼働状態のままで、そこにいたのだ。

忘れようもない！（一五二）

この場面について、ヴォネガットが「あれは想像したものではない。現実だ。オヘアとわたしはそこにいた」と書いていることはよく知られている（*FWD* 一七一）――ヴォネガットは作家としての原風景をラボーに与えているわけだ。

ただし、「原風景」はあくまで「素材」でしかない。ヴォネガットが『スローターハウス』を書いたときと同様に、ラボーは自分が「芸術家」として学んだ経験を活かし、それまでの人生をすべて注ぎこむような作品を描く。口から宝石をこぼれさせている死んだ女性は母親の体験を反映し（*B* 二〇八）、軍服の描写はグレゴリーへの「オマージュ」とされている（二〇九）。「三銃士」は画面の下に揃っており（二一一）、『さあ、今度は女性の番だ』という題はマリリーとの会話が念頭にあってのものだろう（二〇六）。全体として「写真であってもおかしくないほど写実的」な筆遣いだが（二〇三）、納屋の入口から見たサーシが「驚いて息を飲んだ」のは（二〇二）、「一種の抽象画として知覚した」ときであるといっていいはずだ。[104] 読者が（見ることができない）この絵に感動するのは、そこにラボーの人生が、何ひとつ否定されずにこめられているためなのである。

しかし、この絵を一九八五年に描いたあと、ラボーはアトリエを閉ざす。トラウマの回帰は、一時的に彼を芸術へと向かわせた――「逃避」させた――が、そうやって感情を吐き出した彼を、再び隠遁生活に戻らせてしまうのである。右に引用した長い一節に、「[この光景]を見せられても」というフレーズがあるが、彼は自分が描いた「その光景」を誰にも見せない。「忘れようもない！」というが、まだ忘れようとしているのである。彼は一時的にトラウマに対峙したが、「快復」はしていないのだ。

その「快復」は、物語の「現在」である一九八七年の六月に始まる。もちろん、「サーシ（＝キルケー）」というファム・ファタール的な名を持つ、押しの強い――部分的にはジルに基づくともいわれる[105]――四三歳の女性との出会いによってである。浜辺で出会った彼女に滞在を勧めたのは（二二）、彼が心のどこかで他者との交流を求めていたためだろう。実際、彼女の挑発的な言動に文句をいう彼は、どこかその刺激を歓迎しているようにも見える。[106]彼女との会話はもとより、促されて書き始めた自伝が、毎ページのように自己発見をもたらし、セラピー的な効果をあげていることも間違いない。[107]こうして彼は、彼女が滞在する四ヵ月のうちに、少しずつ変化していくのである。

そうしたラボーの変化は、例えば妻達についての見方にあらわれている。自伝を書き始めた頃、ドロシーとのあいだに生まれた息子達が自分とは口もきかない関係になっていることを「クソったれ、誰が気にするか！」といっていた彼は（一一）、次第に彼女達への罪意識をあらわにしていき、[108]数ヵ月後には「わたしが恥じるべきあらゆることの中で、この老いた胸に最もこたえるのは、あの善良で勇敢なドロシーの夫にうまくなれず、その結果、血と肉を分けたアンリとテリーという息子達を、彼らの父親であるわたしから遠ざけてしまったことだ」と告白する（一七六）。一方、「地母神」とされていた「最愛のイーディス」に関しては、「二人目の妻は、わたしに絵が描けようと描けまいとどうでもよかった。わたしは彼女が納屋から拾ってきて、家で飼うペットにした、年寄りのアライグマにすぎなかった」と(一九一)、冷静な認識を持つに至るのだ。

この文脈においては、物語の中盤(八月中旬)、サーシが玄関ホールを勝手に改装した騒ぎのときに、ラボーがコックのアリソン・ホワイトに、自分の名前を呼びもしないと非難されるエピソードを想起しておいてもいいだろう(九九)。この一件は、結局サーシが収め、彼は周囲に「人間」がいること(のありがたさ)に気づかされるわけだが、彼にドロシーから受けた批判を思い起こさせる点でも重要である(一〇〇)。数ページ後にグレゴリーがマリリーを「女ども」と一般化して呼ぶことに彼が気づく記述があるのも(一〇六)、この事件があってのことかもしれない。このように、サーシが来てからの日々は、彼に「現在」の自分について考えさせるとともに、「過去」を客観的に見る機会を与えることになる。その後も彼がアリソンをつい「コック」と呼んでしまうのは(一〇〇、一〇二など)、彼の「再教育」には時間がかかることを示唆するが[109]、それでもサーシは彼を——オデュッセウスの部下を動物(豚)に変えるキルケーとは正反対に——動物(アライグマ)から「人間」に戻すのである。[110]

サーシがラボーの「変化」を引き起こす以上、彼女が最終的に彼の物語における最重要人物となり、この自伝を捧げられることになるのも当然というしかないが(六)、興味深いことに、最初は彼に「彼女は本気で自分が最高だと、そして他のみんなは馬鹿、馬鹿、馬鹿だと思っているのだ!」と思わせるような(三一)、ほとんど独善的なまでに自己主張の強い、ありていにいってしまえば「嫌な女」という印象を与えかねない女性として描かれている。玄関ホールを勝手に改装したことにしても、彼女は「恩恵」をほどこしたというが(九六)、常識的には言語道断の行為という他ないはずだ。

　こうしたサーシの造型には、ヴォネガットが「クサンチッペ」と呼ぶジルの影響を読みこむことも可能だろうが（*FWD* 一八八）、より重要なのは、そうした彼女の「欠点」に見える特徴が、ラボーの「変化」を可能にし、それを前景化する点である。そもそも、人生からリタイアしたつもりになっているラボーを殻から引っぱり出すには、相手の都合など考えない（ように見える）キャラクターが必要とされるはずだし、また、彼が殻に引きこもっていたからこそ、「日記」の序盤において、サーシが実際より傲慢な印象を与えるということもあるだろう。

　事実、サーシ自身が問題を——トラウマを——抱えていることに、ラボーはなかなか気づかない。例えば、玄関ホールの一件のあと、彼女が屋敷に居続ける選択をしたことについて、彼は「何か彼女なりの思惑があって」とだけ記しており（*B* 一〇三）、夫を半年前に亡くした彼女が喪失感と戦っていることへの意識は見られない。同様に、リビングルームにビリヤード台を設置して玉を突いているのを見ても、彼女がかつて父を自殺で失ったあとに毎日一〇時間そうしていたことを知らされながら、それが夫を失った悲しみを紛らわせようとする行為であることがわからない。[111]「彼女は急に無比の正確さを失い、欠伸の発作にとらえられ、また、痒みの発作にとらえられたかのように体をかきむしる。そして階上のベッドへと行ってしまい、ときには翌日の昼まで眠っている」といったことが起こっても、「こんな気分屋の女性は見たことがない」と（一二〇）、彼女の奇矯さに回収してしまうのだ。

　ラボーがサーシの「問題」に気づき始めるのは、物語の三分の二ほどが経過し、拘束衣に包まれたスラジンジャーを見た彼女が示す反応を目撃したときである——「正気を失った人々は、明らかに彼女にとってのゴルゴンなのだ。そうした人を見ると、彼女は石になってしまう。そこには何か物語があるに違いない」（一四〇）。こうしてサーシの「物語」を意識した彼は、彼女の寝室に大量の薬瓶を発見し、ようやく「浜辺での奇妙な挨拶」――「あなたの両親はどんな死に方をしたの」（一五）――に始まる、それまでの彼女の振る舞いを理解することになるのである（一四二）。

サーシの「トラウマ」を詳しく論じる余裕はないが、おそらく夫を失ったことが、彼女に父の自殺（その際には「正気を失った」振る舞いがあったのかもしれない）を思い出させたのだろう。ある批評家は、彼女の自信に満ちた外見は、父を自殺で亡くした記憶にとらわれていることを隠すものだと論じているが、[112] そう考えてみれば、彼女がヤングアダルト小説の作家となったのも、かつての自分が直面した問題にとらわれ続けていることを意味するのかもしれない（象徴的なことに、彼女の腕時計は「何年も前から止まったまま」である［九六］）。ただし、そう理解する上で重要なのは、彼女の自己救済が他者への働きかけという形をとることである。彼女は最後の晩、執筆が自己救済の手段だと述べたあと、もう一つ役に立つこととして「大声で厚かましく話し、相手構わずあんたは正しいとか間違っているとかいって、「目を覚ませ！　元気を出せ！　仕事にかかれ！」って命令すること」をあげている（二一五）。かくして彼女の――「嫌な女」に見えた――言動全般が、彼女のおかげで「変化」して、彼女と「本当の友人」となったラボーの理解を通し（一八九）、読者にも理解されることになるわけだ。

このように見てくると、サーシの「芸術観」の根底にコミュニケーションへの意識があるのは当然だろう。それが最も明瞭となるのは、絵の題はコミュニケーションを排するためにつけるというラボーを、コミュニケーションがなければ生きる意味がないと批判するときだが（三一一）、自分がベストセラー作家ポリー・マディソン

――ジュディ・ブルームを連想させる[113]――であることを誇る彼女の姿勢は、基本的にはリアリスト的であり、「抽象（表現）主義」と対比するなら「具象主義」と呼べるだろう。[114]

論者達はしばしば、この小説におけるサーシの重要性が明らかなためか、「芸術」に対する彼女の見方も全面的に肯定し、「人気作家」でもあるヴォネガットのそれと同一視してしまうのだが、彼女の小説が「有益で、率直で、知的だが、文学作品としては職人仕事以上のものではない」といったものであり（一四三）、モダンアートが大嫌いという点に鑑みても（一五）、彼女は「芸術家」としては明らかにグレゴリーに近い存在なのであり、その芸術観に関しては、過大評価は慎まねばならないはずである。

例えば、サーシが玄関ホールを改装したときに壁に掛けた、ブランコに乗った少女を描いたクロモ石版画について考えてみよう。これは大量生産されたもので、一つしかないラボー達の作品とは対照的であり、[115]それをキッチュと呼んで――センチメンタルな主題を、技巧を凝らしすぎて描いたもの[116]――ラボーが批判するのは（専門家としての立場からすればなおさら）当然というしかないが、それに対して彼女は、当時の人々がその絵を見て、無邪気な少女達のほとんどがやがて不幸になるだろうと思ったはずであることを、彼には想像できないのだと批判し（九七）、「たぶんあなたは真にシリアスな芸術に耐えられないんでしょうね」と宣告する（九八）。

批評家の中には、こうした説明（＝「物語」）によって、サーシはラボーが認めざるを得ない「意味」をその絵に付与する（そしてヴォネガットともども、視覚芸術の意味／価値はその背後にある「物語」に完全によるとする）とか、[117]「具象主義美術」に対する新しい見方をラボーに与え、[118]センチメンタルな芸術を再評価するように教えるといった主張をする者もいるのだが、[119]この場面で展開されるサーシの批判自体は、「知的というより感傷的」な、浅薄なものでしかなく、一生を絵に費やしてきたラボーの「芸術観」を変える力を持つとは信じがたい。[120] そもそも、彼女が説教している相手は、すでに『さあ、今度は女性の番だ』を、五二一九人の人間の人生＝「物語」を想像した上で描いているのであり（題名も、次は女性がレイプされるという「シリアス」な意味にも解釈できる）、[121] ここでの彼女の振る舞いは、スラジンジャーがサーシを有名作家と知らずに尊大な態度をとっていたのと大差ないといっていいはずである。

このように、サーシによるラボーの芸術観の批判は、「批判」としては有効ではないのだが、それが「無意味」であったわけではない。というのも、それが批判として有効に機能しない理由が、まさしくラボーの作品がサーシの芸術観を内包しているものであることを明らかにしてくれるためである。ラボーがトラウマの回帰によって衝動的に描いた絵は、そのときの彼自身の意識がどうであれ、具象主義も、それに含まれるコミュニケーションの重要性も、否定するようなものではなかった。だが、彼は――再びトラウマを抑圧し――それを描きあげたあとに納屋にしまいこんでしまったのだ。

したがって、すでに明らかであるだろうが、ラボーがトラウマから快復するのに必要なのは、『さあ、今度は女性の番だ』を貫く芸術観＝創作原理を、人生に差し戻すことだったのであり、それを可能にしてくれたのがサーシだったのである。コミュニケーションの意義を主張する（そして自己治療として実践する）彼女が彼に教えたのは、一人でトラウマに対峙するだけでは、そこからの快復は果たせないということだった。それは彼自身の作品が体現するメッセージだったのだが、彼はサーシに出会うまで、自分の絵を理解していなかったのだ。だとすれば、こう結論していいだろう――『さあ、今度は女性の番だ』が本当に完成したのは、ラボーがそれをサーシに見せたときだったのだと。

かくしてラボーはトラウマをついに受け入れ、ヴォネガットは作家人生の集大成となる作品を書きあげた。ラボーの美術館の観覧コースが、最初は（サーシが好きな）ブランコの石版画＝具象主義作品、次は（マリリーが好きだった）抽象表現派の作品、そして最後が（ラボー自身が描いた）『さあ、今度は女性の番だ』となっているのは（二〇四）、ラボーの画家としての人生を象徴するといっていいだろうが、それは同時に、彼と似たキャリアを持つヴォネガット自身の作家人生を総括するものでもあるだろう。

あらためて振り返っておけば、ラボー・カラベキアンはそもそも『スローターハウス』と「一冊の本」であった『朝食』に出てきた人物であり、彼がそこで披瀝する「芸術観」はヴォネガットの人生を一新させるはずのものだった。だが、実際には『朝食』はそうした期待に反し、停滞期の始まりとなってしまったのである。そう簡単に人生を一新できなかったのだというと皮肉に響くかもしれないが、『青ひげ』の達成を見れば、そう簡単に一新できなかったこと自体が――「カラベキアン」を「ラボー」として再登場させられるまで一〇年以上の年月が必要だったことが――感動的に思えるはずだ。

紆余曲折を経て、作家としての原風景に立ち返り、芸術とトラウマの関係を――芸術によるトラウマの昇華を――緻密な構成による小説に仕立てあげた『青ひげ』は、ヴォネガットの後期を代表する傑作であることはもとより、『スローターハウス』とともに読み継がれていくべき小説である。そうした作品を完成させた彼が、タイトルの隣のページに置かれた作品リストの末尾に「もう充分！　もう充分！」と付したのは、[122]単なる遊び心の発露ではなく、おそらく本心だったのだろう。だが、「幸福なラボー・カラベキアン」（二一六）は自伝を書いた翌年に世を去るが（五）、ヴォネガットの小説家としてのキャリアはもう少し続くことになる。

註

1 Klinkowitz, *Kurt Vonnegut's America* 86.
2 Sumner 221.
3 Klinkowitz, *Kurt Vonnegut's America* 86.
4 Klinkowitz, *Kurt Vonnegut's America* 86.
5 Tally 114-15.
6 Freese 509.
7 Freese 525-26.
8 Morse, *Novels* 120.
9 Allen 142.
10 Tomedi 93.
11 Kurt Vonnegut, *Novels 1976-1985*, ed. Sidney Offit (New York: Library of America, 2014) 385. 以下、『デッドアイ・ディック』(*DD*) からの引用は同書による。
12 これが若い頃のヴォネガット自身の経験に基づくことについては、Zoltán Abádi-Nagy, "'Serenity,' 'Courage,' 'Wisdom'" 21-22 を参照。
13 Freese 530.
14 銃規制に関するヴォネガットの意識については、Allen 138, Freese 527-28, Tomedi 93 などに指摘がある。
15 Cowart 182.
16 Farrell, *Critical Companion* 108.
17 Farrell, *Critical Companion* 108. 彼女がヴォネガットの子供時代の家政婦/料理人だったアイダ・ヤングを想起させることについては、Sumner 219-20 を参照。
18 Reed, "A Conversation with Kurt Vonnegut, 1982" 7.
19 レシピが「前書き」で「間奏曲」と音楽の比喩を用いて説明されていることとの指摘を含め(*DD* 三八一)、Tally 120 を参照。
20 Cowart 182. Tally 119-20 も参照。
21 Boon, *Chaos Theory* 94.
22 Klinkowitz, *Kurt Vonnegut's America* 91.
23 James Hilton, *Lost Horizon* (London: Vintage, 2015) 111.
24 Hilton 140.
25 Broer, *Sanity Plea* 140.
26 ヴォネガットの父が、「男らしさ」を証明するために銃を収集していたことについては、Vonnegut, *Conversations with Kurt Vonnegut* 275 や、*WFG* 二一四を参照。
27 Tally 116. Klinkowitz, *The Vonnegut Effect* 120 も参照。
28 Mustazza 162.
29 Mustazza 162.

30 Allen 142.
31 Broer, *Sanity Plea* 146.
32 Tomedi 95.
33 Loree Rackstraw, "The Vonnegut Cosmos [Review of *Deadeye Dick*]," *Critical Essays on Kurt Vonnegut*, ed. Robert Merrill (Boston: G. K. Hall, 1990) 58.
34 Davis 108-09.
35 Klinkowitz, *Vonnegut in Fact* 126.
36 Mustazza 163.
37 Freese 552.
38 例えば Charles Berryman, "Vonnegut and Evolution: *Galapágos*," *Critical Essays on Kurt Vonnegut*, ed. Robert Merrill (Boston: G. K. Hall, 1990) 198.
39 Vonnegut, *Conversations with Kurt Vonnegut* 259.
40 Vonnegut, *Conversations with Kurt Vonnegut* 291.
41 Kurt Vonnegut, *Novels 1976-1985*, ed. Sidney Offit (New York: Library of America, 2014) 698. 以下、『ガラパゴスの箱舟』(*G*) からの引用は同書による。
42 Allen 149.
43 Reed, "A Conversation with Kurt Vonnegut, 1982" 13.
44 Vonnegut, *Conversations with Kurt Vonnegut* 252.
45 Berryman, "Vonnegut and Evolution" 191-92.
46 Mustazza 166-67.
47 Mustazza 174.
48 Stephen Jay Gould, *Wonderful Life: The Burgess Shale and the Nature of History* (London: Vintage, 2000) 286.
49 Mustazza 175.
50 McInnis 65.
51 Allen 154.
52 Allen 153.
53 Allen 151.
54 Klinkowitz, *The Vonnegut Effect* 128.
55 Vonnegut, *Conversations with Kurt Vonnegut* 292.
56 Tally 145-46.
57 Oliver W. Ferguson, "History and Story: Leon Trout's Double Narrative in *Galapágos*," *Kurt Vonnegut*, ed. Harold Bloom, new ed. (New York: Bloom's Literary Criticism, 2009) 23.
58 Freese 572.
59 Tally 131-32.
60 Boon, *Chaos Theory* 140.
61 Freese 596 を参照。
62 Farrell, *Critical Companion* 145.

63 Klinkowitz, *The Vonnegut Effect* 133.

64 Tally 146.

65 Reed, "The Remarkable Artwork of Kurt Vonnegut" 14.

66 ヴォネガットの絵画への関心の深さは、一九四七年、修士論文の最初の計画に、「パリの立体派画家」が含まれていたことからもうかがえる。Shields 90-91を参照。

67 Kurt Vonnegut, *Novels 1987-1997*, ed. Sidney Offit (New York: Library of America, 2014) 23. 以下、『青ひげ』（*B*）からの引用は同書による。

68 Sumner 277を参照。

69 Marvin 135.

70 Allen 167-68.

71 David Andrews, "Vonnegut and Aesthetic Humanism," *At Millennium's End: New Essays on the Work of Kurt Vonnegut*, ed. Kevin Alexander Boon (Albany: State U of New York P, 2001) 38.

72 Allen 169を参照。

73 Marvin 137を参照。

74 Marvin 154.

75 Davis 121.

76 Freese 621.

77 例えば、Allen 160-61, Andrews 20, Davis 120, Freese 629など。

78 Vonnegut, *Conversations with Kurt Vonnegut* 288.

79 Allen 165.

80 Loree Rackstraw, "Dancing with the Muse in Vonnegut's Later Novels," *The Vonnegut Chronicles: Interviews and Essays*, ed. Peter J. Reed and Marc Leeds (Westport: Greenwood, 1996) 137.

81 Freese 628-29.

82 Boon, *Chaos Theory* 143.

83 Boon, *Chaos Theory* 143.

84 ヴォネガットが知っていたかは定かではないが、『青ひげ』においても言及されるアーシル・ゴーキーは、芸術家が偽装工作に適していると主張していた。Cliff McCarthy, "*Bluebeard* and the Abstract Expressionists," *The Vonnegut Chronicles: Interviews and Essays*, ed. Peter J. Reed and Marc Leeds (Westport: Greenwood, 1996) 170.

85 Klinkowitz, *The Vonnegut Effect* 137.

86 Marvin 152.

87 Andrews 24.

88 エリザベス・フランク『ジャクスン・ポロック』石崎浩一郎・谷川薫訳（美術出版社、一九八九年）七。

89 Marvin 145.

90 Allen 163.

91 Marvin 149.

92 Susan E. Farrell, "Art, Domesticity, and Vonnegut's Women," *New Critical Essays on Kurt Vonnegut*, ed. David Simmons (New York: Palgrave Macmillan, 2009) 105.

93 McCarthy 171.

94 Vonnegut, *Conversations with Kurt Vonnegut* 265.

95 Andrews 22.

96 Andrews 23.

97 Andrews 32.

98 別の箇所ではポロックやキッチンが死んで数週間後には絵がカンバスから剥がれ落ち始めていたとされているのだが（一九三）、画材がもたらす問題に彼が気づいていて、そのことを絵を売った相手から指摘されるまで黙っていたとは考えにくく、ここはヴォネガットの不注意と考えるのが妥当のように思われる。

99 Broer, *Sanity Plea* 169.

100 詳しく考察されてはいないが、抽象表現派の生き残りとしてのサバイバーズ・ギルトに言及しているものとして、Tom Hertweck, "*Now It's the Women's Turn*: The Art(s) of Reconciliation in Vonnegut's *Bluebeard*," *Hungarian Journal of English and American Studies* 17.1 (2011) 149を参照。

101 Marvin 146.

102 Mustazza 189.

103 Morse, *Novels* 151.

104 Freese 644. Andrews 35; Morse, *Novels* 147-48も参照。

105 Sumner 267.

106 Sumner 265.

107 Marvin 151.

108 ドロシーに対するラボーの罪悪感には、一九八六年に死んだ先妻ジェインに対するヴォネガットの気持ちが反映しているという指摘もある。Sumner 280を参照。ジェインとの離婚自体が、ヴォネガットに罪意識を抱かせていたことについては、Morse, *Kurt Vonnegut* 9を参照。

109 Marvin 140.

110 Mustazza 190.

111 Marvin 148.

112 Marvin 147.

113 これは初期の書評から指摘されている。James Lundquist, "Vonnegut: New Twists to Old Tricks [A Review of *Bluebeard*]," *The Critical Response to Kurt Vonnegut*, ed. Leonard Mustazza (Westport: Greenwood, 1994) 288を参照。

114 Allen 166.

115 Marvin 150.

116 Klinkowitz, *Kurt Vonnegut's America* 98.

117 Tally 126.

118 Farrell, "Art" 108.

119 Farrell, "Art" 108-09.

120 Klinkowitz, *The Vonnegut Effect* 137.

121 Freese 648; Klinkowitz, *The Vonnegut Effect* 140-41.

122 Kurt Vonnegut, *Bluebeard* (New York: Delacorte, 1987).

第5章　終着――『ホーカス・ポーカス』と『タイムクエイク』

トラウマの先へ

一九八〇年代におけるヴォネガットの充実ぶりには目を見張るものがあった。七〇年代の『チャンピオンたちの朝食』と『スラップスティック』の失敗以降、（それでも彼の人気が衰えなかったこともあってか）一部の書評家は、ほとんど頑ななまでに彼の新作を批判し続けてはいたが、『ジェイルバード』でリアリズム路線に舵を切ったあとの諸作品は、どれも読みごたえのある力作だったといってよい。実際、『ガラパゴスの箱舟』や『青ひげ』が書かれなかったとしたら、ヴォネガットという作家の全体像は大きく異なるものとなっていたに違いない。

もちろん、一般論としては、この「書かれなかったとしたら」という仮定は、あまり意味がないだろう。けれども、ヴォネガットに関しては事情が異なる。一九八四年の自殺未遂が「未遂」に終わらなかったら『ガラパゴス』は完成されなかったし、自殺の試みが繰り返されていたら、おそらく『青ひげ』は書かれ得なかった。逆にいえば、『ガラパゴス』を経て『青ひげ』が書かれたこと自体が、ヴォネガットが「生」を肯定したことの証左であったわけだし、その肯定が、芸術とトラウマの関係をじっくりと描く集大成的な作品という形をとったことについては、前章で論じたとおりである。

　このようにして、『青ひげ』はヴォネガットの作家としてのキャリアはもとより、おそらくはその人生においても、極めて大きな意味を持つ作品となった。したがって、ヴォネガットがここで書くのをやめていればよかったと思うヴォネガット研究者がいるというのも理解できるのだが、[1]『青ひげ』を脱稿して「もう充分！　もう充分！」と思っていた作家が九〇年代にも『ホーカス・ポーカス』（一九九〇）と『タイムクエイク』（一九九七）を発表してくれたことは、やはり大方の読者にとっては喜ぶべき事態であるだろうし、しかもこの二冊の小説は、『青ひげ』の達成を経て書かれるに相応しい作品になっているように思えるのだ。

　一九九〇年に刊行された『ホーカス・ポーカス』は、その執筆時期に鑑みれば、八〇年代の小説と考えてもいいかもしれない。事実、というべきか、六〇歳をこえたベトナム帰還兵による回想録という形式は、八〇年代に発表された作品との共通性を強く感じさせるだろう。だが、『ホーカス』においては、確かに主人公は「トラウマ」や「罪意識」を抱えてはいるのだが、それにうちのめされているわけではない。八〇年代のヴォネガット作品が、トラウマや罪意識をどう克服するかという問題に焦点化されていたとすれば、『ホーカス』はそうした小説ではないのである。

　そして興味深いことに、最後の小説となった『タイムクエイク』には、「罪意識」にとらわれた人物が登場しない。この作品の完成に七年が要されたことは——ヴォネガットは（『プレイヤー・ピアノ』と『タイタンの妖女』のあいだの期間を除けば）それまで、およそ三年に一冊のペースで作品を刊行している——作者に筆力の衰えを感じさせたと思われるし、おそらくはそれゆえにこの自伝的な書物の刊行をもって彼は断筆を宣言することにしたのだろうが、そうした作品に、それまでの――あるいは『青ひげ』までの――小説における特権的な主題だった「トラウマ」が出てこないことは、やはり意義深く、そして慶賀すべきことに思われるのだ。

もちろん、「タイムクエイク」が生じるのが二月一三日という「ドレスデン・アニヴァーサリー」とされているという事実は、ヴォネガットという小説家にとってトラウマ的な戦争体験が最後まで重要なものであり続けたことを意味するだろう。だが、タイムクエイクによって同じ人生をもう一度やり直した人々に向かって、キルゴア・トラウトに「あんたはひどい病気だった！　だけど、もうすっかりよくなった」といわせているヴォネガットは、[2]すでにトラウマの重荷からは解放されているように見える。この言葉自体は、『朝食』における「ヴォネガット」の「いまではわたしはよくなった」という（説得力を欠いた）言葉を想起させるかもしれないが（BC六五三）、読者が受ける印象はまったく違う。前章の議論をふまえていえば、『スローターハウス5』によって戦争体験を小説化したヴォネガットは、そのプロセスを『青ひげ』（までの作品）を通して「リプレイ」したことによって、ようやく「よくなった」のである。

こうしてヴォネガットの「トラウマ」との戦いは終わる。「よくなった」ことを宣言して断筆するというのは、この小説家の「終戦宣言」としていかにも相応しいといっていいだろう。ただし、正確にいえば、その「戦い」は『青ひげ』の時点でもう終わっていたはずである。その意味では、『ホーカス』と『タイムクエイク』は「戦後処理」といったものであるともいえるのだが、そうした印象は、少なくとも『ホーカス』に関しては、断筆から遡って見出されるものだと考えるべきだろう。本章の目的は、ヴォネガットという小説家のキャリアの終着点を見ていくことであるのだが、この極めてオリジナルな作家への敬意をこめて意識しておきたいのは、トラウマとの長い戦いを終えた彼が、その「先」へ進んでいこうとしていたという可能性である――その可能性はヴォネガット自身が開拓するべきものというより、むしろ、次世代の作家に託されたものであるというべきかもしれないとしても。

『ホーカス・ポーカス』――ベトナム帰還兵の教え

第一三長編『ホーカス・ポーカス』は、G・P・パトナム社から一九九〇年の秋に刊行された。ヴォネガットが一九八〇年代に発表した作品は、どれも主人公が広義の「芸術家」だったこともあり、同時代の社会を批判するトーンはそれほど強くなかったが、八〇年代の末に執筆された『ホーカス』には、レーガン政権時代のアメリカに対する失望が色濃く投影されている。[3] 物語の「現在」は二〇〇一年という近未来に設定されているが、そこで提示されるアメリカ社会――一九九一年の段階で、「資産はすべて外国人に売り尽くされ……野放しの疫病と、迷信と、非識字と、催眠的テレビが氾濫し、貧乏人はほとんど医療を受けられない」とされる[4]――が八〇年代のそれを敷衍したものであることは、とりわけ『プレイヤー・ピアノ』を想起できる読者には明白だろう。

『ホーカス』をヴォネガットの小説の中で最もストレートに政治的な作品であり、八〇年代後半の社会状況に対して、どのエッセイにも劣らないほど直接的に反応したものと見なしているジェローム・クリンコウィッツは、[5] 小説で「問題」とされている作品出版時の状況について、①外国資本による企業買収、②公的機関の民営化、③ベトナム戦争の後遺症という三点にまとめている。[6] 簡にして要を得た整理だろう。クリンコウィッツはさらに、そうした状況はヴォネガット（の同世代）に特有のものというわけではないため、小説で「問題」とするには、ユージーン・デブズ・ハートキという主人公兼語り手が必要とされたと示唆しているが[7]、これも説得的に思える。この小説にパーソナルな「前書き」が置かれていないのも、作中で扱われる「問題」が、ヴォネガットという「個人」に還元されるようなものではないためかもしれない。

もちろん、インディアナ出身の社会主義者ユージーン・デブズという、ヴォネガットにとってはかなり思い入れの強い存在——『国のない男』では「大好きな人間」として言及されている（*MC* 九六）——の名を与えた主人公に、作者が自己をまったく投影していないはずはないだろう。実際、右の①と②については、ヴォネガット（の世代）に「特有」の問題ではないにしても、彼が「共有」する問題であることは明らかであり、資本主義的原理によって「アメリカ」が解体されていくという状況に対する憂慮は、『ローズウォーターさん、あなたに神のお恵みを』や『ジェイルバード』といった作品から、継承されているといっていい。

一方、そう考えてきて気づかされるのは、③に関して浮上する、ヴォネガットとハートキの差異である。一九四〇年に生まれたハートキは、ミッドランド・シティに住む高校生のとき、将来はジャーナリズムの道に進むべく、大学では英文学と歴史と政治学を専攻して学生新聞に関わろうと思っていたが（*HP* 二二四）、父に進路を変えさせられる——という点ではヴォネガットとよく似ている。いや、その「進路」がウェスト・ポイント士官学校であったことさえも、もしヴォネガットが理系専攻の学生としてコーネル大学に行かされなければ、落第することがなかったかもしれず、したがってすぐに入隊することにもならなかったかもしれないという点で、作者自身の経験と似ているといえるかもしれない。

だが、そうして軍人となったハートキが行くベトナム戦争は、彼とヴォネガットを差異化する。その点については、彼が（『青ひげ』にもヴォネガットの分身的存在として登場していた）作家ポール・スラジンジャーについて、「彼は第2次大戦で戦った！　それほどのご老体なのだ」といっていることから（三二〇）、世代の違いという形でも確認されるだろうが、より重要な差異は、二つの戦争のとらえられ方にある。ハートキはベトナムから戻ってきたばかりの時期を回顧し、次のように述べている。

第2次大戦については本で読んだ。民間人も軍人も、そして小さな子供達でさえも、その戦争で自分の役割を果たしたことを誇りに思っていた。どうやら、その戦争が起こっているあいだに生きていた人であれば、どんな種類の人間であっても、それに部分的にも関わっていないなどと感じるのは不可能だったらしい。そう、陸軍と海軍と海兵隊の兵士達の苦しみや死が、あらゆる人間に、少なくともいくらかは感じられていたのである。

けれども、ベトナム戦争は、そこで戦った我々のような人々にだけ属する戦争だった。他の人々は、誰もいっさいそれに関わりがないことになっていた。他の人々はみな、純白の雪のように清らかであるというわけだ。そんな戦争を戦った我々だけが、愚かで汚い存在なのだ。我々が敗れたときには、そんなものを始めたのだから自業自得だということになった。（三五二）

ある論者は、ここに見られるハートキの戦争観を、ベトナムにおける経験から第二次世界大戦を「よい戦争」とロマンティサイズするものと呼び、仮にそうした見方にいくらかの正当性があったとしても、作者はむしろ、本を通して知った戦争は簡単に美化されかねないことを示唆していると論じているが、[8]これは（完全に間違っているとはいえないにしても）ハートキに厳しすぎる読み方だろう。そもそもヴォネガット自身が、早くも一九七三年初頭の時点において、「［ベトナム戦争］は我々に、我々の兵士達、とりわけ航空兵達に対する、密かな、そして不当な軽蔑の念を起こさせてきた。そうした軽蔑は、時が経つにつれ、次第に密かなものではなくなっていくだろう」と述べているのであり（*WFG* 二〇七）、二つの戦争を差異化するハートキの見方は、作者自身の見解に近いと見なすべきではないだろうか。

　ハートキの人生における中心的出来事がベトナム戦争であることは疑いなく、その経験が第二次大戦のそれとは峻別されていることは、ヴォネガットが主人公の戦争体験に、自身のそれを重ねてはいないことを意味するように思える。これは一つには、何度か示唆してきたように、ヴォネガットが自分の戦争体験に関しては『青ひげ』で決着をつけたためであるといえそうだが、その上で考えておきたいのは、おそらくは自分のトラウマ的な戦争体験について長年考え抜いてきた著者だからこそ、ベトナム戦争の経験者に、簡単に同一化できなかったと思われる点である。前段で触れた論者に倣って、ハートキが第二次大戦については本で読んだだけだというなら、ヴォネガットにしてもベトナムの戦地に行った――「そこにいた」――わけではないのだ。

　このように考えてくると、ヴォネガットがベトナム戦争とそこからの帰還兵を扱うに際しては、一定の距離を必要としたと思われるのだが、そうした「距離」をとらねばならなかったことが、『ホーカス』の執筆に不都合だったわけではないだろう。ある批評家は、八〇年代をベトナム戦争に関する歴史修正主義的な見方――それは正しい戦争であり、アメリカは負けたわけではないとする歴史観——が強く出てきた時代であると観察している。[9] そうした反動的な言説の流行は、まさしく「ベトナム戦争の後遺症」が八〇年代のアメリカが抱える「問題」であったことを意味するだろうが、その病理を提示する小説は、必ずしもベトナム帰還兵の「トラウマ」自体を主題化しなくてもよいはずだ。また、もう一度だけ強調しておけば、個人の「トラウマ」との戦い（とそこからの快復）を主題とする作品を、ヴォネガットはすでに『青ひげ』で書いてしまっているのである。

そうした創作上の問題意識に鑑みれば、ハートキの回想において、戦闘場面がほとんど描かれないことはもとより、語り口に強い「罪意識」が感じられなくてもおかしくはない。彼はエリオット・ローズウォーターやラボー・カラベキアンに劣らず戦争にとり憑かれてはいるが、[10] 良心の呵責に押し潰されているわけではなく、[11] 記憶を抑圧するわけでもない。刑務所で回想録を書いているということで、しばしばハワード・W・キャンベル・ジュニアと比較されもするが、ハートキはキャンベルとは異なり、過去を直視し、自身の罪に——殺した人間の数を数えるなどして——向かいあい、それについて正直に語っているように見えるのだ。[12]

したがって、『ホーカス』は「個人」に焦点をあてて「トラウマ」からの「快復」を描く——『デッドアイ・ディック』や『青ひげ』のような——小説ではない。トラウマ的な経験をしたベトナム帰還兵であるハートキという人物が、アメリカのトラウマ＝八〇年代の「問題」を体現する存在でもある以上、同時代のアメリカを批判する『ホーカス』の作者は、その「快復」のプロセスをドラマタイズすることなどできなかったのだろう。その代わりに、ヴォネガットは同時代のアメリカにおける「問題」を、ハートキというその「問題」の一部であるベトナム帰還兵に観察・証言させ、いわば内部告発をさせる道を選んだ。かくしてハートキは、おそらくはヴォネガットの小説で最も成熟した——前章で観察した、作者自身の成熟＝『青ひげ』の達成を反映した、といってもいい——主人公として提示されることになった。大小さまざまな紙切れに書きつけられた彼の言葉が、「K・V」と名乗る「編者」が推測しているように、それぞれの紙片において「書かれるべきことをすべて書いた」ものであるとすれば（*HP*二一九）、『ホーカス』という小説を読む営みは、トラウマ的な経験を（「否認」するのではなく）消化し血肉とした語り手の「教え」に、耳を傾けることなのである。

こうした観点からまず確認しておくべきことは、ヴォネガットが「個人」としてのハートキが抱える「トラウマ」を、軽視していない点だろう。右で触れたように、戦闘シーン自体はほとんど描かれていないのだが、断片的に与えられる情報から、ある批評家はハートキにとって心の傷となる事件として、テト攻勢（一九六八年）、カンボジア作戦（一九七〇年）、そしてサイゴン陥落（一九七五年）の三つをあげている。[13] もっとも、彼がベトナムにいたのは三年とされており（二三一）、したがって「まさしく最後のアメリカ人」としてサイゴン陥落のときにアメリカ大使館にいた彼は（二六三）、テト攻勢（フエの戦い）やカンボジアの爆撃がおこなわれているときに現場にいたわけではないのだろう。だが、彼の一九六一年（前年には南ベトナム解放民族戦線が結成されている）からの一四年にわたる職業軍人としてのキャリアが、ベトナム戦争の展開に全面的に関わっていることは間違いない。事実、フエでは義理の兄弟にして戦友のジャック・パットンが——正確にいつなのかは不明だが——殺されているし（二五七）、とりわけ「カンボジアの水田のそばにできた爆弾のクレーターの中で、水牛の腹から飛び出した臓物の上に、顎鬚を生やした老人の首があり、蠅がたかっていた」光景は（一五八）、繰り返し想起されることとなっている（三二〇、三八二）。

ハートキが「通常兵器」によって直接殺した人間（三四二）の数が八二にもなる――この数字は最後に据えられた「計算問題」を解くだけではなく（四七七–七八）、巻頭に載せられている人型の絵（二二二）をベトナムにおけるアメリカの兵士のように「ボディ・カウント」すればわかる（四〇七）[14]――という陰惨な従軍経験を思えば、PTSDは不可避だったといっていいだろう。[15] 実際、カンボジアのエピソードが、酔った彼が「本音をぶちまけ」るときに口にされること（三一九）、あるいは退役したばかりの彼が、周囲（家族にしても見知らぬ人間にしても）の無理解や軽蔑にさらされて、ハーヴァード・スクエアの中国料理店で感情を爆発させてしまう――「あらゆる人間と、あらゆるものが敵だった。わたしはベトナムに戻ったのだ！」（三四九）――印象的な場面は、彼がトラウマ的な経験によって心に深い傷を負っていたことを十分に示すはずである。

そうしたハートキの「傷」が、二〇〇一年の現在において、完全に癒えているわけではないだろう。彼の語りにおける最大の特徴は、ベトナム帰還兵としての（自）意識が隅々まで染みわたっていることだろうが、そうした意識が滲み出てしまう――何を見てもベトナムを思い出す――こと自体が、戦争体験の後遺症と考えてひとまずはいいはずだ。ただし、留意しておきたいのは、そうした彼の語り口が、単なるPTSDの発露といったものにはなっていない点である。確かに、彼がある状況に接したときに、①ほとんど反射的にベトナム体験を想起することも多いのだが、②その状況をベトナムに喩えて（あるいは並置して）批判する場合もあるし、さらには③そうした批判は、しばしば自己批判につながっているのだ。もちろんこの三つが截然と分かれているとは限らないが、以下、それぞれの例を見ることで、ハートキというベトナム帰還兵が語り手とされていることの効果を確認していきたい。

まず、ある状況に接したときにベトナムでの体験を想起するケースであるが、これは枚挙に暇がない。妻マーガレットが遺伝的に精神を病んでしまうことについて「偽装爆弾」の比喩で語ることや（二二六）、両親が事故で即死したことを「理想的な死に方」と呼んでベトナムの話に移ることなどがわかりやすい例だろう（二四二）。義母ミルドレッドについては、倒れるまで踊り続けることが、ベトナムでアメリカがやろうとしたことに比べれば狂った行為ではないと述べ（二五九）、「わたしは1日中ずっと戯言を話す人々には軍隊で慣れていた」といっている（二八六）。同様に、刑務所の集団脱獄のリーダーであるオルトン・ダーウィンが（ジャックと同じく）「頭のねじが緩んでいる」としても、「その種の人間はベトナムの戦場で見たことがある」とされているのだし（二七九）、アシーナ刑務所に就職の面接に行ったとき、自分のあとで面接を受けるジョン・ドナーに声をかけてもまともな反応がなかったことについても、「ベトナムでよくそういうこと［酔っ払いを起こすようなこと］をした」と考える（四〇二）。学生達が高級車のタイヤの空気を抜くことを含むいたずらをすれば「ベトコンもどき」と評するし（三一五）、酒場の前にシャンパンのコルク栓が散らばっていれば即座に「薬莢」を想起する（三八六）。『ロミオとジュリエット』のマーキューシオの話が出ても、ベトナム戦争に徴兵されたティーンエイジャーの戦死者に関連づけてしまうくらいなのだから（三四〇）、ハートキが何かしらものを考えようとすれば、自動的にベトナムに連想が及ぶのは当然というべきかもしれない。

右で見た（ごく一部にすぎない）例は、ハートキという帰還兵の「ものの見方」にベトナム体験が広く深く影響していることをはっきりと示すし、その影響の広さと深さ自体がベトナム戦争への批判として機能することは論を俟たないが、[16] 次に見ていきたいのは、ハートキ自身がベトナム体験を批判の手段にしているケースであり、これはもう少し話が複雑になる。というのは、ベトナム戦争と、それに重ねられる状況とが、同時に批判されることになるためである。

もちろん、「同時」といってもその比重はさまざまであるし、その「批判」には濃淡がある。例えばハートキは、高校生の頃、父親に強制されて（父が作った作品を）出品した科学コンテストで、不正が誰の目にも明らかになったと悟って家に帰ろうと父に訴えるが、それに対して「何も恥ずかしいことはないし、おめおめと尻尾を巻いて家に帰ることなど絶対にしない」という父の言葉を、「ベトナム！」と評する（二五二）。また、除隊後、教師として働いているニューヨーク州シピオにあるターキントン・カレッジで、その図書館に飾られた鐘の舌がモビー・ディックのペニスであると新入生をかつぐ伝統についても、やはり（次の紙片で）「ベトナム」と評している（二七〇）。いずれの例も、ベトナム戦争の欺瞞性（それは不正な戦争で、新兵は馬鹿げた嘘で騙されるを批判するものであるだろうが、後者に「現実」を批判するトーンが稀薄であるのに対し、前者は子供にとっては「社会」を代表するはずの父への批判——幻滅といってもいいだろうし、事実、というべきか、このエピソードの結末に新たな「父」として軍人サム・ウエイクフィールド（やがて反戦運動に身を投じ、ターキントンにハートキを招き、最後には自殺する）が登場する——を前景化することになっている。

科学コンテストの例は、ベトナム戦争の論理が、銃後のアメリカ社会においても存在することを示唆するが、戦後のハートキはそのことを、ターキントンで一五年働くうちに実感していくことになる。一八六九年に「モヒーガ・ヴァレー無料施設」として設立されたときには地元の人々にその性別、年齢、人種、宗教を問わず無償で教育を授ける場所だったターキントンは（二二三）、彼が奉職する頃には（学習障害のある）子弟を通わせる

「支配階級」の理事が支配する場になって久しい。それはとりも直さず、「政治工作」により「どんな若者もターキントンに入学すれば徴兵を免れることができた」ことを意味した（三六〇）。よく知られているように、「高学歴の、豊かな家庭の子供ほどベトナムに行かずにすんだ」のであり、[17] 実際、「どの理事も……ベトナム戦争に行っていなかったし、息子や娘がそこに送り出されるのを許したことがなかった」（二九九）。裕福な家庭に生まれた（そして学習障害を持つ）学生達には何の罪もないとしても、このベトナムに「無関係」な「支配階級」の人々からなるコミュニティが、帰還兵ハートキにとって「アメリカ」の縮図であることは間違いないだろう。

そうしたコミュニティにおいてハートキが「教師」としてどのように振る舞ったかという点については後述する。当面の文脈で注目すべきは、一九九一年、「アメリカ保守派のお偉方」（三〇六）、ジェイソン・ワイルダーに率いられた理事会から辞職を迫られたときに、[18] 彼がそこでは「召使い階級」に属するにすぎないと悟り、「兵士は退役させられる。労働者は解雇される。召使いは暇を出される」というように（三二五）、「兵士」としての経験を「階級」の問題と接続していることである。

この「支配階級」が「兵士」を含む「召使い階級」を「人間」と見なさずに使い捨てるという認識は、帰還兵ハートキが「アメリカ」に向ける「批判」の核になるものであるといっていい。のちに（一九九九年）アシーナ刑務所において集団脱獄事件＝「シピオの戦い」が起こったときに、[19] 人質になったバックリー達が示す態度について、彼はベトナム戦争に絡めて次のように書いている。

人質達は［学長の］テックス［・ジョンソン］に同情を示したが、［酒場の主人である］ライル・フーパーや、同様に殺された教授陣や町民に同情を示した者は誰もいなかった。彼らの社会的レヴェルからすると、地元民などはどうでもよすぎて、人として考慮するに値しなかったのだ。わたしはそのことで彼らを責めているわけではない。いかにも人間らしいことだったと思うだけだ。

そうした人間の性質——知らない人々、知りたくもない人々のことは、たとえ苦しんでいても、どうでもいいことと見なしてしまう性質——がなければ、あれほどベトナム戦争が長続きすることなど、間違いなくあり得なかっただろう。（四〇九）

ハートキは理事達を「責めているわけではない」と述べているが、それは一つには、彼の「現実」に対する理解がビターなものであるからだろう。実際、一九七五年四月三〇日、サイゴンでアメリカ大使館の屋上から「支配階級」の人々を脱出させる仕事をした彼が、それから約四半世紀を経て、捕虜になった「支配階級」の人々をヘリコプターで脱出させる仕事を再びさせられる皮肉を、苦く噛みしめていないとはとうてい考えられない。この小説の「アメリカ」に対する「批判」とは、こうしたハートキの苦い認識のうちに看取されるべきものといっていいだろう。

このようにして、ハートキは自分のベトナムでの従軍経験を、戦後のアメリカにおける人生を通して「階級問題」としてとらえ直していくのだが、そのようにして得た批判的視座は、自分自身にも向けられていく。ある批評家は、過去を振り返る彼は、自分が名をもらった人物（デブズ）のように生きられなくなったのが、ベトナムにいたときのことであると悟ると観察している。[20] 事実、彼は「当時の支配階級は誰だったか？　ユージーン・

デブズ・ハートキこそが支配階級だった」とはっきり述べている（四一九）——結局のところ、彼はベトナム戦争に行き、それを持続させた論理に従って振る舞い、「説教師」としてその論理を宣伝しさえしたのである。

ベトナムでは……わたしはまぎれもなく首謀者だった。まさにそうだったのであり、それがいまでも心に引っかかっている。そこでの最後の年、わたしの武器が銃弾ではなく言葉であったとき、わたしは殺戮と犠牲のすべてを正当化する理由を創作し、自分でそれに感動さえしていたのだ！　わたしは死を招くホーカス・ポーカスの天才だった！

到着したばかりの、まだ肉挽き機に投じられていない部隊に向かって、わたしがいつもどのようにしてスピーチを始めたか教えよう。肩を怒らせ、胸を突き出し、略綬がすべて目に入るようにして、拡声器を使って怒鳴ったのだ。「諸君、わたしの話を聞け、しっかり聞くのだ！」

そして彼らはしっかり聞いた。しっかり聞いたのだ。（三四二）

そうした自分の行動を「支配階級」の振る舞いとして苦々しくも客観的に振り返るハートキは、理事達を「責めているわけではない」という他ないのだろう——「わたしがターキントン・カレッジの理事達は間抜けだと、そして我々をベトナム戦争に巻きこんだ連中が間抜けだという場合、自分自身を誰よりも間抜けだと思っていることを理解してもらいたい」（三三六）。

こうしてハートキの戦争体験は、彼にＰＴＳＤを与えるのみならず、ベトナム戦争への批判、「アメリカ」に対する批判、そして自己批判を可能にするような、成熟した俯瞰的視座を与える。過去のヴォネガット作品に鑑みて目を惹くのは、自分自身を批判する彼が「トラウマ」や「罪意識」に押し潰されてはいないという点だろうが、これは彼がターキントン（やアシーナ）での経験を通して階級問題への意識に目覚めたためと考えていいだろう。ターキントンを解雇された日、彼はかつてジャックに贈られたというポルノ雑誌に載った（キルゴア・トラウトが著者とおぼしい）「トラルファマドール長老の議定書」を読み、人類がすべてコントロールされているといった物語によって「緩衝鎮痛剤」を与えられたような気持ちになる（三八二）。これはかなり危うい瞬間だったはずである――もし彼が、トラウマ的な戦争経験を持つ自分を一方的な犠牲者と見なしていれば、やはりトラウト作品の読者であるビリー・ピルグリムやドウェイン・フーヴァーのように、世界に辻褄をあわせる「物語」の虜になってしまったかもしれないのだ。

しかしながら、五一歳のハートキにとって、その「物語」は一時的な「緩衝鎮痛剤」にとどまった（彼がそれを『シオン長老の議定書』のパロディであると理解していることは［四一九］、そのよい証拠だろう）。それは右で示唆したように、自分自身がその一部をなす「階級問題」に関する意識に彼が目覚めていたためであると思われるのだが、「支配階級／召使い階級」という二項対立に基づく「階級意識」もまた一つの「物語」であるとするなら、むしろ戦後の彼がずっと（「説教師」ならぬ）「教師」として働いていた点を強調すべきかもしれない。というのも、彼にとって「教師であること」の本分は「無知と独りよがりの幻想を転覆すること」にあるとされており（二九二）、この姿勢を貫くことによって、彼は「物語」の罠を回避できたように思われるからだ。

ヴォネガットの小説では、『スローターハウス5』のエドガー・ダービーや『ガラパゴスの箱舟』のメアリー・ヘップバーンをはじめ、概して「教師」は肯定的に扱われているのだが（これは彼がショートリッジ高校やシカゴ大学大学院で受けた教育を好ましく懐古することと関係しているだろう）、ハートキもその例外ではない。彼がターキントンとアシーナで教師の職に就いたことは、どちらも偶然だったのだが、彼は文字通り教職に身を捧げることで、その「偶然」を「天職」に変えたように見える。著者の意図を忖度する「編者」の前書きから察するに、ハートキはすでに（おそらくは集団脱獄の首謀者としての容疑で裁判を受ける前に）死んでいると推測されるが、だとすればその死因はおそらく結核だろう。結核は「刑務所ではありふれた病気」であるにもかかわらず（二七五）、彼はアシーナで働くときに手袋もマスクも「そんなものを着ていて、相手が誰であろうと、何が教えられるというのか」という理由で着用を拒否し（三一四）、「教師」として病に倒れることになったわけである。

批評家達はしばしば、ハートキが教職をまっとうすることによって、過去の罪の償いを果たした／果たそうとしたと指摘してきた。[21] 実際、「大学に入るくらいの年齢になっている学生に対しては……人類のあらゆる種類の関心事について、率直に話すのが教師の義務」と信じ（三三六）、「外の世界の状況から判断して、質問してきた者が置かれている状況に関する真実を、できるだけうまく説明し」、「次に何をするかは相手次第である」と考える彼は（二九二）、ベトナム戦争のときにプロパガンダを担当していたことを反省し、ニュートラルな「情報」を広めることで（戦時中に似た立場にあったキャンベルとは違い）罪を償っているように見える。[22]

もっとも、ハートキが贖罪の意図を持っていたかどうかは明言されていないし、たとえ持っていたとしても自分が赦されるべきだとはおそらく思っていなかっただろうが、少なくとも、教師となった彼にとっての最大の敵は「無知」であり（ワイルダーとの「永久機関」の展示をめぐるやりとりで、彼が「虚しさ」より「無知」という言葉が否定的だと述べるのは示唆的である［三二一］）、彼は戦後の人生をすべて、共同体の生活水準を上げるべく「無知」と戦うことに捧げたといっていいはずだ。[23] 彼が「知識」を尊ぶ優れた教師だったことは、アシーナで囚人の識字率を二〇％も上昇させた一事からだけでも明らかだし（四二二）、その回想録を図書館で書いていることも——彼がそこで調べ物をしていることはときおり言及される——いかにも相応しいというしかない。

しかしながら、皮肉なことに、あるいは——ハートキのベトナム帰還兵としての「アメリカ」批判の妥当性に鑑みるならば——当然のことにというべきかもしれないが、ベトナムでは政府の「嘘」のスポークスパーソンだった彼は、ターキントンでは「事実」を語って解雇され、アシーナでも同様にして脱獄事件の首謀者にされてしまう。[24] 理事の一人（ハートキのかつての教え子）は「たとえそれ［持ち運びができる水爆をアメリカではなくロシアが先に開発したこと］が事実だとしても……それを学生に教えるなんて余計なことです」といってのけるし（三二四）、そうした「支配階級」によって運営されるこのカレッジには「成績」というものさえない（三一六）。ある批評家は、彼がターキントンの学生を考える力のある「大人」として扱おうとしても、理事会の面々は彼らを世界の「事実」から守ってやるべき「子供」として見なすと論じている。[25] これは正しい指摘と思われるが、より正確には、「事実」から守られたいのは彼ら自身というべきだろう。ハートキが脱獄事件の首謀者にされてしまうのは、黒人にはそのような計画を立てられる知的能力がないという差別的な推測からだが（三四二）、そうした推測が可能になってしまうのは、人質にされた理事達が「事実」を拒絶するためなのだ——「わたしが人質達に向かって、彼らを捕獲した者達のこと、その子供時代や精神疾患のこと、連中が生死を気にしていないこと、そして刑務所がどんな場所であるかといったことなどをいくらか話そうとすると、ジェイソン・ワイルダーは実際に目を閉じ、耳を手でふさいでしまった」(四〇九)。

かくしてハートキの「教師」としての戦いは、結局「事実」から目を背ける「支配階級」の前に敗れ去る。したがって、『ホーカス』をヴォネガットの最もペシミスティックな本と呼ぶ批評家がいるのも理解できなくはない。[26] 実際、そうした印象は、物語の結末でアシーナの所長ヒロシ・マツモトの割腹自殺が報告されることで強められるように見える。マツモトは、一九四五年八月六日に「ヒロシマにいた」ばかりか(四七五)、アメリカを「自分のベトナムであると主張」して(四〇五)、自分とハートキが「高慢な狂気が生んだ危険なミッションで、異国の地に送られる」という経験を共有したと考える人物であり(四〇四)、ハートキが「教師」としての「戦い」の過程で「トラウマ」に関してかなりうまく対処できたとすれば、その大きな助けとなったのがマツモトとトラウマ的な経験を共有したことにあると思われる。[27] そのマツモトが「彼のベトナム」から母国に帰還したあとで自殺してしまったという事実は、帰還兵ハートキの物語に暗い影を投げるといっていいだろう。

だが、それでもハートキという「教師」の物語に、希望が皆無というわけではないように思える。一つには、集団脱獄事件の終わりに姿を見せる、二六歳の黒人女性、ヘレン・ドールの存在があるためだ。ターキントンにおける就職面接で、理事達に「人間をやめろ」と要求されたように感じたこの若い「教師」は(四四四)、ワイルダーに「アメリカ人らしく振る舞え」と啖呵を切る(四四六)。ハートキによれば、彼女はコンピュータ〈グリオ™〉(「グリオ(griot)」とは、西アフリカの諸部族で口承伝統を司る語り部のこと)——それはこの「階級社会」の「アメリカ」において、被抑圧者としての背景・経歴を持つ人間であればあるほど、その未来を正しく予言できる[28]――がその将来を予測できない（四四三）、つまり「現在」までのデータベース（それは「現状維持」を正当化する）では対処できない人物である。そのような彼女は、ハートキと同様にアメリカ人の無知を批判する「教師」であるのみならず（四四八）、ハートキが暴露はするが完全には逃れられなかった権力構造／文化的価値に抵抗することによって、「アメリカ」の理想が存続する「希望」を次代につなぐ存在であるのだ。[29]

そしてもう一つには、「支配階級」に破れたハートキが、それでもこの回想録を自発的に書いているという事実がある。彼は「下降する渦に閉じこめられ、歴史の作り手というよりもそのコマ」として「運命」に翻弄される人生を送ったが（実際、士官学校から「現在」に至るまでの彼の人生行路は、すべて彼の意思をこえた偶然によって決定されたように見える）、[30]それにもかかわらず、「現在」の彼は敗北にうちひしがれているようにも、自己憐憫に浸っているようにも見えない。その語り口は、むしろ「自己」を突き放すようにして、あくまで「事実」を記しているといった感じであり、おそらくはそれゆえに、彼が「当惑させるほど曖昧なキャラクター」にとどまる」と考える論者もいるのだろう。[31]「事実」の記述に関しては、「現在」の彼がこれまで性的な関係を持った女性と、自分が殺した人間の数を数えているというのがその典型的な例ということになるだろうが、まさにその「数字」（あるいはクエスチョン・マーク）を刻んだ墓が最後に示されていることで（四七八）、彼のスローガンや信条といったものが「不確か、もしくは曖昧なままにとどまる」と結論づける批評家もいる。[32]

しかしながら、すでに論じてきたことから明らかなように、「事実」を語ること自体が、ベトナムで「嘘」にまみれたハートキという帰還兵にとっては「意味」に満ちた行為なのだし、そうした「意味」を与えてくれるからこそ、「教師」が彼のアイデンティティとなったのだろう。こうした観点から示唆的なのは、彼がそもそもこの回想録を書くきっかけになったのが、「シピオの戦い」のあと、私生児ロブ・ロイ・フェンスタメイカーに「将軍」として会ったことにあると思われることである。

ハートキがベトナムからの帰還の途中で滞在したフィリピンで関係を持った女性が生んだこの二三歳の息子は、彼を「素晴らしい気分」にしてくれる（四六七）。これを理解するのは難しくないだろう。「わたしはずっと将軍になりたかったが、そのときのわたしは将軍の星章をつけていた」という彼にとって（四六七）、妻とのあいだにもうけた子供達とは違って彼に明らかな好感と敬意を示すロブ・ロイ――最後には彼を「お父さん（Dad）」と呼びさえする（四六九）――との出会いは、まさしく彼がそうあってくれればと願うような（あるいは、そうあってしかるべきだと心のどこかで思っていたはずの）人生が、実現したかのような気持ちにさせてくれたのだ。

だが、ロブ・ロイが実父に寄せる敬愛の念は、ハートキがその母親に対して並べ立てた数々の作り話――ホーカス・ポーカス――に基づくものだった。ある論者は、このエピソードについて、「嘘」というものが直接の目的をこえて人間の思考や行動に影響を与えてしまうことを示唆すると指摘しているが、[33]その皮肉にハートキが気づかなかったはずはない。だとすれば、回想録の序盤で、彼が（わずか数年前を想起して）「以前のわたしはそういった手のこんだ嘘をやすやすとつくことができたし、それを楽しんでさえいた。もう、そういうことはない」と述べているのは（二四三）、ロブ・ロイとの会見を経たためではないだろうか。この息子は彼に一瞬だけ甘美な「夢」を見させてくれたばかりでなく、その「夢」が「嘘」にまみれていたことを思い知らせ、彼を「事実」を伝える「教師」に戻すのである。

かくしてハートキは――「支配階級」によって「将軍」の立場を奪われて刑務所に入れられたあと――「事

実」を綴った回想録を書きながら、性的関係を持った女性と、殺した人間の数をカウントし始めることになる。『ホーカス』は前作の『青ひげ』とは異なり、「現在」における語り手の行動（とそれにともなう変化）が記されることは（図書館での読書と、弁護士との会見——どちらも彼に「変化」をもたらすものではない——を除けば）ほとんどないのだが、それだけにこの「行動」には「意味」がこもっていると考えていいはずだ。

最初に注目しておきたいのは、過去を回想するハートキが、まずは性交した女性のリストを作成しようとしたことである。もっとも、このこと自体はさして不思議ではないだろう。「二〇歳のときに愛を交わした」女性から始まるそのリストは（二四五）、総勢八二人にもなるということで、彼の人生を象徴するものであることは間違いないからだ。その人数が異常なまでに多いことは、彼の人生の「異常さ」を物語っていると考えていい。その人数が彼の殺した人間の数と一致するとされることは（その数字が正確であるとは限らないとしても[34]——というよりはまさにそれゆえに）、彼の女性への関心をＰＴＳＤの「症状」と見なすことを十分に可能にするはずだ。彼を「興奮させるのは、居心地の悪い環境において、自分自身に関してではなく、人生そのものの価値に関して疑いを抱いているような年長の女性に限られる」というのは（三一六）、彼がそうした女性達との関係のうちに心の傷を癒やそうとしていると感じさせるし、「自分が愛を交わした女性はずっと生き続けるものだと考えてきた」ことも（四六五）、彼にとってはセックスが「死」を否認する性格を持つことの証左のように思える。

だが、意義深いことに、そうした「愛を交わした女性」達のリストは、「最悪の罪のリスト」と呼ばれている（三四四）。ロブ・ロイと出会い、「事実」を語るハートキにとって、それを美化することは——また、たとえ女性達とのセックスが、ＰＴＳＤを抱える彼にとってはやむにやまれぬ行為だったとしても、正当化することが

——不可能なのである。だとすれば、そうした「事実」を扱うリスト作りの過程で、もう一つのリストが——過剰な性交によって抑圧されていたのかもしれない「トラウマ」が——浮上してくることにもなるのは必然というしかないのだろう。

最近になって、わたしは自分が通常兵器で実際に何人の人間を殺したのかが気になるようになった。そう仕向けたのが良心であったとは思わない。あらゆる名前と顔と場所と日付を思い出そうとしながら作成している女性達のリストが、必然的にこんな問いを導いたのだ——「どうしておまえが殺した人間すべてのリストを作らないのか?」(三四二)

そして彼はこの要請に応えて殺した人間のリストを作り、その数字をもって回想を——そして人生を——閉じることになる。それが「計算問題」(「文章問題」でもある)という形をとるのはいかにも「教師」らしく思えるはずだが、彼の「教師」としての本領は、最後の一文にあらわれているというべきだろう——「読み書きができたり、いくらか算数ができたりする者がいるというだけでは、我々が「世界」を征服するに相応しいということにはならない」(四七八)。「読み書きそろばん」を教えてきたベトナム帰還兵が最後の「教え」として読者に遺したのは、自己批判の精神なのである。

ハートキの「教え」は、もちろん、かなりの程度ヴォネガットの「教え」でもあるだろう。顧みれば、『スローターハウス』の大成功のあとに書かれた『チャンピオンたちの朝食』の主題も、まさに「自己批判」であったといっていい。だが、『朝食』が「書き手」の超越性を切り崩す「自己批判」に忙しい、いかにも未熟なメタフィクションであったのに対し、『ホーカス』は八〇年代のヴォネガットが果たした成熟を豊かに反映した小説になっている。キャリアの終わり近くに書かれ、ともすれば地味にも見えかねない作品であるためか、先行研究の数はいまだ多くないが、「ハートキは実在の人物であるように見えるし、シピオは実在の町のように見える」と評したジェイ・マキナニーが感じたリアリティは、[35] ベトナム戦争文学への重要な貢献となった『ホーカス』という小説が、主人公の「トラウマ」をドラマタイズする必要がなくなったヴォネガットの拓いた新境地であることを裏付けるように思える。

もっとも、ヴォネガットがこの「新境地」をさらに開拓し押し広げていくことはなかったのだが、これは『ジェイルバード』以降のリアリズム路線に行き詰まりを感じたことを意味するわけではないだろう。単に、彼はあと一冊しか小説を書けなかったというだけのことであるはずだ。そしてこれを最後と思い定めて書かれたその作品は、極めて奔放な、型破りの小説となったのである。

『タイムクエイク』――作家人生の肯定

ヴォネガットの第一四長編『タイムクエイク』は、かなりの難産を経て一九九七年に世に出ることになった。約三年に一冊というそれまでの出版ペースは維持されず、一九九五年に刊行された『ヴォネガット・エンサイクロペディア』に寄せている序文では、満足できる形で仕上げられず、完成できないかもしれないと述べられている。[36] それは（「プロローグ」によれば）一九九六年の冬においても同様だったようであり、ヴォネガットは「できそこないで、ポイントというものがなく、そもそも最初から書かれたくなかったような小説」を書いてしまったと気づく（T四八五）。そこで彼は同年の夏から秋にかけて、その「大魚」――『タイムクエイク1』――を「切り身」にし、残りを捨てて、「いちばんいい部分を、過去七ヵ月ほどのあいだに考え、経験したことと混ぜて作ったシチュー」――『タイムクエイク2』――としたものを、『タイムクエイク』として刊行したというわけである（四八五–八六）。

そのようにして完成された『タイムクエイク』は、一般的な小説とは見るからに異なる、奔放な装いをした作品となった。ピーター・フリースの総括に沿っていえば、虚構上のアクションを提示するナラティヴは小さいもので、大部分は西洋の文化的遺産に対する広範囲の言及をともなうメモワールである。[37]『タイムクエイク1』から引き継がれた「フィクション」は、主にキルゴア・トラウトの物語であり、ストーリーの「現在」は「タイムクエイク」が起こった二〇〇一年に設定されているのだが、そこに一九九六年「現在」におけるヴォネガットの考えや経験がいかにも自由に挿入されていく――というより、読者が受ける印象はむしろ逆、つまり「ノンフィクション」的な叙述に「フィクション」が挿入されているというものかもしれない。トラウトを主人公とした物語は、二〇〇一年二月一三日（ドレスデン・アニヴァーサリー）に「タイムクエイク（時間震）」が起こり、人々は一九九一年二月一七日に戻って過去一〇年間の人生を「リプレイ」し、そのあとで生じた混乱を沈静化するのにトラウトが活躍し、そうして「ヒーロー」となった彼がヴォネガットの知人達に囲まれた「焼き蛤パーティ」で幸せな気分に浸る……という要約で足りてしまうほどに貧弱なものなのだ。

こういった自由奔放な作品をどう呼べばよいのかという点について、ヴォネガット研究者のあいだには、現在に至るまで明確な合意がないといっていい。だが、そのようにして喚起される「ジャンル」に関する意識が、突きつめれば「これは小説なのか」というメタフィクショナルな問いに収斂する以上、やはり『タイムクエイク』は「小説」と呼んでいいように思える。ジェローム・クリンコウィッツは、「『タイムクエイク』は完成した作品というより、その生成過程の記録である」といういい方をしているが、[38]ヴォネガットはそうした「生成過程」まで含める「小説」を提出していると考えればよいのではないだろうか。

我々は——とりわけ文学研究者は——「フィクション（＝小説）」と「ノンフィクション」を切り離して考えることに慣れている。例えば、『ホーカス・ポーカス』は「フィクション」であり、たとえ同時期に刊行されたとしても『死よりも悪い運命』と同列に扱うべきではない、と考えるわけだ。『運命』で示される意見はヴォネガットのものだが、『ホーカス』において似たような見解が示されたとき、それは語り手のハートキのものかもしれないし、作者（この「作者」は作品から構築される存在である）のものかもしれないが、それを書いた現実のヴォネガットのものかどうかは（少なくとも何らかの証拠がない限り）わからない——というのが「フィクション」を扱うにあたっての約束事なのである。こうした「約束事」はもちろん一種の「制度」であり、その「制度」によって、「小説」はその外部から独立した一個の「芸術作品」としてのステータスが担保されることになるわけだ。

しかしながら、「フィクション」と「ノンフィクション」の区分が文化的＝人工的な約束事であるということは、逆の観点からすれば、「フィクション」の書き手と、「ノンフィクション」の書き手は、（「フィクション」とは何か、「ノンフィクション」とは何かという、面倒な問題に立ち入らなくても）それほど截然と分かれるわけではないことを意味するはずである。実際、「こういうことを考えているうちに、こういう物語を思いつく」、あるいは「こういう物語を書いているうちに、こういうことを考えるようになる」といったことが、小説の「生成過程」において生じるのは必然だろう。『タイムクエイク』という自由奔放なテクストは、まさにそうした――普段は「芸術」の名の下に隠蔽されている――「生成過程」をさらけ出すことにより、「芸術」の「制度性」を露出させているのではないだろうか。

こういったメタフィクショナルな見方を適用してもいいように思われるのは、ヴォネガットがそれまでの作品においてメタフィクショナルな意識をしばしば――というより、例外なく――示していたことに加え、『タイムクエイク』という作品が、「フィクション・パート」においても「ノンフィクション・パート」においても、「芸術」の「制度性」を主題化しているためである。前者に関しては、主流文学＝「芸術」とは無縁な三文作家トラウトが、自分以外の誰も価値を認めない作品を生み出しているという理由で「ファン・ゴッホ」と名乗り（五五八–五九）、短編を完成させては（まさに「制度」を代表する）「アメリカ芸術文学アカデミー」の建物の前に置かれた屑籠に捨てているという一事からだけでも明らかだろう。[39] しかも、アカデミーのドアには職員の手によって、「芸術なんてクソくらえ」とスプレーで大書されてさえいるのだ（五二六）。

そして後者に関しては、ヴォネガットが兄バーナードと「芸術とは何か」という問題をめぐってやりとりをするエピソードを想起すればよいだろう。二枚の板のあいだに絵具をはさみ、それを剥がしてできたものを「芸術か否か？」と訊ねてきた兄に（五九七）、ヴォネガットは、それを知りたければ「どこか公的な場に展示し、他人が見たがるかどうか試さなくてはならない」と返事をする（五九八）。「芸術作品」は自律的に「芸術」であるわけではなく、他者の判断によって「芸術」と見なされるということの返答は、「芸術」が社会活動であり、「制度」にまみれたものであるという認識を示すことはもとより、そうした認識を持ったメタフィクショニストが兄の問いをいわば換骨奪胎するようにして読者に差し向けている――「『タイムクエイク』は芸術か否か？」――ことを示唆するように思える。

『タイムクエイク』に関する論考は発表後二〇年を経ても非常に少なく、それは批評家達がこの「問い」に答えあぐねていることを意味するのだろう。実際、右に述べたような形で作家のメタフィクショナルな企図を忖度したとしても、それが成功しているかどうかはもちろん別問題である。初期の書評には、一冊目の本を出すのに苦労している優れた作家も多いというのに、こんな本を出していいのかといった批判もあったようだが、[40]それがいささか手厳しすぎるとしても、ヴォネガットという作家とその作品に親しんでいないと十分に理解することは難しいとか、[41]こういう作品を書いて大丈夫なのはヴォネガットくらいだろうといったアンビヴァレントな評価は、[42]素朴ながらも一定の説得力を持っていると感じられるかもしれない。ヴォネガット作品に十分に馴染みがあるロバート・T・タリー・ジュニアでさえ、「フィクション」と「自伝」の境界を完全に曖昧にするという点では『チャンピオンたちの朝食』に似ているが、『タイムクエイク』ははるかに優雅さを欠いていると見なしているのである。[43]

こうした評者達の不満ないし違和感は、単純化しつつ要約すれば、この自由奔放な作品には①「ノンフィクション」の部分が大きすぎ、また（これは「フィクション」部分も含めてということになるだろうが）個人的にすぎるのではないか、そして②「ノンフィクション」の部分が「フィクション」の部分とうまく融合を果たしていないのではないか、ということになるだろう。確かに、『タイムクエイク』がその「生成過程」(ノンフィクション)をもとりこんだ一冊の「小説」(フィクション)として成立するためには、この二点は――どちらも作品を読みさえすれば誰でも気づくような、極めて顕著な特徴なのだから――対処しなくてはならない問題であるように見える。以下、それぞれについて考えていきたい。

まず、『タイムクエイク1』を『タイムクエイク2』に改稿するあいだに考えたとされる事柄を中心に、「個人的」な話が多すぎるのではないかという点である。枠組みを確認しておけば、『タイムクエイク』の「ノンフィクション・パート」では、しばしばヴォネガットがそれを書いている「現在」がいつなのかがわかるようにされており、例えば第六章では「一九九六年の夏」(五〇四)、第二一章では「昨日」が「七月三日水曜日」(五四三)、第三八章では「八月二三日金曜日」(五八五)、そして第四四章では「三週間前」が「九月六日」とされている(五九九)。「エピローグ」において「四日前」が「一九九七年四月二五日」とされていることを加えてもいいだろう(六四九)。

こうして「時の経過」を意識しながら、読者は『タイムクエイク』が調理されていくプロセスを、いわば追体験していくことになるわけだが、問題は、その「追体験」を十分に味わうためには、ヴォネガットという作家とその作品に親しんでいることが望ましく思われる点である。実際、「最後の小説」に相応しくというべきか、『プレイヤー・ピアノ』(六五二)、『タイタンの妖女』(六四一、六四二)、『猫屋敷のカナリヤ』と『母なる夜』(六四二)、『猫のゆりかご』(五一七、六五二)、『スローターハウス5』(五一八、六一三、六三八)、そして『青ひげ』（五五三、五七九）といった作品名が直接言及される例はもとより、テーマやトピックを含めれば、ヴォネガットの愛読者なら先行する一三冊の長編すべてを想起させられるはずであり、それはとりも直さず、ヴォネガットの書いてきたものを（あまり）知らない読者に、ともすれば疎外感のようなものを与えかねないということでもある。その意味において、『タイムクエイク』を「内輪」の読者に向けられている、閉じた作品と考える読者がいてもおかしくはないように思える。

しかしながら、『タイムクエイク』という露骨に風変わりな作品は、そうした――普通の文学作品に対して差し向けられるような――批評的基準を揺らがすものとしてある。ここで考えさせられるのは、小説の著者が自分の旧作を読んでいることを読者に求めたとして、それは不当な要求と見なすべきなのか、という点である。すでに示唆したように、「芸術作品」が外部から独立したものでなくてはならないというのが一種の「約束事」であり、『タイムクエイク』がそうした「制度」を露呈させる小説であるのなら、先行作への頻繁な言及も、そうした「露呈」の手段として理解できるのではないだろうか。作者の人生や思想に（ある程度）親しんでいることが期待されていることについても、そうした「理解」の延長線上にあるように思われる。事実、日本の読者であれば、作者が「文壇」を中心とする読書界に（仮構された）「私」を見せていることを意識して書く、「私小説」を想起させられるのではないだろうか。

いうまでもなく、ここで「私小説」について詳述することなどできない。だが、それは西洋の「近代小説」とは異なる「約束事＝制度」のもとに発展した「小説」の一つのあり方だとはいっていいだろうし、だとすれば『スローターハウス』の大成功以来、さまざまな形で「わたし」を演じ、作品に登場させもしてきた小説家が、そのキャリアの終着点に西洋近代小説の「制度性」を露呈させる「私小説」的な作品を書いてしまったという可能性も、「小説」というジャンルを考える上で意義深く思われることとして記しておきたい。ヴォネガットの公的な姿におそらくどの批評家よりも深い関心を示してきたクリンコウィッツは、『タイムクエイク』のヴォネガットが、本を買い、読むことで彼を有名にしてきた読者達に向けて、まさに「彼らが有名にした人物」として語っていると示唆している。[44] ヴォネガットが「私小説」を書いたと強弁するつもりはないし、「私小説」的な作品を書いたとしてもそれは「偶然」の産物だったことは強調しておきたいが、その上でいえば、四半世紀にわたって人気作家であり続けた彼にとっては、「読書界」はリアルな存在であったはずである。

しかも、というべきか、ヴォネガットにとってそうした「読者」に語りかけるという行為は、「拡大家族」という彼の文学における主要テーマの一つを、パフォーマティヴに現前させる方途であったように思える。彼はロリー・ラックストローへの（一九九五年二月六日付の）手紙で、『タイムクエイク』を「自分がそのために書こうとしていたアメリカの消失に関するもの」と述べており、[45] それは現在のアメリカに「わたしの世代の多くの人々が失望している」というストレートな言葉だけでなく（六〇三）、ナラティヴの進行とともに家族や友人知人の死が次々と報告されていく――「エピローグ」は全体が兄バーナードの死に関する報告である――という事実にも感じられるところだろう。[46] 作品序盤で言及される「拡大家族」の消失も（四九六）、そうした挽歌的なトーンを補強する現象といってよさそうに思えるが、終盤の第五二章は全体が「拡大家族」の必要性を訴えるものとなっている。「人間の精神にとっての理想的食事」における「欠くことのできない要素」が「拡大家族」によってのみ供給されると説く彼が（六二〇）、『タイムクエイク』を「シチュー」と呼んでいるのは偶然ではないだろう。話の流れに身をまかせ、気の向くままに語っているように見える老作家は、そうすることで読者とのあいだに「拡大家族」を現出させ、「わたしの若い頃は……」といった「個人的」な話を繰り返す。ヴォネガットの愛読者にしてみれば、「その話は何度も聞いたよ」といいたくなるかもしれないが、そう思いつつも「老人の繰り言」に耳を傾けることが、「拡大家族」のメンバーとしての義務であり、喜びでもあるわけだ。

このように見てくると、『タイムクエイク』の「主題」は、その「形式」によって表現されていると考えたくなってくるのだが、そう結論づけるためには、「フィクション・パート」に目を向けることが――「フィクション」と「ノンフィクション」がどのように融合されているかを確認することが――必要だろう。

そこでまず注目されるのは、「フィクション」部分のストーリーが、架空の作家コミュニティ〈ザナドゥー〉に「ヴォネガット」を中心とする人々が「拡大家族」的に集まって、老作家トラウトの話に耳を傾ける場面で閉じられることである。これは『タイムクエイク』の「フィクション・パート」と「ノンフィクション・パート」が、「主題」的に連動していることをわかりやすく示す例といっていいだろうが、そう了解しようとする際に目を惹くのが、やはり「形式」上の問題である。というのも、その焼き蛤パーティでトラウトをとり囲む人々の多くが――本節においても名前が出てきたクリンコウィッツやラックストローを含め(六四二)――ヴォネガットの読者、つまり「ノンフィクション」の世界の住人であるからだ。

もちろん、たとえ実在の人物であっても、「フィクション」の世界に登場している以上、彼らを「フィクショナル」なキャラクターと見なすのが普通ではある。だが、彼らはタイムクエイク後の混乱した世界に「真言(マントラ)」――「あんたはひどい病気だった！　だけど、もうすっかりよくなった」(六〇五)――によって調和を回復させたヒーローとしてのトラウトに会いに来たわけではない。なるほど、「ヴォネガット」は「彼らがそこに来たのはわたしに会うためではなかった。とうとうキルゴア・トラウトに会えるからだった」と述べてはいる（六四二）。けれども、ある論者が指摘しているように、パーティに集まった面々は、ヴォネガットの小説に興味を持つ人々なのであり、[47]だから（ヴォネガット個人に会いに来たわけではないにしても）ヴォネガットが作った「フィクショナル・キャラクター」としてのトラウトに会いに来たのである。

したがって、ここで起こっている現象は、ヴォネガットが「ノンフィクション」の世界の人物達を、「フィクション」の世界に引き入れたということになるだろう。これは我々の読書体験——小説の読者は、しばしば自分が読んでいる「フィクション」の世界に住んでいるような気になるのだから——を彷彿させるし、だとすればヴォネガットの愛読者（つまり我々自身）もまた、クリンコウィッツやラックストローとともに、そのパーティに招き入れられていると考えることもできるはずだ。実際、その場にいる「言及しきれないほど大勢の、見知らぬ親切な人々」とは（六四三）、おそらくヴォネガットを支えてきた無数の読者を指しているのだろう。

このように、読者は「ノンフィクション・パート」においても「フィクション・パート」においてもヴォネガットの「拡大家族」の一員として遇されることになるわけだが、『タイムクエイク』という一冊の書物が抱える「形式」的な問題は、まだクリアされているとはいえない。読者を「ノンフィクション」の「聞き手」にし、「フィクション」の「登場人物」にしたいだけなら、本を二冊書けばいいということになるはずだからである。したがって、『タイムクエイク』の著者はどうにかして「ノンフィクション」と「フィクション」を「融合」させねばならないのだし、だからこそ「ノンフィクション・パート」の話者としてのヴォネガットと、「フィクション・パート」の登場人物である「ヴォネガット」を、区別せずに（「融合」させて）提示する必要があったのだろう――「わたしは自分が現実の一九九六年にいると書くこともあれば、タイムクエイクに続くリプレイの最中にいると書くこともあり、その二つの状況にはっきりした区別をつけていない」（四八七）。

いまの引用に続けてヴォネガットが「わたしはきっと頭がおかしいのだ」と書いているように（四八七）、これはかなり異様な処置であるように見える。「フィクション」の世界の「ヴォネガット」は一九九六年に『タイムクエイク』を書いていないのだし、「ノンフィクション」の世界にいるヴォネガットは二〇〇一年の世界を経験していない。作者が「二つの状況にはっきりした区別をつけていない」以上、こうしたパラドックスを解消する方法は存在しないといっていいはずだ。だが、まさしくそれゆえに、『タイムクエイク』の著者は、この「フィクション」と「ノンフィクション」をめぐるパラドックスを、リアリスティックな論理で「解消」しようとするのではなく、「小説」としてそのまま提示することを選んだと考えるしかないだろう。彼は「虚構」と「現実」を自由に往還する存在を、言語芸術としての「小説」は創出していいと判断したのだ。

そうした「判断」に、根拠がなかったわけではないはずである。というのも、この作品における〈ヴォネガットと「ヴォネガット」をあわせた〉〈ヴォネガット〉の立ち位置は、作者お気に入りの芝居として何度も言及されるソーントン・ワイルダーの『わが町』（一九三八）における、「舞台監督」のそれとよく似ているからだ。『わが町』の「舞台監督」は観客が劇場に入ってくる頃に舞台に姿をあらわし、舞台の設置を見守り、客席が暗くなると「この劇は『わが町』という題です。ソーントン・ワイルダーによって書かれ、制作と演出は……」といったように語り出す。[48] そのあともずっと舞台上にとどまって「狂言回し」のような役割を果たすのだが、しばしば観客に話しかけ、ときには登場人物の代わりを務め、また登場人物と会話しさえするのである。

ワイルダーの意図を十分に考察するのは本書の射程を大きくこえてしまうが、こうした「舞台監督」の存在によって「虚構」と「現実」が渾然一体となった演劇空間が出現するとはいっていいだろうし、それは〈ヴォネガット〉の存在によって『タイムクエイク』が作り出す小説世界と、かなりの程度、構造的に一致しているように思える。実際、『わが町』を観た観客は、たとえメタシアトリカルな趣向に戸惑ったとしても、おそらくその体験を演劇でしか味わえないと思うはずだが、『タイムクエイク』の読者は、〈ヴォネガット〉に導かれて一九九六年と二〇〇一年を行き来しながら、この体験は小説でしか味わえないと思い、「小説」の可能性を実感するのではないだろうか。

以上の議論をもって『タイムクエイク』という作品の「奔放さ」に関して一応の説明をほどこせたとすれば、先に触れたタリーの評価とは逆に、この小説は『朝食』という「切実」なメタフィクションに比べて、むしろ洗練された小説であると考えてもよさそうに思われる。『朝食』も「小説」の「制度性」を前景化する自己批評的なテクストであったとはいえるだろうが、『スローターハウス』で大成功を果たした作者ヴォネガットは「書き手」の「権威」を切り崩すことに忙しく、余裕がまったく感じられない自罰的な作品になってしまっていた。一方、『タイムクエイク』のヴォネガットに、そうした焦燥は感じられない。先妻ジェインとは彼女の死の前に和解を果たし、長年にわたる「トラウマ」との戦いも、「サバイバーズ・ギルト」の問題を含めて『青ひげ』においで決着をつけていた。彼にはもう、誰にも弁解する必要がなくなったのだ。

そのように考えてみれば、ヴォネガットが、そのキャリアを閉じるにあたって、『朝食』の結末で「解放」しなくてはならなかったトラウトをもう一度「主人公」として登場させたのは、いかにも相応しいことであるように思える。『ジェイルバード』で囚人ロバート・フェンダーのペンネームとして「復活」したトラウトは、『ガラパゴスの箱舟』では幽霊レオンの父として、『ホーカス』では匿名の作家として一定の存在感を示してはいたものの、それらの小説における彼の役割はマイナーなものにとどまっていた。『青ひげ』と『ホーカス』におけるポール・スラジンジャーの起用に鑑みれば、ヴォネガットはトラウトを本格的に再登場させるのを逡巡していたといっていいはずだ。ローレンス・R・ブロアーは、ヴォネガットが『朝食』において、シニカルでペシミストのトラウトを、父と重ねて悪魔祓いしようとしたと指摘しているが、[49]そもそも作者の「オルター・エゴ」として造型されたこのキャラクターは（四八六）、常にアンビヴァレントな形で扱われる存在であり、「トラウマ」——そこには父との関係も含まれていた——の昇華へと向かう八〇年代の（リアリズム的な）作品には登場させにくかったのだろう。

だとすれば、「最後の作品」におけるトラウトの再起用は、ヴォネガットの小説家としてのキャリアを完結させる——前章で見た「成熟」を完成させる——最後のピースだったのかもしれない。事実、というべきか、『タイムクエイク』のトラウトは、ヴォネガットの自己パロディといったような、戯画化された存在ではない。創造主の「ヴォネガット」に支配されていた『朝食』のときは異なり、彼は十分に独立した人格を持っているように見えるし、[50]「あなたは病気だったが、もう元気になって、やるべき仕事がある」という（六一六）——『青ひげ』のサーシ・バーマンの「目を覚ませ！　元気を出せ！　仕事にかかれ！」という発破を思い出させる（*B*二一五）——〈キルゴアの教義〉によって「二世代前にアインシュタインの〈Eイコールｍｃ二乗〉が奪ったのと同じくらいの地球上の人命を救った」という活躍は（T六一六）、核の恐怖をしばしば主題化してきたヴォネガット文学においては特別の意味を持つはずである。

重要なのは、「何が起こっているかを、次に何が起こるかをまったく気にかけなくなった」――これは人類の現状の比喩に他ならないのだろうが――という「タイムクエイク後の無気力症、略称ＰＴＡ」からトラウトがいち早く立ち直ることができたのが（五六三）、彼の作家としての「想像力」――「もし周囲の状況がこれこれこういうことになっているなら、次はどうなる、次はどうなる?」（五七三）――によるところが大きかった点である。『朝食』のトラウトはノーベル平和賞を得るが、それは「小説家」であることをやめた結果だった。だが、テレビをはじめとするテクノロジーの進化が、人々を受動的な「聴衆」にしてしまい、[51]想像力の喪失を引き起こすという懸念が繰り返し表明される『タイムクエイク』において、トラウトは小説を書き続け、それによってヴォネガットと「拡大家族」を共有する「仲間」となる。[52]詳しく紹介されるトラウトの短編「Ｂ-36の三姉妹」が、人気のある芸術家の姉達を妬んだ「ブーブー星」の科学者がテレビを皮切りとして「自動車、コンピュータ、有刺鉄線、火炎放射器、地雷、マシンガンなどを発明して」いき、「新世代が想像力を欠いて育った」結果、「ブーブー星人はその星雲で最も無慈悲な生物になった」という物語であることは（五〇一）、この作品におけるトラウトとヴォネガットが、互いを相対化しあうのではなく、補完しあう関係にあることを示すわかりやすい例である。

「主人公」と「分身」のあいだに葛藤が生じないというのは、通常の小説であればまずあり得ないような現象だが、『タイムクエイク』の場合、トラウトとヴォネガットの「連帯」は、「フィクション」と「ノンフィクション」を分裂させる「制度」への抵抗として見なせるだろうし、また、この作品が「最後の小説」という前提で書かれているという事実に鑑みれば、『ローズウォーターさん、あなたに神のお恵みを』以来、長らくヴォネガットを——ヴォネガットから「分離」させられることで——支えてきたトラウトが、ついにその作り手と「融合」するという事態を、我々は素直に祝福すべきであるように思える。クリンコウィッツは『タイムクエイク』を「喜びに満ちた、祝祭的でさえある本」と呼んでいるが、[53] 実際、「ヴォネガット」が「ミスター・トラウト、あんたはひどい病気だったけど、もう元気になって、やるべき仕事がある」と呼びかけるとき（六四七）、それは『朝食』における「いまではわたしはよくなった」という説得力を欠いた言葉とは対照的に（BC 六五三）、トラウトと一つになった（戻った）ヴォネガット自身の全快を祝う言葉のように聞こえるはずだ。

そしてトラウトは、「ヴォネガット」を隣に立たせて最後のスピーチをする。長くなってしまうが、引用しておこう。

……「さて、それでは——その二つのきらめきがいかなる天体を示すものであるにせよ、この〈宇宙〉はえらく稀薄になってしまったため、光がその一つからもう一つまで旅するには、何千年、いや何百万年もかかる。チリンガ・リーン？　だが、ここであんたにお願いしたいのだが、その一つをよく見て、それからもう一つをよく見てくれ」

「了解です」とわたしはいった。「はい、見ました」

「かかったのは一秒くらいというところかな？」と彼はいった。

「でしょうね」とわたしはいった。

「たとえ一時間かかったとしても」と彼はいった。「あの二つの天体がかつてあった場所から場所へ、何かが移動したことになるだろう。控え目にいっても、光の一〇〇万倍の速度で」

「何がです?」

「あんたの意識がだ」と彼はいった。「それは〈宇宙〉における新しい性質であって、それが存在するのは人間がいるからなのだ。これからの物理学者は、〈秩序ある宇宙〉という神秘についてとくと考えるとき、エネルギーと物質と時間だけではなくて、とても新しく、美しいものを計算に入れねばならない――人間の意識をな」……「意識よりいい言葉を思いついた」と彼はいった。「それを、魂と呼ぶことにしよう」(*T* 六四八)

最後に出てくる「魂」という語は『青ひげ』における「幸福なラボー・カラベキアン」を思い起こさせるが(*B* 二一六)、当面の文脈では、「魂」を持つ「人間」の「想像力」が讃えられていると考えてよいだろう。[54] 興味深いことに、『わが町』のラストシーンでは、やはり星の光が何百万年もかかって地球に到達することが触れられ、[55] それによって人間の卑小さが示唆されているのだし、それは人類の歴史全体がトラルファマドール星人の支配下にあったとされる『タイタン』や、人類が一〇〇万年かけて動物へと「進化」する『ガラパゴス』といった、ヴォネガットがSF的想像力を駆使して書いた作品にも看取されるパターンなのだが、『タイムクエイク』においては、まさにその「想像力」において、人間の価値が確認されるのである。

こうして「人間」の価値が確認されたとき、「想像力」の産物である「小説」の価値もまた確認される。ヴォネガットにとっての「人生」が、「小説家」としてのものであった以上、それは当然といっていいだろう。想像力を持たぬ人間は環境の、歴史の、そして運命の奴隷になるしかない。だが、ヴォネガットはずっと小説を書き続け、環境と歴史と運命によって「トラウマ」を背負わされた人生と格闘してきた。彼の主人公達はしばしばそこから「物語」によって逃避を図ったが、彼は「小説」によってそれに繰り返し対峙してきたのだ。

「タイムクエイク」とは、そうした「対峙」の比喩であるように思える。「時空連続体における突然の不調で、あらゆる人間とあらゆるものが、過去一〇年のあいだにしたことを、よくも悪くも、もう一度そっくり同じにするしかなくなる。それは一〇年もの長きにわたってとまってくれない既視感(デジャ・ヴュ)なのだ」というのは(T四八六)、大がかりなフラッシュバックとも見なせるはずだし、実際、例えばプールで夫の上に飛びこんで、彼の下半身を麻痺させてしまったアカデミーの事務局長モニカ・ペッパーにとって、「リプレイ」は「トラウマ」の回帰ということになるだろう。だが、「再び自由意志のスイッチが入るまで、自分で作った障害物競走のコースを走り続けるしかなかった」というトラウトの言葉に示されるように(四八六、強調は引用者)、起こってしまったことは、それがどれほど不条理なものであっても、自分で責任をとるしかない。それが起こってしまった人生を、自分で肯定してみせるしかないのである。

フリードリッヒ・ニーチェはこう書いている——

もしある日、もしくはある夜なり、デーモンが君の寂寥きわまる孤独の果てまでひそかに後をつけ、こう君に告げたとしたら、どうだろう、――「お前が現に生き、また生きてきたこの人生を、いま一度、いなさらに無数度にわたって、お前は生きねばならぬだろう。そこに新たな何ものもなく、あらゆる苦痛とあらゆる快楽、あらゆる思想と嘆息、お前の人生の言いつくせぬ巨細のことども一切が、お前の身に回帰しなければならぬ。しかも何から何までことごとく同じ順序と脈絡にしたがって、――さればこの蜘蛛も、樹間のこの月光も、またこの瞬間も、この自己自身も、同じように回帰せねばならぬ。存在の永遠の砂時計は、くりかえしくりかえし巻き戻される――それとともに塵の塵であるお前も同じく！」――これを耳にしたとき、君は地に身を投げだし、歯ぎしりして、こう告げたデーモンを呪わないだろうか？　それとも君は突然に恐るべき瞬間を体験し、デーモンに向かい「お前は神だ、おれは一度もこれ以上に神的なことを聞いたことがない！」と答えるだろうか。[56]

ヴォネガットという小説家は、その半世紀にもなるキャリアを通して、幾度となく繰り返される「タイムクエイク」、すなわち「永劫回帰」という宿命に向かいあってきたのだろう。もちろん、「トラウマ」と戦い続けたキャリアは苦しい道のりであっただろうし、さらにいえば、「トラウマ」が何度も回帰してくることになったのは、まさしく彼が小説家であったためなのだろう。

だとすればなおさら、ヴォネガットが一四冊の小説を書いた末に、とうとう「よくなった」ことを宣言して筆を擱くにまで至れたことには、単なる幸運と片付けるには重すぎるほどの意味がこもっているように思える。彼の小説を書かれた順に追いかけてきた本書は、そうした「意味」を「トラウマの詩学」の展開という形で浮かびあがらせることを目指していたわけだが、議論を閉じるにあたっては、彼が自分の作家人生を肯定しきったことをただひたすらに喜びたい。『タイムクエイク』の「エピローグ」の終わりで、ヴォネガットは「タイムクエイク！　わたしは再び一九四七年に戻っている。ゼネラル・エレクトリック社のために働くようになったばかりのところで、リプレイが始まる」と書いている（六五二）。キャリアを美しく閉じる円環構造であるといえようが、やはりいまはただ、その「リプレイ」に一九四五年二月一三日が含まれていないことを――その必要がなくなったことを――ひたすらに喜んでおきたいのである。

註

1 Tally 148.

2 Kurt Vonnegut, *Novels 1987-1997*, ed. Sidney Offit (New York: Library of America, 2014) 605. 以下、『タイムクエイク』(*T*) からの引用は同書による。

3 Tomedi 106.

4 Kurt Vonnegut, *Novels 1987-1997*, ed. Sidney Offit (New York: Library of America, 2014) 291. 以下、『ホーカス・ポーカス』(*HP*) からの引用は同書による。

5 Klinkowitz, *The Vonnegut Effect* 148.

6 Klinkowitz, *Kurt Vonnegut's America* 102-03.

7 Klinkowitz, *Vonnegut in Fact* 132.

8 Farrell, *Critical Companion* 189.

9 Christina Jarvis, "Displaced Trauma and the Legacies of the Vietnam War in *Hocus Pocus*," *War, Literature, and the Arts* 28 (2016) 2-3. 〈wlajournal.com/wlaarchive/28/Jarvis.pdf〉. 松岡完『ベトナム戦争——誤算と誤解の戦場』(中公新書、二〇〇一年) 二八九–九一も参照。

10 Sumner 289.

11 Morse, *Novels* 155.

12 Lala Narcisi, "Another 'Atheist's Bible': Knowledge Defeats *Hocus Pocus*," *Critical Insights: Kurt Vonnegut*, ed. Robert T. Tally, Jr. (Ipswich: Salem, 2013) 171.

13 Jarvis, "Displaced Trauma" 6.

14 ハートキの語りでアラビア数字が一貫して用いられることについて(本稿も引用文では漢数字を使わないことにする)、「編者」は「数字をアルファベットで薄めてしまうと、その力の多くが失われてしまうかもしれない」と述べているが(一二〇)、この推測は物語現在のハートキが、語っているあいだに「ボディ・カウント」をおこなっていることに鑑みれば、一定の説得力を備えているだろう。

15 Jarvis, "Displaced Trauma" 7.

16 「ハートキ」という名前が、ベトナム戦争に反対したインディアナ州の政治家ヴァンス・ハートキに基づくことについては、Jarvis, "Displaced Trauma" 4; Freese 668-69; Morse, *Novels* 153, 164n34 などを参照。

17 松岡 276-77。

18 ワイルダーのモデルが(一九五五年に『ナショナル・レヴュー』誌を創刊するなどして保守主義運動を進めた)ウィリアム・F・バックリー・ジュニアと思われることについては、

出版当時の書評から指摘されている。John Leonard, "Black Magic [A Review of *Hocus Pocus*]," *The Critical Response to Kurt Vonnegut*, ed. Leonard Mustazza (Westport: Greenwood, 1994) 305 を参照。なお、バックリーについては『パームサンデー』に言及がある（*PS* 一一八-一二）。

19　この事件のモデルとなったと思われるアッティカ刑務所暴動事件（一九七一年）については、Freese 673n30 に詳しい。

20　Narcisi 170.

21　Davis 130; Farrell, *Critical Companion* 190.

22　Narcisi 171.

23　Narcisi 165.

24　Klinkowitz, *The Vonnegut Effect* 145.

25　Narcisi 172.

26　Tomedi 106.

27　Jarvis, "Displaced Trauma" 14.

28　Farrell, *Critical Companion* 190.

29　Jarvis, "Displaced Trauma" 15-16 を参照。

30　Farrell, *Critical Companion* 186.

31　Farrell, *Critical Companion* 191.

32　Tally 153.

33　Bill Mistichelli, "History and Fabrication in Kurt Vonnegut's *Hocus Pocus*," *The Critical Response to Kurt Vonnegut*, ed. Leonard Mustazza (Westport: Greenwood, 1994) 324.

34　Jarvis, "Displaced Trauma" 12-13.

35　Jay McInerney, "Still Asking the Embarrassing Questions [A Review of *Hocus Pocus*]," *The Critical Response to Kurt Vonnegut*, ed. Leonard Mustazza (Westport: Greenwood, 1994) 311.

36　Kurt Vonnegut, Forward, *The Vonnegut Encyclopedia: An Authorized Compendium*, by Marc Leeds (Westport: Greenwood, 1995) ix.

37　Freese 711.

38　Klinkowitz, *The Vonnegut Effect* 152.

39　ヴォネガットはアカデミーの会員だったが、それに複雑な気持ちを抱いていたことについては、Sumner 315-16 を参照。

40　Freese 696 を参照。

41　Freese 696-97 を参照。

42　Tomedi 113.

43　Tally 153.

44　Klinkowitz, *The Vonnegut Effect* 153.

45　Rackstraw, *Love as Always* 182.

46　ヴォネガットが、アメリカではしばしば「タブー」とされる「死と喪失」というトピックを、家族や友人が死んでいく中で老いるという経験を提示することによって扱っている点については、Morse, *Novels* 169-70を参照。

47　Morse, *Novels* 174.

48　Thornton Wilder, *Collected Plays and Writings on Theater* (New York: Library of America, 2007) 149.

49　Lawrence R. Broer, "Vonnegut's Goodbye: Kurt Senior, Hemingway, and Kilgore Trout," *At Millennium's End: New Essays on the Work of Kurt Vonnegut*, ed. Kevin Alexander Boon (Albany: State U of New York P, 2001) 77.

50　Broer, "Vonnegut's Goodbye" 84.

51　ヴォネガットが「我々は社会から聴衆へと変わってしまった」ことを一九七三年の有名な『プレイボーイ』インタヴューで憂えていたことの指摘を含め（*WFG* 二七三）、Morse, *Novels* 171を参照。

52　Gary McMahon, *Kurt Vonnegut and the Centrifugal Force of Life* (Jefferson, NC: McFarland, 2009) 94.

53　Klinkowitz, *The Vonnegut Effect* 157.

54　Farrell, *Critical Companion* 381.

55　Wilder 208.

56　フリードリッヒ・ニーチェ『悦ばしき知識』信太正三訳（ちくま学芸文庫、一九九三年）三六二―六三。

あとがき

カート・ヴォネガットとの「邂逅」は、バブル時代の末、一九九〇年に遡る。盛んに翻訳がおこなわれていた現代アメリカ小説を、大学一年生の私は手当たり次第に乱読していた。ヴォネガットがジョン・アーヴィングをアイオワ大学で教えていたことは知っており、それでとりあえず一冊読んでみようと思ったのだろう。その一冊が何だったかは記憶にないのだが、おそらく『スローターハウス5』だったはずである。いずれにしても、ヴォネガットとの付きあいが、一冊かぎりで終わることはなかった。当時すでに文庫で読むことができた『ジェイルバード』までは一気に(そして何度も)読んで、文庫化を待ちきれずに『青ひげ』までの作品も読んだ。もちろん、赤いパッケージのポールモール(ペルメル)を吸いながらである。

ヴォネガットにそれほど夢中になったのは、やはり大人になりかけていた頃だったからなのだろう。それまでの自分と、そこからの自分を、ヴォネガットの小説が架橋してくれるように感じられたからに違いない。高校まであまり文化的とはいえない人生を送っていた私は、これから勉強すればいいと強がってはいたものの、自分の教養や知識の不足には、常に落ち着かない気持ちを抱いていた。大学の講義を受けても、本を開いても、とにかく知らないことばかりだった。だからこそ、「そういうものだ」が村上春樹の『風の歌を聴け』を、そして「愛は敗れても、親切は勝つ」が野田秀樹の『野獣降臨（のけものきたりて）』を思い出させてくれたときに、どこか勇気づけられるような気がしたのだろう。思えば好んで同時代作家の小説を読んでいたというのも、人生経験にも読書経験にも乏しい若者が、点と点がつながる感覚を味わいたかったからかもしれない。

そうした「つながる感覚」は、もちろん、ヴォネガットとの直接の関係においても得ていたはずだ。ある有名なインタヴューで、ヴォネガットは自分の作品が大学二年生のこだわるような、大人はとうに解決ずみといった態度を示すような主題を扱っていると述べているが、その意味において、私はまさしくしかるべき時期にヴォネガットの小説に出会ったのだろう。若者の漠然とした不安や孤独を、ヴォネガットは癒やしてくれる。ヴォネガットを読んでいなかったら、大学時代の自分がそういった感情にどのように対処していたのか、想像することさえ難しい。いや、もちろん何とかしていたはずなのだが、少なくとも、「あの頃」の自分が――そしていまの自分も――違う人間になっていたように思えてならないのだ。

もっとも、どれほど好きな作家であろうと、ずっとそれだけを読んでいるわけにはいかない。『青ひげ』まで読み終えてしまった私は、ここで名を記す必要のない別の作家達の作品に手を伸ばし、また別の形で刺激を受けていくことになる。ヴォネガットを読み返すことも、だんだん減っていった。だがそれでも、『ホーカス・ポーカス』や『タイムクエイク』が発売されるとすぐに買い求めたし、ヴォネガットは私にとって常に特別な同時代作家であり続けた（ある作家が死んだ時点でその全著作を私が読んでいたのは、現在に至るまでヴォネガットだけである）。それを強く実感させられたのは、月日が流れ、二〇〇七年四月、ヴォネガットの訃報に接したときだった。居ても立ってもいられず、どうしても何か書かねばならないと思った。借りを返さねばならないと思ったのである。

幸運なことに、当時『英語青年』の編集長をされていた研究社の津田正氏と同席する機会があり、同誌が追悼特集を組むという話を聞いて、ぜひとも書かせてほしいと思い切ってお願いすることになった。とはいえ、実際には「実は僕、ヴォネガットが大好きなんです」などといっただけだったはずで、津田氏が意を汲んでくださったわけであるが、それにしても、ふだんの自分であればおよそあり得ないような行動だった——その頃の私は大学に職を得てまだ三年ほどで、フォークナーに関する論文をいくつか発表していただけの駆け出し研究者だったのだからなおさらである。いまにして思えば、よく書かせていただけたものだ。

ともあれそうしてヴォネガットの全作品を急いで読み直し、自分がいかにヴォネガットに多くを負っているかをしみじみと思い返しながら、短い文章をまとめた。できあがったもの（本書の序章にもその痕跡をかすかに残している）には自分なりに満足していたし、これで「借り」を一応は返せたと感じられるのではないかとも思った。だが、そうすっきりとはいかなかった。自分という人間に溶けこんでいるヴォネガットに対してはそれでよくても、一五年を経ての再読によって、かつての自分がいかにヴォネガットを読んでいなかったかを——ヴォネガットに癒やしてもらうばかりで、ヴォネガット自身が癒やされがたい「何か」を抱えていることに、思いを馳せることなどまるでなかったのだと——強く思い知らされたためである。

実際、その時点から振り返って思い出されたのは、ヴォネガットにのめりこんだときの私が、初期作品（本書の第2章までで扱った小説）には深く傾倒していたものの、『チャンピオンたちの朝食』以降の小説（第3章が論じた作品）には戸惑いも感じており、とりわけ後期作品（第4章以降で扱ったもの）に至っては、むしろ物足りなさをおぼえていたことだった（ストーリーさえほとんど忘れてしまっていたくらいなのだ）。読書というのはそもそもそうした営みだとはいえるかもしれないにしても、何とも自分本位の「愛読者」だったのである。そこで『英語青年』に寄稿した拙文においては、「トラウマの詩学」に焦点をあてつつも、あまり論じられていない後期作品の再評価を促すようなことも示唆したのだが、『ジェイルバード』以降のリアリズム小説的な作品群はかなり手強いものと感じられたし、それらとじっくり格闘することなくしては、初期作品も十分には理解できないように思われた。簡単にいってしまえば、ヴォネガットという同時代作家の大きさに、私は三七歳にしてはじめて心を打たれたのである。

それからさらに一〇年を経て稿を起こされた本書が、そうしたヴォネガットの「大きさ」を、いくらかなりとも伝えることができてくれればと思う。着手するまでにかくも時間がかかってしまったことに（怠惰を除けば）理由はないが、そのあいだに一次資料が整備されたことはもとより、書簡集、伝記、メモワール、そしてかなり多くの研究書などが出版され、それらを参照することができたことを思えば、結果的には幸いしたというべきだろう。また、多様な小説ジャンルにまたがるヴォネガットの長いキャリア全般を扱うという点でも、本書の執筆にはこの一〇年ほどの人生経験・読書経験が必要だったと考えたい。二〇歳の自分にも、三七歳の自分にも、本書が読ませて恥ずかしくないものになっていればと願っている。

長々と自分の「ヴォネガット体験」を語ってしまったが、おそらく私に限らず、ヴォネガットを愛してしまった人間というのは、この作家とのあいだに極めて「個人的」な関係をとり結ぶものだと思う。そうした私の個人的な思いを批評の言葉を通して開かれたものにできたかどうかは読者にご判断いただくしかないのだが、その目標が一定程度は達成できているとすれば、それが半世紀にわたって蓄積されてきた先行研究のおかげであることは強調しておきたい。本書に載せた二次資料のリストからもおわかりいただけるだろうが、ヴォネガットは二〇世紀後半のアメリカ文学で最も研究されている作家の一人である。そして実際、ヴォネガットの小説は、そうされるだけの価値がある——一見リーダブルに思わせるものの、丁寧に読んでみるとその緻密な構成や注ぎこまれている熱量に圧倒され、襟を正さざるを得なくなるような——作品なのだ。残念ながら、日本においては高い知名度に比して、活発に研究がおこなわれてきたとはいいがたいのだが、本書がそうした状況に少しでも変化をもたらすことができれば、著者としてこの上ない喜びである。

本書を書き始めるまでに時間がかかったことには理由がないと述べたが、書き始めたことには理由がある。二〇一三年に『アメリカ文学入門』を刊行したあと、同書の編集を担当してくださった永尾真理氏から、今後は「入門書」の枠に収まらない研究書を出していきたいというご相談をいただいた。それだけでも十分にありがたいことなのだが、話をしているうちに、そうした研究書を「シリーズ」として出していくという、夢のような企画が生まれていた。この「あとがき」を書いている時点において、本書と同時刊行の二冊を含め、八冊もの刊行が予定されている。三修社の前田俊秀社長のご理解、そして何より永尾氏の熱意なくしては、その「夢」がこうして実現することはあり得なかった。感謝の言葉もないのだが、それでも深くお礼申しあげる。読者諸氏におかれては、本シリーズの展開にご期待いただくとともに、温かいご支援を伏してお願いする次第である。

そうした大きなプロジェクトに最初から関わらせていただけたというのは、身にあまる光栄であり、重い責任を感じてもいるのだが、その企画にヴォネガット論を書くことで参加できたという偶然を思うと、どうしても個人的な感慨にひたってしまう。アメリカ文学の研究者になりたいと考えて大学に入ったときの私は、その職業が具体的に何をするものなのかをまったく知りもしないまま、とにかくアメリカ小説の面白さを多くの人に伝えたいと思っていた。本書はその気持ちを思い出しながら、そしてその気持ちには現在までずっと変わりがないはずだと信じながら書かれることになった――だとすれば、ヴォネガットへの「借り」を返すどころか、その負債はますます大きくなってしまったというべきなのだろう。それほどの恩義を感じさせてくれる作家に、研究者への道の出発点で邂逅し得たという僥倖を忘れず、本書をいわば折り返し地点として、たゆまず研鑽を積んでいかねばならない。

二〇一九年二月

諏訪部浩一

新しい出版社セヴン・ストーリーズ・プレスから出るネルソン・オルグレンの『朝はもう来ない』に序文を書き、同社の編集顧問になる。

1995年5月　ロチェスター大学に講演に行き、エドワード・「ジョー」・クローン（ビリー・ピルグリムのモデル）の墓に案内される。

1997年4月25日　兄バーナード死去。

9月　『タイムクエイク』出版。

1998年　この年、ジルとの2回目の離婚申請。

10月　ドレスデン再訪。

1999年4月　『キヴォーキアン先生、あなたに神のお恵みを』出版。

9月　『バゴンボの嗅ぎタバコ入れ』出版。

2000年1月31日　煙草による失火で火事に。煙を吸いこみ救急搬送される。2日間意識不明で、3週間入院。退院後はナネットの住むノーサンプトンに身を寄せる。

この年、3回目の離婚申請。

スミス大学で修士課程の創作クラスを担当。

2001年5月　『もし神が今日生きていたら』と題された小説を書き始めるが、9.11テロにショックを受けて中断（翌年秋に再開されるが未完）。

2005年10月　『国のない男』出版。ベストセラーになる。

2007年3月14日　転倒事故。

4月11日　意識が戻らないまま死去。享年84歳。

9月　『ジェイルバード』刊行。

11月24日　ジルと結婚。

1980年10月　ジルが妊娠に気づくが、3ヵ月後に流産。

『お日さま　お月さま　お星さま』がクリスマスギフト用の本として出版される。

1981年3月『パームサンデー』出版。

1982年7月　この頃までに、ジェイン、卵巣癌を患う。

10月『デッドアイ・ディック』出版。ナネット結婚。

12月18日　赤ん坊のリリーを養女にする。

1983年6月　ジェイン、数ヵ月の化学療法を終えるが、11月に再び腫瘍ができていることが判明。

1984年2月13日　マンハッタンの自宅で自殺未遂。セント・ヴィンセント病院に18日間入院。退院後は家には帰らず、一人暮らしをする。

4月　国際ペンクラブ東京大会に出席。

1985年10月『ガラパゴスの箱舟』出版。

1986年12月19日　ジェイン、ワシントンＤＣの自宅で死去（翌年10月に遺著 *Angels without Wings* 出版）。

1987年10月『青ひげ』出版。

1989年4月　講演旅行（これで最後にすると事後に宣言）。

10月　モザンビーク旅行。

1990年6月8日　オヘア死去。

9月『ホーカス・ポーカス』出版。

1991年　夏、ジルとの離婚協議が始まり、サガポナックの別荘に。

9月『死よりも悪い運命』出版。

1992年3月　アメリカ芸術文学アカデミーの会員に推薦される。

1994年1月5日　シーモア・ロレンス死去。

10月　『さよならハッピー・バースディ』の上演開始（翌年3月まで）。

1971年2月　カナダのブリティッシュコロンビア州のコミューンで暮らしていたマーク、神経衰弱で倒れ精神病院に入院。ヴォネガット自身も、この年に精神を病んでいることを認め、セラピーを受け始める。

6月　『さよならハッピー・バースディ』出版。

12月　イーディス結婚。

1972年　77年の春まで、講演やインタヴューなどの大半を断り続ける。

3月　映画『スローターハウス5』封切り。テレビドラマ『タイムとティンブクツーのあいだ』放映。

1973年4月　『チャンピオンたちの朝食』出版。

11月　ノースダコタ州の高校で『スローターハウス5』の焚書事件。

最初の論集 *The Vonnegut Statement* が刊行される。

1974年9月　『ヴォネガット、大いに語る』出版。

10月　ジルとともにモスクワ訪問。

1975年2月　キーウェストでの旅行中、フィリップ・ホセ・ファーマーから、キルゴア・トラウトの名を使って小説（『貝殻の上のヴィーナス』）を書く許可を求められ、承諾してしまう。

7月28日　アレックス・ヴォネガット死去。

10月　マーク『エデン特急』出版。

1976年10月　『スラップスティック』出版。

1977年3月末　アイオワ大学をはじめ、大学で講演。

9月　ジェイン、別居同意書を交わすことに同意。

1978年　年末、深刻な鬱状態に。

1979年　晩春、ジェインと正式に離婚。

9月　アイオワ大学の創作講座を受け持つ。『ローズウォーターさん、あなたに神のお恵みを』以外はすべて絶版になっていた。

1966年　『ランダムハウス大辞典』の書評がシーモア・ロレンスの目にとまり、執筆中の『スローターハウス5』と、続く2作品を75,000ドルで買いたいといわれる。ロレンスは、ヴォネガットの全版権を買いとる作業にとりかかる。

1967年5月　アイオワ大学との契約を終え、バーンスタブルに戻ってドレスデン小説にとり組む。

10月10日　グッゲンハイム財団の奨学金を得て、戦友バーナード・V・オヘアとドレスデンへ。

ロバート・E・スコールズ（アイオワ大学英文科の教員）がヴォネガットの作品を論じる。最初のアカデミックな注目。

1968年8月　『モンキー・ハウスへようこそ』出版。

1969年3月　『スローターハウス5』刊行。初版1万部はすぐに完売。

7月20日　月面着陸当日のＴＶ番組に生出演し、宇宙探検を批判。

1970年1月　ヴァンス・ボアジェイリーとともに、ビアフラ共和国を訪問。

5月　演劇エージェント、ドナルド・C・ファーバーと知りあい、『ペネロピ』を『ハッピー・バースディ、ワンダ・ジューン』（『さよならハッピー・バースディ』）と改題し、改稿に熱中。ファーバーに将来の作品の管理をまかせることにする。

マンハッタンに部屋を借りる。ハーヴァード大学から創作の授業を打診されるが、学位が必要だったため、シカゴ大学に連絡をとり『猫のゆりかご』で修士号を得る。ハーヴァード大学の創作講座に関し『ライフ』誌が特集記事を組むことになり、写真をジル・クレメンツに依頼。

1952年8月　『プレイヤー・ピアノ』出版。

1953年　「バーンスタブル・コメディ・クラブ」に参加。

1954年10月4日　第3子ナネット誕生。

バンタムから『プレイヤー・ピアノ』が『ユートピア14』という（内容と無関係な）タイトルでペイパーバック化される。

1955年　ウェストバーンスタブルに引っ越す。

1956年10月1日　カート・ヴォネガット・シニア死去。

1957年　サーブの販売代理店を開くも、すぐに倒産。

姉アリス、第4子の出産後、乳癌が発見される。

1958年9月　アリス、ニュージャージー州のモンマス記念病院に入院。

9月15日　アリスの夫ジェイムズ・C・アダムズ、列車事故で死亡。翌日の夜にアリス死去。遺された4人の子供のうち3人を引きとることになる。

1959年　デル社に移っていたバーガー（夏にはゴールドメダル社に移籍）からペイパーバック・オリジナルの作品を依頼され、数ヵ月で『タイタンの妖女』を書きあげる。

10月　『タイタンの妖女』出版。ヒューゴー賞の最優秀小説賞にノミネートされる。

1960年　戯曲『ペネロピ』を執筆。9月に公演。

1961年9月　『猫屋敷のカナリヤ』出版。

1962年2月　『母なる夜』出版（コピーライトは1961年）。

1963年6月　『猫のゆりかご』ホルト社からハードカバーで出版。

知的・情緒的障害児のための私立の男子校、ホープフィールド・スクールで教える。

1965年3月　『ローズウォーターさん、あなたに神のお恵みを』出版。

12月6日　所属する第423連隊、イギリス海峡を渡り、翌朝ルアーヴルに上陸。ドイツ西部へ。

12月16日　「バルジの戦い」開始。

12月19日　捕虜になる。

1945年1月　ドレスデンへ向かう。

2月13日夜　ドレスデン爆撃。

6月　ヴァージニア州ニューポートニューズに到着。

7月4日　インディアナ州のキャンプ・アタベリーで父、アレックス叔父、アリス、ジェインに再会。7月中にジェインと婚約。

9月14日　ジェインと結婚。

12月　シカゴ大学に春学期から編入するため、シカゴに移住。文化人類学を専攻する。

1947年5月11日　第1子マーク誕生。

8月　大学院中退。兄バーナードの縁故でゼネラル・エレクトリック社から仕事（広報）のオファーを得る。

1949年6月　コーネル大学時代の友人で、『コリアーズ』の小説担当の編集デスクになっていたノックス・バーガーと再会。

10月末　『コリアーズ』に「バーンハウス効果に関する報告書」が受け入れられる（掲載は1950年2月11日号）。

12月29日　第2子イーディス誕生。

1950年12月半ば　翌年1月1日付けで退社するという辞表を提出。

1951年夏　エージェントのケネス・リタウアが、『プレイヤー・ピアノ』の契約権をスクリブナーズに売る。

秋　ケープコッドへの移住を決意。

年譜

1848年　曾祖父クレメンズ・ヴォネガット、アメリカに移住。

1855年　バーナード・ヴォネガット（祖父）誕生。

1884年　カート・ヴォネガット・シニア（父）誕生。

1888年　イーディス・ソフィア・リーバー（母）誕生。

1913年11月22日　カート・ヴォネガット・シニアとイーディス・ソフィア・リーバー、インディアナ州インディアナポリスで結婚。

1914年8月29日　バーナード・ヴォネガット（兄）誕生。

1917年11月18日　アリス・ヴォネガット（姉）誕生。

1922年11月11日　カート・ヴォネガット・ジュニア誕生。

1927年　オーチャード・スクールの幼稚部に入学。

1929年　ナネット・ヴォネガット（祖母）死去。両親は遺産をネズミ講につぎこみ失敗。

1931年　オーチャード・スクールを退学し公立学校へ。

1936年　ショートリッジ高校に進学。高3のときに学校新聞『エコー』に寄稿するようになり、高4で『インディアナポリス・スター』紙に関わるようになる。

1940年　ショートリッジ高校を卒業。地元のバトラー大学に進学するが、翌年コーネル大学に転学。化学専攻。『コーネル・デイリー・サン』紙の記者となる。

1943年　コーネル大学を退学。陸軍入隊。

1944年5月14日（母の日前夜）　ヴォネガットの帰省中に、母イーディス、睡眠薬の過剰摂取で死亡。

6月　ジェイン・コックスに求婚。

10月　所属する第106師団を乗せたクイーン・エリザベス号、ニューヨークを出港。イギリスへ。

ベトナム戦争（Vietnam War）　宣戦布告がおこなわれなかったため、いつ始まったかについてはさまざまな説があるが、アメリカの介入が本格化するのはジョン・F・ケネディが大統領に就任した1961年であり、泥沼化した戦争はサイゴンが陥落した1975年まで続く（『ホーカス・ポーカス』の主人公、ユージーン・デブズ・ハートキの軍人としての「14年間」のキャリアはこれと一致する）。ヴォネガットは一貫してこの大義なき戦争に反対し、さまざまな作品において批判的言及がある。

ボコノン教（Bokononism）　『猫のゆりかご』で描かれる奇妙な宗教。『ヴォネガット、大いに語る』の原題 *Wampeters, Foma and Granfaloons* はボコノン教の用語からなり、それぞれ「〈カラース〉（本人達が知らないまま神の御心をおこなうチーム）の軸」「無害な非真実」「間違った〈カラース〉」の意。

ミッドランド・シティ（Midland City）　初出は『チャンピオンたちの朝食』。オハイオ州の架空の都市で、中西部の町の典型として提示されている。ヴォネガットの故郷、インディアナ州インディアナポリスがモデルであるといわれている。

メタフィクション（metafiction）　最もゆるやかな定義は「フィクションに関するフィクション」。読者に自分が読んでいるものがあくまで「フィクション」なのだと意識させるような、小説の虚構性を前景化する『チャンピオンたちの朝食』のような作品が典型ということになるが、「フィクション」が「現実」に影響を与えてしまうといった問題や、作家の創作姿勢などが主題化されている作品も含めて考えるなら、ヴォネガットの全長編があてはまることになる。

ラムファード（Rumfoord）　ヴォネガットの作品世界を代表する名門一族。『タイタンの妖女』のウィンストン・ナイルズ・ラムファードは時空を超越した存在となり、「徹底的に無関心な神の教会」という新宗教を設立する。

SF 作家シオドア・スタージョンをモデルにしている。『ガラパゴスの箱舟』の語り手レオンは彼の息子。

トラルファマドール星（Tralfamadore） 初出時の『タイタンの妖女』では、そもそものトラルファマドール星人は死滅しており、現在のトラルファマドール星人は、彼らが作った機械とされている。『ローズウォーターさん、あなたに神のお恵みを』ではキルゴア・トラウトの小説に出てくるとされる。『スローターハウス 5』のビリー・ピルグリムは、トラルファマドール星人に誘拐された「経験」について話す。

ドレスデン爆撃（Bombing of Dresden） 第二次世界大戦終盤の 1945 年 2 月 13 日から 15 日にかけて、連合国軍がドイツ東部の都市ドレスデンに対しておこなった無差別爆撃。ヴォネガットは捕虜として現場におり、この経験は彼の文学に深い影響を与えることになった（その経験に関してはじめて活字にしたのは、1966 年に『母なる夜』に加えた序文においてである）。戦略的に無意味だったとされるこの爆撃による正確な死者数は現在に至るまで不明であり、『スローターハウス 5』などでは 135,000 人とされているが、2010 年現在では約 25,000 人と見積もられている。爆撃の日（2 月 13 日、もしくは 2 月 14 日）は、多くのヴォネガット作品において、重要な出来事が起こる日として設定されている。

バルジの戦い（Battle of the Bulge） 第二次世界大戦中の 1944 年 12 月（～ 1945 年 1 月）に、アルデンヌ高地でおこなわれた、ドイツ軍と（アメリカ軍を主体とする）連合国軍のあいだの戦闘。アメリカ軍が 75,000 人もの死者を出したといわれているこの激戦に、ヴォネガットは歩兵として参加して捕虜となり、その体験は『スローターハウス 5』に反映されている。『青ひげ』のラボー・カラベキアンは、この戦いで片目を失う。

二人だけの国（nation of two） 『母なる夜』のハワード・W・キャンベル・ジュニアが書こうとしていた戯曲のタイトルだが、『スラップスティック』のウィルバー・スウェインの、子供時代における双子の姉イライザとの関係を指す際にも用いられている表現。いずれの場合も、「現実」から隔絶され、愛する者との関係に没入できるロマンティックな場所が想定されており、その意味においては『プレイヤー・ピアノ』以来、ヴォネガットの主人公達がしばしば求める状態でもある。

音書」（五章から七章）および「ルカによる福音書」（六章）にある、イエス・キリストが山上で弟子達と群衆に語ったとされる教え。ヴォネガットの作品においては、『ローズウォーターさん、あなたに神のお恵みを』や『ジェイルバード』などで、利他行為を動機づけるものとして言及される。

自由意志（free will） 人間が自分の意志で自分の運命を決定できるとする、近代的な考え方（その逆が「決定論」）。ヴォネガット文学における主要テーマの一つで、『タイタンの妖女』『スローターハウス5』『チャンピオンたちの朝食』などで繰り返し問題とされる。『タイムクエイク』においては、タイムクエイク後に無気力になっている人々に向かって、キルゴア・トラウトが「自由意志だ！」と呼びかけるが、それでは効果がないとされている。

消防士（firefighter） 『ローズウォーターさん、あなたに神のお恵みを』をはじめとする作品において、「消防士」は無私の利他的精神を代表する存在として、オブセッションのように繰り返し言及される。ヴォネガット自身、ゼネラル・エレクトリック社で働いていた時期には、ニューヨーク州アルプラウスで有志消防団員となっていた。

抽象表現主義（abstract expressionism） 1940年代後半のアメリカで、ニューヨークを中心として起こった芸術運動。代表的な画家ジャクソン・ポロックについては、ヴォネガットは1983年にエッセイを書いている（『死よりも悪い運命』所収）。『チャンピオンたちの朝食』で初登場し、『青ひげ』の主人公となったラボー・カラベキアンは、この美術運動の中心人物として設定されている。

デブズ、ユージーン（Debs, Eugene） アメリカの労働運動活動家（1855-1926）。ヴォネガットと同じインディアナ州出身であり、『ジェイルバード』以後の作品（フィクション、ノンフィクションを問わず）において、さまざまな形で繰り返し言及される。『ホーカス・ポーカス』の主人公の名前はこの人物に由来。

トラウト、キルゴア（Trout, Kilgore） 『ローズウォーターさん、あなたに神のお恵みを』以降の作品にたびたび登場する、極めて多作だが売れないSF作家。ヴォネガットの分身的な存在であるとともに、紹介されるその作品のあらすじは、社会批判的な視座を提供する。キャラクター設定は作品ごとに異なるが、

キーワード集

イリアム（Illium）『プレイヤー・ピアノ』『猫のゆりかご』をはじめとして、しばしばヴォネガット作品の舞台となるニューヨーク州の架空の都市。ヴォネガットが勤務していたゼネラル・エレクトリック社の所在地、ニューヨーク州スケネクタディをモデルとしている。

エピカック（Epicac）『プレイヤー・ピアノ』や短編「エピカック」に出てくるコンピュータ。名前は世界初のコンピュータとされる「Eniac」に倣ったものか。『プレイヤー』では、第三次世界大戦の頃に発明され、「現在」では「エピカック14号」まで作られている。「エピカック」では、人間の女性に恋して詩を作るが、恋が成就しないと知って自殺する。『ガラパゴスの箱舟』における「マンダラックス」、『ホーカス・ポーカス』における「グリオ™」など、ヴォネガットの作品にはコンピュータがしばしば重要な小道具として登場する。

拡大家族（extended family） 血縁によらない人工的な家族。主題として最も直接的にあらわれるのは『スラップスティック』においてだが、シカゴ大学で文化人類学を専攻していたときに出会った「民俗社会」概念は、ヴォネガットに影響を与え続ける。アルコール中毒から立ち直ろうとする人々の自助グループ「AA（アルコホリークス・アノニマス）」は、ヴォネガットがよくあげる拡大家族の一例である。

原子爆弾（atomic bomb） 1945年8月6日、最初の原子爆弾が広島に投下された直後から、ヴォネガットは科学者の兄バーナードからの説明を受け、その威力を理解していた。以後、殺戮兵器の代表として、ヴォネガット作品においてしばしば言及され、人間が人間に対してどこまで残酷になれるのか、科学文明は人間を幸せにするのかといった問いが提起される。わかりやすい例に、『デッドアイ・ディック』で町の住人を消滅させる中性子爆弾、『猫のゆりかご』で世界を終わらせるアイスナインなどがある。

山上の垂訓（Sermon on the Mount） 新約聖書「マタイによる福

トが『猫のゆりかご』に登場しているとするなど、杜撰な点が目につく。

Rew, Juliana, ed. *Cat's Breakfast: Kurt Vonnegut Tribute*. N.p.: Third Flatiron, 2017.　ヴォネガットの（キャラクターや舞台ではなく）「態度」に倣って書かれた短編のアンソロジー。

Thom, R. C. *Stalking Kilgore Trout*. N.p.: n.p., 2017.　ヴォネガット・ファンによって書かれた、おそらく自費出版の短編集。表題作は、3026年の未来から過去に遡ってヴォネガットに会いに行こうとする人物の物語。

Trout, Kilgore. *Venus on a Half-Shell*. New York: Dell, 1975.（キルゴア・トラウト『貝殻の上のヴィーナス』藤井かよ訳、ハヤカワ文庫、1980年。）『ローズウォーターさん、あなたに神のお恵みを』で言及されているトラウト作品を、SF作家フィリップ・ホセ・ファーマーが1冊の小説に仕立てあげたもの。訳書に付された解説を読むと、ファーマー側から見た経緯がよくわかる。

Vonnegut, Kirk. *Amber in the Moment, or God Bless You, Mr. Vonnegut!* N.p.: Keith Massie Self-Publishing, 2014.　最晩年のヴォネガットが "Thought Transfer" の実験に参加して……という、自費出版のパロディ小説。

リカ小説』佐伯彰一・武藤脩二訳、白水社、1980年。）『スローターハウス5』までを包括的に扱った最初の本格的論考を含む。

Thomas, P. L. *Reading, Learning, Teaching Kurt Vonnegut*. New York: Peter Lang, 2006.　高校・大学の教員向けのマニュアルといった性格を持つ（入門書的な）本。扱われている主な長編は『プレイヤー・ピアノ』『猫のゆりかご』『スローターハウス5』『チャンピオンたちの朝食』『ガラパゴスの箱舟』『青ひげ』。

Tomedi, John. *Kurt Vonnegut*. Philadelphia: Chelsea, 2004.　同時代作家を扱う入門シリーズの1冊。伝記的事実を紹介しつつ、『タイムクエイク』まで簡潔に解説している。

Vonnegut, Mark. *The Eden Express: A Memoir of Insanity*. New York: Praeger, 1975.（マーク・ヴォネガット『エデン特急――ヒッピーと狂気の歴史』衣更着信・笠原嘉訳、みすず書房、1979年。）息子の回想録。内容は邦訳の副題の通り。父親に関する言及はあまり多くないが、当時の「ヒッピー」の雰囲気を伝える。

―. *Just like Someone without Mental Illness Only More So: A Memoir*. New York: Delacorte, 2010.　『エデン特急』の続編となる回想録。

Yarmolinsky, Jane Vonnegut. *Angels without Wings: A Courageous Family's Triumph over Tragedy*. Boston: Houghton Mifflin, 1987.　4人の子供を引きとった時期を中心とする、最初の妻による回想録（ただし、人名はすべて変更されている）。

『吾が魂のイロニー――カート・ヴォネガット Jr. の研究読本』北宋社、1984年。　作家のエッセイを多く含む。

『英語青年』2007年8月号。　追悼特集。

『SF マガジン』1984年8月号。　来日時のインタヴューが掲載されている。

『SF マガジン』2007年9月号。　追悼特集。

巽孝之監修、伊藤優子編『現代作家ガイド6――カート・ヴォネガット』彩流社、2012年。　ヴォネガットのガイドブック。年譜、作品梗概、文献リストなど、有用な情報を多く含む。

（参考）2次創作など

Booth, Max, III, ed. *So It Goes: A Tribute to Kurt Vonnegut*. Cibolo: Perpetual Motion Machine, 2013.　ヴォネガットへの「トリビュート」として書かれた短編集。

Henwood, Don. *Kilmore Trout*. N.p.: [CreateSpace], 2017.　ヴォネガットが登場するパロディ小説。自費出版と思われるが、キルゴア・トラウ図書として長く参照されるはずの１冊。

Short, Robert. *Something to Believe In: Is Kurt Vonnegut the Exorcist of Jesus Christ Superstar?* New York: Harper and Row, 1978.　ベストセラー『ピーナッツ福音書』の著者による、ヴォネガットを（主な）題材にしたキリスト教の啓蒙書。巻末にはヴォネガットのインタヴューが収められている。

Simmons, David, ed. *New Critical Essays on Kurt Vonnegut.* New York: Palgrave Macmillan, 2009.　ヴォネガットのキャリア全体をあらためて評価しようという意図で編まれた論集。書き手もヴォネガット批評における新人が多い。

Smith, Curtis. *Kurt Vonnegut's* Slaughterhouse-Five. New York: Ig, 2016.　『スローターハウス５』に触発されて書かれた、作家による長編エッセイ。

Strand, Ginger. *The Vonnegut Brothers: Science and Fiction in the House of Magic.* New York: Farrar, Straus and Giroux, 2015.　ヴォネガットと科学者の兄バーナードがゼネラル・エレクトリック社に勤めていた時期を、とりわけ彼らの「科学」との関わりに注目して扱った伝記。

Sumner, Gregory D. *Unstuck in Time: A Journey through Kurt Vonnegut's Life and Novels.* New York: Seven Stories, 2011.　評伝を織り込みながら全長編を解説。基本文献の一つ。

Szpek, Ervin E., and Frank J. Idzikowski. *Shadows of Slaughterhouse Five: Reflections and Recollections of the American Ex-POWs of Schlachthof Fünf, Dresden, Germany.* Ed. Heidi M. Szpek. New York: iUniverse, 2008.　ヴォネガットと同様にバルジの戦いで捕虜になってドレスデン爆撃を経験した 150 人の証言集。

Tally, Robert T., Jr., ed. *Critical Insights: Kurt Vonnegut.* Ipswich, MA: Salem, 2013.　ヴォネガットのキャリア全般を扱う論集。"Career, Life, and Influence," "Critical Context," "Critical Readings," "Resources" という４つのパートからなる。

—. *Kurt Vonnegut and the American Novel: A Postmodern Iconography.* London: Bloomsbury, 2011.　ポストモダンの思想家を次々と参照して全作品を読んでいくが、基本的な姿勢は、ヴォネガットを（ポストモダニストというより）むしろモダニスト作家として見なして論じるというもの。

Tanner, Tony. *City of Words: American Fiction 1950-1970.* New York: Harper and Row, 1971.（トニー・タナー『言語の都市――現代アメ

Salem, 2011. 『スローターハウス 5』に関する充実した論集。重要な雑誌論文が多く再録されている。

—, ed. *The Critical Response to Kurt Vonnegut*. Westport: Greenwood, 1994. それまでの代表的な書評・論文の集成。

—. *Forever Pursuing Genesis: The Myth of Eden in the Novels of Kurt Vonnegut*. Lewisburg: Bucknell UP, 1990. 『青ひげ』までの作品をエデン神話との関係で分析する。

Pettersson, Bo. *The World according to Kurt Vonnegut: Moral Paradox and Narrative Form*. Åbo: Åbo Akademi UP, 1994. フィンランドの研究者による著書。前半は決定論と道徳の関係、後半は形式の問題を中心に、『ホーカス・ポーカス』までの作品を扱う。

Pieratt, Asa B., Jr., Julie Huffman-klinkowitz, and Jerome Klinkowitz. *Kurt Vonnegut: A Comprehensive Bibliography*. Hamden: Archon, 1987. 『ガラパゴスの箱舟』までのヴォネガットの作品と、2 次資料に関する書誌。

Rackstraw, Loree. *Love as Always, Kurt: Vonnegut as I Knew Him*. Cambridge: Da Capo, 2009. 著者が 1965 年にアイオワ大学の創作科でヴォネガットの学生であった（恋愛関係にもあった）ときから晩年に至るまでの交友を振り返った回想録。ヴォネガットの手紙が多数引用されている。

Reed, Peter J. *Kurt Vonnegut, Jr.* New York: Crowell, 1972. 最初のモノグラフ。『スローターハウス 5』までが 1 作ずつ丁寧に扱われており、必読書の一つ。

—. *The Short Fiction of Kurt Vonnegut*. Westport: Greenwood, 1997. 高校時代のコラムから、ヴォネガットの短編作家としてのキャリア全般が扱われることはもとより、長編小説との形式的・主題的な関係や、作中で言及されるキルゴア・トラウト作品の意義などを含め、包括的に論じている。

Reed, Peter J., and Marc Leeds, eds. *The Vonnegut Chronicles: Interviews and Essays*. Westport: Greenwood, 1996. 『ホーカス・ポーカス』の時期までを扱った論集。インタヴューも 3 本収められている。

Schatt, Stanley. *Kurt Vonnegut, Jr.* Boston: Twayne, 1976. アメリカにおける代表的入門シリーズの 1 冊。誤りも散見されるが、『スラップスティック』までを扱った基本図書。

Shields, Charles J. *And So It Goes: Kurt Vonnegut: A Life*. New York: Holt, 2011. ヴォネガットの伝記。偶像破壊的な性格もあるが、基本

研究書。SF 的特徴についても章を立てて論じている。

Marvin, Thomas F. *Kurt Vonnegut: A Critical Companion*. Westport: Greenwood, 2002. 現代の人気作家を論じるシリーズの 1 冊。議論は良質であり、文章も読みやすい。『スローターハウス 5』までの作品と『青ひげ』が扱われている。

Mayo, Clark. *Kurt Vonnegut: The Gospel from Outer Space*. San Bernardino: Borgo, 1977. 『スラップスティック』までの作品を、1 冊につき 6 〜 7 ページ程度で簡潔に扱う。

McInnis, Gilbert. *Evolutionary Mythology in the Writings of Kurt Vonnegut: Darwin, Vonnegut and the Construction of an American Culture*. Bethesda: Academic P, 2011. ダーウィニズム（が生み出したさまざまな「神話」）との関係で、『タイタンの妖女』『母なる夜』『スローターハウス 5』『チャンピオンたちの朝食』『ガラパゴスの箱舟』を読む。

McMahon, Gary. *Kurt Vonnegut and the Centrifugal Force of Fate*. Jefferson, NC: McFarland, 2009. アカデミックなアプローチではないが、ヴォネガットが生前に出版した全著書を（ランダムな順に）解説。

Mentak, Said. *A (Mis)reading of Kurt Vonnegut*. New York: Nova Science, 2010. モロッコの研究者による著書。ヴォネガット作品のポストモダン性を、「主体」の問題を中心に論じている。扱われる小説は、『猫のゆりかご』『スローターハウス 5』『チャンピオンたちの朝食』の 3 冊。

Merrill, Robert, ed. *Critical Essays on Kurt Vonnegut*. Boston: G. K. Hall, 1990. 1980 年代までの代表的な書評・論文などを集めたもの。編者のイントロダクションは主要文献の優れた解題。

Morse, Donald E. *Kurt Vonnegut*. N.p.: Borgo, 1992. 「ガイド」として書かれた小著で、『青ひげ』までを扱う。おおむね次の本に組みこまれるが、本書にしかない指摘も多い。

—. *The Novels of Kurt Vonnegut: Imagining Being an American*. Westport: Praeger, 2003. エマソンやソロー以来のアメリカ文学の伝統を意識しながら全作品を扱う。議論は全体として手堅い。

Mustard Gas and Roses: The Life and Works of Kurt Vonnegut 1922-2007. Bloomington: Lily Library, 2007. インディアナ大学リリー図書館にあるヴォネガット・コレクションのカタログ。

Mustazza, Leonard, ed. *Critical Insights:* Slaughterhouse-Five. Pasadena:

までを扱った小冊子。

Hudgens, Betty Lenhardt. *Kurt Vonnegut, Jr.: A Checklist*. Detroit: Gale, 1972.　最初のチェックリスト。友人の作家ヴァンス・ボアジェイリーが序文を寄せている。

Johnson, Claudia Durst. *War in Kurt Vonnegut's* Slaughterhouse-Five. Detroit: Gale, 2011.　『スローターハウス5』と戦争の関係を提示するべく、過去の論文を集めて構成された本。

Klinkowitz, Jerome. *Kurt Vonnegut*. London: Methuen, 1982.　初期短編から『ジェイルバード』までを扱ったモノグラフ。薄いが良質。

—. *Kurt Vonnegut's America*. Columbia: U of South Carolina P, 2009.　ヴォネガットのキャリアを10年ごとに区切り、作品を同時代のアメリカの出来事や伝記的事実と絡めて論じていく。

—. Slaughterhouse-Five*: Reforming the Novel and the World*. Boston: Twayne, 1990.　『スローターハウス5』のみを扱った研究書。入門シリーズだが、あまり「入門」という感じではない。

—. *The Vonnegut Effect*. Columbia: U of South Carolina P, 2004.　ヴォネガットの作品が時代に先んじているという視点が盛りこまれているが、全作品を扱っており、著者のヴォネガット論を代表するもの。

—. *Vonnegut in Fact: The Public Spokesmanship of Personal Fiction*. Columbia: U of South Carolina P, 1998.　講演やエッセイに注目して、『タイムクエイク』に至るまでのヴォネガットのキャリア全体を論じている。

Klinkowitz, Jerome, and Donald L. Lawler, eds. *Vonnegut in America: An Introduction to the Life and Work of Kurt Vonnegut*. New York: Delacorte, 1977.　多くが1975年のMLA年次大会のヴォネガット・セクションを発展させたもの。

Klinkowitz, Jerome, and John L. Somer, eds. *The Vonnegut Statement*. New York: Delta, 1973.　最初の論集。

Leeds, Marc. *The Vonnegut Encyclopedia*. Rev. ed. New York: Delacorte, 2016.　固有名詞を中心とした「ヴォネガット百科事典」。

Leeds, Marc, and Peter J. Reed, eds. *Kurt Vonnegut: Images and Representations*. Westport: Greenwood, 2000.　ほとんどが書き下ろしのものからなる論集。単独の作品を扱った論文は少ないが、『母なる夜』の映画化に関するエッセイが複数入っているのは特色。

Lundquist, James. *Kurt Vonnegut*. New York: Frederick Ungar, 1977.　特にアイロニーに注目して『スラップスティック』までを扱った初期の

Vonnegut. Rev. ed. Tuscaloosa: U of Alabama P, 1994.　『ホーカス・ポーカス』までの作品における「分裂症」的性格に注目して論じる（『チャンピオンたちの朝食』までの作品については、作者の自己セラピーとしての性格が強調される）。ヴォネガット研究における基本文献ではあるが、いささか強引な解釈も多いので注意が必要。

—. *Vonnegut and Hemingway: Writers at War*. Columbia: U of South Carolina P, 2011.　タイトル通り、ヴォネガットとヘミングウェイを比較して論じる。

Davis, Todd F. *Kurt Vonnegut's Crusade: Or, How a Postmodern Harlequin Preached a New Kind of Humanism*. Albany: State U of New York P, 2006.　作品を出版順に（数ページずつの議論で）追いかけていく。ヒューマニズムが強調されているということもあり、論調はいささかナイーヴではある。

Ellerhoff, Steve Gronert. *Post-Jungian Psychology and the Short Stories of Ray Bradbury and Kurt Vonnegut: Golden Apples of the Monkey House*. London: Routledge, 2016.　ポストユング派の立場からヴォネガット（とレイ・ブラッドベリ）の短編を分析。ヴォネガットの短編9作についてはかなり詳しく論じられている。

Failey, Majie Alford. *We Never Danced Cheek to Cheek: The Young Kurt Vonnegut in Indianapolis and Beyond*. Carmel: Hawthorne, 2010.　幼馴染みによる回想録。

Farrell, Susan. *Critical Companion to Kurt Vonnegut: A Literary Reference to His Life and Work*. New York: Facts on File, 2008.　作品に関する「A to Z」を中心とするが、各作品へのコメントも鋭く、有用な1冊。

Freese, Peter. *The Clown of Armageddon: The Novels of Kurt Vonnegut*. Heidelberg: Universitätsverlag Winter, 2008.　ドイツ人研究者による、最も浩瀚なヴォネガット研究書。各長編の説明に40～50ページほどが費やされている。オリジナルな読解を目指すというより、書評の紹介や他のヴォネガット作品とのクロスレファランスを含め、幅広い論点を網羅するという性格が強いが、それゆえに必ず参照すべき労作。

Giannone, Richard. *Vonnegut: A Preface to His Novels*. Port Washington: Kennikat, 1977.　『スラップスティック』までの作品を、ストーリーに沿って解説している。サブタイトルが示唆するほど平易ではない。

Goldsmith, David H. *Kurt Vonnegut: Fantasist of Fire and Ice*. Bowling Green: Bowling Green U Popular P, 1972.　『スローターハウス5』

2 次資料

Allen, William Rodney. *Understanding Kurt Vonnegut*. Columbia: U of South Carolina P, 1991. アメリカの現代作家入門シリーズの 1 冊。コンパクトで読みやすい基本図書。『青ひげ』までを扱う。

Banach, Jennifer. *Bloom's How to Write about Kurt Vonnegut*. New York: Bloom's Literary Criticism, 2012. 論文（レポート）の書き方に関する指南から始まるガイドブック。『チャンピオンたちの朝食』まで（『ローズウォーターさん、あなたに神のお恵みを』は除く）の各小説におけるテーマとトピックを網羅的に提示。

Bloom, Harold, ed. *Bloom's Guides: Kurt Vonnegut's* Slaughterhouse-Five. New York: Chelsea, 2007. 『スローターハウス 5』について 30 頁ほどの「要約と分析」があるが、それ以外は他の単行本・雑誌論文からの抜粋。

—, ed. *Kurt Vonnegut*. New York: Chelsea, 2000. 論文のコレクションだが、ほとんどが他の単行本からの再録。

—, ed. *Kurt Vonnegut*. New ed. New York: Bloom's Literary Criticism, 2009. 論文のコレクション。『チャンピオンたちの朝食』までの作品を扱ったものが多い。

—, ed. *Kurt Vonnegut's* Cat's Cradle. Philadelphia: Chelsea, 2002. 『猫のゆりかご』についての論集だが、ほとんどが他の単行本からの再録。

—, ed. *Kurt Vonnegut's* Slaughterhouse-Five. Philadelphia: Chelsea, 2001. 『スローターハウス 5』についての論集だが、ほとんどが他の単行本からの再録。

Boon, Kevin Alexander, ed. *At Millennium's End: New Essays on the Work of Kurt Vonnegut*. Albany: State U of New York P, 2001. ヴォネガットのキャリア全体を包括的に扱っている論集（所収論文も、単独の作品を扱うものではない）。

—. *Chaos Theory and the Interpretation of Literary Texts: The Case of Kurt Vonnegut*. Lewiston: Edwin Mellen, 1997. カオス理論を使って『ホーカス・ポーカス』までの作品を読む（ヴォネガット論は後半の 100 頁程度）。全作品を同時に分析するので、ヴォネガットの作品全般に馴染みがある読者向け。

—. *Kurt Vonnegut*. New York: Cavendish Square, 2014. 高校生・大学生向けと思われる入門書。『猫のゆりかご』『スローターハウス 5』については詳しいストーリー紹介を含む解説がある。

Broer, Lawrence R. *Sanity Plea: Schizophrenia in the Novels of Kurt*

Look at the Birdie. New York: Delacorte, 2009.
While Mortals Sleep. New York: Delacorte, 2011.
We Are What We Pretend to Be. New York: Vanguard, 2012.
Sucker's Portfolio. Las Vegas: Amazon, 2012.
Complete Stories. Ed. Jerome Klinkowitz and Dan Wakefield. New York: Seven Stories, 2017.

エッセイ集

Wampeters, Foma, and Granfalloons (Opinions). New York: Delacorte, 1974.
Palm Sunday. New York: Delacorte, 1981.
Fates Worse than Death. New York: Putnam, 1991.
A Man Without a Country. Ed. Daniel Simon. New York: Seven Stories, 2005.

その他のヴォネガット作品

Happy Birthday, Wanda June. New York: Delacorte, 1971.　戯曲。
Between Time and Timbuktu. New York: Delacorte, 1972.　TV スクリプト。過去の作品から構成されるが、ヴォネガットの手は入っていないとされる。
Sun, Moon, Star. With Ivan Chermayeff. New York: Harper, 1980.　絵本。
God Bless You, Dr. Kevorkian. New York: Seven Stories, 1999.　ラジオ局のための書き下ろし台本。
Drawings. N.p.: Mornacelli, 2014.　画集。
If This Isn't Nice, What Is? New York: Seven Stories, 2014.　卒業式での講演集。

インタヴュー・書簡集

Conversations with Kurt Vonnegut. Ed. William Rodney Allen. Jackson: U of Mississippi P, 1988.
Like Shaking Hands with God: A Conversation about Writing. With Lee Stringer. New York: Seven Stories, 1999.
Last Interview: And Other Conversations. Ed. Tom McCartan. New York: Melville House, 2011.
Letters. Ed. Dan Wakefield. New York: Delacorte, 2012.

主要文献リスト

1 次資料（出版順）

長編小説

Player Piano. New York: Scribner's, 1952.

The Sirens of Titan. New York: Dell, 1959.

Mother Night. Greenwich: Fawcett, 1961.

Cat's Cradle. New York: Holt, Rinehart, and Winston, 1963.

God Bless You, Mr. Rosewater. New York: Holt, Rinehart, and Winston, 1965.

Slaughterhouse-Five. New York: Delacorte, 1969.

Breakfast of Champions. New York: Delacorte, 1973.

Slapstick. New York: Delacorte, 1976.

Jailbird. New York: Delacorte, 1979.

Deadeye Dick. New York: Delacorte, 1982.

Galápagos. New York: Delacorte, 1985.

Bluebeard. New York: Delacorte, 1987.

Hocus Pocus. New York: Putnam, 1990.

Timequake. New York: Putnam, 1997.

Novels and Stories 1963-1973. Ed. Sidney Offit. New York: Library of America, 2011.

Novels and Stories 1950-1962. Ed. Sidney Offit. New York: Library of America, 2012.

Novels 1976-1985. Ed. Sidney Offit. New York: Library of America, 2014.

Novels 1987-1997. Ed. Sidney Offit. New York: Library of America, 2016.

短編集

Canary in a Cat House. Greenwich: Fawcett, 1961.

Welcome to the Monkey House. New York: Delacorte, 1968.

Bagombo Snuff Box. New York: Putnam, 1999.

Armageddon in Retrospect. New York: Putnam, 2008.

ま

や

ら

わ

な

は

か

さ

た

索引

あ

著者略歴

諏訪部浩一（すわべ こういち）

1970 年生まれ。上智大学卒業。東京大学大学院修士課程、ニューヨーク州立大学バッファロー校大学院博士課程修了（Ph.D.）。現在、東京大学大学院人文社会系研究科・文学部准教授。

著書に『A Faulkner Bibliography』（2004 年、Center Working Papers）、『ウィリアム・フォークナーの詩学——一九三〇-一九三六』（2008 年、松柏社、アメリカ学会清水博賞受賞）、『「マルタの鷹」講義』（2012 年、研究社、日本推理作家協会賞受賞）、『ノワール文学講義』（2014 年、研究社）、『アメリカ小説をさがして』（2017 年、松柏社）、編著書に『アメリカ文学入門』（2013 年、三修社）、訳書にウィリアム・フォークナー『八月の光』（2016 年、岩波文庫）など。

アメリカ文学との邂逅

カート・ヴォネガット
トラウマの詩学

二〇一九年 六 月二五日　第 一 刷発行

著　者　諏訪部浩一
発行者　前田俊秀
発行所　株式会社　三修社
〒150-0001　東京都渋谷区神宮前二-二-二二
電　話　〇三-三四〇五-四五一一
ＦＡＸ　〇三-三四〇五-四五二二
http://www.sanshusha.co.jp/
振替　〇〇一九〇-九-七二七五八
編集担当　永尾真理

印刷所　萩原印刷株式会社
製本所　加藤製本株式会社
装幀　宗利淳一

ISBN978-4-384-05941-0 C3098